古代試婚 2

目次

壹之章

智鬥婆母辨內賊

李敬賢把李明允叫去好生安撫了一頓，李明允趁機道他馬上要參加應試，可是又不放心林蘭，林蘭初來乍到，沒什麼當家的本事，像田嬤嬤這種府裡的老人怕是指使不動。

李敬賢雖極少過問內務，卻也知道田嬤嬤是韓秋月得意之人，為了讓李明允安心，也為了充分表現他對兒子的關愛，好讓這場毒蛇風波就此揭過，他索性叫田嬤嬤也去城西莊子裡伺候夫人。

至此，李明允用受了點驚嚇以及冬子被毒蛇咬了一口的代價，暫時趕走了老巫婆，肅清了落霞齋裡的釘子，也算是因禍得福。

而在莊子裡的韓秋月，第二天看到田嬤嬤灰溜溜地來了，氣得差點絕倒。

參與了此事的人都以為暴風雨已經過去了，現在只須慢慢等待陰天轉晴，可惜天不遂惡人願，事態的發展並不像她們想像中的那樣。

因為好奇是人的本性，有太多人對此事太過好奇，都鬧出了這麼大的動靜，大家卻不知所為何事，真是是可忍，孰不可忍，所以總想拐彎抹角打探真相。而落霞齋上下一旦逢人提及此事，就一副欲言又止，難以啟齒的神情，問急了就搖頭嘆息，再問就怏怏地說：「我們二少奶奶吩咐過了，以和為貴，過去的事，就讓它過去吧！」

如此模稜兩可的態度，如此委屈隱忍的言語，更叫人如同霧裡看花，不禁生出諸般猜想。在老爺一力維護二少爺的態度中，在自古後母多蛇蠍的刻板印象下，府裡下人之間經過多次竊竊議論，最後一股對夫人極為不利的流言在府裡悄悄流傳開來。

「大少奶奶，這樣下去可不得了，萬一這些流言傳到外面去……」綠綺擔憂地提醒丁若妍。

夫人不在，當家的重任自然就落在大少奶奶肩上，本來這是大少奶奶表現的好機會，可大少奶奶只召集管事的管家婆子們開了一次會，淡淡地吩咐，夫人不在期間，除非有重大的事情需要向她請示，其餘一切按照夫人原來的規矩辦。這樣一來，下人們倒是高興了，也放心了，可大少奶奶這個當家也成了擺設。綠綺很不理解，跟紅裳兩人費了一番口舌，想要激起大少奶奶的鬥志，可大少奶奶卻說：「當這個家只是暫時的，過不了多久夫人就回來了，我又何必做惡人，上下不討好呢？只要府裡不出大事就好了。」

好吧，就算大少奶奶說的對，可現在似乎有出大事的苗頭了，綠綺身為忠僕，必須提醒大少奶奶，防人之口，勝於防川啊！

丁若妍聞言，眉頭深皺，沉吟道：「妳去找趙管事，傳我的話，就說兩位少爺明日就要應試了，若是有一星半點流言進了兩位少爺的耳朵，影響兩位少爺的情緒，就讓他請辭回家吧！」

綠綺欣慰道：「是，奴婢這就去。」

大少奶奶這幾句話才像當家主母的派頭。

綠綺一走，丁若妍又喚來紅裳，問：「兩位少爺應考的用具都準備好了嗎？」

紅裳笑道：「都按大少奶奶的吩咐準備好了。」

丁若妍拿出一對香囊，「在裡頭放些冰片麝香，給兩位少爺帶上，可以提神醒腦。」

紅裳接了過去，丁若妍又叮囑道：「繡了喜鵲登枝的給大少爺，繡了四合如意的給二少爺，別弄錯了。」

落霞齋裡，林蘭也在忙碌著為李明允整理考試要帶的用具。

李明允看著那一堆羊毫，不解道：「幹麼要帶這麼多筆？」

「這叫有備無患。萬一寫寫掉毛了，影響你寫字就不好了。你的字這麼漂亮，可以加不少印象分的。」她自己也是練過書法的，知道寫這種小楷極費毛筆，幾千個字下來，筆頭就開始掉毛，不好寫了。

李明允輕哂，「所有的卷子都會由抄書手用正楷謄錄，考官是看不到考生的筆跡的。」

林蘭怔了怔，這個問題她倒是沒有想到，「那，萬一你的卷子中了前三甲，你寫的答卷應該是會呈到皇上面前的吧？」

「那是一定的。」

「這不就結了？皇上看到你的字，一定會喜歡的。」

銀柳在一旁笑道：「少爺，您就帶著吧，要不然，二少奶奶會不放心的！」

李明允只好從善如流，任林蘭把七八管筆放進了箱子裡。

「這瓶青色的是保寧丸，萬一你肚子不舒服什麼的，每隔六個時辰服六顆；這瓶白色的是藿香丸，你若是覺得頭暈噁心或胸口悶了，也是每隔六個時辰服六顆。這些藥丸我都做得極小，裡面藏不了東西，應該會讓你帶進去。還有，這是艾香，萬一號子裡面悶熱有蚊蟲什麼的，你就點上，另外……這是冰片麝香，聞聞可以提神醒腦，你看這香囊漂亮吧？花色是我選的，繡是白蕙繡的，花了幾天幾夜呢，必須帶上！」林蘭逐樣介紹，一一放進箱子裡。

本來看林蘭準備的這樣細緻，尤其是那些藥丸，知道那是林蘭特意趕製出來的，費了不少功夫，李明允還暗暗感激，可說到最後，還把白蕙扯進來，更用那種曖昧的眼神瞥了他一眼，再看一旁的白蕙已經露出羞澀的神態，李明允哭笑不得，林蘭這是故作大方呢，還是刻意警告？

最後林蘭拿出兩包乾糧，「這包是桂花糕、茶糕、蓮子糕，這包是酥餅，我特意讓桂嫂做的，雖然乾了點，不過沒有乾糧是不乾的，好處是，酥餅不容易壞，放個把月也沒事，總比吃壞肚子好。」

李明允看著那包酥餅，擔心道：「考官也許會把每個酥餅都掰開來查驗是否有夾帶。」

林蘭不以為然，「那就讓他們掰好了，成了酥餅碎，還省得你費牙去咬。」

李明允的臉黑了一半，銀柳和白蕙忍不住掩嘴偷笑。

小小的箱子被這麼多東西塞得滿滿當當，林蘭蓋了兩回都蓋不上，最後她用力一壓，只聽得咯咯咯一陣碎響。

眾人怔了怔，林蘭訕訕地看著李明允，「這下好了，給考官們省事了。」

李明允剩下的那一半臉也黑了。

正說著，錦繡來報，說微雨閣的紅裳給二少爺送應考的用具來。

銀柳詫異，「這個還用她們準備？」

白蕙說：「送來咱們也不敢用。」

林蘭看了看李明允，「人家一番好意，自然是要收下的。」

李明允讚許地點點頭，林蘭去西廂見紅裳。

紅裳規規矩矩見了禮，笑說：「這是給二少爺準備的應考用具，請二少奶奶收下。」

林蘭微笑，「大少爺有心了。」

紅裳笑笑，按大少奶奶的吩咐，沒說是大少奶奶準備的。大少奶奶這般用心，也是想增進大少爺和二少爺的兄弟情誼。

林蘭讓銀柳給紅裳賞了個銀錁子，銀柳親熱地送紅裳出去。

白蕙看著那只箱子，問：「二少奶奶，這個？」

林蘭瞅著那箱子描金雕漆的，很漂亮，很氣派，也很扎眼，淡笑道：「收起來吧，咱們二少爺是去應考，不是去擺闊的。」

白蕙深以為然，「那奴婢就放到雜物間去了。」

大少爺送的東西也不可靠，回頭別寫了沒幾個字，筆頭就掉了。

林蘭點頭默許，可憐丁若妍費了許多心思繡的四合如意就這樣被束之高閣。

第二天一大早，林蘭和李明允就起來了。

李明允一身青衫，顯得格外清俊儒雅。這幾天不夜讀了，早早就睡，顯得神采奕奕。

林蘭笑咪咪地看著他，「緊張嗎？」

李明允挑眉，「謀事在人，成事在天，沒什麼好緊張的。」

林蘭很滿意地點頭，「這樣想就對了，只要努力過就好，結果不必看得太重。」

李明允微微一笑，林蘭這是在幫他減壓，笑說：「知道了。」

「二少爺、二少奶奶，早飯都擺好了。」銀柳來稟。

「走吧，桂嫂一大早做了好些好吃的，你多吃點，接下來有好幾天都得吃乾糧了。」

兩人一前一後出了臥室。

桌上擺滿了吃食，簡直比宴席還豐盛。桂嫂做了蒸糕，寓意步步高升，還有板栗炒雞丁，寓意吉祥如意，另有五穀粥，寓意五子登科……總之都是些吉祥菜，

在林蘭和周嬤嬤殷切的目光監督之下，李明允每樣都吃了點，把所有吉祥都吃進肚子裡。

吃過早飯，林蘭送李明允到府門口。李明則和丁若妍已經在了，李敬賢也來相送。

李明則見李明允來了，笑說：「二弟姍姍來遲，可見已是胸有成竹，此番定能一舉得中。」

李明允也拱手道：「大哥早早就來，可見已是準備充分，迫不及待，此番應考，定能文思泉湧，大顯身手。」

李明則哈哈一笑，「借二弟吉言了。」

李敬賢語重心長道：「此次恩科，聖上甚為重視，爾等要沉著應對，切莫浮躁，為父在家等你們的好消息。」

兩人抱拳施禮，齊齊道：「兒子記下了。」

丁若妍目送兩人連袂而去，心中感慨萬千，希望李明允旗開得勝，也希望李明則馬到成功。

送走了兩人，李敬賢就辦公去了，林蘭也準備回落霞齋，還有要緊的事得辦，丁若妍卻是叫住了她：「二弟妹……」

林蘭回頭，笑吟吟喚了聲「大嫂」。

丁若妍儀態端方地走過來，溫言軟語地問：「給二弟準備的用具可還使得？」

林蘭馬上意識到，丁若妍是看見文山背的箱子了，便笑道：「使得使得，周到得很，不過明允說那箱子太扎眼，就換了只箱子，東西還是一樣的。」

丁若妍笑笑，心裡卻是懊惱，是她疏忽了，明允一向不愛張揚的。

「使得就好。」丁若妍淡淡一笑，微微欠身，告辭離去。

林蘭盯著她那妙曼多姿的背影，原來用具是大嫂準備的呀！不過就算是大嫂準備的，她也不放心讓李明允帶去，這個家裡，最讓人看不透的就是這位大嫂，看起來文文靜靜，話不多，溫和有禮，很隨和的樣子，但林蘭不會因此就低估了她，能在這個家裡生存的都不會是簡單的人。

回到落霞齋，林蘭先去查看了冬子的傷勢，因為傷口處理得及時，加上精心調養，冬子已經恢復得差不多了，也有力氣抱怨了。

「奴才伺候少爺這麼久，磨了多少年的墨，打了多少年的扇子，結果少爺去應考了，奴才都沒能送送少爺。」冬子說得很是委屈，鼻子一抽一抽的。

林蘭好笑地道：「你已經是大功臣了！你要想著，若不是你捨身護主，這會兒躺在這的就是少爺了，還談什麼應考啊！你有這精神去想磨了多少墨，打了多少扇子，還不如給少爺祈禱，保佑少爺考試順利才是！」

聽了二少奶奶這一番誇讚，冬子的心情稍微好轉。

林蘭又道：「你要好好將養，讓自己趕緊好起來，九天後，一起去接少爺回家。要不然，連這你也要錯過了。」

冬子忙道：「奴才一定會好好喝藥的，到時候一定能去接二少爺。」

林蘭笑道：「嗯，二少爺看見你好了，也會很高興。」

銀柳一旁提醒：「周嬤嬤還等著跟二少奶奶回話呢！」

林蘭頷首，帶著銀柳回正屋，周嬤嬤已經候著了。

「那邊怎麼說？」林蘭問。

「找了三日都不見人，連他婆娘都不知道他去了哪裡，還道又在哪個賭場流連，可京城裡大大小小的賭場都尋遍了，還是沒有。」周嬤嬤有些氣餒。

林蘭凝神思量，嘆道：「咱們還是慢了一步。」老巫婆的動作好快啊！

「那……還要不要繼續找？」

「不必刻意找了，讓人盯著他家。若是他沒事，自然是要回家的，若是有事，那便是……」

周嬤嬤明白二少奶奶的意思，按著老虔婆那狠毒的性子，巧柔她哥只怕是凶多吉少，虧得巧柔還這麼相信老虔婆。

林蘭沉默了片刻，又問：「巧柔這兩天可還安分？」

「整日呆呆的，不哭也不鬧，給吃就吃，給喝就喝……」周嬤嬤語氣裡帶著同情的意味。

林蘭默然，這能怪誰呢？有句話說的好，可憐之人必有可恨之處。人不能為了解自己的難處就去加害別人，這不是理由。

「二少奶奶，咱們要不要把巧柔她哥的事告訴巧柔，也好讓她清醒清醒。」周嬤嬤提議。

林蘭揉了揉有些發脹的腦仁，「先好生看著吧，等我想好了再處置。」頓了頓，林蘭又吩咐道：「對了，田嬤嬤和舒方舒雲兩姊妹離開了，咱們這的人手又不夠了，妳去牙行看看，買幾個身世清白、機靈點的丫鬟回來。」這兩日錦繡和如意都忙壞了，這個大個院子要打掃，還要漿洗衣裳什麼的。

「上回舅老爺還說，需要人手的話，葉家有，都是知根知底的，信得過的。」

林蘭想了想，沉吟道：「知根知底是最好的了，不過不能做得太明顯，讓老爺知道咱們從葉家要人，只怕會不高興。妳去安排安排，改天讓牙婆子把人帶進來，就說咱們自己買的。」

周嬤嬤笑道：「還是二少奶奶想得周到。」

林蘭苦笑：不周到不行啊！在這個矛盾重重的家裡過日子，就得事事考慮周全，稍有偏頗便會落人口舌！

老巫婆走了，李明允也走了，林蘭剛開始覺得心裡空落落的，不知道該幹啥，本來一天到晚圍著李明允轉，忙這忙那，一門心思想著怎麼跟老巫婆鬥。現在對手不在，金主也不在，林蘭無所事事地發著呆。

直到文山回來，說少爺已經進考場，東西也都帶進去了，不過大少爺就沒那麼順利了，好多東西都被扣下，連吃食都扣下不少，這九天七夜的，難免要挨餓了。

林蘭暗暗慶幸，多虧自己想得周到，藥丸儘量小，糕點儘量薄，人參切成片，連香囊也是單層的布料，一目了然。古代的考場紀律遠比現代要嚴格，只要夾帶嫌疑的東西都會被扣下，就連身上穿的衣裳都要細細檢查，就差把你的衣服都撕開來翻找。

「哦，二少爺說，讓二少奶奶不必為他擔心，等他的好消息就是。」

李明允是有真才實學的，這點林蘭絕對相信，只要考試的那幾天裡不出什麼意外就好。

林蘭放下心來，更覺無所事事。勉強提起精神去藥房搗弄藥材，卻是連連弄錯好幾味藥，便鬱悶得把藥杵一扔，不幹了。

銀柳也察覺出二少奶奶的不對勁，便道：「二少奶奶，算算日子，靖伯侯夫人也快生了吧！」

林蘭心裡忽然亮堂起來，對啊，早該去看看喬雲汐了，當初離開靖伯侯府，她還信誓旦旦說會常回去看她，結果這麼久都沒去，別人還道她過河拆橋了呢！

「走，咱們去靖伯侯府。」林蘭終於找到事做，又來了精神。

當即叫文山備了馬車，帶了銀柳和玉容直奔靖伯侯府。

一個多月未見，喬雲汐已是大肚如籮，行動遲緩，顯得很吃力，而且肚子已經下墜了不少，看著是快要生了。

喬雲汐見到林蘭，抱怨道：「可算把妳給盼來了，妳再不來，我就要下帖子揪妳過來了。」

林蘭不好意思乾笑道：「我一直惦記著您呢，只是家裡事多，一時走不開，今兒個明允考試去了，我這不是一得閒就趕來了嗎？」

喬雲汐笑嗔道：「知道妳事忙，怎麼樣？在李家還待得還習慣？」

這話問得很含蓄，莫說喬雲汐，但凡聽過傳言的，如今恐怕都在猜測李大才子死活要娶的村姑進了李家門會過得怎麼樣。

林蘭笑得靦腆，「過得還不錯吧！」

說很好，人家未必會信，倒苦水又犯了家醜不可外揚的忌諱，只能說還不錯。確實也還不錯，首先跟李明允相處得還算愉快，跟老巫婆、李渣爹幾番交手，大獲全勝，真的很不錯。

這話喬雲汐聽在耳朵裡又是別樣的意味，是強顏歡笑？苦中作樂？林蘭進門，李家一點動靜也沒有，按說也該擺幾桌酒席。年初李大公子成親，那動靜，京中權貴大半都去了，這厚此薄彼，李尚書做得也太過了。

喬雲汐同情地拉著林蘭的手，「還是那句話，有什麼難處，大可對我說說無妨。」

林蘭很惆悵，難道她表現得像個怨婦？可惜沒鏡子，不然真該去照照自己啥表情，只好道：「真有難處，我肯定是要找您了。在京城，除了您這，我就沒別的去處了。」

喬雲汐這才放心笑道：「等孩子生下來，過滿月，府裡要大擺筵席，到時候妳一定來，我介紹些人給妳認識，多走動走動自然就熟了。」

林蘭心下感激，喬雲汐這是要帶她進入京城貴婦圈呢！

「那敢情好，我一定來，對了，我教您的那套操，您都做了嗎？」

一說到那套孕婦操，喬雲汐面上不禁浮起一層紅暈，那姿勢真是不雅呢！趴在床上，拱著臀部，她每回都是趁侯爺不在的時候做，偏巧那日侯爺回來早了，丫鬟們也沒通傳，叫侯爺看了去，被他笑話了許久……

喬雲汐難為情道：「我就做了幾日。」

「這怎麼行？那套操可是用來正胎位的，確保孩子頭朝下，這樣分娩的時候就會容易許多，必須得做。」

古代沒有超音波，看不見肚子裡面的情形，只能用手摸肚子去感覺。上回她離開的時候，孩子還是腳朝上，按說到最後一段時間胎兒會自己倒轉回來，可也有轉不過來的。分娩的時候腳朝下，這樣會造成難產，孩子也容易骨折。

看林蘭說得嚴肅，喬雲汐擔心起來，「那我從現在開始每天做。」

「讓我先給您檢查檢查。」

林蘭摸了摸喬雲汐的肚子，還好胎位尚正，但不能保證胎兒不會移動，便道：「目前情況還好，但那操還是得做，對妳分娩有好處。」

喬雲汐連連點頭。

說話間，只聽得外面丫鬟傳道：「侯爺回來了。」

林蘭一怔，就想起身迴避。

喬雲汐看她那緊張的樣子，笑道：「既然侯爺來了，就見上一見吧！」

林蘭聽李明允提過靖伯侯周家，周家先祖乃是開國元勳，曾隨太祖南征北戰，立下赫赫戰功，卻在太祖登基後急流勇退，請求卸甲歸田。太祖不允，遂封靖伯侯，子孫後代世襲爵位。歷經幾朝，周家子弟雖不在朝中擔任要職，卻因聖眷不衰，在朝中亦有舉足輕重的地位。

林蘭不得不佩服周家先祖，自古以來，鳥盡弓藏、兔死狗烹也不是什麼新鮮事，功勞太大，往往會叫人心存戒備，再若居功自傲，大多只有死路一條。浴血疆場，搏的是什麼？無非功名二字。功有了，名有了，不如放下兵權，換來帝王的信賴與歉疚，永保子孫後代安享太平，這才是明智之舉。周家子孫只怕也是深得先祖教誨，深諳韜光養晦之道。林蘭對這樣的周家很好奇，對現任靖伯侯更加好奇。

林蘭垂首立於床榻側，聽得一陣腳步聲，而後是喬雲汐溫婉的聲音：「侯爺今日回來得早。」

「今日朝廷開恩科，忙的是文臣，我等武將清閒無事，便早些散了。」一男子低沉卻不失溫和的聲音說道。

「可巧，李夫人正陪我說話呢！」喬雲汐笑盈盈地說。

靖伯侯周信一進屋就發現了林蘭這生面孔，聽夫人介紹，知是李夫人，便溫和笑道：「原來是李夫人。」

林蘭福身一禮，「林蘭見過侯爺。」

靖伯侯道：「李夫人不必拘禮，內子時常說起妳，有空便常來坐坐。」

林蘭微微一笑，算是回應。等靖伯侯落座，她方才在一旁的錦杌坐下。芳卉給靖伯侯上了茶，又給林蘭添了水，也站在一旁伺候。

「李公子今日該去赴考了吧？」靖伯侯語氣平淡溫和。

林蘭點點頭，目光微轉，看清了靖伯侯的面貌，適才就覺得對方身形高大魁梧，還道他人也長得英氣，沒想到靖伯侯卻是面目隨和，只一雙淡淡清眸中透著一絲圓滑與世故。隨和的只是外表，能成為政壇常青樹，又豈是光靠隨和就能成事？含而不露才是真本事。

喬雲汐笑道：「正是因為李公子應考去了，李夫人才得空來看我。」

靖伯侯笑笑，輕啜了一口茶，慢悠悠地說道：「今兒個聽說尚書大人有意等李公子放榜後為你們擺酒席。」

林蘭愕然，李渣爹嘴可真快，肯定是對外宣稱：為了不影響李明允應考，故而延遲擺酒席。免得落人口舌，說他見兒子高中了才想起擺酒席，也可見李渣爹對李明允很有信心。

林蘭微笑，「公爹是怕影響明允應考，故而將酒席延後了。」

「原來是這樣啊，我還道他不想辦了呢！」喬雲汐的口氣裡略有不滿之意。

靖伯侯呵呵一笑，忽而轉了話題：「剛才回來見著融兒了。」

喬雲汐笑道：「融兒下學了？也不來瞧瞧我。」

靖伯侯道：「他正苦惱著。」

「他有什麼可苦惱的？」喬雲汐掩嘴笑道，寵溺之情溢於言表。

靖伯侯笑道：「他與我說，因為他在學堂裡表現好，常得先生誇讚，就有兩位同年想與他交好，可那兩人偏巧是死對頭，跟這個交好就得跟那個交惡，他兩廂不想得罪，所以很苦惱。」

林蘭聽著心下一緊，靖伯侯這話怎麼好像在說給她聽似的？

「那您怎麼說的？」喬雲汐笑問。

「我就對他說，那就先遠著，先看看這兩人值不值得深交。若是不值，硬要從中做出選擇，因而多了個敵人，豈不是更不值？」靖伯侯說著，淡淡地看了林蘭一眼。

林蘭心裡一突，越發肯定靖伯侯話裡有話，似在提醒她一些很微妙的事。林蘭不由得想到李明允，想到陳子諭跟她提起的皇位之爭。當初魏大人想與李家結親，不就是想拉攏明允嗎？明允這次若是高中，只怕想來結交籠絡的人會更多，到時候明允是不是也會遇上與融兒一樣的麻煩呢？

「去學堂，先是學業為主，交友則要看緣分。」靖伯侯不鹹不淡又說了一句：「所以，前兒個他說過生辰時請幾位同年的事，我讓他還是先作罷。請了這位，那位不高興，都請或是都不請也是不妥，還不如不辦了，省得大家為難。自己一家人過，不也一樣開開心心。」

這下林蘭心裡亮堂了，靖伯侯這是在暗示她，那喜宴還是莫要太鋪張的好。

林蘭笑道：「侯爺說的極是，其實為人處世有時候還是低調一點好。」

靖伯侯目光倏然一亮，隨即又柔和下來，讚許地點點頭，「李夫人這話說的好。」

喬雲汐根本沒往深處想，就沒聽懂他們之間的言外之意。

從靖伯侯府出來，林蘭決定，有機會要介紹李明允和靖伯侯認識，也好讓李明允跟靖伯侯學著點，對以後入仕有好處。

◆◆◆

城西的一座莊園裡，韓秋月怏怏地倚在炕上，春杏給她打扇子，翠枝給她敲腿，田嬤嬤進來後就站在一旁候著，不敢打攪夫人。

「今天是開考的日子了！」韓秋月嘆氣道。

「夫人放心，以大少爺的才學，一定能中。」田嬤嬤馬上討好道。

韓秋月剜了她一眼，復又嘆息，「本想叮囑他幾句，這孩子容易浮躁。」

田嬤嬤笑得諂媚，「大少爺知道輕重，事關前程爵位，大少爺一定會仔細應對，再說，老爺也會叮囑的，還有大少奶奶……」

不提老爺還好，一提老爺，韓秋月的心就跟火燒火燎似的，老爺眼裡如今只有李明允，哪還顧得上明則。

韓秋月盤腿坐了起來，揮揮手叫春杏和翠枝下去，方才問：「這兩天府裡有什麼動靜？」

田嬤嬤回道：「趙管事派來的人說，姜嬤嬤和邱嬤嬤的傷勢怕是一時半會兒好不了，起碼得臥床三個月。如今大少奶奶當家，一切還是按著夫人原來的規矩辦事。落霞齋那邊安安靜靜的，暫時沒有什麼動靜。」

韓秋月目光森冷，盯著田嬤嬤。田嬤嬤被盯得心裡陣陣發毛，自打被老爺遣了過來，她每日都得挨夫人幾回罵，如今只要夫人一板臉，她就心發顫。

「都是你們這些沒用的東西，這麼點小事也辦不好，妳若是早得了信，早報與我，也不至於被人打得措手不及。」韓秋月罵道。

田嬤嬤戰戰兢兢，卻不敢為自己辯解，只得低頭任夫人痛罵，暗道，幸好沒告訴夫人府裡頭的那些流言，不然，夫人氣惱起來，只會罵得越凶。

韓秋月越看田嬤嬤就越來氣，怎奈如今她的兩隻左膀右臂都重傷在身，幫不上忙，不得不用田嬤嬤，便沒好氣道：「讓來人回去告訴趙管事，好生幫襯大少奶奶，給我盯緊了落霞齋，落霞齋有任何舉動都要及時來報。」

田嬤嬤趕緊道：「是是，老奴這就去吩咐。」說完忙溜走。

韓秋月很是鬱悶，這次真是大意失荊州，一敗塗地，得趕緊想個法子挽回局面才是。

◆◆◆

林蘭這兩日閒著沒事就到書樓和後院轉悠，她就不信巧柔在那麼短的時間內能把證據變成空氣。事發後，書樓和後院都沒有發現燒過的痕跡，燒毀是不可能的，那巧柔能把底蓋藏哪去呢？

銀柳和玉容看二少奶奶一圈一圈地轉悠，就知道二少奶奶還不死心。

「二少奶奶，您還在找啊！」銀柳很擔心二少奶奶這般執著下去會魔障了。

林蘭撿了根竹枝在竹林裡撥來撥去，「當然要找，沒有證據我怎麼處置她？她口口聲聲喊冤枉，我得讓她心服口服才是。」

「可咱們裡裡外外找了好幾遍了，就差把地翻過來了。」銀柳怏怏道。

林蘭咬著嘴唇，苦思冥想，突然問道：「銀柳，如果是妳，要在最短的時間裡把底蓋毀掉，又不露痕跡，妳會怎麼做？」

銀柳茫然地「啊」了一聲，看了看院子，想了半晌，囁嚅說：「奴婢不知道怎麼辦。」

林蘭瞪她，「真沒用。」

銀柳無辜地看著二少奶奶，您自己不也沒辦法嗎？

「玉容，妳說呢？」林蘭改問玉容。

玉容冷靜地指著那方小池子說：「若是奴婢，就把底蓋綁上石頭，沉到池子裡去。」說完，玉容又覺得自己的回答有些不靠譜，支吾道：「奴婢也是胡亂說的。」

林蘭盯著那池子發了會兒呆，驀然道：「銀柳，讓文山找個會水的下池子去摸。」

「啊？二少奶奶，您真要……」玉容有些惶恐，自己隨口一說，二少奶奶還當真了。

林蘭催促道：「快去快去！」自己走到池子邊，蹲在那裡看。池水倒是清澈，可上面飄滿荷葉，根本看不清底下的情況。

銀柳跑了出去，須臾叫了文山來。

文山一來就捲褲腿，「二少奶奶掉了什麼？奴才下水去摸。」

林蘭笑道：「不是我掉了什麼，你下去摸摸看，有沒有一個圓圓的蓋子。」

文山爽快道：「好咧！奴才打小在河裡摸螃蟹，這活奴才最在行了！」說罷，噗通跳下了水。

岸上三人都緊張地盯著水裡的文山。池子說大不大，說小也不小，池底又都是淤泥，要找一樣東西還真不太容易。文山從東摸到西，又從南摸到北，費了好一會功夫，忽然頓住，整個人往下一沉，須臾捧了樣東西上來，用力甩掉臉上的水，大步走了過來，把東西往岸上一放，「二少奶奶，您看是不是這個？」

林蘭眉開眼笑，拍了拍一旁傻眼的玉容，笑道：「玉容，還是妳聰明，立大功了。」

◆ ◆ ◆

巧柔呆呆坐在柴房的地上，這些天二少奶奶只關著她卻遲遲不發落，讓她惶惶不安，生怕二少奶奶會拿到證據，同時又深感愧疚，二少爺對她們這些下人都是極好的，可她卻差點害了二少爺的性命，簡直就是禽獸不如。內心的恐懼與糾結折磨得她苦不堪言，真想一頭撞死算了，可她又怕死，捨不得死……

柴房的門吱呀打開，一道刺眼的光柱投射進來，照亮了昏暗的柴房。巧柔依然呆呆坐著，連眼皮都沒有抬一下。

如意看著這個相伴了多年的好姊妹，此時蓬頭垢面，形容呆滯地坐在地上，狼狽得猶如路邊的乞丐，不禁暗暗嘆息，輕道：「巧柔，二少奶奶要見妳。」

巧柔茫然地抬起頭，看著站在光柱中的如意一臉悲憫的神色，愣了一會兒，才反應過來，自己剛才聽到的不是幻覺，二少奶奶終於要見她了。

如意先帶巧柔去洗了臉，梳了個頭，換了身乾淨的衣裳。這是二少奶奶吩咐的，讓巧柔乾乾淨淨地去見她。

巧柔跟著如意出了府，文山已經備好了馬車在等，兩人一起坐上馬車。巧柔心中狐疑，這是要去哪？問如意，如意淡淡道：「妳去了就知道了。」

馬車行了半個時辰，來到一處院落，有下人將兩人引了進去。

「二少奶奶，人帶來了。」如意先行通稟。

「讓她進來吧！」林蘭的聲音淡淡的如同一聲嘆息，就這樣鑽進巧柔的耳朵。

巧柔一顆心怦怦急跳，心知今日就是決定她命運的時候了。

屋子裡，白蕙、錦繡、銀柳、玉容、周嬤嬤都在，一個個看著她，眼裡滿是惋惜之色，而林蘭神情肅穆地端坐炕上。

巧柔走到林蘭面前，緩緩跪下，低著頭，靜聽發落。

林蘭盯了她好一會兒，方才開口：「巧柔，機會我已經給過妳了，所以我不會再說給妳最後一次機會的這種話，有些事錯過就是錯過了，希望妳不會後悔。周嬤嬤，妳把妳打聽到的事說給她聽。」

周嬤嬤上前一步，微微欠身，對巧柔說：「妳哥已經失蹤多日，二少奶奶派人找遍了京城都找不到，連妳嫂子也不知他去了哪裡。經過我們多方打聽，得知在事發那日，有人見到妳哥被人綁走了，當時他們還道妳哥是欠了賭債。夫人的脾氣妳也知道，為了保全她自己，妳哥只怕是凶多吉少了。」

巧柔心頭劇震，眼裡霎時便有了淚光，聽到凶多吉少四字，淚光更盛，雙唇不可抑制顫抖著。

周嬤嬤說完，又站回原處，林蘭道：「玉容，把東西拿給她看。」

玉容應聲，把已經洗乾淨的底蓋放到巧柔跟前。巧柔一見那底蓋，身子抖得如同風中落葉，驚恐、害怕、擔憂，種種心境到最後都變成了絕望，她匍匐於地，失聲痛哭起來。

一屋子的人只是靜靜看著她因哭泣而顫抖的肩膀，聽著那一聲聲悲嗚，人人心緒複雜。

林蘭等她哭夠了，問她：「妳有何話說？」

巧柔自知罪孽深重，先前二少奶奶已把話講明，機會不再有，那她只有認命，巧柔搖搖頭。

林蘭默然，還算有點自知自明。

「巧柔，妳知道妳為何會落到今天這樣的境地？」林蘭嘆息著問。

巧柔抽泣著，「都是奴婢的錯，奴婢認罰！」

「妳知道錯了，可妳不知道自己錯在哪裡，現在我來與妳說說。其一，妳錯在識人不明，當初夫人利用妳哥來威脅妳，妳就應該來告訴我或是告訴少爺，我們自會想辦法幫妳，可妳卻選擇了受人脅迫。要知道妳一旦上了賊船，就再也下不來了；其二，妳錯在優柔寡斷，心懷僥倖，幫人做壞事是有風險的，做的事越壞風險越大，不是事敗妳來當替死鬼，就是事後遭人滅口，妳非但看不穿，反而心存僥倖，我一再給妳機會，妳都錯過了；其三，妳錯在心術不正，為了救妳哥，妳就去加害二少爺，妳自以為有苦衷，可二少爺又何其無辜？妳有沒有想過，如果二少爺當真被毒蛇咬死了，妳的心能安？正所謂一步錯步步錯，一直錯到現在這個地步。」林蘭痛心道，這些話是說給巧柔聽的，也是說給在場的每一個人聽的，她不希望身邊的人犯同樣的錯誤。

巧柔漸漸止住了哭泣，二少奶奶的話句句如刀直中要害，當初她不是沒有想過向二少爺求助，可她就是存了一絲僥倖，以為夫人只是要她做眼線，彙報二少爺的舉動而已，一時發昏，就答應了，後來，夫人讓人傳話，要她放毒蛇，她也曾猶豫過，可那人說，夫人不過是想讓二少爺受傷參加不了考試，不會死人的。她再次發昏又應了，直到事發，她還是心存僥倖，以為只要自己不認罪，大不了被打幾板子，趕出府去，結果，二少奶奶把證據放在了她面前，她一心要維護搭救的哥哥下落不明，生死不知……從一開始就錯了，錯的路走下去註定是悲慘的結局。那麼，在她死之前，再為二少爺做一件事吧！

「二少奶奶，巧柔認罪，巧柔願意把事情的經過原原本本告訴二少奶奶。巧柔不求二少奶奶寬恕，只求二少奶奶可憐可憐我那嫂子和嗷嗷待哺的侄子，若是我哥有什麼好歹，還請二少奶奶給他們留一條活路，巧柔給二少奶奶磕頭了……」說罷，巧柔誠懇地，帶著無盡悔意地磕了幾個響頭。

林蘭面無表情道：「銀柳，筆墨伺候。」

巧柔把夫人當初是怎麼吩咐她的，又是派誰來傳話的，她又是怎麼把食盒裡的毒蛇放出來，如何毀滅證據等等，一五一十全都說了出來。

眾人聽得倒抽冷氣，難怪那些毒蛇都往樓上爬，原來那日送來的參湯裡還摻了催發毒蛇攻擊性的藥物，還好那參湯少爺沒喝，若是喝了，那些毒蛇還不得齊齊往少爺身上招呼。眾人不禁暗罵夫人心狠手辣，這哪是想二少爺受點傷，分明就是想要二少爺的命。

林蘭的心情很沉重，事情果然如她猜想的一樣，老巫婆，妳也不想想我林蘭是什麼人，在我面前都敢施毒，改明兒，我也給妳下幾味藥，整得妳半死不活，半身不遂。記錄完畢，林蘭讓巧柔在上面按下手印。

白蕙等人想為巧柔求情，又開不了口，如果二少爺真被害了，她們是不會原諒巧柔的。

「巧柔，雖然這次二少爺福大命大，化險為夷，但妳做下這等錯事，我是不能留妳了。看在妳認罪態度尚可的分上，這回我就從輕發落，周嬤嬤，把她交給牙行，有多遠賣多遠。」林蘭吩咐道。

巧柔錯愕地抬頭，以為自己聽錯了，二少奶奶居然放過她，饒了她一命。

剛才糾結著要不要求情的人，聽了二少奶奶的處罰，也是怔愣了一下。

「妳的賣身錢，我會讓周嬤嬤交給妳嫂子，算是妳為她們盡的最後一份心吧！」林蘭淡淡說道。她已是仁至義盡，若不是留著巧柔還有用處，她絕不會這麼輕饒了她，怎麼也得給她幾十大板。

巧柔感激涕零，連連磕頭，「多謝二少奶奶大恩大德！多謝二少奶奶……」

林蘭不耐煩地揮揮手，「帶她下去。」

周嬤嬤忙把巧柔帶下去。

林蘭掃了眼在場的人，肅然道：「巧柔的事算是給我們敲了一記警鐘，夫人這次害二少爺不成，肯定還會再出別的招數，我不希望妳們有人步巧柔的後塵，與她一般識人不明。今日我對巧柔從輕發落，來日若是有誰犯錯，我定嚴懲不饒。」

眾人連忙應諾。

「好了，銀柳留下，其餘人都先回去吧！」林蘭遣了白蕙等人離去，方才道：「寧大哥，你們請出來吧！」

寧興與一官差模樣的人從屏風後出來。

林蘭向兩人屈膝一禮，「剛才巧柔的話兩位大哥都聽到了，還請兩位做個見證。」

寧興面色凝重，眼中更是隱含憤怒之色，「韓秋月真是太過分了，絕不能便宜了她。」

那位官差思忖道：「雖然供詞已經到手，但一人的供詞還不足以定罪，最好是能拿到其他幾位參與此事之人的供詞。」

林蘭點頭，「這點我知，我會想辦法的。如今明允尚在應考，這事如何處置須明允出來再做定奪，還請兩位暫時保密。」

那官差鄭重道：「寧興是我的兄弟，他的託付，鄭某自當盡力，二少奶奶請放心。在李公子沒有發話之前，剛才那些話，只入我耳，不出我口。」

林蘭笑道：「如此，林蘭謝過鄭大哥，此事就麻煩鄭大哥了。」

寧興找來的人，豈會信不過？況且人家還是京城最有名的鐵面巡捕。

寧興道：「嫂子，以後我若不在京城，您若有急事，可以直接去找鄭大哥幫忙。」

林蘭再三道謝，寧興二人方才告辭。

◆ ◆ ◆

白蕙幾人坐了馬車去京城最大的藥鋪德仁堂，二少奶奶讓她們去那等她。

坐在馬車上，錦繡惋嘆道：「沒想到巧柔真做了那樣的事，不過有一點我想不明白，二少奶奶怎麼知道還有個底蓋？那食盒我拎了那麼多次都沒注意到。」

玉容道：「那食盒底部的藤條編得稀疏，若是沒有底蓋，那些蛇早跑出來了，所以肯定是等食盒到了書樓，再將底蓋取下，把毒蛇放出來。底蓋找到後，二少奶奶比對過，大小正好能卡住，這底蓋就是巧柔作為內應的重要證據。」

錦繡恍然點頭，「難怪巧柔看到那底蓋，什麼話都不說了。」

玉容又道：「這可沒這麼簡單，就算事發那日找到底蓋放在巧柔面前，巧柔也不會承認的。」

錦繡又惶惑了，「那她今日怎又認得這般爽快？」

「這些我也不懂，聽二少奶奶說，這就叫心理攻勢。先關著她，不聞不問，作賊心虛的人自然是忐忑不安，惶惶不可終日，越想就越糟糕。今天二少奶奶又吩咐如意，先把巧柔打扮整齊，梳理乾淨，再帶到外院來受審。落霞齋內院的所有丫鬟都在場，如此慎重其事，顯得二少奶奶已是成竹在胸，巧柔的心便先虛了，然後，二少奶奶讓周嬤嬤告知巧柔她哥的消息。巧柔做這些原本就是為了她哥，現在她哥不見了，又是凶多吉少，巧柔的指望沒了，那她還固執什麼？而那個底蓋，用二少奶奶的話說，就是壓死駱駝的最後一根稻草。總之是環環相扣，步步威壓，最後水到渠成。」玉容把二少奶奶說過的一些話和今天的情形做了個總結。

「壓死駱駝的最後一根稻草……」錦繡喃喃念著這句話，稻草也能壓死駱駝？這說法真古怪。

白蕙暗暗感慨：二少奶奶真是心思縝密啊！二少爺有了二少奶奶這個幫手，應該會容易許多！

如意默然，她擔心的是，今日二少奶奶大費周章，把她們都叫了出來，待會兒回去，二少奶奶編的那些說辭能順利過關嗎？

四人到了德仁堂，等了一會兒，林蘭和銀柳就到了。

德仁堂最出名的是驢皮阿膠，阿膠有滋陰補血、延年益壽的功效，歷來與人參、鹿茸並稱滋補三大寶。德仁堂出產的阿膠，品質優良，一直被納為貢品，故而名聲大噪。

林蘭先買了製六神丸需要的幾味草藥，又讓店小二秤了幾斤阿膠。喬雲汐很快就要生了，送些阿膠去給她補身子，最合適不過。林蘭看那阿膠色澤棕黑，表面光滑，又拿著對光看了看。

小二見林蘭如此仔細便笑道：「夫人放心，本店的阿膠都是上品，用驢皮熬製，絕無摻假。」

假是自然不假，只是看起來好像沒有現代東阿阿膠的質地好，林蘭便問道：「你們用的是哪裡的驢皮？」

那小二笑道：「哪的驢不都一樣嗎？」

林蘭心道：驢皮是差不多，問題是水質不同。用山東東阿一帶的地下水熬製的阿膠，純度更高，而且有利於藥性的發揮。

「呵呵，那倒是。」林蘭乾笑兩聲，試探著問：「是本地產的嗎？」

小二戒備起來，不高興道：「夫人，您若是信不過本店的阿膠，只管去別處買！」

喲……這麼跩！問一下都不能問，貢品就了不起啊！到時候本姑娘就讓你瞧瞧，什麼才算是極品阿膠。

林蘭沉下臉來，「銀柳，給錢。」

林蘭一行人出了藥鋪，後堂走出一年輕公子，板著臉教訓小二：「板兒，不得待客人無禮。」

板兒不服氣道：「公子，這人問東問西，買藥拿的不是方子，而是貨單，我看她八成是同行，想來探聽機密的。」

年輕公子默然片刻，「那也儘量委婉些。」

板兒撇了撇嘴，嘴裡應著是，心裡卻道：店裡生意忙得要死，那有功夫跟她磨蹭，不乾脆地打發了，難不成還陪著她嘮嗑？

出了德仁堂，林蘭吩咐車夫繞道去東直門，聽說李明允他娘留下的十八間鋪面就在那一帶。

到了東直門，林蘭讓其他人在車上等候，她和文山去轉轉。

整條大街商鋪林立，人流量相當大，是一條人氣很旺的街道。

「文山，去問問這裡的租金要多少？」

文山應了一聲去打聽，須臾回來說：「小鋪面最少也得二千兩銀子一年，若是大鋪面，地段再好些的，就不知多少價了。」

林蘭暗暗咋舌，十八間鋪面啊！就算都是小鋪面，一年光租金就有三萬六千兩銀子的進帳了，這些銀子都落入老巫婆的腰包，難怪老巫婆日子過得這般滋潤，真是氣死人……林蘭遂又想起葉老太爺說過，若是這十八間鋪面拿回來就分她一半，那就發財了，這份不動產，絕對值得豁出老命去爭取啊！將來就把藥鋪開在這裡，德仁堂在西，林記藥房在東，看看是東風壓倒西風，還是西風壓倒東風。

林蘭美滋滋地幻想了一通，精神振奮，「走，回家！」

一行人回到李府，正在卸藥材，趙管事就迎了上來，點頭哈腰，笑咪咪地作揖，「二少奶奶回來了？」

人都在你面前了，這話問得林蘭相當無語，只得微笑道：「趙管事找我有事？」

趙管事瞄了眼白蕙等人手裡拎著的大包小包東西，笑得越發謙卑恭順，「沒事沒事，只是讓二少奶奶親自出去採辦物品，奴才心裡過意不去。府裡有專門採辦各類物品的管事，二少奶奶以後有什麼需要，只管吩咐他們去做即可。」

林蘭笑道：「多謝趙管事提醒，不過，我採辦的都是藥材，種類繁多，數量不少，還得看成色，府裡的管事又不懂這個，只好我自己親力親為了。」

趙管事訕訕，二少奶奶一句別人不懂，就讓他啞口無言了。

林蘭心裡冷笑，趙管事來此，怕是想問她落霞齋今日傾巢而出是幹什麼去的吧？

「快回去吧，還有很多活沒幹呢！」林蘭回頭催促了一聲。

幾個丫鬟忙拎了藥材往裡走，趙管事沒發現巧柔，心裡更是七上八下。先前得到門房回報，說二少奶奶帶了幾個丫頭出去了，他還沒放在心上，二少奶奶要出門，難道還要向他一個奴才彙報行蹤？後來門房又來報，如意帶著巧柔也出去了，他這才開始著急，等他趕到門口，人早已遠去，不知所蹤了。

眼看著二少奶奶帶著丫頭們要走了，趙管事硬著頭皮喚住如意：「如意，巧柔跟妳一同出門，怎麼沒見她的人？」

林蘭停住腳步，笑看著趙管事，「趙管事，有件事忘了跟你說，巧柔這丫頭，我已經賣了。」

趙管事心中一凜，巧柔被賣掉了？這可如何是好？夫人還讓人傳話給他，尋個由頭把巧柔從落霞齋弄出來。

看趙管事臉色變得極為難看，林蘭問道：「趙管事，你臉色不太好，是不是身體不適？」

趙管事抽了抽嘴角，笑容很是僵硬，「二少奶奶，府裡買賣丫頭都需要經過夫人的同意，都是要記錄在冊的。」

「是嗎？你怎麼不早說啊？現在我賣都賣了，人也走了，這可怎麼辦呢？」林蘭故作為難道。

趙管事頭皮發麻，訕訕道：「是奴才疏忽了，還請二少奶奶告知是哪個牙行接的手，奴才做個備註，算是補救，等夫人回來了，奴才也好有個交代。」

林蘭暗道，這位趙管事還真刁，告訴你是哪個牙行，不就讓你查到行蹤了？更何況，她根本就沒找牙行。

這時，如意冷哼了一聲，「去年表小姐屋子裡的小雨不小心摔碎了表小姐的一隻鐲子，表小姐將她痛打了一頓，就給賣了，似乎也沒請示過夫人，莫非表小姐賣得丫頭，二少奶奶就做不得主了？還是趙管事以為，二少奶奶不如表小姐？」

趙管事被如意幾句話問得不禁額頭冒冷汗，如意這死丫頭亂攪和，他說的是要記錄在冊，死丫頭偏偏扯到請示的問題上，還給他扣大帽子，老爺如今可重視著二房，他哪敢說二少奶奶不如表小姐。

「如意，妳休要胡扯！」趙管事羞惱道。

林蘭讚許地瞄了如意一眼，這丫頭怪機靈的，腦子轉得快啊！

林蘭故意呵斥如意：「不得對趙管事無禮，還不快退下！」

如意悻悻轉過臉去，林蘭笑著對趙管事道：「表小姐果真自作主張賣了丫頭？」

趙管事頓時呆住，二少奶奶還較真上了？這事府裡可是不少人都知道，瞞也瞞不過，便道：「當時表小姐是氣壞了，所以一時忘了規矩，不過，後來也是做了登記的。」

林蘭點點頭，笑得越發溫和，「那你把記錄冊子拿來我瞧瞧，我得瞧過了才信，要不然，我會真以為我這個二少奶奶還不如外人。」

趙管事這會兒連腦仁都開始抽搐了，這冊子他如何能拿給二少奶奶瞧，每個府裡都會有些不能說或說不得的祕密，這些祕密更不可能在白紙上留下痕跡。趙管事挫敗道：「二少奶奶多慮了，就算借奴才十個膽子，奴才也不敢有輕視二少奶奶的心思。巧柔的事，回頭奴才去登記一下，就說已經賣了便是。二少奶奶也累了，奴才恭送二少奶奶。」京城裡不過這幾家牙行，大不了，他費些精神一家一家去問，怕只怕巧柔並沒有被賣掉，而是被二少奶奶藏起來了。

林蘭見好就收，笑道：「那就有勞趙管事了，只是回頭夫人問起……」

趙管事忙道：「奴才心裡有數，不會讓二少奶奶為難的。」

林蘭嘆息，「我只是怕你為難。」面上卻沒有半點不好意思的神色，轉身走人。

當晚，城西莊子裡的韓秋月就收到了消息，巧柔被賣了，不知去向。

韓秋月氣得臉色發青，指著來人罵：「早知道她會趁我不在處置了巧柔，讓你們盯著點，你們就這樣給我辦事的？你回去告訴趙管事，就算把京城翻過來，也得把人給我找出來。」

來人嚇得顫聲道：「奴才這就回去傳話！」

傳話的人走了，韓秋月還罵不休：「一個個都是窩囊廢，我留著你們這些沒用的東西做甚？等回了府，我一個個收拾……」

春杏和翠枝垂首而立，面色惶恐。自打來了莊子裡，夫人的心情就沒一天好過，動輒發脾氣罵人，如今田嬤嬤都不敢來了，只有她們倆最可憐，避也避不開。

◆◆◆

九天八夜，最難熬的日子總算熬過去了。

李明允走出考場，做了個深呼吸，這九天八夜也沒有想像中的那麼恐怖嘛！

砰一聲，身邊一個考生倒地暈厥，把李明允嚇了一跳，馬上有官兵過來將人抬了下去。李明允皺了皺眉，再看看從身邊走過之人，個個面如菜色，步履踉蹌，東歪西倒的，李明允同情地搖了搖頭，真可憐，一場應試，去了半條命。

冬子一眼就在人群中看到了少爺，高興地嚷嚷著：「二少爺出來了……」說著便跳下馬車，跑了過去。

「二少爺，您出來得真早。」冬子笑嘻嘻說著，接過李明允手上的應考箱子背在身上，看二少爺氣定神閒，二少爺這次肯定考得不錯。

李明允看到冬子也很高興，摸摸冬子的腦袋，「你這小子恢復得挺快的。」

冬子嘿嘿笑道：「二少奶奶說，要是小的不趕緊好起來，就不讓來接二少爺，所以小的就拚命讓自己趕緊好了。」

李明允哈哈一笑，「很好很好！」繼而又問：「家裡這些日子可還安寧？」

冬子笑得狡黠，「小的整日躺在屋子裡養病，外頭的事可不知曉，二少爺還是回去問二少奶奶的好。」
趙管事迎了上來，「二少爺，老爺命奴才來接少爺回府。」
李明允看了看冬子，說：「你還是在這裡等大少爺吧，我和冬子先回。」
趙管事忙作揖，「是。」
遠處一輛不起眼的馬車上，一把白玉骨扇挑開車簾一角。
「那就是李明允嗎？」
「不錯，就是他。」
「看他的神情，似乎考得不錯。」
「殿下，他可是此次恩科最大的熱門……」
「嗯……儒雅從容，沉靜安然，氣度不凡，比他老子強多了。」
「那是，京城第一才子，不是浪得虛名的。」
「走吧……」
「殿下不再看看其他人？」
「不必了，回頭給他準備一份厚禮，在放榜之前送上。」
「殿下英明……」
落霞齋裡眾人都非常忙碌，可人人臉上洋溢著愉悅的笑容，因為二少爺要回來了。
「如意，熱水都備好了嗎？」林蘭問。
「備好了，一直溫火燒著呢！」
「白蕙，二少爺的換洗衣裳備好了嗎？」

「備好了備好了……」

「玉容，桂嫂那邊準備得怎麼樣了？」

「正忙著呢！桂嫂說，二少奶奶不必擔心，什麼時候開飯都成！」

銀柳笑道：「二少奶奶，您就歇會兒吧！」

林蘭精神十足，心情好得很，「歇什麼歇，我又不是七老八十，動一動就喘氣。銀柳，妳去外面看看二少爺他們回來沒。」

銀柳失笑道：「二少奶奶，錦繡在外頭候著呢！」

林蘭一窘，剛說沒七老八十，馬上就犯暈了。

「二少爺回來啦……二少奶奶，二少爺回來了……」錦繡一路歡快地嚷著跑進來。

林蘭霍然起身，先問：「二少爺神情如何？」

錦繡愣了下，囁嚅道：「奴婢沒細看。」

林蘭作勢要敲她腦袋，錦繡忙縮頭，「奴婢馬上就去看看清楚。」

「不必了，我自己去。」林蘭說著快步走了出去。

銀柳和錦繡低語：「二少奶奶還說二少爺考得怎樣都無所謂，我看二少奶奶比誰都緊張。」

林蘭走到院門就看見冬子和文山簇擁著李明允進來。

李明允看起來面色還不錯，只是略有倦意，表情嘛……還是一如往常那般淡淡含笑，波瀾不驚。

林蘭暗忖，這樣的表情，就算沒考得很好，應該也沒考砸吧？

林蘭昨晚就打好了兩篇腹稿，一篇是如果李明允考砸了的安慰稿，一篇是考得還不錯的馬屁稿，不過，這會兒卻是全想不起了，只想起一句：「你回來啦！」

李明允點點頭，語聲平靜如水：「嗯，回來了。」

「哦……呃……那個，累了吧？趕緊進屋歇會兒，我讓人備了熱水，先洗澡？」林蘭建議。

李明允笑了笑，「好啊！」

在號子裡悶了這麼多天，李明允覺得自己都快餿掉了。

如意和白蕙忙去放水，冬子伺候二少爺洗澡。

林蘭轉而去整理李明允的應考箱，從中可以看出李明允這幾天在裡面過得怎麼樣。

毛筆用了兩管，艾香只剩幾支，看來是一直點著。藿香丸少了點，保寧丸沒動過，糕點全吃了，酥餅渣還留了點……

嗯，看來她準備的東西基本都派上用場了。想到大少爺的應考用具被扣下許多，林蘭不禁一陣得意，大嫂做事沒她仔細啊！

這澡洗得有點久，不過林蘭能理解，這麼悶熱的天，九天八夜沒洗澡，是得費一番時間的。

過了半個時辰，李明允終於出來了，換了身月白長衫，頭髮還有些濕意，雖然清減了不少，但看起來還是那麼神采奕奕。

「餓了吧？玉容去擺飯了，馬上就開飯。今天桂嫂做了你最愛吃的白炒墨魚卷、牛腩蘿蔔、糖醋藕絲……」林蘭笑道。

李明允在椅子上坐了下來，很是愜意地嘆了口氣，「還是家裡好，有人關心，有人疼。」目光更是溫柔如許地投向她，透著滿足與喜悅。

林蘭面上一窘，這是疼他嗎？她只是覺得金主辛苦了好幾天，她略表關心而已。

林蘭笑得很假，「我這不是巴結未來的狀元郎嗎？」

李明允嘴角一揚，「那我若是考不中呢？」

林蘭很誠懇道：「那待會兒就喝白粥配蘿蔔乾。」

李明允哈哈笑道：「這麼現實？」

林蘭撇嘴，「我是說我自己喝白粥配蘿蔔乾。」

「為何？」李明允挑眉不解。

林蘭垮著臉道：「你想啊，你若是考砸了，你爹估計不會再重視你了，咱們的日子也就難過了，得靠人救濟過日子了，當然得省著點。」

李明允愣了下，隨即朗笑出聲，漆黑的眸子裡也滿是笑意，「原來妳已經做好了與我同甘共苦的準備。」頓了頓，他的眼神變得無比溫柔，輕聲說道：「讓妳過苦日子，我還捨不得呢！」

林蘭被他如此溫柔的神色、曖昧的話語震到，心裡莫名有些慌亂，很不適應。演戲就演戲，現在又沒外人，何必如此深情演繹？搞得她很尷尬。

「不理你了，我去看看玉容準備好了沒。」林蘭找個藉口連忙跑了出來。

這邊正在吃飯，那邊文山來報：「二少奶奶，大少奶奶請您趕緊過去一趟。」

李明允聞言皺眉：「何事？」

「大少爺被人抬回來了。」

林蘭正在喝牛腩蘿蔔湯，聞言差點噴出來，李明允連忙給她拍背，關切道：「妳沒事吧？」

林蘭忍住笑意，「沒事沒事，我馬上過去瞧瞧。」

「我與妳同去。」

「別，你安心吃飯吧！」林蘭擺擺手。

李明允放下碗筷，不滿道：「就許妳去瞧熱鬧，不許我去？」

兩人飯也不吃了，文山背上藥箱，連忙去了微雨軒。

微雨軒裡已經一團亂，李敬賢也在，看著躺在床上面無人色的李明則就氣不打一處來。同樣是應考，明允就能輕鬆應付，明則卻像是丟了半條命。據趙管家說，明則還是被人從號子裡抬出來了，丟人啊真丟人……明天上朝，他肯定又要被人問候了。

丁若妍看著疲軟的李明則，情緒也是低落到極點，看李明則這副樣子，就知道是考砸了。

下人通傳：「二少爺、二少奶奶來了……」

李敬賢抱怨歸抱怨，李明則是他的親生兒子，還是很關心的，忙命人將李明允夫婦請進來。

「林蘭，妳是大夫，快幫妳大哥看看要不要緊。」李敬賢道。

林蘭屈膝一禮，「父親不必著急，兒媳這就給大哥診脈。」

丁若妍連忙讓開地方，讓林蘭給李明則診脈。

「怎麼樣？明則他沒事吧？」丁若妍關切地問道。

當然沒事，不過是餓昏了而已，吃食被扣下一大半，若是乾糧還餿了，那就吃的更少了，不餓昏才怪。林蘭忍著笑意，溫言道：「應該無礙，去準備點小米粥，餵大哥喝一點。記得不能一次喝太多，小半碗就夠了，然後再慢慢增加，休息幾日就沒事了。」

丁若妍面上尷尬，林蘭這話分明是說李明則是餓成這樣的。

李敬賢的表情就更精彩了，戶部尚書的兒子去應考，居然餓昏在考場裡，臉都被丟盡了……

李敬賢極為不滿地瞪了大兒媳一眼，很想質問一句：妳這應考包是怎麼準備的？居然讓自己的丈夫餓昏在裡頭！丟了前程不說，臉面也沒了！可是一想到親家僉都御使大人近來為他兩肋插了不少刀，質問的話生生忍了回去。罷了罷了，繡花枕頭是無用，可也得給做枕頭之人幾分薄面，遂悶聲道：「明允，稍後你到書房來一趟。」

李明允應了聲，三人齊齊施禮恭送李敬賢離去。

丁若妍很委屈，適才公爹那神色分明就是在指責她不會辦事，可這能怪她嗎？她一模一樣的東西備了兩份，明允不就好好的？誰知道明則他怎麼搞的？丁若妍幽怨地看了眼人事不知的李明則，又偷睨了眼神清氣爽的李明允，兩廂一比較，不由悲從中來，頓時紅了眼睛。

林蘭只道大嫂心疼老公，勸道：「大嫂莫要擔心，大哥養幾日就會好了。」

丁若妍悲的不是這個，卻不能說我是羨慕妳命好，只得說：「錯過了這次，又要等上三年。」

其實在林蘭給他診脈的時候，李明則就醒了，胃裡陣陣抽搐，餓得四肢無力，渾身冒汗，不過腦子還是清楚的，聽聲音知道父親和李明允夫妻都在，想到自己這次糗大了，哪敢睜眼，忍著飢餓繼續裝死，一個勁地盼著這些人快些走開。

「若是大哥把試題都答了，按大哥的才學，希望還是很大的。」李明允安慰了一句，跟林蘭說：「父親在等我，我先過去了。」

林蘭點點頭，「那我就不等你了。」

李明允微微一笑，不用說什麼，兩人之間自有一種默契。

這種眼神的交流，這種心照不宣的默契，丁若妍心裡彷彿扎進了一根刺，拔不出來，只有忍著，痛著。她知道她和李明允已經沒有未來了，她應該擺正心態，從此只把李明允當成小叔來看待。可知道是一回事，做不做得到又是另一回事，她只知道看到他們恩愛，她很難過。

李明允前腳剛走，李明珠就來了，看到林蘭也在，李明珠目光憤憤，狠瞪了林蘭一眼，語氣不善道：「妳來這裡做什麼？知道我大表哥考砸了，妳來看笑話的嗎？」

丁若妍忙道：「表妹誤會了，是我請妳二表嫂過來的，妳大表哥他……病了。」

林蘭半開玩笑，「表小姐一口一個我大表哥，不知道的，還以為這大表哥是妳的呢！」

李明珠臉色驟變，抖了抖下巴，氣道：「我就說我大表哥怎麼了？難道他不是我大表哥嗎？回頭我還說我二表哥呢，妳怎樣？」

林蘭面不改色，閒閒說道：「妳二表哥哪入得了妳的眼啊？又不是青梅竹馬！」

丁若妍聞言不禁心頭一凜，多看了李明珠一眼。她相信李明則是拿明珠當妹妹看待，可明珠心裡怎麼想的，她可不敢確定。每回明珠來這裡，都隨意得很，好像她就是此間的主人似的，這種感覺一直讓丁若妍很不爽。今日連林蘭都看出端倪了，更說明其中有問題。丁若妍也無暇去遺憾自己痛失一段美滿姻緣了，還是捍衛眼前的利益要緊。

李明珠再愚鈍也聽出林蘭的話大有文章，這是要往她身上潑髒水呢！可她又不能說李明則是她的親哥哥，這種誤會簡直難以容忍，李明珠氣得雙目赤紅，幾乎要冒出火來，指著林蘭叫罵道：「妳這麼說什麼意思？妳安的什麼心啊？妳這個惡毒的村婦，一肚子邋遢齷齪的心思，小心下十八層拔舌地獄……」

「表妹，怎麼說話的呢？嘴裡這麼不乾不淨，妳大表哥還躺著呢！」丁若妍口氣略顯冷硬。

李明珠委屈至極，「明明是她嘴巴不乾不淨，齷齪心思，滿肚子壞水……」

林蘭心道：我就故意拿髒水潑妳怎麼樣？妳的存在才是齷齪的證明！

林蘭望著暴跳如雷的李明珠，淡淡道：「表妹好大的脾氣，難道我說錯了什麼？我哪一句話說錯了，那一句話齷齪了？妳倒是指出來，咱們請人評評理。」

李明珠被嗆得說不出話來，找人評理？這種事只有越描越黑的，怎麼評？

「還是我一不小心說中了表妹的心事，表妹惱羞成怒了？」林蘭再下一劑猛藥，是妳自己先出言不遜，自找不痛快的，氣死活該。

丁若妍的臉色越發難看，越發覺得李明珠心裡有鬼。

李明珠說不過林蘭，只氣得俏麗的臉龐都扭曲了，恨不得把林蘭那張可惡的嘴給撕爛。被憤怒沖昏頭腦的李明珠，衝上去，揚手就要打林蘭。

林蘭早知李明珠飛揚跋扈慣了，有什麼出格的舉動也是正常，所以，面上含笑，心裡早就做好了準備。就怕妳不動手，只要妳一動手，這次就沒妳好果子吃。

丁若妍被李明珠的舉動驚呆了，這麼囂張，連二表嫂都敢打？倘若李明珠真的覬覦李明則，進了這個門，豈不是連她也敢打？她不由得對李明珠更加厭惡了。

李明珠的手沒有如願落在林蘭臉上，而是被林蘭捏住，一陣鑽心的疼痛，痛得她哇哇大叫。

林蘭笑咪咪地說：「表妹，有件事妳可能不知道，妳二表嫂我雖然才疏學淺，手上功夫卻還是有幾招的。想打架，妳根本不是我對手，不過呢，妳不要臉，我還要。我勸妳還是安分一點，等將來妳出嫁了，我和妳大表嫂給妳送禮添妝，若是不安分，妳哪來的就回哪去，夫人也護不了妳。」

李明珠驚恐地看著林蘭，這個村婦，居然比她還慓悍，還不好惹。

林蘭又在李明珠手腕的穴位上用力一捏，痛得李明珠哇的一聲大叫。

丁若妍剛要勸架，只聽得「哐噹」一聲，裡面有東西碎了，丁若妍顧不得兩人，忙進裡屋。

裡面又傳來喝罵聲：「吵死了，還讓不讓人清靜！」

林蘭繃著臉教訓道：「還在這裡吵，沒聽見妳大表哥的話嗎？」

此時的林蘭在李明珠眼裡就如同魔鬼一般可怕，她倉皇後退，驀然轉身，飛奔下樓去。

林蘭施施然走到門口，笑道：「大嫂，既然大哥醒了，那我就先回了，若有事隨時來喚。」

李明則面如土色，實在是忍無可忍了，他在這裡餓得快死掉，她們還吵吵鬧鬧，尤其是明珠這個丫頭，一點腦子都沒有，早跟她說了，現在她的身分是表小姐，要注意點，要避嫌，可她偏不聽，連若妍都起了疑心。不過林蘭這女人也夠狠的，這次明珠怕是吃大虧了。

從微雨閣出來，林蘭心情大好，在這個家裡，只有整李明珠可以名正言順、光明正大地整，誰叫她身分不正還恣意驕縱。想到李明珠氣到猙獰的臉，想到李明則餓得半死，又氣得半死，還不敢出聲為李明珠辯護。明明是親兄妹，卻被人誤會有姦情，這該有多鬱悶啊……林蘭忍不住開始哼小曲兒了。

銀柳沒上樓，不知道樓上發生了什麼事，只是看到表小姐掩面哭著跑下來，然後這會兒二少奶奶又開心地哼小曲兒，估摸著表小姐是栽在二少奶奶手裡了。

回到落霞齋，不一會兒，李明允也回來了。桂嫂知道他們倆沒吃飽，趕緊又做了雞絲麵。兩人就在炕上面對著繼續吃他們的午餐。

「大哥醒了嗎？」李明允看林蘭一直傻笑，心道，這幸災樂禍的勁怎麼還沒過呢？

林蘭笑呵呵地喝了口雞湯，「醒了，估計這會兒在喝米粥。」

李明允點點頭，「妳這笑是不是可以收一收了？心裡高興也別這麼明顯嘛！」

林蘭想想又是一陣好笑，「沒辦法，收不住啊！剛才你走以後，李明珠來了，這臭丫頭一見面就出言不遜，被我狠狠教訓了一頓！」

李明允眉頭一挑，「她又怎麼了？」

林蘭眉飛色舞地把剛才發生的事繪聲繪色說了一遍。

李明允小口小口喝著雞湯，神情淡淡的，似乎一點也不為所動。

林蘭本以為他聽了也會笑，沒想到是這表情，頓覺掃興，「你這人真沒意思，不跟你說了。」

李明允只是故作鎮定而已，其實心裡都快笑抽了，想到李明珠和李明則有口難辯的神情，簡直痛快至極。他調整情緒，掃了她一眼，鄭重道：「父親說大哥應考失利，還是讓老巫婆先回來。」

「啊？這麼快就讓她回來？」

「嗯，所以，明珠肯定會去告狀的。」李明允提醒她。

林蘭撇撇嘴，「讓她去告好了，老巫婆本來就恨咱們，李明珠不去告狀，老巫婆也會想法子為難咱們的。她要是敢為李明珠出頭，我就讓她惹一身臊，誰怕誰啊？」

林蘭很齷齪地想，是不是把李明珠和李明則送作堆？那可就有好戲看了。

李明允看她眼中那抹狡黠的神色，就知道她在打什麼主意。不得不說，今天林蘭這招夠狠夠損，簡直就是氣死人不償命。李明允埋頭吃麵，將笑意藏在眼底。

吃過午飯，林蘭打發了下人，讓李明允睡個午覺。聽說那個號子裡甚是窄小，睡覺的話，連腿都伸不直，林蘭不禁腹誹：難道這就叫天將降大任於斯人也，必先苦其心志，勞其筋骨？

說不睏是假話，李明允只是看著精神還好，其實已經疲憊得很。

李明允自發地抱了毯子要去榻上睡，林蘭忙道：「你還是睡床上吧，床上舒坦些。」

李明允抱著毯子怔了一下，「那妳呢？」

林蘭沒有注意到李明允臉上泛起了淺淺的紅暈，點了香片說：「我要去藥房，你自己睡吧！」

「哦……」李明允又把毯子放下，脫了外衣上床躺下。床上墊著藤蓆，涼涼的。藤蓆下還有軟軟的褥子，很舒適，枕上甚至殘留著淡淡的芳香，這是她的香味嗎？

林蘭替他放下帳子，見李明允面色泛紅，問：「是不是太熱了？要不要叫冬子來給你打扇？」

李明允閒閒地看了她一眼，「為什麼一定要叫冬子，不叫丫頭來打扇？」

這個問題林蘭還真未考慮過，可能是她的潛意識裡存在著不給任何人爬床機會的念頭。

林蘭假笑，故作賢慧狀問：「敢問李公子喜歡哪個丫頭伺候呢？要不要叫白蕙來呀？」

李明允被她這綿裡藏針的笑，笑出一身雞皮疙瘩，忙道：「算了，我還是喜歡冬子伺候。」

林蘭大眼眨巴，羽睫扇動，真誠無比道：「當真喜歡冬子伺候？」

李明允鄭重點頭，「當真。」

林蘭噗哧一笑，「我去叫冬子來。」

韓秋月收到信，說李明則被人從考場裡抬出來，頓覺心肝被人挖走了一塊，一路放悲聲回來，等到了李府，嗓子已經半啞了，也顧不得先去見老爺，就直奔微雨閣。

李明則已經喝過幾碗米粥，精神稍稍好轉。丁若妍陪著他也不知道該說什麼，問他考得怎樣只怕讓他雪上加霜，只能安慰他，讓他現在什麼都別想，安心養好身子。

李明則有些感動，覺得丁若妍還是很關心他的。

「若妍，其實前三場大經、兼經和論，我應該都考得還不錯，只是最後一場策，因為體力不支，精神不濟，可能差強人意。如果這次真的失利了，來年我再考，肯定能考中的。」李明則反過來安慰丁若妍。

丁若妍溫言道：「別人怎麼看不要緊，自己怎麼想才是最重要的，我總是支持你的。」

李明則感動得握住若妍的手，溫情脈脈，信誓旦旦地說：「若妍，我定不負妳！」

丁若妍微微掙扎了一下，又想到他此刻時需要人安慰，就任由他握著。

「明則……明則……我苦命的兒啊……」韓秋月半啞著嗓子，一路哭上來。

李明則剛好轉的心情，聽到這哭嚎頓覺滿頭烏雲。

娘，您這動靜，不知道的還以為我死了呢！李明則鬱悶得捶了捶床板。

春杏不住提醒著：「夫人慢點，留神腳下……」

「明則啊明則，別怕，娘來了，娘回來了……」韓秋月恨不得腳下生風，三步併作兩步走。

丁若妍起身相迎，韓秋月見到她，一雙淚眼裡射出憤恨之意，丁若妍不覺心頭一顫。

韓秋月重重地哼了一聲，目光落在床上的李明則臉上。不過十幾日不見，明則居然瘦成這副摸樣，她當即心疼得快要死掉，搶步上前，抱住李明則就大哭起來，「明則啊……你怎麼就瘦成這樣了？這不是挖娘的心肝嗎……」

李明則拍拍母親的背，「娘，兒子這不是好好的嗎？」

韓秋月一邊抹淚一邊哭：「這還叫好好的？都是娘不好，在你最要緊的時候沒能在你身邊，沒能親手為你準備應考用具，叫你受了這麼大的罪……都是你爹這個老糊塗，兩個兒子都是他親生的，何必捧一個摔一個……」

「娘，您就別說了，叫爹聽見又是一場是非。」李明則勸道。

韓秋月不忿地又抱怨了兩句，卻不敢再大聲說，只嘀咕給兒子聽。

哭了一場後，韓秋月抹了眼淚，綳著臉，責怪起丁若妍來：「打從妳進這個家門，我這個婆母待妳怎樣，妳心裡應該清楚。妳和明則起爭執，我哪回不是不問緣由幫著妳，我一再跟妳說，丈夫就是咱們女人的天，只有這天好了，才有咱們女人的好日子過。明則應考如此重大的事，我還道妳一定能把明則照顧好，這般信任妳，可妳是怎麼做的？居然讓明則餓昏在考場裡！妳自己去打聽打聽，有幾人餓昏過？妳這樣斷送了明則的前程不說，若是讓外人知道真相，咱們李家的臉還往哪擱……」

丁若妍惶恐跪地，默默垂淚，卻是一句不敢辯解。明則失利，明允得意，怕是婆母心裡更恨明允，若是讓婆母知道明允的應考用具也是她準備的，或許還會以為是她從中做了手腳，故意害明則這樣的。丁若妍越想越害怕，當時是一番好意，卻沒想到兩樣的結果。

李明則看丁若妍挨罵，淚眼婆娑，不禁心疼起來，為她開脫道：「娘，您別怪若妍，她還是問過她娘家的，當年她哥應考時也是準備一樣的，只是沒料到今年查得特別嚴，這事真不怪她！」

韓秋月氣極了，這不是夫妻倆小吵小鬧的事，事關李明則前程爵位，豈能說算了就算了？

「你不用為她開脫，若是小事，娘也捨不得說她！」韓秋月冷聲道，目光銳利如刀地盯著丁若妍，之前對她的種種不滿此刻都湧上了心頭。

「她就是沒有用心，但凡她稍微用心點，也不至於將你害到這個地步！若妍，我這樣說妳，妳可服氣？」

丁若妍不敢辯駁，辯駁就是找死，只好含淚點頭，「母親教訓的是，媳婦不敢有怨言。」

「娘，您就不要再說了，我已經夠煩了。」李明則哀求道。

韓秋月嗔了他一眼，「更煩的事還在後頭呢！我聽說明允這次考的不錯，以後你爹眼裡還不得只有明允了？咱們娘倆沒好日子過了！」

李明則悶悶道：「又不是沒機會了？這次不中，我來年再考便是，難道爹還會因為我沒考中就不認我這個兒子？」李明則氣悶地倒在床上，拿毯子蒙了頭，不再理母親。

韓秋月恨鐵不成鋼，咬牙道：「你就這點出息！」

拿兒子沒辦法，韓秋月轉而找丁若妍麻煩，「妳給我跪在這裡好好反省反省，我先去見老爺，回頭再來問話。」

韓秋月氣悶得下樓去，樓梯踩得咚咚響。

李明則聽見娘走了，連忙翻身下床去扶丁若妍，「快起來吧，地上硬邦邦的。」

丁若妍執拗著不肯起，「我犯了錯，自然該罰。」

李明則無奈，只好期期艾艾地說出實情：「其實這事真不怨妳，我看妳準備的那些乾糧，實在吃不下，就讓廚房另做了愛吃的，是我自己沒考慮周全，叫考官給截下了大半去。」

丁若妍愕然瞠目，氣惱地捶他，「你怎麼能這樣？害我內疚不已……」

李明則求饒：「都是我的錯，待會兒娘再來問，我就實話告訴她，斷不讓她再為難妳。」

李明允美美地睡了一覺，精神大好，冬子已經歪在床柱子上不知何時睡著了。

「冬子，醒醒……」李明允起身叫冬子。

冬子茫然睜開眼，揉揉惺忪的眼睛，「二少爺，醒啦？」

「快去看看什麼時辰了。」李明允穿衣趿鞋。

冬子跑去看了看時鐘，說：「二少爺，申末了。」

呃？居然睡了這麼久！

冬子又去叫白蕙等人進來伺候。

李明允沒看見林蘭，隨口問道：「二少奶奶呢？」

白蕙道：「二少奶奶還在藥房忙著呢！」

李明允皺了皺眉，她說去藥房，就一直忙到現在？

林蘭笑呵呵地看著剛熬好的阿膠，哈哈，實驗總算成功了，她是按著在現代看到的熬製方法，做了幾回實驗，跟在德仁堂買的一對比，居然差不多。林蘭想，要是到山東東阿縣去弄個製阿膠的基地，肯定能熬出品質更好的阿膠來。

李明允一進藥房就聞到一股特別的味道，不由得皺眉：「妳在幹什麼啊？弄得這麼難聞。」

林蘭得意地捧著新製的阿膠和德仁堂買的阿膠，「明允，你看看，這兩塊阿膠，哪一塊色澤更烏亮更透？」

李明允拿來對比了一下，說：「這個我也不懂，看著好像差不多。」

「這就對了，這是德仁堂買的，德仁堂的阿膠很有名的，你知道吧？這個則是我剛熬製出來的。」林蘭解釋道。

「這個妳也會？」李明允有些驚訝，德仁堂的阿膠可是被納為貢品的，沒想到林蘭有這能耐，能製出成色差不多的阿膠來。

「更好的還在後頭呢！我準備有時間的話，就去一趟山東！」

「去山東做什麼？」

「當然是去找發財的路子。」林蘭故作神祕。

李明允拿了阿膠輕敲了下她的腦袋，寵溺地笑道：「妳個小財迷！」

◆◆◆

韓秋月見過兒子後，很快就從悲傷的情緒中擺脫出來，充分認清形勢，重新擬定作戰計畫。目前形勢對她很不利，她不得不夾起尾巴做人，韜光養晦，等待時機。

於是，韓秋月見到老爺之後，先做了一番自我反省和表態：「人人都說後媽難當，我現在才深切的體會到這話。妾身不會為自己叫屈抱怨，讓明允產生了誤會，肯定是妾身做得還不夠好，妾身自當屏棄一切私心，真誠以待，為了老爺，為了李家，妾身受再大的委屈都無所謂……」

李敬賢聽她言辭懇切，見她表情真摯，心中略感安慰，「妳能想明白就好，別以為妳對付了明允自己就能得到多少好處。明允前程無量，妳若是聰明的，就該多關心他、體恤他，叫明則與他兄弟和睦，將來也好相互有個幫襯，家和才能萬事興，這道理妳應該懂。」

韓秋月十分誠懇地表示受教，親自給老爺遞茶捏腿，又訴了一番離別思念之情，李敬賢的面色漸漸緩和下來，「明則那裡，妳也莫要太責怪他，也是他運氣不好，好在他年紀尚輕，還有的是機會，此次不中，下回再考就是，至於明允的婚事……既然已經答應了，就該好好給他辦一辦，這事，就交給妳了，妳跟林蘭商議一下，看怎麼辦的好。」

韓秋月暗罵：還說什麼一碗水端平，分明就是冰火兩重天，偏心偏得沒邊了，面上卻是賢淑溫婉模樣，「老爺就放心吧，妾身一定按他們的意思去辦，保證讓他們滿意。」

李敬賢滿意得點了點頭，喝完這杯茶就去了外書房，把韓秋月晾下了。

韓秋月叫來姚嬤嬤這個隱形的得力助手。

「我不在府裡的這段時間，都是誰在伺候老爺？」

姚嬤嬤支吾了半晌，說：「是晚玉在伺候。」

韓秋月聽得直咬牙，「這個賤婢……」趁她不在，就敢爬老爺的床，看不剝了她的皮。

姚嬤嬤小心翼翼道：「夫人，老爺對晚玉動這份心思也不是一兩天了，老奴瞧著老爺是當真喜歡晚玉，若是等到老爺自己開口，夫人還能不允？若是處置了晚玉，只怕老爺要惱了夫人，夫人何不趁機遂了老爺的心，老爺保准歡喜，對夫人也會心存感激，正好也能讓老爺分分心。」

韓秋月良久不語，嘆氣道：「只怕引狼入室，晚玉這賤蹄子浪得很。」

姚嬤嬤笑道：「晚玉再厲害也不過是個妾，她要是聽話，就讓她給老爺暖暖床，要是不聽話，隨便找個由頭收拾了她也是容易的。」

韓秋月恨恨地道：「我吃了半輩子苦，好不容易才有今日，誰若是不識相要擋我的路，誰就是個死。」

姚嬤嬤點頭哈腰，「就憑夫人的手段，誰能翻出夫人的手心去？」

千穿萬穿，馬屁不穿，姚嬤嬤一番恭維，令韓秋月信心大增，鬥志昂揚，「回頭我跟老爺說，妳先別漏了風聲。」

姚嬤嬤應諾。

「姨母……姨母……」外頭傳來李明珠的喊聲。

「表小姐，請容奴婢進去通傳一聲。」春杏道。

「我見姨母還要通傳？給我滾一邊去！」李明珠今日憋了一肚子火，聽說母親從莊子上回來了，馬上就跑來告狀。

韓秋月不悅地皺眉，對姚嬤嬤揮揮手，「妳先下去。」

李明珠徑直闖了進來，春杏跟在後面，面色惶恐。李明珠根本就沒留意親娘面上的不滿之色，掩面就哭，「姨母，您得替我做主，我長這麼大都沒受過這樣的委屈，我……我真是不想活了……」

韓秋月這會兒自己都一肚子煩惱，再看李明珠哭哭啼啼的，便冷了臉呵斥道：「跟妳說了多少回了，給我收斂點！妳是表小姐，不是小姐，再要這般囂張跋扈，目中無人，我立即將妳送回妳娘那去！」

李明珠被罵得一頭霧水，妳不就我親娘嗎？妳還想把我往哪兒送啊？

「春杏，妳先下去。」韓秋月打發了春杏，這才問道：「又出什麼事了？」

李明珠義憤填膺地把今天林蘭污衊她的事告訴母親，還伸出手腕給她看上面的烏青。

「娘，她真的太可惡了，太陰險歹毒了，您一定要好好整治她，把她往死裡整！」李明珠咬牙切齒，恨不得立刻就揪了林蘭來，讓她痛痛快快扇上幾個大嘴巴。

韓秋月氣得胸膛一起一伏，半天都說不出話來，這種感覺活像吞了隻蒼蠅。明珠的身分在李府是絕對的機密，除了她和老爺、明則，再就只有姜嬤嬤知情。明珠和明則是兄妹感情好，可別人瞧在眼裡就不是這麼一回事了。韓秋月這才意識到問題的嚴重性，且不管林蘭是出於什麼目的說了這樣的話，萬一這話在府裡傳揚開，別說明珠、明則沒臉見人，就是她和老爺也要被活活氣死了。

韓秋月冷靜下來，嚴肅道：「我叫妳別去惹林蘭，妳偏去惹，自己沒本事倒惹來一身臊。莫說找她算帳了，這話連問都不能問，提都不能提。我再警告妳一回，以後離她遠著點，還有，妳哥那裡也少去，別讓人再生出閒話來。」

「娘，妳都不幫我出氣，還罵我……」李明珠滿心期待跑來告狀，卻討來一頓教訓，所有的委屈都化作了悲憤，不由哭喊道：「既然你們都不疼我，當初何必生下我，叫我受這份罪，我……我不活也罷！」說著一扭頭便跑了。

韓秋月嚇個半死，這丫頭就是個炮仗性子，一點就著。韓秋月無奈，叫春杏扶著追了過去，好一頓安慰，再把其中的利害細細說了，李明珠這才冷靜下來。

「娘現在已是四面楚歌，步步艱難，妳若是個懂事的，就好好做妳的表小姐，別再給娘添亂。收拾那個村婦是遲早的事情，娘都不急，妳急什麼？」韓秋月掏出帕子替寶貝女兒抹淚。

李明珠抽抽噎噎倚在母親身上，「我真討厭二哥和林蘭這個村姑，他們沒回來之前，我們多開心，他們一來，什麼都變了。」

韓秋月心中也是苦楚，好不容易趕走了葉心薇，卻留了這麼一個禍根，偏生還是這般難對付，韓秋月撫摸著女兒的秀髮，幽幽嘆氣，「傻孩子，再忍忍吧，會好起來的！」

貳之章 山野落難疑鬼魅

林蘭和李明允吃過晚飯，兩人悠閒地在後院散步。

銀柳等人很識趣地不去打擾兩人，在石桌上放了茶點水果，就躲得遠遠的了，林蘭這才把處置巧柔的事跟李明允說了：「……我讓大舅爺幫忙把人先藏起來，指不定什麼時候還能派上用場，鄭大哥那邊也做了備案……」

李明允頓住腳步，扭頭看著林蘭，可能是桂嫂的飯菜做得可口，她的臉竟是圓潤了許多，越發顯得一雙大眼睛水靈靈的，好像天上的星辰，荷葉上的露珠，靈動得很。

「跟你說正事呢，你發什麼呆啊？」林蘭瞪了他一眼。

李明允微微一笑，「妳做得很好，想得比我還細緻。」

「那是，我多敬業啊！找到我這個搭檔，算你走運了！」林蘭禁不住誇，一誇就飄。

看著她神采飛揚的得意勁，李明允輕笑出聲，「別又是想討賞吧！」

林蘭的眼珠子轉了幾圈，突發奇想，「對了，我應該弄個功勞簿，把我做的事都記下來。三年好漫長的，萬一將來忘記就虧了。」

李明允哭笑不得，「妳還真不怕麻煩。」

林蘭睜大眼睛，「有銀子賺還怕麻煩？你是含著金湯匙出生的，沒過過苦日子，不知道銀子的重要性。我還要答應過師父和師兄，將來要在京城開一間最大的藥鋪呢！」

「行，那妳就記吧！」李明允愉悅地笑道。

林蘭撇了撇嘴，不過是開開玩笑而已，誰還真記啊！

「對了，你爹今天找你去做什麼？」林蘭問。

李明允淡淡地道：「不過是問些應試的事、出了哪些題、我又是怎麼對的之類的……哦，還有件事，是關於酒席的事。」

「還是按原計畫？」

李明允點點頭。

林蘭想起靖伯侯的那番暗示，便道：「我覺得，這酒席還是不要太鋪張的好，就家裡人，再請上幾個和你要好的朋友聚一聚就行了。」

李明允眉頭微蹙，「這樣也太簡單了。」

「簡單才好啊！你想，如果這次放榜，你得了一甲，有多少人會想籠絡你？咱們還湊這個時候辦酒席，豈不是給了他們結交你的機會？到時候多少雙眼睛盯著你？你厚了這個，薄了那個，豈不是都不討好？何必自尋煩惱？有這時間，還不如靜下心來好好準備參加殿試。」林蘭勸道。

李明允低眉不語，默默走著。林蘭說的有理，他一味想爭口氣，卻忘了朝中那些是非。歷來進士之科，往往皆為將相，極其通顯，想要結交之人趨之若鶩，如今太子黨與四皇子黨明爭暗鬥，自己兩廂不想得罪，的確還是低調些的好。

「酒席排場不排場，對咱們來說根本不重要，重要的是，你的真才實學得到皇上的認可，那才是真正的揚眉吐氣，比擺上幾百桌酒席還有面子。」林蘭繼續遊說。

「你就跟你爹說，你大哥這次考得不如意，若是在這時大辦酒席，會傷了大哥的心，再說，你也要靜心準備殿試。你爹聽了，只會覺得你重兄弟情誼，而且這理由他也能對外交代，誰也不會為難……」

李明允陡然轉身，林蘭說得認真，來不及收腳，一鼻子撞上了他的胸膛，一個反彈就要向後倒去，李明允忙伸手攬住她的腰。

林蘭捂著鼻子，吃痛地抱怨：「好好的，你幹麼轉身？」

李明允攬著她的手不知道該收還是該繼續攬著，中午睡覺時枕上聞到的香味，就這樣若有若無地纏繞他的鼻息，他有些窘迫道：「我是聽妳說得有理……」

林蘭摸摸鼻子，沒好氣道：「有理也不用這麼一驚一乍的吧？我的鼻子被你撞扁了，將來嫁不出去你負責啊！」

李明允低聲嘀咕：「負責就負責，不就多一張嘴吃飯嘛！」

林蘭瞪眼，「你說什麼？」

「沒、沒什麼……我看看鼻子撞壞了沒有？」

林蘭忙拍掉他的手，「不用你看！」

銀柳等人躲在遠處看見二少爺摟著二少奶奶的腰正說著悄悄話，大家心照不宣地掩嘴偷笑。

當晚，李明允就去了外書房，把酒席從簡的想法跟父親說了。

李敬賢頗感為難，他都把話放出去了，這會兒又說不辦，他不好交代啊！

李明允道：「大哥因為這次意外，成績多少是要受影響的。大哥嘴上雖不說，但心裡肯定很自責懊惱，這個時候父親若是為我大操大辦酒席，大哥恐怕心裡不好受，母親心裡也不好受。本來是件喜事，最後鬧得大家不愉快，那就得不償失了。兒子以為，萬事當以和為貴，再說，倘若兒子有幸能進士及第，還須全力以赴準備殿試。當今聖上最欣賞才華出眾又沉穩務實之人，就像父親這般身為兩榜進士，然後克勤自勉，積累資歷，造福一方百姓，博得盛名，才深得聖上器重。父親一直是兒子心中的楷模，兒子也知父親為兒的拳拳之心，可外人難保不眼紅猜忌，到時候傳出些什麼不利的流言……兒子思來想去，還是從簡為妙。」

這馬屁拍得李敬賢通體舒坦，句句入了耳朵，忍不住地想，到底還是心薇生的兒子明事理有出息，韓秋月……李敬賢嫌棄地搖了搖頭。

當夜，李敬賢跟韓秋月淡淡說了句：「明允的婚事從簡了。」然後就開始裝死。

韓秋月先時還一喜，莫不是李明允做錯了什麼事惹他老爹生氣了？於是，趕緊搖了搖裝死的老爺，「老爺，不是說要好好辦的嗎？怎得又改主意了？」

李敬賢骨頭快被她搖散了，有氣無力地哼了句：「這是明允自己的意思。」

韓秋月愕然，不是老爺的意思啊？

「這怎麼行？太委屈這兩個孩子了。」韓秋月假模假樣道。

「在我面前妳就不用裝了，我只求你們相安無事便好。」李敬賢翻了個身，不再理韓秋月。

韓秋月對著他的背無聲咒罵了一番，又整個人黏了上去，一手伸進李敬賢的褻衣裡，去摸他敏感之處。

李敬賢這陣子偷腥偷了個飽，對著模樣平凡的老妻實在提不起興趣，不耐煩地將她的手捉了出來，「別鬧了，明日還要早朝呢！」

韓秋月頓感失落，想到她不在的時候，老爺跟那個晚玉顛鸞倒鳳的不知多逍遙快活，對著她卻跟個死人木頭一樣，心中又是氣惱，躺下後猶自憤憤。

想到自己年老色衰，恩寵漸失，李明允又橫空崛起，當真是危機重重，再這樣下去，這個家就沒她的立足之地了。她細細思量姚嬤嬤的話，越想越有幾分理，將晚玉抬為姨娘，不過，賣身契是不能給的，有這張紙捏在手裡，看她敢不敢不聽她的話。

韓秋月想到這，又蹭了過去，抱著老爺的手臂，輕柔道：「老爺，妾身想給老爺納個妾。」

那邊廂，李敬賢猛地睜開眼，掏了掏耳朵，自己沒聽錯吧？

「妳說什麼？」李敬賢扭頭問。

韓秋月一陣腹誹：一說納妾，就來精神了，也不裝死了！

韓秋月笑得溫柔，「妾身聽說晚玉那丫頭深得老爺的歡心……」

李敬賢驀地坐起來，臉色微變，「哪個老虔婆又嚼舌根了？」

韓秋月心裡冷笑，瞧你緊張的模樣，生怕我把她給吃了似的。

「老爺，您慌什麼？這念頭妾身早就有了，一直在物色有沒有合意的人選，如今老爺自己有看中的，那是最好不過了，以後多一個姊妹幫著伺候老爺，妾身哪有不允的？」韓秋月溫言細語地說著，身子慢慢靠了過去。

李敬賢嘴角一抽一抽的，不敢確定韓秋月這次說的是真心話還是假話。以前他也有過兩三個中意的，可手都沒摸上，不過多瞧了幾眼，人就被韓秋月打發了。更有同僚送來妾室，韓秋月一概不允，他接都不敢接。雖然清苦了幾年，倒是博了個重情重義的好名聲，李敬賢苦笑，「妳是當真？」

韓秋月馬上表態：「自然當真，我已經命人選日子了，選個好日子就將她抬作姨娘吧！晚玉這丫頭我瞧著也挺好的，身子豐滿，是個有兒子命的，說不定，還能給老爺添個胖小子！」

李敬賢被她說得心裡癢癢的，想到晚玉那身豐盈，不覺意動，一雙手也不老實起來。

既然韓秋月這麼識趣，他當然也要賣力點。

晚玉要被抬為姨娘的消息馬上傳遍了李府，日子就選在一個月後。

林蘭聽到消息，大為震撼，李渣爹專情好男人的形象不要了嗎？還是他一直是有色心沒這個色膽？老巫婆又怎會這麼好心給自己找個對手？那個晚玉又是個什麼角色？能叫李渣爹破功的，想必是個厲害的吧？至於哪方面厲害，就不消說了。

林蘭叫了正歪在榻上看書的李明允，「明允，你爹要多個姨娘了，你怎麼一點反應也沒有？」

李明允閒閒地道：「又不是我納妾，妳這麼激動幹麼？」

林蘭放下手中的花繃子，這兩天她很悲慘，因為不小心讓在蘇州買的那個扇套沾上了墨汁，這貨就堅決說要她繡一個還給他。她說她不會繡，這貨居然說繡一個給五十兩銀子。五十兩啊，別說是個扇套，就是把他整個人套起來也夠了。在利益的驅使下，她鬼迷心竅地就答應了，說花樣由她定，然後她讓白蕙選了個最簡單的蘭花花樣，以為憑她的聰明才智和靈巧雙手，就能輕鬆搞定，誰知做了才知道這世上有些事完全不是她能掌控的。她可以把銀針當作暗器，卻不無法駕馭小小的銀針在布上繡出花來，白蕙教了她幾日，都快教哭了。

「我很激動嗎？是，我很激動，我激動地想看看老巫婆這招到底是臭棋還是妙棋，是為了添個助力，還是搬了石頭砸自己的腳。我激動地想，是不是因為老巫婆在你爹那兒漸漸失寵了，才用這種法子討你爹的歡心。我激動地想，要是那個姨娘給你添個弟弟，這家就更熱鬧了……」林蘭眉飛色舞地說著。

李明允面無表情地瞅了她一眼，「那妳就等著看好戲唄！」

「咦？你這話說得有點玄妙啊！你是不是知道些內幕？」林蘭好奇心大作，拿了針線簍子也坐到了榻上，準備聽他細說。

李明允往裡邊讓了讓，繼續看書，「我哪知道什麼內幕？」

林蘭白他一眼，「你這不是吊人胃口嗎？既然不知道，你說得這麼玄乎幹麼？」

李明允放下書本，笑道：「是妳自己想得太玄乎了。」

林蘭把花綳子往針線簍裡一扔，再給他一記白眼，準備撤退，李明允卻是拿走了花綳子。

「喂，妳答應過沒繡好之前不看的。」林蘭急嚷著，要去搶回來。她已經暗中吩咐玉容幫她繡了，要是被他看到，豈不穿幫？

李明允將花綳子拿高了看，皺著眉頭問：「這一團白色的是什麼？」

林蘭湊過去看，黑著臉道：「你什麼眼神？什麼叫一團白色的？那是蘭花好不好！」

李明允將花繃子轉來轉去地看，「不像啊！真看不出來……」

林蘭生氣了，把針線簍子往榻几上一放，「這銀子我不賺了！」

李明允頓覺自己嚴重地打擊了某人的積極性，忙裝模作樣地補救道：「嗯……這樣看還有點蘭花的形狀，若是這邊花瓣再繡上去就更像了，嗯……初學者能繡成這樣，值得獎勵，就再加二十兩銀子……」話未說完，手中的花繃子便被人搶走了。

某人繃著小臉，坐得遠遠的，繼續埋頭奮鬥。

◆◆◆

關於老爹要納妾一事，李明允持淡然的態度，不說支持也不說反對，而李明則卻坐不住了。

「娘，您怎麼還主動給爹納妾？您這不是自毀長城嗎？」

韓秋月瞪他一眼，「你懂什麼？你以為你爹真如外面傳言那般，是個專情重義的好男人？我呸！當初你爹娶明允他娘的時候是發過毒誓的，今生絕不納妾，所以他只好忍著。現在明允他娘不在了，你爹這心思又開始冒出來，我倒是攔過幾回，可我攔得了一時，攔得住一世？偏偏你又不爭氣，如今你爹受明允的挑唆，已經對我頗有不滿，我若不順著他的心思，只怕更不受他待見了！」

李明則怏怏地道：「順著他，不是更亂了嗎？」

韓秋月幽幽嘆氣，「眼下已經夠亂了，你爹的心思如今都在明允身上，讓他分分心也好。」

李明則一張臉憋得通紅，愧疚不已。若不是他考試失利，母親也不至於這般委曲求全，都怪這張破嘴，叫你饞，好好的把前程都給饞沒了……李明則懊惱地給了自己一巴掌。

韓秋月驚道：「你這是做什麼？」

李明則到現在沒敢跟母親坦白，丁若妍也勸他別說。看在老岳丈的面子上，爹和娘頂多責怪若妍幾句，不會真罰她，可要是爹娘知道是他搞的鬼，怕是會活活將他打死。李明則話到嘴邊，還是嚥了回去，灰溜溜地說：「都是兒子不孝，不能替娘分憂，還讓娘操心。」

這幾句話倒真是發自肺腑，顯得情真意切，韓秋月深感欣慰，「你知道娘的難處就該發奮念書，旁的事不用你管，把書念好就是對娘最大的孝順。還有，你爹那，你可千萬別多嘴，也該學學明允，多想想如何討你爹歡心。」

「是……」李明則沮喪地應聲。

轉眼就到了放榜的日子，林蘭和李明允說好了第二天一大早一起去看榜，結果黃昏時分，林蘭還沒來得及吃晚飯，靖伯侯府的芳卉便急急來請，說是夫人要生了。

林蘭二話不說，叫銀柳提了藥箱就跟芳卉走。

李明允喊住她：「妳還沒吃飯呢！」

林蘭頭也不回地道：「來不及了，不吃了。」

看二少爺一臉擔憂的神色，白蕙安慰道：「靖伯侯家應該會安排的，總不至於叫二少奶奶餓著肚子給人接生。」

李明允蹙眉，「晚些我去看看，妳讓桂嫂準備些吃的，我好帶上。」

周嬤嬤遲疑道：「靖伯侯夫人這可是頭一胎，怕是沒這麼快的。」

李明允不懂這些，問：「那要多久？」

周嬤嬤笑了笑，「這可不一定，因人而異。快的說生就生了，慢的，生上三天三夜生不出來也是有的。」

李明允愣住，若是那靖伯侯夫人生個幾天生不下來，那林蘭豈不是幾天沒得休息？

林蘭急匆匆趕到靖伯侯府，府裡已是忙得不可開交。遠遠就聽見了喬雲汐淒厲的哭喊，再往裡走，幾個婆子正在努力勸阻侯爺，死死攔著不讓侯爺進產房。

「侯爺，您可千萬不能進去，若是讓血污之氣沖了侯爺，就不好了……」

靖伯侯很著急，喝道：「什麼血污之氣？裡面是我的妻子和孩子，有什麼要緊的！」

「侯爺，您就別為難奴才們了，當真不能進……」

靖伯侯聽到裡面的尖叫聲，喬雲汐連救命都喊出來了，他哪裡還管什麼血污不血污，晦氣不晦氣的，就要往裡衝。

方嬤嬤瞧見林蘭來了，喜出望外，忙道：「李夫人，您快勸勸侯爺，我們怎麼都勸不住！」

林蘭莞爾，屈膝一禮，「侯爺稍安勿躁，夫人是頭一胎，難免會吃些苦頭。侯爺是夫人的精神支柱，您可得穩住，這樣夫人才能安心生產。」

靖伯侯聞言，盯著石青色的錦緞軟簾沉默了片刻，浮躁不安的心漸漸穩了下來。是啊，如果他都急了，雲汐豈不更害怕？就算他急他怕，也只能急在心裡，怕在心裡。於是，他對林蘭拱手道：「一切就拜託李夫人了。」

林蘭給了他一個安心的笑容，「我會盡力確保母子平安的。」

林蘭入內，幾個穩婆正圍著喬雲汐，狠揉她的肚子。每一下用力，喬雲汐就忍不住發出慘叫。

幾個穩婆猶豫不決地看著林蘭，方嬤嬤忙道：「這是李大夫，侯爺特意請來的。」

幾個穩婆這才起身讓開。

林蘭不由得皺眉，「妳們先讓開。」

喬雲汐見林蘭來了，急切地伸手，「李夫人，我怕是不行了，您一定要救救我的孩子……」

林蘭一邊給她檢查，一邊安慰道：「夫人別自己嚇自己，胎位很好，只是宮縮有些無力，費些時間而已，肯定能順利分娩的。有我在，您就安心好了。」
這些騙錢的死婆子，人家宮口才開了二指就在這裡死命按啊推的，回頭別整出大出血來。林蘭瞪了那幾個婆子一眼，「現在沒妳們什麼事，待會兒需要配合的時候，妳們再聽我吩咐。」
幾個婆子心裡不服氣，妳這丫頭毛都沒長齊也會接生？我們可是經驗豐富，吃這碗飯的，要我們聽妳的，到時候出了事誰負責？
「夫人，來，喝點參湯續續力。」一個婆子端了碗參湯來要餵喬雲汐喝。
林蘭忙截了下來，「現在先別喝，喝了宮口更難開了，等待會兒要生的時候再喝。」
一屋子的婆子都傻眼，這李夫人到底懂不懂生孩子啊？
林蘭鬱鬱地吐了口氣，難怪古代生孩子的死亡率這麼高，就是因為這些接生婆的接生方法存在很多誤區。這時候她也沒功夫跟她們一一解釋，轉而安慰喬雲汐道：「現在妳只須放鬆心情，別緊張，等陣痛來了，就按我教妳的法子呼吸。記住，我沒讓妳用力，妳千萬不要用力。」
「夫人，我家二少奶奶的法子很靈的，您試了就知道。」銀柳笑嘻嘻地湊上來說道。
喬雲汐看著林蘭充滿信心的眼睛，雖然還是害怕，卻沒有那麼慌亂了。按著林蘭的法子調整呼吸，情緒漸漸穩定下來。
陣痛的間隔時間越來越短，可喬雲汐的宮口還是只開了二指。
有婆子開始質疑林蘭：「照李夫人這樣，怕是生上三天三夜也生不下來。」
林蘭很想罵過去，當著產婦的面這樣說，就不怕增加產婦的心理壓力嗎？
果然喬雲汐面上又露出緊張的神色。
林蘭冷笑，「那妳可敢與我打賭？若是妳輸了，這輩子就不再接生。」
那婆子面上一僵，不敢接林蘭的話，她是靠這門手藝吃飯的，叫她不幹這行，那她吃什麼？

見那婆子老實了，林蘭轉頭對芳卉說：「妳來搭把手，咱們扶夫人起來走幾圈。」

芳卉心裡狐疑，這又是什麼法子？但還是依言將夫人扶起來，兩人一左一右扶著喬雲汐在屋裡緩緩走動。

林蘭邊跟她說話分散她的注意力：「剛才幾個婆子都沒攔住侯爺，侯爺差點就衝進來了，侯爺可是真疼您……」

喬雲汐不好意思道：「怕是我的叫聲把他給嚇著了，我也不想，可是疼起來真的忍不住……」

林蘭笑道：「動靜是夠大的，不過將來若是換了我自己，只怕比妳叫得還厲害。」

喬雲汐聽她說得有趣，勉強也笑，「那是真的很疼，到時候妳就知道了。」

林蘭又問：「喬老夫人當初生您的時候容易嗎？」

喬雲汐是喬老夫人的大閨女，第一個孩子。

「我娘說還行吧。我生下來的時候只有五斤多，瘦瘦小小的，所以我娘沒遭多少罪。」

「那就好了，都說女兒隨母親的，母親若是順利，女兒也大多會順利的。」為了安慰喬雲汐，穩定她的情緒，林蘭連這些沒有科學依據的話也拿出來哄人了。

「真的嗎？」喬雲汐滿目期待地看著林蘭。

林蘭抿嘴而笑，用力點點頭，「所以，您也只管放心好了。」

陣痛再次來臨，這回比前幾次都厲害，許是心安的緣故，喬雲汐竟覺得不是那麼難耐。

「呼吸，對，就這樣，慢慢地走……沒事的，陣痛是因為孩子在努力，他也急著要出來了，所以您要好好配合他。」林蘭耐心地誘導。

走一陣後，林蘭就讓喬雲汐躺下來休息一陣，然後又走，來來回回折騰了一個多時辰。

靖伯侯府裡燈火通明，人人的心都懸著，期待著聽到那一聲啼哭。

靖伯侯此時已不在產房外等候，因為李明允上門了。李夫人在裡頭為自己的夫人接生，他總不好把李明允晾在外邊，更不好叫李明允陪他一起在產房外等，於是，命人將李明允請到花廳。

「李夫人進去後，裡面倒是沒了聲音。」靖伯侯有些納悶道。

李明允見他眉頭緊鎖，眼中透著焦慮不安，其實他心裡也很不安，林蘭雖說會些岐黃之術，也還稱得上高明二字，但接生這活，林蘭似乎也只給銀柳她姊姊接生過一回，林蘭能行嗎？不過他可不能在侯爺面前說實話，便故作淡然地笑道：「侯爺且放寬心，聽內子說過，尊夫人的情況良好，會母子平安的。」

靖伯侯無奈笑了笑，他的前妻就是死於難產，他不可能不緊張。

「借你吉言了。」靖伯侯笑道。

李明允微一欠身，「是侯爺福澤深厚，定能綿延子孫。」

兩人相視而笑，靖伯侯不好跟一個男人老談生孩子的事，雖然這是他目前最關心的事，於是，轉移話題。

「我一個朋友在城外有座別院，清幽雅致，風景甚佳，是個好去處，若是李公子感興趣，我可以跟我那朋友打聲招呼，李公子帶李夫人去那清靜些日子。」頓了頓，靖伯侯又補充道：「我那朋友是世外之人。」

李明允立刻會意，侯爺這是在提醒他，放榜後最好出去避一避，而且說明那別院的主人是世外之人，自然不會涉及朝中紛爭，李明允當即道：「那就多謝侯爺了。」

靖伯侯微笑頷首，心道：李夫人果然是賢內助，而這位李明允不僅才學出眾，心思也是極通透的。李尚書是越老越昏了，看來將來李家還是要靠李明允的。

產房裡，隨著喬雲汐陣痛加劇，大家的神經都開始繃緊了。

「夫人，現在開始，只要陣痛開始了，妳就用力！已經看到孩子的頭了，頭髮烏亮著呢！」林蘭額上已經冒出汗來，面上還是掛著笑。

喬雲汐咬緊了牙關，神色堅定地看著林蘭，心想：孩子的頭都看見了，應該就快了吧？

「方嬤嬤，趁這會兒陣痛沒來，餵夫人喝幾口參湯。」林蘭吩咐道。

「是。」方嬤嬤趕緊命人端了參湯來。

那幾個婆子也很想表現，本來還以為這位李夫人沒啥本事，結果人家說說笑笑，悠閒散步，就幫著侯夫人開了宮口。

林蘭又小聲問芳卉：「剪子、乾淨的棉布都準備好了嗎？」

芳卉點點頭，「都按您的吩咐備好了。」

「待會兒看我的手勢，妳就遞上來。」

雖然林蘭在這個時代正兒八經地替人接生還是第二遭，但前世在婦產科實習的時候，她可是接生的第一把好手，常常被指導她們的婦產科主任稱讚。也知道在古代，生孩子的時候大多是不動剪子的。創口無規則破裂，非但不利於癒合，還會影響夫妻將來的生活品質，今天她就好好教教這些接生婆子，也算造福古代女性吧！

林蘭讓喬雲汐用力，又不斷鼓勵她，看情形差不多了，便道：「這位嬤嬤，麻煩妳過來，幫著推拿肚子，慢慢的，從上往下，從兩邊往中間……對，就是這樣……」

「這位嬤嬤，麻煩妳按住這裡……對，一定要按緊了……」

林蘭有條不紊地安排著，對芳卉做了個要剪子的手勢，芳卉連忙遞上剪子。

「夫人，再用一次力，很快就出來了。」

在多方齊力配合下，林蘭終於順利地拉出孩子。

方嬤嬤喜出望外，「生了生了，是個小世子，真的是小世子！」

一個穩婆把孩子接過去，提了腳，用力拍了拍屁股，又用手指從孩子嘴裡一掏，孩子頓時哇哇大哭起來。外頭等候的人聽見哭聲，連忙跑去花廳稟報侯爺。

「侯爺……夫人生了，生了……母子平安……」

靖伯侯霍然起身，「生了？母子平安？」

「是，母子平安，夫人生了個小世子……」下人眉開眼笑地回道。

靖伯侯這才相信自己不是幻聽，頓時歡喜得有些手足無措，來回踱了幾步，大手一揮，大聲喊了一句：「賞！統統有賞！」

李明允也暗暗鬆了口氣，這都大半夜了，女人生孩子還真是不容易啊！

「給侯爺道喜了。」李明允起身拱手道喜。

靖伯侯哈哈大笑，拍拍李明允的肩膀，「同喜同喜！」

李明允愕然，你生兒子跟我同喜？隨即釋然輕哂，侯爺這是高興得不知所云了。

孩子生出來了，卻還有很多善後工作，如果不清理好，會導致一連串不良反應，嚴重的還會丟掉性命。林蘭又在產房裡忙活了大半個時辰，直到該做的都做好了，看著已經累得昏睡過去的喬雲汐，這才覺得自己也是疲累不堪。

出了產房，靖伯侯正抱著新生的嬰兒笑得心滿意足。

「李夫人，這次真是多謝妳了。」靖伯侯把孩子交給奶娘，雙手抱拳，真誠道謝。

林蘭忙還禮，「侯爺言重了，這是林蘭應該做的。」

「內子她……」靖伯侯很想進去看看喬雲汐，又怕現在還不是時候。

林蘭莞爾道：「夫人一切安好，現在已經睡著了，侯爺可以進去看看。」

靖伯侯聽了提步就往裡走，走到一半又想起來，回頭道：「李夫人，李公子還在外邊等候。」

林蘭怔了一下，明允跑來做什麼？這都大半夜了，他什麼時候來的？

林蘭帶著銀柳出去，果然見李明允站在院子裡等她。

「你怎麼來了？」林蘭剛才是提著一顆心，憋著一股勁，現在鬆懈下來，嗓子有些沙啞。

李明允看她一臉疲憊之色，只和聲道：「我來接妳的。」

「你是不放心我的醫術吧？」林蘭懶懶地說道。

兩人一起往外走，李明允坦白地點頭，「有點。」

林蘭無力地翻了個白眼，「那現在呢？」

李明允笑道：「恐怕以後請妳去接生的人會越來越多了。」

林蘭害怕地甩甩頭，「這可是個體力活啊！」尤其是為這種有身分地位的人接生，不能出一點差錯，心理壓力也是很大的。林蘭決定，以後來請她接生的人，除非產檢也由她來做，要不然，不明情況去接生，風險太大。她現在的身分可不是一介村姑，是李家的媳婦，萬一連累了李明允就不好了。

出了府，李明允扶林蘭上車，靖伯侯府還派了一輛馬車，李明允讓銀柳坐周府的馬車走，上面有靖伯侯送的一份厚禮。雖然他再三推辭了，可靖伯侯盛情難卻，他只好收下。李明允打算等小世子滿月時，再送一份厚禮回去。

林蘭一上車就閉上眼睛，耷拉著腦袋。

看她累成這樣，李明允很心疼，柔聲喚道：「林蘭，先吃點東西，我讓桂嫂做了燕窩粥。」

「嗯……」林蘭疲倦得只想睡覺。

「先吃點東西再睡好不好？」李明允小小聲的，像哄孩子似的。

「你別吵我啊……我很睏……我要睡覺……」林蘭囈語著，沉沉睡去。

李明允嘆氣，把燕窩粥放下，伸手攬過她，讓她枕在自己的手臂上，林蘭迷迷糊糊地在他懷裡蹭了蹭。馬車一路搖晃，林蘭睡得很香，感覺自己抱了個舒適的大枕頭。

這一覺睡得香甜，等林蘭醒來，下意識要伸展手臂伸個懶腰，卻發現手臂動不了。她猛地睜開眼，眼珠子轉了轉，好一會兒才反應過來，這不是馬車裡嗎？而她……不是睡在舒適的大床上，抱著的也不是軟軟的大枕頭，而是一個人的手臂。耳邊傳來緩慢而沉穩的心跳，林蘭的心驟然急跳起來。

天啊，她居然睡在李明允的懷裡！

林蘭慢慢地轉頭，看著李明允略泛著青色的下巴、英挺的鼻尖、長長的睫毛、濃黑彎度都剛剛好的眉毛。他還閉目睡著，呼吸綿長，原來他睡覺的樣子也這麼俊啊……

林蘭癡看了一會兒，覺得自己這樣很傻，看看從車簾透進來的晨光，天已經亮了，她記得從靖伯侯府出來的時候，大概是子丑交接的時候，這會兒怎麼也過了卯時吧？他怎麼不送她回家去睡，就在馬車上這麼抱著她……

感覺到懷裡的動靜，李明允睜開眼，低頭看林蘭，嗓子也是啞的：「妳醒了？」

林蘭不敢看他，連忙坐正，裝作整理衣裳，掩飾尷尬。

李明允抬了抬發麻的手臂，眉頭蹙得很深，「妳的頭好點重。」

林蘭臉一紅，瞪眼，「你的頭才重呢！」

李明允輕輕一笑，彎著腰掀開簾子跳下馬車，做了一番伸展運動。

林蘭腹誹了一陣，也下了馬車。

呃……這又是什麼地方？入眼是一片青青草地，草尖上還沾著露珠，一顆顆的，像撒落了一地珍珠似的，遠遠可見幾縷炊煙裊裊升起。

「這是哪裡啊？」林蘭走到李明允身邊，問道。

李明允挑了挑眉，「我也不知道，這得問文山。」

文山？林蘭左看右看，終於在遠處一棵大樹下發現了一個人影，人家正靠著樹呼呼大睡呢！

「怎麼把我帶這來了？幹麼不回家？」林蘭嘟嘴抱怨。

李明允看著她直笑，笑得林蘭心裡發毛。

「問你話呢！」林蘭瞪回去。

「本來已經到咱們府門了，可妳不肯下車，我有什麼辦法？只好叫文山駕著馬車到處轉悠，就轉到這來了。」李明允淡笑道。

林蘭窘得耳朵發熱，夢裡頭似乎有人想搶她的枕頭，她死死抱住，好像還嘀咕了幾句……真是窘死了。

林蘭忙轉移話題：「今天不是放榜嗎？什麼時候才會貼出皇榜？」

李明允抬頭看看天色，「現在應該貼出來了吧！」

「那咱們還在這裡做什麼？趕緊回去看榜！」林蘭說著，一溜煙跑去叫文山：「文山，起來了，太陽曬屁股了……」

李明允見她害羞地跑掉，眼中的笑意更濃了。

等林蘭和李明允趕到放榜處，那裡早已是人山人海。榜上有名的、春風得意的，或在那一遍遍看自己的名字，或在那高談闊論。落榜的，則不甘心死盯著榜單，從上到下，從下到上，一遍遍尋找自己的名字，恨不得用眼神在皇榜上刻上自己的名字，也有的在一旁嚎啕大哭……真真是冰火兩重天。

林蘭很好奇，若是李明允待會兒看了榜單，會是什麼反應。

「二少爺，二少爺……」冬子一早就來看榜了，一直翹首等著二少爺，見到二少爺和二少奶奶來了，忙揮手跑了過來。

「冬子，你先別說，我們自己去看。」林蘭不等冬子開口就攔住他的話，不過看冬子笑得連嘴巴都合不攏了，結果如何，不言而喻。

文山力氣大，幫兩人開道，李明允更是撐開手臂，護住林蘭，費了一番功夫，四人才擠進去。林蘭一眼就瞄到李明允的名字，位列榜單第二名。林蘭心裡歡呼，李明允真的好厲害。轉頭看李明允的神色，依舊是雲淡風輕、波瀾不驚，只一雙漆黑的眸子格外清亮。林蘭暗笑，這傢伙真會裝，心裡指不定笑得多歡呢！

「明允，居然有人比你還厲害！」林蘭故意感慨。

李明允淡然一笑，「這有什麼，天外有天，人外有人。」

那倒是，畢竟這是全國性的人才選拔，京城第一才子能考到第二名已經很有面子了。

冬子很不滿兩人淡定的表現，嘀咕道：「人家榜上有名就樂翻天了……」

文山不以為然，「咱家少爺的目標可不僅僅是榜上有名。」

一旁有落榜生聽見幾人的對話，頓時投來憤憤的目光。林蘭一眼瞪回去，你們羨慕嫉妒也沒用，誰讓你們才學不如人。

李明允不是那種喜歡炫耀的人，忙拉了林蘭，輕聲道：「咱們出去說話。」

「我還要找找大哥的名字。」

「不用找了，我已經看過了，沒有。」

林蘭愕然，這傢伙當真是一目十行啊！

四人一出人群，冬子就激動地說開了：「大少爺根本沒敢來看榜。老爺吩咐趙管事來看的，趙管事已經先回去報喜……嗯……兼報憂，嘿嘿！」

李明允敲了敲冬子的腦袋，「待會兒回府別太喜形於色。」

冬子很鬱悶，「憑啥？這可是天大的喜事！就因為大少爺落榜了，咱們連笑都不能笑了？」

林蘭笑道：「能，回到落霞齋，你要翻跟斗都隨你。」

冬子這才笑了，驀然又想起一件事，「對了，二少爺，您昨晚沒回家，有人給您送賀禮了，您不在，老爺先替您收下了。」

林蘭和李明允俱是心頭一凜，面面相覷，誰啊？動作這般迅速，榜單還沒發放，禮就送到了。

「知道是誰？」李明允蹙眉問道。

冬子搖搖頭，「是老爺接待的，奴才不清楚。老爺吩咐了，讓您趕緊回家。」

此刻，坐在書房裡的李敬賢也是愁眉不展。他愁的不是明則的失利，明則落榜早在意料之中，他愁的是昨晚送來的那份禮單。四皇子趕在放榜前送來賀禮，其目的不言而喻。李敬賢很為難，依他對朝中局勢的觀察，當今聖上重文輕武，太子深得文臣的擁護，將來太子順利繼位的可能性比較大，而四皇子的母妃是當今最受寵愛的德妃，子憑母貴，聖上對四皇子也是相當喜愛，朝中武將也大都擁護四皇子，不能說四皇子就完全沒有機會，但李敬賢的心裡還是傾向於太子，只要太子平穩度過，登上皇位，對李家只有好處沒壞處。要是四皇子繼了位，那就難說了。可現在四皇子有心籠絡明允……看來四皇子得不到老文臣的擁護，想要從年輕一輩裡培植自己的親信。

「老爺，二少爺來了。」下人來通傳。

李敬賢回神，忙道：「快請。」

李明允一回府就先到書房來，允恭敬施禮，「兒子見過父親，給父親請安。」

李敬賢越看這個兒子越覺得喜愛，呵呵笑道：「明允啊，這次考得不錯。」

李明允謙虛地低著頭，「都是父親教導有方。」

李敬賢越發高興，但還是要裝模作樣教導一番：「不過你也不能驕傲，我朝人才輩出，禮部那邊有人傳話，這次會試就出了好幾位大才，不可馬虎輕敵，好好準備殿試。」

「是，兒子會全力以赴。」李明允在李敬賢面前表現得謙順溫和。

李敬賢滿意地捋了捋下巴的一撮長鬚，將禮單交給明允，「你看看這個，這是昨晚四皇子命人送來的。」

李明允眉心微動，接過禮單翻開來看，不由得倒抽一口冷氣，這禮……十分貴重啊！

「看來四皇子很賞識你。」李敬賢悠悠地喝了口茶，看著明允的反應，明允一隻腳已經踏上仕途，這些事是遲早要面對的。

李明允拱手道，「有道是無功不受祿，四皇子如此厚愛，兒子深感惶恐。」

李敬賢點點頭，提醒道：「接下來，送禮的人會更多，有些許是真心道賀，有些嘛……也許目的就不那麼單純了。」

「兒子明白。」李明允道。

李敬賢挑了挑眉，明白？你明白什麼了？這話說了等於什麼也沒說。

「當今聖上重文治，輕武功，你若是能在殿試中脫穎而出，前途不可限量……」

李明允靜靜聽著，心道：自太祖開國以來，歷代君王皆重文輕武，還不是怕武將擁兵自重？當初太祖也是割據一方，後起兵推翻了前朝，此乃前車之鑒，然，過於重文輕武，導致國盛兵弱，就好比一隻大肥羊，只有肥碩的身體，卻無自保的能力。別看如今太平盛世，那都是花銀子買來的太平，靠和親換取的安寧，這樣下去，結果如何，不言而喻，等到歲貢不能滿足人家的胃口，戰禍就不遠了。

「……太子仁德溫厚，深得朝臣的擁戴，四皇子鋒芒畢露，也有很多人欣賞，為父以為，你還是要把握好這個分寸……」李敬賢循循善誘。

李明允嘴角微微勾起，父親的意思很明顯，還是投靠太子比較合適。

「父親教導的是。」李明允始終溫吞，含而不露。

李敬賢啞然良久，他說了半天，明允到底是聽進去了，還是沒聽進去？罷了，這事也不急於一時，慢慢再開導。

「父親，兒子有件事要稟。」李明允道。

「你說。」

「殿試在即，兒子想找個清靜之所好好準備，在府中怕是不得安寧。兒子有一友，在城外有一處閒置的別院，說好了借兒子住上幾日。」

李敬賢想了想，應道：「也好。」

林蘭在屋子裡，聽錦繡跟她說八卦：「……聽說夫人得知大少爺落榜，當場就昏了過去，醒來就把大少奶奶叫去狠狠訓了一頓。」

林蘭冷笑，「自己的兒子捨不得訓，就拿兒媳婦開刀。」

這老巫婆肯定是把李明則考不上的責任全怪到丁若妍身上了，其實她後來去開丁若妍準備的應考箱看過，丁若妍準備的其實還是很細緻的，不至於說被扣下那麼多東西，沒道理她給小叔子準備的妥妥貼貼，給自己的老公準備的一塌糊塗，這其中的緣故，林蘭還真是無法猜透。不過不管怎樣，丁若妍這隻替罪羔羊算是當定了。

「可不是，有人看見大少奶奶眼睛通紅地從寧和堂出來。」錦繡搖頭嘆息。

林蘭擺擺手，「算了，別說這個了。二少爺吩咐了，你們心裡高興，外頭也得悠著點，夫人現在心裡正不爽，別去觸這個楣頭。」

眾人連忙應諾。

微雨閣裡一片愁雲慘霧，丁若妍淚眼婆娑，李明則唉聲嘆氣，「我還以為能中個末等，到時候再好好準備吏部的考核，父親是戶部尚書，大家多要賣父親幾分面子，想來也不難通過，哎……真是人算不如天算。」

丁若妍被婆婆罵了一頓，心裡本就有氣，這幾日她還一味體諒著李明則，怕李明則難過，壓力都自己承擔著，現在卻是再也忍不住，埋怨道：「還不都是你，貪圖享受，這麼大的事你也當成兒戲，現在來長吁短嘆的又有何用？」

李明則懊惱道：「妳就別罵我了，我心裡也很難受，腸子都悔得青了。」

「你把腸子悔斷也來不及了！」丁若妍憤憤地嗆了他一句。

李明則期期艾艾道：「我知道這次讓妳為難了，我保證沒有下一次，我保證好好用功，定讓妳也有揚眉吐氣的那一天。」

「這話你不必和我說，你自去跟母親說，沒得叫我一天挨三頓罵，再這樣，這家裡我可是待不下去了。」丁若妍想到婆母嚴厲的指責，頭都大了。明允輕鬆高中，可明則灰溜溜地落榜，婆母心裡有多憋悶，她心裡就有多憋悶，婆母還能罵她出氣，她的氣又向誰去出？尤其是今天聽到丫頭們在說……二少奶奶還真是旺夫，她更是難受得不行。林蘭旺夫，那她是什麼？掃把星？婆母只差把這句話罵出口了。

當晚，林蘭去向老巫婆請安，丁若妍也在。

老巫婆看到她，笑得那叫一個燦爛，「林蘭啊，這次明允高中，也有妳的一份功勞，若不是妳細心周到地照顧明允，明允也不會這麼順利，妳可真是我們李家的好媳婦！」

林蘭看到一旁的丁若妍面色更加難看，不覺有些同情她。

「母親謬讚了，那都是明允自己勤奮刻苦，常常讀書到深夜。當然也得歸功於父親，是父親從小教導的好，媳婦實在不敢居功。」林蘭謙虛道。

「妳也不必謙虛，雖說功名是要男人自己去爭取，但也不能小看了咱們女人背後的付出，照顧好丈夫的日常生活起居，讓他無後顧之憂，所謂賢內助，便是如此了，若妍啊，這點妳可得向林蘭多學學。」韓秋月笑呵呵道，還特意掃了一旁的丁若妍一眼。

丁若妍乾脆低了頭，把自己當個木頭人。

林蘭訕訕，「這方面，媳婦以後還要多向母親學習才是。」

韓秋月又殷勤道：「明允很快就要參加殿試了，這可是咱們李家的頭等大事，從今兒個起，一切事務當以此為重，妳看看，需要什麼只管跟我說。」

林蘭支吾道：「明允他朋友在城外有處別院，說是挺清靜的，明允想著，這幾日恐怕上門道賀的人太多，沒法靜心念書，就想去別院住幾日。」

韓秋月馬上道：「那怎麼成？要說清靜，府裡的聽風樓也是極清靜的，我馬上讓人去收拾。」

林蘭訕笑道：「可是人在家中，若有客來訪，不見不禮貌，見了又麻煩，還是出去的好，而且明允已經徵得父親的同意了。」

韓秋月失望道：「這樣啊……那我挑幾個得力的丫鬟婆子跟去伺候。」

妳派人去伺候，那才不清靜了！

林蘭笑道：「多謝母親關懷，人手媳婦已經安排好，再說也就是去小住幾日，不必麻煩了。」

韓秋月本想趁這次機會好好表現一番，讓老爺看看她有多賢慧，沒想到李明允要搬出去住，根本不給她表現的機會，不由心中悻悻。

李明允和林蘭第二天一早就出發去靖伯侯提及的別院，留如意和玉容看家，其他人都跟去。

馬車行了大半日，到了一處山腳，早有人在那接應。腳夫幫著把東西運上山，又備了滑竿給李明允和林蘭。

林蘭問接應之人：「徒步上去要走多少時辰？」

那人回道：「不遠，差不多大半個時辰就到了。」

林蘭笑咪咪地看著李明允，「我想走上去。」

李明允悠閒地看了看四周景色，說：「很久沒活動活動筋骨了，走走也好。」

林蘭讓周嬤嬤坐滑竿上去，其他人都步行上山。

林蘭在山裡待了四年，每日上山採藥，走山路是如履平地。李明允也不示弱，始終緊隨其後。倒是銀柳等人慣少走山路，不一會兒就氣喘吁吁了，落下好一段距離。

文山的腳力也不錯，跟上二少爺和二少奶奶完全沒問題，可是二少爺吩咐他照顧銀柳她們，眼看著二少爺、二少奶奶越走越遠，再看著連抬腿都吃力的銀柳她們，把文山急得，一個勁地催促道：「妳們快點啊……」

冬子喘著粗氣說：「文山，你識趣點好不好？」

文山不解，「你這話我可聽不懂，什麼叫識趣點，咱們不得趕在二少爺前面安排嗎？」

冬子拉著文山的袖子，借他的力往上走，「我說你動動腦子好不好？二少爺和二少奶奶走得這麼快，分明就是故意想甩掉咱們這些尾巴，你還拚命要跟著。」

文山傻傻的沒會過意來，倒是銀柳她們聽懂了，錦繡乾脆坐在石階上，用袖子搧風，「我覺得冬子說的對，咱們也別緊趕慢趕了，還是先歇會兒吧，累死我了！」

這下眾人可算找到了偷懶的理由，一個個都坐下休息，把文山給急得乾瞪眼，「妳們別啊……

趕緊起來！」

冬子白了文山一眼，揪過文山一陣耳語，文山這才恍然大悟，笑說：「休息，好好歇會兒！」

這回冬子可真是自作聰明了，林蘭和李明允根本就沒那意思。

兩人走了一陣，回頭發現人都沒跟上來，林蘭鬱悶道：「她們怎麼這麼慢啊……」

李明允調整了下呼吸，讓自己看起來氣定神閒，「妳道她們也跟妳一樣打小在山上轉悠。」

呃，她把這碴給忘了。林蘭看李明允的樣子還是那樣自在從容，笑道：「你也不賴嘛！」

李明允嘴角一揚，睇著眼看她，「別忘了，我也在澗西村住過三年。」

林蘭放慢了腳步，拔了道邊一根草，甩著玩，邊問道：「你住在後山那會兒，每日都是怎麼消遣的？我每回經過你的破茅屋，你好像都不在。」

李明允怔了怔，「妳怎麼知道我不在？」

林蘭撇撇嘴，「我每回經過都會唱歌啊，也沒見你出來。」

李明允的神情變得古怪起來，笑容裡透著揶揄的味道，「我竟不知妳唱歌原是想喚我出門。」

林蘭打了個激靈，這都哪跟哪的事？可是自己那話確實很容易讓人心生歧義。林蘭趕緊自圓其說：「呃……我這不是惦記著你還欠我一聲道謝嗎？我故意唱歌，好提醒你恩人來了，你該出來說句謝謝。」

李明允笑得越發詭異，「是這樣嗎？」

林蘭白了他一眼，「當然是，不然你以為呢？要說你這人真的很可惡，我好心好意救你，你非但不說謝謝，還一副我欠了你錢的樣子，就沒見過你這麼不懂禮貌的！」

沒想到自己在她的印象中是個不懂禮貌的人，李明允覺得有必要解釋一下：「那個……那條蛇是我找了很久，好不容易才找到的，本想抓回去泡藥酒給外祖母治療風痹之症，結果……被妳一菜刀給剁了。」
林蘭給他一個更大的白眼，「你以為白花蛇這麼容易捉嗎？連捕蛇的見了白花蛇都得小心翼翼，就你……一個白面書生，手無寸鐵就想抓白花蛇？哼……」
李明允輕輕皺眉，想想也是，其實當時他還真沒考慮那麼多，當即抱拳一禮，「都是為夫的不是，還請夫人海涵。」
林蘭拿草扔他，「誰是你夫人，你夫人還不知在哪邊天呢！」
李明允半玩笑道：「遠在天邊，近在眼前。」
「去去去……你少來，越來越油嘴滑舌了！」林蘭不理他，徑直往前走。
李明允鬱悶地想，油嘴滑舌？有嗎？他可是只跟最好的朋友，以及可以不設防的人面前才會說笑得，真是不識好歹。
「噯，有件事我很好奇耶！陳子諭不是說你在京城裡很受歡迎嗎？怎麼來京城好幾個月了，也沒見你的愛慕者啊？」林蘭八卦道。
李明允嘴角扯了扯，「妳聽他瞎說。」
林蘭用懷疑的目光打量他，「你臉紅了，你心虛了。」
李明允下意識去摸臉，林蘭哈哈笑起來，「你看你，露餡兒了吧！」
李明允這才意識到自己被耍了，眼波中蕩出一絲無奈地苦笑，這丫頭，古靈精怪的。
「滿京城都知道我李明允喜歡上一個叫林蘭的村姑了，還有誰來愛慕我？」李明允似笑非笑地看著她。
林蘭故作驚訝，「哎呀，我竟成了你追求幸福的絆腳石了？那還是趕緊給我遣散費，把我打發了吧！」

李明允忿忿道：「休想！」

林蘭晃了晃腦袋，「那可就不關我的事了。」

李明允閒閒道：「本來就不關妳的事。」

「這裡的山路十八彎，這裡的水路九連環，這裡的山歌排對排，這裡的山歌串對串……」林蘭又開心地哼起歌來。

出了李府，不用面對老巫婆和李渣爹，林蘭的心情就特別好，而且這裡的風景真不錯，青山翠微，鳥語花香。到底是在山裡待久了，見到山就很親切啊！

聽著她愉悅的歌聲，看著滿山青翠的樹影，呼吸著清新空氣，李明允的心情前所未有地放鬆。

「妳這是什麼歌？以前總聽妳唱。」

林蘭回頭笑看著他，「我編的。」

李明允信以為真，「妳還真能編，編得不錯。」

「那是當然，我會的東西多著呢！」林蘭得意地昂了昂下巴。

李明允微哂，揶揄道：「嗯，是挺多的，到別院後，妳反正也無所事事了，我那個扇套總該有時間繡了吧！」

說起扇套，林蘭就很有挫敗感，繡了幾天越繡越不成樣子，連她自己看著都嫌棄，怎麼拿得出手？就算李明允不嫌棄，萬一被別人看到這麼「極品」的刺繡，她還怕丟臉呢！早就被她扔到哪個角落裡去也不知道了。玉容倒是幫她繡了一個，可是又繡得太好，李明允也不是好糊弄的，一看就知道作假，所以，這銀子，她很遺憾地決定不要了。

「誰說我無所事事了？我的事多著呢？好不容易進山了，我得去找找有沒有什麼能用得上的草藥，我還得四處查看查看這附近有沒有什麼毒蛇猛獸，還得管一幫子丫鬟，還得監督你用功……」

林蘭掰著手指頭，絞盡腦汁還沒湊夠一隻手。

李明允忍不住腹誹，前面兩個理由無非是給妳自己遊山玩水找藉口，後一個理由根本可以忽略不計，有周嬤嬤在，哪用得著妳操心丫頭們的事，至於最後一個理由，更加不算理由，他李明允念書從來就不需要旁人監督。

「我看等妳的扇套都要等到冬天去了。」李明允悻悻地說。

林蘭目光閃爍著，「那乾脆等明年再繡好了，反正冬天也不用扇子了。」

李明允哭笑不得，「銀子妳也不要了？」

林蘭一本正經地說：「嗳，其實我沒你想的那麼見錢眼開，你少拿銀子來誘惑我。」

李明允啞然失笑，不見錢眼開？是誰總嚷嚷你是不是該多給我一點遣散費？

「嗳……明允，你看，那邊有紅葉……」林蘭突然興奮地指著前方叫道。

李明允順著她指的方向看去，果然見前方山坡上一片楓樹林，火紅的楓葉似一簇火焰燃燒在青翠之間，越發鮮豔奪目。

「走，過去看看。」林蘭提了裙子跑過去。

李明允忙喊道：「妳慢點，小心摔著！」他苦笑著搖搖頭，快步跟了上去。

望山跑死馬，看著那片楓林就在眼前，可山路繞來繞去卻有好長一段路。林蘭是沒什麼，幾年鍛鍊下來，跑這麼點路根本不在話下，李明允雖說也有一段上山的經歷，可是跟林蘭比，還是望塵莫及，只好硬著頭皮追。

「明允，快點……」林蘭笑聲如鈴。

「哇，好美的楓葉，很久很久沒看到楓葉了……」林蘭撿起一片落葉放在掌心，抬頭看著在秋風中瑟瑟搖曳的紅楓，回想起讀大學的時候，曾跟同學一起去看香山紅葉，那是她唯一一次跟同學出遊，有個男生還傻傻地摘下一片楓葉送給她，說這火紅的顏色代表他一顆真摯愛慕的心……真是酸死了！

李明允追了上來，已經是滿頭大汗，先前的優雅從容已然不見，氣喘吁吁。

「妳跑得也太快了。」李明允擦了把汗。

林蘭嗔道：「是你太慢了好不好？」

李明允做了幾個深呼吸，總算把氣息調勻，說：「妳喜歡看楓葉，有個更好的去處。」

「是嗎？」林蘭心想，雖然不是同一個時空，可地理位置還是差不多，敢情京城也有一個叫香山的地方？

李明允道：「就是離這有點遠，那裡滿山都是這種紅楓，等我殿試結束，帶妳去看。」

「好啊好啊，你這麼一說，我都有點迫不及待了！」林蘭歡喜道。

李明允看著她那因為興奮而越發明亮的雙眸，有一瞬間的失神，彷彿這明豔如火的紅楓都失去了顏色。

「可是……到那時，會不會楓葉都落盡了？」林蘭抬眼問他，卻見他怔怔地看著自己。

一陣風過，一片楓葉飄然落下，輕輕落在她烏黑的髮間。

李明允伸手取下跌落她髮間的楓葉，語聲出奇的溫柔：「不會的，那時的楓葉紅得正好。」

這一番耽擱，等林蘭和李明允來到別院時，其他人早就到了，正裡裡外外忙著收拾。

林蘭打量著這座依山而建的白牆黑瓦的園子，頗具徽派建築風格，月洞門上寫著「歸雲」二字。往裡走，先見院中有一不規則的池塘，池塘邊修竹掩映，池中立有一塊大玲瓏山石，周遭又堆砌著姿態各異的山石，石間點綴著一些花草，藤蔓蜿蜒，或垂於山巔，或穿岩而過。石旁花堵牆下又有繁茂薔薇，枝枝燦爛，或粉或白或鵝黃，姹紫嫣紅，異香撲鼻。繞過修竹叢，上一座彎拱的石橋，方見一明兩暗的小小三間廂房。沿著兩邊抄手遊廊走過去，又過一拱橋，才是正房所在。三間抱廈連著五開間的正房，兩旁又有小耳房……

「此處當真幽雅別致，靖伯侯還真給你挑了個好去處。」林蘭嘖嘖感嘆。

李明允也十分滿意，「既是靖伯侯介紹的，自然不會差。」

「將來我若是很有錢，也尋一處山清水秀之所，建一座這樣的院子。」林蘭羨慕著。

李明允微微一笑，「這有何難？」

林蘭剜他一眼，「對你來說當然容易。」且不說他將來會不會當大官，就算當不了官，葉家也有的是錢，給他幾萬兩銀子建個院子小意思，可她不同，要想擁有這樣一座園子，怕是要艱苦奮鬥好幾年。

李明允心說：我的不就是妳的？笨！

此間的管事前來回稟：「李公子，一切都安置妥當了，這裡就交給公子了，日常所需，小的會命人按時送上山來。」

李明允頷首道：「勞煩管事了，還請管事代為向貴主轉達李某的謝意。」

管事應諾：「一定一定！」

周嬤嬤一到就吩咐開來，錦繡燒水，桂嫂做飯，銀柳和白蕙服侍兩位主子，文山和冬子打雜。

林蘭和李明允俱是一身汗，先洗了個熱水澡，桂嫂飯也做得了，清清爽爽的幾個家常菜，林蘭胃口大好，李明允不住給她夾菜，「多吃點。」林蘭禮尚往來，也往他碗裡夾菜，「你也多吃點，讀書不僅是腦力勞動，也是體力勞動，吃飽了才有精神。」李明允從善如流，兩人頭一遭把桂嫂做的菜全吃了個乾淨。

書房就設在東邊的暗房，開了一扇月洞窗，窗下擺一黃花梨大書桌，桌上筆墨紙硯一應俱全，窗外是幾棵美人蕉，讀書環境很好。

「我不打擾你了，你看書吧！」林蘭很識趣地說。

「那妳呢？」李明允挑眉問她。

「我得去熟悉一下環境。」林蘭目露狡黠，說著就開溜了。

李明允不由哂笑，其實她還是孩子心性，看到什麼好看的好玩的新鮮的就按捺不住。

而李府裡，韓秋月坐在姜嬤嬤床邊唏噓感嘆：「我看真是大勢已去……」

姜嬤嬤如今還臥床，不能為夫人鞍前馬後地效勞，不過屁股打爛了，腦袋還是管用的，小聲道：「這些日子老奴想了很多，其實夫人何必這般在意二少爺，難不成，他還能讓老爺休了您？把您和大少爺從這個家裡趕出去？就算老爺偏心於他又如何？老爺也不能不管大少爺。夫人若是覺得鬧心，以後想個法子分家，暗中為大少爺多爭些財產才是要緊。老奴想來想去，二少爺能做的，最多也就拿回葉氏的財產，夫人要早做準備才是。」

韓秋月陡然道：「幸虧妳提醒我，瞧我這陣子亂得，把這麼要緊的事都給忘了。」既然阻止李明允出頭不成，那就只好儘量保住財產，到了她手裡的東西，她是不會再吐出來的。

「夫人，恕老奴直言，就算您要給老爺納妾，也不能抬那個晚玉做姨娘，這小蹄子，有幾分本事。」姜嬤嬤擔心道。

「話都已經說出去了，總不好收回來，不過，晚玉她再有本事，也只是個姨娘，我能抬她便也能毀她，就看她自己識不識相。」韓秋月對此不以為然。

姜嬤嬤道：「這是自然，老奴也是提醒夫人一聲，別對晚玉太放心了。」

韓秋月點點頭，「我會留心的，眼下最要緊的還是得想辦法挽回老爺的心。現在老爺對我總是不冷不熱，跟他多少幾句，他都不耐煩。」

姜嬤嬤忖了忖，建議道：「夫人何不將老太太接來，老太太跟大老爺住一起多年了，按說咱們老爺當了大官，也該接老太太來京裡享享福。您是老太太親自挑選的媳婦，老太太最疼您，老爺又最是孝順，只要老太太心裡向著您，老爺他還能把您怎麼著？關鍵是，老太太帶過大少爺幾年，二少爺她可沒抱過幾日，老太太心裡肯定疼大少爺，還不得事事維護咱大少爺？」

韓秋月聽著眉頭漸漸舒展開來，讚許道：「妳這主意甚好，回頭我就給老家去一封信，讓老太太來京。」

當初老爺要與她和離，老太太是極力反對的，後來老爺一力保證，等功成名就就迎她回來，老太太方才點頭答應。葉心薇幾次想接老太太來家，老太太都不肯，反倒是她生了明則，老太太親自來伺候月子，帶了明則四年，就憑這點，老太太來了，肯定是向著她，向著明則的。只要這尊佛在，老爺他還能玩出什麼花樣？韓秋月越想越高興，對，就這麼辦。

◆◆◆

山中的日子過得無比清閒，林蘭每天都出去轉悠，帶上銀柳，教她識別草藥。銀柳這人性情不及玉容沉穩，做事不如白蕙仔細，遇事不及錦繡機靈，更沒有如意的魄力，但她對醫術比其他人都感興趣，什麼草藥跟她說一遍她就記得，絕不會認錯，跟她一起搗弄藥材，也從不厭煩，還做得津津有味，加上每回出診銀柳都跟在她身邊，培養出了幾分默契，林蘭決定好好培養銀柳當她的好助手。

「這是貝母，味辛無毒，可以治傷寒煩熱、金瘡風痙、目眩項直、咳嗽上氣等等。這是鐵線草，微苦無毒，療風消腫毒最好了，還有這是白前，味甘、微溫，主一切氣，什麼肺氣煩悶、降氣下痰都好……」林蘭一一說明。

銀柳不住點頭，敬佩道：「二少奶奶，您懂得的可真多。」

「我可是吃這碗飯的，不懂還能行醫？」

「那我學了這些，將來是不是也能做女大夫？」

林蘭瞅著她，上打量，下打量，「妳跟我學個十年八載的也許就可以了。」

銀柳洩氣，「要這麼久？」

「那當然，妳以為大夫這麼好當？治病救人憑的可是真本事，這裡頭學問大著呢！不是光認得草藥、識得藥性就行了，還要學會配藥，什麼病情，藥用幾分都是很講究的，少一分則起不了效果，多一分，也許就適得其反，想妳二少奶奶我可是學了……」林蘭說得興起，差點把自己前世學醫的經歷都說了出來，還好反應快，及時剎車。

「二少奶奶年紀這麼輕，就能開藥方了，二少奶奶又是學了幾年？」

林蘭訕訕，她前世後世加起來學了也有十來年了，但這一世，她不過才學了三年而已。汗，不得不作弊了。

「三年。」

銀柳瞠目，「才三年？那我為什麼要學十年？」

林蘭把剛摘的草藥扔進銀柳背的簍子裡，得意道：「妳二少奶奶我是天才，懂不懂？」

銀柳兩眼放光，露出崇拜無比的神情，拍馬屁道：「二少奶奶真厲害！」

林蘭不理她，拿著木棍在草中撥來撥去。

「咦？那是藿香草嗎？」林蘭小跑過去，沒留神茂密的草叢間有個陷阱，竟掉了下去。

銀柳還在扳著手指算，用兩年時間，把草藥都認全了，再用三年時間學習各種病症，再用三年時間去實踐……呃？二少奶奶人呢？剛才明明還在的。

「二少奶奶……二少奶奶……」銀柳大聲呼喊，可是山谷中只有她自己的回音。

銀柳急得要哭了，難道二少奶奶被鬼魅抓走了？聽老人說山裡常常有異事發生，像什麼鬼打牆之類的，銀柳越想越害怕。

「銀柳……銀柳……」幾聲低弱似幽魂呼喚的聲音響起。

莫不是鬼來抓她了？銀柳嚇得大叫一聲「鬼啊」，掉頭就跑。

林蘭掉下去的那個陷阱挖得很深，摔得她整個人都懵掉了，好一會兒才緩過神來，動動手腳，幸好沒斷。林蘭努力眨眼，適應了陷阱裡昏暗的光線，發現她腳邊有個大大的捕獸夾，頓時嚇出一身冷汗，幸虧掉下來時沒踩到，不然她的腳就要廢了。清醒過來後，林蘭開始呼叫，沒想到沒叫來銀柳，反倒聽見銀柳大呼「鬼啊」，上面就再沒了聲音。把林蘭給鬱悶得，就知道這臭丫頭是個糊塗蛋，她還偏偏只帶著她，這下好了，人跑得沒影了，把她一個人留在這烏漆抹黑的陷阱裡，真是自作孽，不可活啊……

銀柳跑出去老遠，越想越不對勁，剛才那聲音似乎有點像二少奶奶的聲音。銀柳拍拍胸口，定了定神，不行，得回去瞧瞧。

銀柳又咚咚咚跑了回來，回到二少奶奶不見的地方，小小聲地喊著：「二少奶奶……二少奶奶……」生怕驚了山裡的鬼魅。

林蘭都快洩氣了，忽然聽到銀柳在喊她，她忙站起來，對著上方大聲喊：「銀柳，我在這，我掉陷阱裡了！」

銀柳這回聽清楚了，循聲撥開草叢，看到了一個深深的洞。

「二少奶奶，妳在下面嗎？」

「我在下面，這裡很高，我爬不上去，妳趕緊回去叫文山拿繩子來救我！」林蘭喊道。

銀柳這才弄清楚，二少奶奶不是被山鬼抓走了，而是掉陷阱裡了。

「二少奶奶，您別急，奴婢馬上回去叫人。」銀柳站起來扭頭就往別院跑。

林蘭猛地想起來，「噯，叫文山來就行了，別驚動了二少爺……」

可惜銀柳已經跑遠了，沒聽見。

林蘭再度陷入鬱悶中，要是讓李明允知道這事，只怕以後都不會讓她上山了。

銀柳跑得氣喘吁吁，頭昏眼花，可二少奶奶遇險了，她就算跑死也得趕緊跑回去。正巧周嬤嬤讓錦繡出來瞧瞧二少奶奶回來沒有，錦繡還沒出院門，就看見銀柳跌跌撞撞地跑了進來。

「銀柳，妳幹麼？後面有老虎追妳啊？二少奶奶呢？」

銀柳嗓子乾得說不出話，直拉著錦繡的衣裳，「快……快……二……」

「快什麼快？二少奶奶呢？妳倒是快說啊！」錦繡被她這副模樣嚇到了，急忙問道。

銀柳喘了好幾口氣，才說出話來：「快告訴二少爺，二少奶奶掉陷阱裡去了，趕緊救人……」

錦繡大驚失色，「妳等著，我馬上去告訴二少爺。」

錦繡忙不迭地往裡跑。銀柳靠在一塊玲瓏石上，抹了一把汗，希望二少奶奶沒事。

李明允看天色漸漸暗了，心中腹誹：林蘭怎麼還不回來，這幾天就跟出了籠的鳥似的，每天不到天黑都不知道回家。

白蕙給二少爺換了一杯熱茶，溫言勸道：「二少爺，先歇會兒吧，看了一整天了。」

李明允苦笑，明天一定要將林蘭拖在家裡，不能讓她再滿山亂跑了。每天她跑出去，他看書也看不安心，就怕她出什麼意外。

「二少爺！二少爺……」屋外傳來錦繡急切的呼聲。

白蕙忙迎出去，「錦繡，妳咋咋呼呼的做什麼？二少爺在看書呢！」

錦繡道：「不得了了，二少奶奶掉陷阱裡去了，是銀柳回來報信的，讓二少爺趕緊去救人！」

李明允正端了茶，聽到這話，一顆心猛地揪了起來，端著茶的手都抖了起來，滾燙的茶水灑了一身。顧不得手上的灼痛，他連忙起身，大步走了出來，「快去叫文山準備繩子，讓門房速速到山下通知這裡的管事，讓他趕緊帶人上來找二少奶奶……」

不一會兒，李明允帶了文山和冬子，由銀柳引路，一路奔向出事的地點。

銀柳本來體力就差，剛才沒命狂奔，已是到了體力極限，這會兒哪裡還跑得動。

李明允心急如焚，看著半死不活的銀柳，恨不得自己背了她跑，於是他吩咐道：「冬子，你拿繩子。文山，你背上銀柳。咱們得快點，天很快就要黑了。」

文山稍稍猶豫了一下，讓他背銀柳？

「快點啊，還磨蹭什麼呢？」李明允情急之下，面色鐵青，口氣冷硬。

文山顧不得男女大防，趕忙背起銀柳。

秋日天色暗得快，夕陽前一刻還掛在山頭，不一會兒就沉了下去，黑暗彷彿頃刻間籠罩山野。山風獵獵，枝葉沙沙，在山谷中迴響，鬼哭狼嚎一般。

李明允不住地祈禱，但願林蘭沒事。

銀柳去時是跟在二少奶奶身後走的，二少奶奶又一路跟她講這講那，所以她也沒留意路是怎麼走的，只知道一個大概的方向，這會兒天一黑，她就搞不清楚方向了，看哪都差不多，兜兜轉轉了好幾圈也沒找到地方。

李明允不由得厲聲道：「到底在哪裡，妳好好想想！」

銀柳越急越搞不清楚，哇的哭了起來。李明允急得滿頭大汗，恨不得放火燒山。

文山好言道：「妳快別哭啊，趕緊想想。」

銀柳淚眼朦朧，左看看，右看看，實在拿不定主意，怯怯道：「天黑了，我認不得了……」

李明允放眼四周，黑茫茫一片，他雙手攏在嘴邊，對著山野大聲呼喊：「林蘭……林蘭……」

可是回應他的只有呼呼的山風，李明允感到前所未有的恐慌和沮喪，也不知道那陷阱裡是什麼情況，不知道林蘭有沒有受傷，不知道她還能不能堅持等到他……

冬子從沒見過二少爺這麼失態，簡直就是六神無主了，不禁埋怨道：「銀柳，妳也太糊塗了，這麼大的事，妳怎麼得也得做個記號啊！」

銀柳自己也是懊惱不已，那時候一心只想趕回去叫人，哪裡還想得到做記號。

還是文山冷靜，想了想，建議道：「二少爺，銀柳只記得大概在這一片，要不咱們分頭去找，我和銀柳走這邊，您和冬子去那邊，若是找著了，就點個火通知對方。」

李明允想想也沒有更好的辦法了，狠狠瞪了銀柳一眼，帶著冬子往左邊一路尋一路喊。

林蘭在陷阱裡望眼欲穿，當然，其實她什麼也看不見，因為陷阱的入口被茂密的雜草掩著，陽光或許還能透射進來一些，月光那麼黯淡，根本透不進來，她是兩眼一抹黑，又不敢亂動，身邊還有個巨大的捕獸夾呢，萬一碰上了，她可就真成困獸了。

這次是大意了，也怪這個設陷阱得太無良，不寫個警示牌，反正野獸是不識字的，寫個牌子有什麼要緊的？幸好身邊還帶了個銀柳，幸好銀柳沒跟她一起掉進來，要不然就只有等到那個無良捕獸之人來看獵物時才會發現她，不過估計到那時她也快腐爛了。

這都過去多久了，銀柳和文山怎麼還沒來啊？林蘭開始著急了。本來還想著脫了困偷偷摸摸地回去，神不知鬼不覺，這下好了，天都黑了，李明允肯定會找她，想瞞也瞞不住。

黑暗是滋生恐懼情緒的土壤，身處在一片黑暗中，會讓人恐慌、緊張、無措，可是除了等，林蘭什麼也做不了。

「林蘭……林蘭……」

「二少奶奶……二少奶奶……」

李明允和冬子輪番呼喊，喊一陣就側耳細聽，生怕錯過了林蘭的回應。

冬子很想說，萬一二少奶奶暈過去了，聽不見呼聲，那不是白喊嗎？他也很想說，都找了這麼久了，還找不到，這烏漆抹黑的，也沒辦法找啊，還不如等天亮了多派些人過來找！可是看二少爺那張繃得像千年寒冰似的臉，他啥也不敢說，乖乖跟在後面大聲喊二少奶奶。

其實冬子的顧慮，李明允也考慮到了，但是他必須找，就算喊破喉嚨，找到天亮也必須找，他沒辦法讓林蘭一個人在黑漆漆的陷阱裡待上一夜。一夜太長，有太多的可能會發生，他沒有辦法放棄，就算是無用功，他也必須做下去。

「冬子，走，咱們上那邊去找找。」李明允指著另一個方向，堅定地說道。

冬子擔心道：「待會兒文山找不到咱們怎麼辦？」去那邊的話，只怕文山點火也看不見了。

「文山若是找到二少奶奶，自然會想辦法把人救上來。」李明允拋下一句，大步往前去。

「二少爺，您留神腳下，這裡說不定還有陷阱。」

林蘭又冷又餓，加上長時間繃著神經，漸漸的有些支撐不住，也開始迷糊起來。不行，不能睡，萬一睡著了，文山他們喊她她也聽不見了。對，哼個小曲兒，唱歌既可以壯膽，還能提神。

林蘭強打精神，開始哼唱：「這裡的山路十八彎……」

「少爺，您聽，好像……有人在唱歌？」冬子縮著脖子，一手揪著少爺的袖子，一雙眼睛烏溜溜得害怕得四下張望。那歌聲飄在風裡，哼哼唧唧，有氣無力，像鬼在唱似的。

李明允也聽見了，那歌聲斷斷續續聽得不甚清楚，可那調他是熟悉的，林蘭經常掛在嘴邊，一高興就會哼上兩句。李明允的目光漸漸發亮，朝那歌聲快步走去，跑了起來。

「林蘭……林蘭……妳在哪裡？」

林蘭隱隱約約聽見有人在喚她，忙坐直了身子，細細去聽。

「林蘭……林蘭……」

是李明允，林蘭激動得大聲呼喊：「我在這……明允……我在這……」

李明允撥開草叢，「林蘭，別怕，我來救妳了。」

聽到他著急關切的聲音，林蘭的眼淚刷的就淌了下來，困在這裡這麼久她都沒有哭，可是這會兒聽到他的聲音，她只想哭。

「別怕，我放繩子下來，妳綁在腰上，我拉妳上來。」

林蘭含著熱淚用力點頭，忘記了陷阱裡黑乎乎的，李明允是看不見她的。

「林蘭，妳回個話，林蘭……」聽不見她的回應，李明允的心不由往下沉。

「我在，你快拉我上去！」林蘭帶著哭腔道。

等山下的管事帶了人上來，林蘭已經換了身乾淨的衣裳，躺在自己的床上。銀柳在一旁哭，周嬤嬤沉聲數落著：「以前看妳倒還有幾分機靈勁，現在越發的糊塗沒腦子了，若是指望著妳，黃花菜都涼了……」

「咱們做奴才的，不是說端端水、倒倒茶、抹抹桌椅、擦擦地，更要用腦子用心思為主子分憂解難，妳看妳，打從來了京城，都懈怠得不成樣子了，我看還是打發妳回豐安省事……」

「行了行了，周嬤嬤，您就別數落她了，她也不是故意的。山裡這麼大，天又這麼黑，換作我也找不著地。」林蘭看銀柳哭得兩眼紅腫跟核桃似的，心有不忍。雖說銀柳不是那種頂能幹的丫鬟，但勝在忠心，銀柳可是她的第一個丫鬟，而且是忠心不二的丫鬟。

「二少奶奶，您別慣著她，不好好敲打敲打，她就不長記性。」周嬤嬤說著又拿眼瞪銀柳。

銀柳哭得一抽一抽的，沒臉為自己求情。
「二少奶奶，這邊抹好了，看看還有哪裡要抹？」白蕙小心翼翼放下林蘭捲起的袖子。
「不用了，腿上我自己來抹就行，妳們也折騰了大半夜了，趕緊都去歇著。」
「還是讓奴婢來吧，二少奶奶手上還有傷呢！」
林蘭瞅了眼哭得像花貓似的銀柳，道：「讓銀柳來吧，今晚罰她在這裡伺候。」
銀柳露出感激之色，二少奶奶還肯用她。
周嬤嬤暗嘆了一口氣，戳戳銀柳的腦門，「以後做事多用用腦子！」
銀柳連忙點頭，「我會的，我會的！」
李明允讓冬子拿了幾錠銀子給管事，「大半夜的，累得你們山上山下跑，實在不好意思！這點小小心意，請大家喝杯酒，解解乏吧！」
管事無論如何不肯收，「這事都怪在下，事先沒提醒公子山上有獵戶挖的陷阱，害夫人遇險，好在夫人脫險了，不然在下心裡難安。銀子是斷斷不能要的，公子有事只管吩咐一聲，在下一定隨叫隨到。」
李明允執意要給，那邊執意不收，匆匆帶了人離去，倒讓李明允很不安。
「這家的管事真不錯。」冬子讚了一句。
李明允深以為然，什麼樣的主人就會有什麼樣的下人，管事都如此謙遜明理，那主人就更不用說了，他不由得對此間主人心生結交之意。
李明允回到屋裡，銀柳正在給林蘭抹藥膏。
銀柳看見二少爺來了，想到二少爺先前那生氣的表情，彷彿要吃人似的眼神，不禁膽怯，忙起身站立一旁，弱弱地叫了聲：「二少爺……」

李明允知道銀柳是最合林蘭心意的，看林蘭把旁的人都遣出去，只留銀柳伺候，就知道林蘭的意思，當即淡淡道：「把藥給我，妳出去吧！」

銀柳怯怯地看二少奶奶，林蘭朝她努努嘴，銀柳這才把藥膏交給二少爺，福身退了下去。

李明允衣襬一撩，儀態優雅地坐在了床沿，正要幫她擦藥，卻見林蘭已經放下了褲腿，拉了床毯子蓋住自己的腳，訕訕笑道：「都抹得差不多了。」

什麼叫差不多了？李明允蹙著眉頭，「讓我看看妳的傷。」

「真的不要緊，就是一點點擦傷。」林蘭笑得僵硬，不是她故作矜持，而是真的不敢給他看。

「要不要緊，得我說了算。」李明允沉著臉說。

「我才是大夫耶！」

李明允清咳了聲，「我是妳丈夫。」

林蘭脫口而出：「假的！」

李明允被噎了一下，也不惱，就靜靜地看著她，一副妳不給我看，我就這樣跟妳耗著的架勢。

林蘭堅持了一會兒，敗下陣來，弱弱道：「那你看了不准生氣。」

「看了再說。」

「答應了再看。」林蘭堅持道。

兩人大眼瞪小眼，又僵了好一會兒。李明允看她嘟著嘴，明明是可愛的表情，卻因為面色過於蒼白，顯得可憐兮兮，不由得心軟，「好吧，不生氣。」

林蘭這才捲起褲腿，只見一道嚴重的擦傷從小腿中段延伸到膝蓋，血肉模糊，觸目驚心。

一抹心疼情不自禁蔓延於眸中，李明允的臉色越發肅穆，一言不發地用棉籤挑了藥膏，輕輕地從傷口邊緣抹上去，邊抹邊對著傷口輕輕吹氣。

他的動作很溫柔，神情很專注，抹得甚至比白蕙和銀柳都要細緻。
林蘭咬著下唇，眼睛不覺有些發澀。
「疼嗎？」他抹到最嚴重的地方，擔心地問。
「不疼……」話聲低低的，有些哽咽。
李明允抬頭看了她一眼，心中憐惜之情更甚，手上的動作更加輕柔，淡淡說道：「這次算妳命大，以後莫要再滿山亂跑了，需要什麼藥材就到藥鋪去買。」
「哦。」林蘭乖乖地應聲，他不生氣就好了。
「乖乖養傷，要不然，靖伯侯府的滿月酒妳也沒法參加了。」
「哦。」
「這幾日就陪我看書吧，妳若是無聊，書房裡有幾本奇人雜記，挺有趣的，可以看看。」
「哦。」
「等回去後，妳也該學著管家了。」
「嗯？」林蘭詫異地看著他，「管什麼家？」
李明允抹好了藥膏，取過白紗布，輕柔地幫她包紮起來，「當然是管我們的家。」
「我不是一直在管嗎？」
李明允橫了她一眼，「妳那叫管啊？」
林蘭語塞，那要怎樣才算管？困惑啊……
李明允綁好紗布，幫她放下褲腿，「別想了，到時候妳就知道了。」
傷口看著嚴重，但都是些皮外傷，養了幾日很快就結痂了。到下山的時候，林蘭已經活蹦亂跳。可這回李明允非要她坐滑竿下山，到了山下立刻換上馬車，回到李府又是軟轎，一直將她送到落霞齋。

林蘭腹誹，這也未免太大驚小怪了。

回到家中，林蘭著實狠狠吃了一驚。

玉容捧著一疊禮單給她，「二少奶奶，這些都是您和少爺不在的時候，大家送來的賀禮。」

林蘭一本一本翻看，心裡默默算著帳，這些東西折成銀子，該是多大一筆數目啊！

「二少爺看了嗎？」

「二少爺沒看，只說交給二少奶奶處理。」

「東西呢？」

玉容遲疑道：「東西都夫人收著呢，只送來了禮單。」

「什麼？」林蘭險些背過氣去，不禁拔高了聲音，這算什麼？禮單送來了，東西不送過來？

「奴婢也為這事納悶呢，不知道夫人是什麼意思。」玉容面露不忿之色。

「這事老爺知道嗎？」

「東西送來老爺是知道的，大多來送禮的都是老爺交代的，但老爺只管收，收下後怎麼處置，怕是不清楚。」

林蘭咬著牙，在屋子裡走了幾圈，「沒事，我會想辦法探探夫人的意思，她要是爽快地把東西送過來，那就罷了，若是想截留，我肯定要她吐出來。」

「沒錯，不能白白便宜了旁人，這事還得快，奴婢以前聽說有的婆婆把著媳婦的嫁妝，說是不會動一分一毫，暗地裡卻做了些仿品，把真的換走了，等到分家的時候，拿到的全是假貨，有理都沒地方說，妳去說了，還被人家說風涼話，妳陪嫁過來就是這些，原來都是假的呀！」

可不是？老巫婆這種人什麼事幹不出來。

林蘭心思一動，「銀柳，磨墨。」
銀柳忙應聲去磨墨。
林蘭道：「我先把禮單上的物品整理一下，晚上就去問夫人拿回來。」
玉容有些擔心，「夫人能答應嗎？」
林蘭神色一凜，「這可由不得她。」
林蘭花了足足一個時辰，才把禮物清單分類整理清楚。
李明允出去辦事，到了飯點讓冬子回來傳話，說是要晚些才能回來，讓林蘭不用等他。
林蘭吃過晚飯，就帶了如意去寧和堂。
跟老巫婆見過禮，老巫婆慈眉善目，笑呵呵地叫春杏給林蘭看座。
「在別院可住得慣？」韓秋月溫和地問。
林蘭微笑道：「那邊挺好的，尤其清靜。」
「看妳氣色不錯，臉也比出門前圓了些，可見是好的。」韓秋月溫言笑道。
林蘭暗道：還不都是李明允，每天逼著她吃雞鴨魚肉，又不准她出去，能不胖嗎？
「山中清閒，無事可做，自然就發胖了，不像在家，雜事一大堆，今天剛回來，光整理禮單就忙了一下午，這些人也太熱情了，明允不過中了會試，他們就送了這麼多禮來。」
韓秋月不動聲色地笑道：「那還不是因為明允是戶部尚書之子？有些人平日結交無門，這回可算找著機會了。」
林蘭呵呵乾笑，老巫婆好會說話，她的意思是，這些禮物都是看在李渣爹的面子上才送的，所以，她留著也是理所當然。
「母親說的是，可禮單上寫的都是明允的名字，這些人情將來還是要明允去還的。」

「哪有那麼多人情要還，咱們能收下他們就高興了。」韓秋月淡然一笑。

林蘭也不拐彎抹角了，雖然打太極是她的強項，但是對付不要臉的人，還是直接一點的好。

「母親說的是，這陣子媳婦和明允不在家，真是給父親和母親添了不少麻煩，既然現在媳婦回來了，這些事就不好意思再麻煩母親了，回頭媳婦就讓人來把禮物搬回去，好好理一理。」林蘭笑說。

一旁的田嬤嬤冷笑道：「二少奶奶是怕東西放在夫人這裡不放心？」

林蘭似笑非笑道：「田嬤嬤這是要挑撥離間嗎？」

田嬤嬤本想將二少奶奶一軍，沒想到二少奶奶這麼不留情面地反將了她一軍，一時愣住，不過她只愣了一會兒，便有了對應之策：「二少奶奶進李府時間不長，李府有些規矩二少奶奶還不知。李府的所有收入都是要入庫房的，所有支出同樣也要經過夫人的同意。二少奶奶年紀輕，不懂得理家，再說現在又沒分家，自然是由夫人先管著。」

喲，這是要明搶啊！

林蘭故作驚訝，「原來府裡還有這樣的規矩啊！」

韓秋月微笑道：「禮單都在妳那，收了什麼妳也清清楚楚，等將來你們確有急用，再來與我說便是。若是將來分家，這些東西定然一件不會少了你們的。」

林蘭一派謙虛，「母親的意思是，我們有什麼需要支出的，都由母親來準備嗎？」

「這個自然。」

林蘭長呼了一口氣，「那就太好了，說真的，媳婦還真是不會理家，想想都頭疼，母親幫著保管，那是最好不過了。」頓了頓，林蘭話鋒一轉，又道：「不過，前陣子給明允補身子的花銷不小，媳婦早已是囊中羞澀，捉襟見肘了。昨兒個明允說，靖伯侯府的滿月酒要送一份厚禮，他一個兄弟在營中升了官，也要送一份厚禮，還有四皇子和太子、太傅裴大人、恩師陳大人……那都要回禮的。」林蘭扳著手指數，十個手指也沒數過來，就看著老巫婆的面色慢慢沉了下來。

林蘭暗笑，又道：「這些禮就更不能輕了，媳婦正頭痛不知該去哪籌備這些禮物，既然母親說會幫我們打算，那就最好不過了。媳婦已經按著明允的意思擬了禮單，媳婦也不知道府裡有哪些東西，只好按著人家送來的禮單來擬，這就交給母親了。」

林蘭拿出一疊禮單，讓如意交給老巫婆。早就算到老巫婆不會這麼痛快把東西交出來，她做了兩手準備，不交出來，那就一點一點放妳的血，放到妳心疼，放到妳血本無歸。

韓秋月看著一張張禮單，差點沒背過氣去，林蘭這分明是在訛詐。可是這些開銷名目正當，她又早把好聽的說在前頭，誰知道林蘭會獅子開大口啊？

「若是明允這次殿試順利，正式入仕，只怕將來的應酬會越來越多，哎……真愁人！」林蘭故作愁苦嘆息。

韓秋月聽得冒冷汗，林蘭的意思是，這些只是前奏，還沒入正題？

饒是她再淡定，這會兒也淡定不了了，本來還想著扣下禮物，若是他們不提最好，提了也先拖上一陣，到時候暗度陳倉、偷樑換柱……沒想到林蘭也不提要拿回禮物，反而順著她的話給她出難題。

田嬤嬤在一旁嘴角眼角齊抽動，擔心地看著夫人，夫人這回怕是要虧大了。

韓秋月暗暗調整呼吸，讓自己冷靜下來，她怎麼能讓林蘭牽著鼻子走？

「正常的應酬交際是需要的，但咱們府裡送禮向來是有定制，妳這些禮單擬得有些不妥。照妳這樣的送法，就算家有金山銀山也要搬空了，還是我來替你們安排吧！」韓秋月淡笑道。

林蘭為難道：「可是這禮單明允已經看過了，說很好，反正人家送了這麼多東西來，就當物歸原主。」

「我就說你們小夫妻什麼也不懂，這事你們就別管了，我會替你們安排妥當。」

林蘭暗罵，這老巫婆真是狡猾，看來這事還得費一番功夫。

「媳婦是無所謂，只怕明允會不高興。」林蘭先把話留在這，到時候李明允不高興了會做出什麼事，那就不是她的責任了。

韓秋月還是有些忌憚李明允的，他現在如日中天，怕是不會將她這個後母放在眼裡。

從寧和堂出來，林蘭的臉色就沉了下來，老巫婆太難對付了。

迎面姚嬤嬤帶了兩個丫頭過來，見到林蘭，姚嬤嬤忙福身一禮，「老奴見過二少奶奶。」

林蘭對這位姚嬤嬤有些陌生，如意在她耳旁輕聲道：「這是姚嬤嬤。」

林蘭笑著點點頭，語聲溫柔：「姚嬤嬤不必多禮。」

簡單地打了個招呼，姚嬤嬤就離開了，如意方道：「這位姚嬤嬤近來很受夫人重用，府裡下人們都在傳，姚嬤嬤可能要取代田嬤嬤的位置。」

林蘭不由得回頭看了一眼。

回到落霞齋，李明允還沒有回來，玉容一看二少奶奶的神色，就知道此行不順利，也沒敢問什麼，只讓大家小心伺候。

林蘭一隻手托著腮幫子，一隻手轉著茶蓋玩，思忖著要怎麼辦才好，又不能帶人去搶，早知道這樣，她就留在家裡收禮，收了禮直接運到落霞齋，看老巫婆有沒有這個臉來運走，不過，老巫婆人品無下限，臉皮堪比城牆厚，什麼事都做得出來。

「如意，大少奶奶的嫁妝是大少奶奶自己管著，還是夫人保管著？」林蘭突然問道。

如意怔了怔，「我聽說，好像也是夫人管著的。」

林蘭又陷入沉思，可惜那些寶貝她沒見過，要不然，她就拿了圖紙到外面找人去複製，不管老巫婆有沒有做那種偷樑換柱的事，這髒水就往她身上潑，讓她有百口莫辯。

噯？沒見過寶貝也沒什麼要緊的，沒機會就製造機會唄！林蘭豁然開朗，嘿嘿笑了起來。

如意和銀柳面面相覷，二少奶奶想什麼想得這麼美？

等到酉時，李明允總算回來了。

白蕙沏來熱茶，林蘭讓大家都下去，問道：「你去哪兒了？怎麼才回來？」

李明允啜了口茶，才道：「去見老師了，後日就要殿試，去請教些問題，聊著聊著就遲了。」

林蘭搬了錦杌坐在他身邊，把今天跟老巫婆交鋒的事跟李明允彙報。

李明允神色嚴峻，冷哼道：「我看她是窮慣了！」

林蘭聽著這話有點臉紅，好像她也挺愛錢的，的確也是窮了以後才明白金錢的重要性。不過她隨即為自己辯解，她愛財但取之有道，才不像老巫婆強取豪奪。

林蘭笑咪咪地說：「我有個法子，管叫老巫婆吃不了兜著走。」

李明允斜睨著她，「說來聽聽。」

林蘭湊過去跟他咬了一陣耳朵，李明允嘴角漸漸勾起，再度斜睨著她，眼中盡是自嘆弗如的笑意。要說鬼點子，誰也沒她多。

「你覺得怎麼樣？」林蘭得意道。

「明日我就讓人去安排。」

第二天，又有人來送禮，李明允不在，又一份禮單到了林蘭手中。東西嘛，不必說，自然是進了老巫婆所謂的李家庫房。

林蘭照樣去請安，再不提禮單的事。

韓秋月還擔心了一晚上，生怕李明允又鬧出什麼動靜，可看看林蘭的反應，似乎這事就這麼過去了，才把心放下來。也是，她這樣做，名正言順，李明允就算再不高興，也沒辦法梗著脖子嚷著喊著跟她拿東西。

殿試的日子終於到了，李明允一早沐浴清爽，頭髮挽了個高髻，插一根白玉簪，一身月白暗紋錦袍，繫一條綴了青玉的腰帶，綴了比目青絲條、一塊碧玉佩，低調的華麗，整個人看起來精神飽滿，儒雅沉靜。

李明允從容淡定地去應考了，可林蘭在家卻有些緊張。殿試是由皇上親自主持的，是最高級別的考試，最終決定考生的名次、前途和命運。林蘭很希望李明允能獨占鰲頭，因為他具備這個實力。

殿試要考一天，林蘭一整天坐立不安，落霞齋的所有人也都心神不寧。

到了黃昏時分，有李府下人飛奔而來，「老爺已經得到消息，二少爺被欽點為新科狀元了！」

落霞齋頓時沸騰了，奔相走告，二少爺中狀元了，這可是天大的喜事。

「二少奶奶，您聽見沒有，二少爺中狀元了！」白蕙喜極而泣。

林蘭怔住，雖然她有料到這個結果，只是當一切成為事實，還是讓人難以相信，如同做夢。

「二少奶奶歡喜得都傻了。」銀柳揶揄著，眼裡也笑出了淚，「二少爺真的中狀元了……」

周嬤嬤跪在院中，飽含熱淚，對著南方拜了三拜，「老夫人、老太爺、三小姐，你們聽見了嗎？明允少爺中狀元了！」

微雨閣裡，正在看書的李明則聽到喜訊，拿著書本半天無語，繼而繼續低頭看書。

丁若妍先是驚喜，可看著呆呆的李明則，笑容漸漸在腮邊隱去。

寧和堂裡的韓秋月，聞訊，呆若木雞，半晌喃喃著：他還是中了……

參之章 傾情剖白動心扉

林蘭看著身著刺繡精美的大紅袍，帽插宮花的李明允，嘖嘖讚道：「真氣派，像個狀元郎！」

一屋子的丫頭掩嘴偷笑。

李明允挑了眉問她：「看過癮了沒？看過癮了，我可是要脫下來了。」

林蘭忙道：「別啊！人家想穿還穿不上呢！要是我，今晚就穿著睡覺了，哪裡捨得脫下來？」

李明允鬱鬱道：「妳不曉得這帽子有多熱，還有這腰帶，這麼大，太不習慣了。」

林蘭瞅著那寬大的腰帶，不以為然地說：「官服不都這樣嗎？要不然，那些個挺著將軍肚的怎麼塞得進去。等你做了幾年官，再扣上這腰帶就剛剛好了。」

李明允黑了臉，她的意思是說，他以後也會變成挺著將軍肚的大胖子？

「好了好了，不看了，如意，伺候本少爺更衣。」李明允今天已經披紅掛彩地遊了一圈大街，人家覺得他身著紅袍，騎著高頭大馬，威風凜凜，誰知道他坐在馬上，硬著腰桿，挺胸直背的有多累。

「不行不行，我還沒看夠！」林蘭抗議。

李明允不理她，徑直去了淨房。

林蘭噘了嘴嘀咕：「真小氣，那些不相干的人都看了，還不讓咱們這些辛苦伺候的人欣賞！」

眾人忍不住笑了起來。

白蕙道：「這又是殿試，又是瓊林宴，又是打馬遊街的，二少爺怕是累了。」

「我看更累的是老爺，我聽說老爺到現在都還沒回來，到處應酬。」錦繡笑道。

李明允換了身白色的綢衣，頭髮散著出來，白蕙幫他編了根辮子，玉容鋪好了床，又在被子枕頭、床上四角都熏了一遍香。

林蘭默然，她們每天這樣細緻地折騰，卻不知這床只有她一個人睡，這香也只有她一個人聞，可憐的李明允啊，他睡的榻都沒人搭理。林蘭撇了撇嘴，也進淨房去洗漱換衣。

銀柳要跟著來伺候，林蘭回了：「妳去幫我泡杯蜂蜜水，給二少爺沏壺碧螺春吧！」

等林蘭出來的時候，屋子裡就只剩下李明允了，可是，他怎麼躺在床上？還閉目假寐？

「喂，明允，這是我的地盤。」林蘭走過去推了他一下。

李明允眼也不睜，慵懶道：「別吵，今天騎馬顛得我骨頭都散了，床上舒服，我要睡床……」

林蘭皺了皺鼻子，腹誹著：你看起來像這麼脆弱的人嗎？

「可是我要睡覺了啊！」林蘭提醒他。

李明允翻了個身往裡讓了讓，「這床這麼大，又不是睡不下。」

呃？他這是要跟她搶地盤？得了狀元就想翻身農奴把歌唱？

「喂，這不是睡不睡得下的問題，這可是事關我的清譽、你的清譽……」

頭朝裡裝睡的李明允，嘴角微翹，閒閒道：「夫妻倆不睡一張床才有問題，再說了，妳都做了這麼久的李夫人，難道妳還想人家把妳當黃花閨女？」

林蘭鬱悶道：「別人怎麼看我不管，反正你不能睡這。」

「我真的很累了，要不，今晚妳睡榻？」

好啊，狐狸尾巴終於露出來了！

林蘭憤憤道：「才不，要睡你去睡！」林蘭說著就往床上一躺，心道：絕對不能妥協，妥協了一次，這傢伙肯定會得寸進尺，以後她就只有睡榻的份了。林蘭決定，寸土不讓。

感覺到她躺了下來，李明允嘴角的弧度更加明顯。

林蘭躺了一會兒，還是氣不過，一把扯過李明允身上的被子全蓋在了自己身上。

李明允閉著眼睛，伸手摸到被角，又扯了回去。

林蘭又用力扯過來。這傢伙想占她的床不說，連她的被子也要搶。

「這不是你的被子！」林蘭堅決捍衛自己的利益。

然後，李明允做了個讓林蘭傻眼的舉動，他背對著她，身子往她這邊挪了挪，拽了一隻被角蓋在腰上，還嘀咕道：「真小氣……」

林蘭氣得要發狂了，這到底是怎麼了？不過是中個狀元，怎麼就開始不對勁了？

林蘭用力扯了一下，沒扯動。她刷的坐了起來，撲上去要把被子從他腋下扯出來。

「妳幹麼？」李明允扭頭看她，只見她大眼瞪得滾圓，一副氣急敗壞的樣子，不由好笑，說：「妳的被子是蠶絲做的，柔軟暖和。」

林蘭氣道：「那這被子歸你，你睡榻上去！」

「能不能不要這麼小氣，我就睡一晚，行不行？」李明允說完，抱著被子閉上眼睛。

一時間沒了動靜，直覺她還是保持著原來的姿勢，而且大眼肯定還是睜得滾圓瞪著他，李明允的心跳慢慢加速，忍不住腹誹：這丫頭怎麼這麼傻呢？他都豁出臉皮不要了，她怎麼就不能領會？

跟個小孩子被人家搶了糖果似的。

林蘭扁了扁嘴，眼睛一紅，爬過去，扯了放在裡面的另一床被子，抱了被子下床去。

李明允怔了一會兒，扭頭去看，她就抱著被子坐在榻上，眼神無比幽怨地瞅著他。

李明允暗嘆一氣，看來他這招不靈，這丫頭肯本就不開竅。

李明允悻悻地下了床，走到她身邊坐下，「好了，妳回去睡吧！」

林蘭見計謀得逞，心中暗暗得意，面上卻做出期期艾艾的可憐模樣，幽怨道：「你剛中了狀元就來欺負我，等你將來做了大官，我看我只有睡地板的份了。」

李明允嘴角抽了抽，這都哪跟哪的事？

「我哪敢啊？這不是真的累了嗎？」李明允也不知道該說什麼，萬一他說了實話，而她又不接受，把她嚇跑了怎麼辦？算了算了，還是循序漸進，慢慢來吧！

聽他嘆息般的語氣，林蘭覺得自己可能真的想岔了，李明允對她一直都很謙讓的，當即賢慧道：「那還是你睡床吧，我在這裡將就一晚好了。」

「算了，榻上硬邦邦的，妳睡不慣的，趕緊上床去，我真睏了。」李明允拿走她懷裡的被子，上榻睡覺。

這樣一來，林蘭倒覺得不好意思了，推推他的手臂，「還是你睡床，我睡榻。」

李明允睜開眼，瞅著她，「要麼一起睡床，要麼就這樣。」

林蘭鼓起腮幫子，瞄了眼的確很寬大的床，心裡有了主意，她跑到次間抱了個大引枕來橫在床中間，設置了一條三八線，自己抱著被子爬到裡側，拍拍外邊的空位，笑咪咪地說：「就一晚喔！」

李明允啞然失笑，忙抱了被子過來。

燈一熄，屋子裡總算安靜了，可李明允的心裡不平靜，雖然中間隔了個大引枕，但這種近在咫尺的感覺，很陌生……也很甜蜜。藉著微亮的月光，可以看見她的秀髮如雲鋪散在枕上，露出白皙如瓷的頸項，棉被下隱約可見她弓著身體的輪廓，屬於女性的優美弧度，黃毛丫頭不知不自覺中也有了令人怦然心跳的轉變。

其實林蘭也睡不著，想起了一個笑話，一對男女同榻而眠，女的故作矜持地畫了一條三八線，說「如果你越線了就是禽獸」。結果第二天醒來，這男的當真沒有越線，女的很生氣，又說「你簡直連禽獸都不如」。

以前聽到這個笑話，把她笑了個半死，可現在，笑話中的情景在現實中上演，她卻一點也笑不出來。她知道李明允對她好，但這種好不是男女之間的那種感情，只是一種合作夥伴之間的信任與關心，她從不覺得自己是個差勁的人，但古人門第觀念根深蒂固，李明允娶她不過是為了氣他老爹，不過是看中她有強悍的戰鬥力，李明允是不可能會喜歡她的，更何況現在他又中了狀元，前途一片光明，將來肯定會娶一個真正能配得上他的女子……林蘭無聲嘆了一氣，告誡自己絕對不可以自作多情，免得破壞了現在良好的合作氛圍。

這一晚兩人都睡得很辛苦，睡不著又不敢動，直到實在撐不住了才迷迷糊糊睡去。

林蘭的生理時鐘向來很準，李明允也不是個習慣睡懶覺的人，可這天早上，銀柳和白蕙眼瞅著天光大亮裡面還沒有動靜，很是猶豫，不知道該不該去叫醒。

「要不要去敲門？」白蕙徵詢道？

銀柳猶豫著，「還是再等等吧！」

「可是請安的時辰眼看就要到了。」白蕙焦急道。

玉容來催：「妳們怎麼還不伺候二少爺、二少奶奶起來更衣？桂嫂早飯都做好了。」

林蘭和李明允被一陣敲門聲驚醒，兩人幾乎同時睜開眼，林蘭下意識地動了動腿，然後只聽得李明允「啊」的叫了一聲。

白蕙擔心道：「二少爺，您怎麼了？」

須臾，傳來二少爺悶悶的聲音：「沒事……」

林蘭把頭死死地埋在被子裡，心中那個幽怨啊！她居然忘了自己睡相不好，剛才發現她的腿早已越過大引枕，架在了他的大腿上，還……還壓到了他的那個……啊啊啊啊，林蘭咬著被子，恨不得把自己給憋死算了。

李明允想到剛才差點被她壓斷了命根子，臉又紅了起來，窘迫不已。看看那個大引枕，再看看已經躲進被子裡的林蘭，又不覺好笑，還說不許他越線，結果越線的人是她……

躲得過初一，躲不過十五，先前還有要準備殿試作為藉口，現在，李明允成了狀元，被封為翰林院修撰，雖說只是個從六品的小官，但當朝一直有非進士不入翰林，非翰林不入內閣的慣例，一時間，李明允成了炙手可熱的人物，官場新貴，應酬自然就多了起來，避無可避。

林蘭收禮單收到手軟，而老巫婆收禮物收到手軟。

落霞齋的人都很不服氣，二少爺考中狀元，結果得了最大便宜的反倒是夫人。

林蘭卻是一副不以為然的樣子，銀柳她們發幾句牢騷，還被她訓斥：「這是府裡的規矩，自然要按規矩辦事。」

這樣一來，府裡的下人們都覺得這個狀元夫人未免太好說話了。

轉眼，靖伯侯府的小世子滿月了，李明允夫婦自然在受邀之列。

拿到老巫婆準備的賀禮，林蘭不禁怒罵：「這個老巫婆，真不要臉，居然就給一把金鎖、一對銀鐲、兩匹緞子，打發叫花子呢！」

李明允冷冷一笑，「就先讓她得意幾日。」隨即拿出一個匣子交給林蘭，「把這個添上，這上面可都有葉氏的記號。」

林蘭斜睨著他，每次她出了什麼點子，李明允總能舉一反三，估計他又在策劃什麼輿論了。

林蘭賊兮兮地笑著，把匣子接了過去。

兩人坐馬車去到荷花里，男賓和女賓是分開來招待的，所以李明允和林蘭一進府就分開了。

方嬤嬤親自來迎林蘭，林蘭問：「夫人可好？小世子可好？」

方嬤嬤笑得眼睛瞇成一條縫，一疊聲道：「好好，都很好！小世子長得白白胖胖，一逗他就笑，可愛極了，今早上剛秤過，都有十五斤重了！」

林蘭聽了很高興，為保住這孩子她可花了不少心思，現在孩子健健康康的，她也很有成就感。

今天周府賓客迎門，一進花廳，林蘭一陣眼花，只見滿滿一屋子身穿各色綾羅綢緞，珠光寶氣的夫人和小姐們。當然，她一個也不認識。

方嬤嬤在人群中找了一會兒，沒見夫人，倒是一個丫鬟認得林蘭，趕緊迎上前來，說：「李夫人，小世子剛才尿濕了，夫人抱他進去換尿布呢！」

方嬤嬤笑道：「李夫人，您先坐會兒，夫人馬上就出來。」

林蘭知道方嬤嬤很忙，便道：「方嬤嬤您自去忙，不用管我。」

林蘭找了個空位坐下，聽得旁邊幾個貴婦在那聊天。

「李家今年可真是出盡了風頭……」一個珠圓玉潤的貴婦說道。

「可不是？要說那李家二公子真是個人物，先前死活要娶村姑為妻，聽說被李尚書關了好一陣，他都不鬆口，最後李尚書只得答應讓人進門。這才多久，人家又披紅掛彩的中了狀元，這種有才有貌有情又有義的男子，天底下再難找出第二個來……」一婦人附和道。

大家隨聲迎合，個個一臉的羨慕和遺憾。羨慕誰不知道，遺憾嘛……林蘭琢磨著，可能是遺憾自己沒當成李明允的丈母娘吧！

林蘭對這個話題很感興趣，也坐了過去旁聽。

「哼……妳們只知其一不知其二。」一個面頰骨突出，長得稍嫌嚴肅的婦人冷哼一聲。

眾人頓時停止了議論，其中一人道：「魏夫人指的是？」

魏夫人冷笑，「妳們道那李家二公子為何一定要娶那個村姑？」

「不是說為了報恩嗎？」

魏夫人露出幾分鄙夷之色，「這就對了，挾恩圖報這種事，一般女人哪裡做得出來？也就是那些不要臉的鄉野村婦，毫無廉恥之心，得知李家二公子家世顯赫，又才學出眾，便死乞白賴地賴上了李二公子。哎……說起來，這李二公子也可憐，一生的幸福就斷送在一個鄉野村婦手裡，有苦也說不出。」

「不可能吧？要真如此，李二公子還能為她跟家裡鬧得這般不愉快？」

「這還能有假？這些事我可都是聽從豐安來的葉家人說的。葉家妳們知道吧？就是李二公子的外家。」

「此事當真？那李二公子也太可憐了。」眾人唏噓感嘆。

「那村姑也太不要臉了……」

「就是，這種品行的女子，誰娶了誰倒楣！」

眾人又開始聲討林蘭。

林蘭遞上一盤話梅給那個魏夫人，笑問：「夫人知道不少內幕啊！」

魏夫人撿了一顆話梅，卻沒有吃，又說：「我還聽說那村姑是個悍婦，把李公子整得那叫一個慘，哎……」

「哎，真是可惜了，當初妳家與李家的親事就被這村姑給攪黃了。」一人嘆息道。

魏夫人面上訕訕，「我若早知道那村婦居心險惡，才不會讓她得逞。」

林蘭笑看著魏夫人，原來這位就是死活要把女兒嫁給明允的魏侍郎家的夫人，難怪對她恨之入骨，只是她說的葉家之人是誰呢？不會是葉馨兒吧？

「可我聽說那個村姑醫術了得，靖伯侯夫人這次能順利生下小世子，都是她的功勞。」一婦人走過來說道。

林蘭一看，這不是懷遠將軍夫人馮淑敏嗎？

「醫術跟人品有什麼關係？」魏夫人反駁道。

「呵呵，我想著，她既是對靖伯侯夫人有恩，今日應該也會受邀吧！」馮淑敏朝林蘭微微頷首。心道這李夫人也真有趣，聽人家說她壞話也能聽得津津有味。

這幾個夫人頓時左顧右盼，可是誰也沒見過那位村姑，怎知道她長什麼摸樣？

魏夫人冷哼，「虧得她不在，她若是在，我就當面削削她的臉，叫她知道什麼叫廉恥。」

馮淑敏聽不下去了，想開口駁她幾句，卻見林蘭掩嘴輕笑著，又遞上了話梅，「魏夫人真是個爽快人。」

魏夫人見這位年輕的夫人甚是殷勤，對她心生好感，笑說：「我從來就是有一說一的。」頓了頓問：「敢問妳是哪家的夫人？怎麼稱呼？」

林蘭吃著話梅，巧笑嫣然，「夫家姓李，很不好意思，我就是夫人說的那個村婦。」

魏夫人的面上頓時精彩萬分，面部肌肉抽搐著，尷尬萬分。其他幾位參與了聲討林蘭的夫人，也是尷尬得轉過臉去，或裝作喝茶，或以絹帕掩嘴，心中俱是惴惴不安。自家老爺還在想辦法結交李明允，她們倒好，先把人家夫人給得罪了。

馮淑敏瞧著在座的人一臉尷尬，心中暗笑，讓妳們背後道人長短，這下看妳們如何收場。

林蘭溫婉笑道：「魏李兩家議親，滿城皆知，卻因為我最終告吹，也難怪夫人恨我。不過這姻緣二字確實要講幾分緣分，只能說夫人家的千金與我相公無緣了。」

一句話輕描淡寫，把魏夫人先前的詆毀全部歸於魏夫人是因為議親不成故而惡意詆毀。

「在這裡我對魏夫人深表歉意，祝魏家姊姊早日覓得良婿。」林蘭笑盈盈地說道，然後也不顧憋悶得滿臉通紅的魏夫人，起身朝馮淑敏一禮，「林夫人，沒想到在這裡遇見您。」

馮淑敏親熱地挽了林蘭的手，笑嗔道：「虧妳還記得我，這麼多日也不來看看我……」

「前陣子不是明允要考試嗎？為了照顧他，走不開呀！」林蘭作賢慧狀。

兩人有說有笑地走開了。

「這位李夫人真沉得住氣，聽咱們這麼罵她，她竟是一點聲色也不露。」有人訕訕道。

「我看她的言談舉止一點也不像鄉野村婦。」又有人道。

「嗯，我也這麼認為……」

「哎……咱們這樣說她，她一點也不生氣，是個有雅量的人。」

「以後啊，這種傳言咱們還是少聽為妙。」有人鄙夷地瞥了魏夫人一眼，起身走開了。

魏夫人的面色越來越陰沉。

林蘭和馮淑敏走到清靜之所，馮淑敏才道：「剛才妳怎麼一聲也不吭，就由著她們編排妳？」

林蘭笑道：「我覺得挺有意思的，我只當笑話聽。」

馮淑敏笑嗔道：「我看妳是存心想看她們的笑話。」

林蘭掩了嘴輕笑，算是默認了，忽聽得丫鬟傳道：「夫人來了！」

林蘭望去，只見一群丫鬟婆子簇擁著喬雲汐出來，喬雲汐今日穿了一身豆綠色柿蒂紋的衣裙，烏黑的秀髮綰了個牡丹髻，斜插了支金步搖，鬢邊戴了珊瑚玳瑁珠花。膚色白裡透紅，面露微笑，因為高興，一雙杏眼格外清亮，顯得神采飛揚，果然是恢復得很好。

未等林蘭上前見禮，喬雲汐卻是先看見了她，快步朝她走過來。

「李夫人，妳可來了。」

林蘭笑道：「小世子滿月，我能不來嗎？」

喬雲汐也笑說：「快把小世子抱過來給李夫人瞧瞧。」

奶娘連忙抱了小世子上前來。

林蘭瞅著襁褓中的小嬰兒，白胖的笑臉，一雙烏溜溜的大眼睛，高高的鼻樑，粉嫩的小嘴正吐著奶泡，端的是可愛非常。

「我能抱抱嗎？」林蘭歡喜地問。

喬雲汐笑道：「當然可以，妳可是這世上第一個抱過他的人。」得了夫人的允許，奶娘小心翼翼地把孩子轉交給林蘭。

這邊廂林蘭和馮淑敏逗著小孩玩，那邊廂又來了貴客，喬雲汐趕忙去迎接，似乎整個花廳的氣氛都高漲起來。

林蘭望過去，只見一眾人簇擁著一個頭戴金鳳展翅金步搖的貴婦。喬雲汐見到她顯得格外親熱，其他婦人也都去見禮。

「這是齊王妃，娘家姓章。」馮淑敏介紹道。

林蘭的目光又落在三皇妃身邊的一名少女身上，但見她穿著遍地纏枝銀線玉色上衣，下罩一條散花水霧草綠百褶裙，鬟髮低垂斜插碧玉瓚鳳釵，體態修長，身姿窈窕。眉如遠山，眸似秋水，容色清麗，氣質沉靜……她只靜靜地站在那裡，目不斜視，微微帶笑，不張揚的美麗，卻叫人移不開眼，林蘭暗讚：什麼叫氣質美女？當如是也！

「那是誰家的小姐？」林蘭好奇地問。

「她呀……她是裴太傅的孫女，翰林院大學士的千金裴芷箐。」

裴芷箐？這名字好像在哪裡聽過，林蘭絞盡腦汁地想，終於想起來，在豐安的時候，陳子諭提起過這個名字。

「來來，我給妳們介紹個人。」喬雲汐引著齊王妃章氏往林蘭這邊來。

林蘭忙把孩子交還給奶娘。

「這就是我與王妃提過的李夫人。」喬雲汐笑著介紹道。

林蘭端莊行禮。

齊王妃細細打量這位李夫人，看她雖不是絕色，可肌膚白嫩宛若凝脂，眉清目秀，一雙大眼尤其靈動，卻是個有福眼的。再看她，行禮的姿態，行雲流水，絲毫不做作。最最要緊的是，她的丈夫是當下的大紅人，是太子和齊王極力爭取的對象。齊王妃做出很喜歡林蘭的樣子，上前一步執了她的手笑道：「今日可算見著李夫人了，真是聞名不如見面，我方才明白，狀元郎才華蓋世，這挑媳婦的眼光也是高人一籌。」

當著這麼多人的面，這麼露骨地誇讚，林蘭真心臉紅。

「王妃謬讚了。」林蘭訕笑道。

齊王妃看看喬雲汐，又嗔笑道：「沒想到妳年紀輕輕的，竟有這等高明的醫術，看妳把侯夫人調理得，簡直比做姑娘時還要水嫩了。」

喬雲汐亦是笑道：「王妃這是誇我呢？還是損我呢？」

齊王妃笑著剜她一眼，「妳自己去照照鏡子不就知道了？」

眾人笑了起來。林蘭發現裴芷箐的目光一直柔柔靜靜地打量著她，不由得也看了回去。對方卻沒有半點不好意思，反倒笑了笑。

不一會兒，丫鬟來問：「宴席準備好了，是不是現在就開席？」

喬雲汐看時辰差不多了，便道：「開席吧！」

宴席設在後園子的小樓上，朝南的門窗全打開，對面設了戲臺，不過此刻臺上還沒有動靜。

喬雲汐把林蘭安排在了主桌，林蘭再三推辭，主桌上坐的不是王妃就是朝中大員的夫人，她算什麼？一個小小六品官的妻子，跟這些人坐一桌，說話吃飯都不方便。當然，如果齊王妃不在，她還是會去的，明允跟她說過，齊王也就是三皇子，是太子一黨的忠實擁護者，齊王妃對她這般熱絡，肯定不是因為她本人，所以，還是把握著點分寸的好。

喬雲汐拗不過她，只好將她安排在了次桌。林蘭剛一坐下來，就感覺到背後灼熱，轉頭去看，只見她身後的那桌坐著的都是小姐，大家的目光齊刷刷落在她身上，其中就有裴芷箐。那些眼神中，不僅有好奇的探究，還有漠然的不屑、痛恨的敵意……

好吧，她承認她灰姑娘華麗麗變身的經歷是夠吸引人的，可大家也不至於好奇到這種程度吧？林蘭驀然又想起陳子諭提過，李明允在京城閨閣中受歡迎的程度，敢情這些小姐們都是李明允的愛慕者？

林蘭對她們甜甜一笑，復又轉過身，身姿坐得更挺拔，下巴抬得更高，也學著李明允的樣子，優雅地端起面前的茶杯，優雅地輕抿一口，妳們愛看就看個夠吧！

對面的好戲還沒開演，估計那是飯後的娛樂，吃著吃著，有人提出要行酒令，眾人齊聲應和。

林蘭眼珠子提溜一圈，就發現有幾位夫人很快藉故開溜，可她很好奇，古人都會行什麼酒令，便坐著聽聽，若是自己不會再溜也不遲。

喬雲汐道：「行令也得有個行令官兒，誰來做合適？」

齊王妃道：「讓芷箐來吧！」

有旁人立即反對道：「不行不行，裴家丫頭滿腹詩書，若是整個詩詞令出來，可吃不消。」

裴芷箐起身笑道：「倒不如，夫人們行猜枚，我們姊妹玩些別的。」

齊王妃笑道：「也好，妳們姑娘家的，平日喜歡吟詩作對，我們就不傷這個腦筋，不費這個神了，妳們自己玩去吧！」

裴芷箐卻道：「李夫人也和我們一起玩吧！」

林蘭怔了一下，隨即笑道：「我不會呢！」

「李夫人是狀元夫人，什麼詩詞歌賦肯定不在話下，就別謙虛了。」旁邊一位小姐笑道。

喬雲汐有心為林蘭解圍，說道：「李夫人還是跟我們一起玩猜枚。」

裴芷箐只是靜靜地看著林蘭，等待她的回答。

林蘭笑說：「妳們先玩，我看看，若是會的，我再加入。」

裴芷箐點頭，「很簡單的，妳一定會。」隨即宣布酒令：「今日就不作詩了，咱們來玩旁字對得上的，喝不喝酒隨意，對不上的，罰酒一杯。」

有丫頭立即送上一個杯子，坐在裴芷箐邊上的小姐道：「這個太小了，換了大盞來。」

林蘭心裡咯噔一下，這些小姐不會是在想法子對付她吧？

丫鬟又換了大杯子來，裴芷箐明眸一轉，笑吟吟地說：「我先來。有水念作清，無水也念青，去了清邊水，添日變作晴。東邊日出西邊雨，道是無晴卻有晴。」

眾人拍手叫好，裴芷箐莞爾，舉杯輕抿了一口。

林蘭默然，這個看起來也不是很難。

「輪到莊姊姊了。」

一位眉眼細長的小姐起身念道：「有水念作湘，無水也念相，去了湘邊水，添雨即成霜。各人自掃門前雪，莫管他人瓦上霜。」

又迎來一片叫好聲。

「該魏姊姊了……」

今天林蘭對姓魏的特別敏感，先前那位魏夫人說了她一車的壞話，現在又冒出個魏小姐。林蘭不由得多看了她兩眼，這位小姐顴骨也高，神色傲慢，跟那魏夫人倒有幾分相似，只聽她念道：「有水念做溪，無水也念溪，去了溪邊水，添鳥則為雞。山雞羞綠水，不敢照毛衣。」說完她還挑釁地瞥了林蘭一眼。

喬雲汐的臉色沉了下來，這魏家千金也太囂張了，明目張膽取笑林蘭以洩私憤。

喬雲汐要開口，齊王妃卻是按住了她的手，微微搖頭，她就是要看看林蘭如何應對。

林蘭當然聽出了魏小姐的譏諷之意，罵她是山裡來的野雞，便笑了笑，緩緩道：「有木念作橋，無木也是喬，去了橋邊木，添女便成嬌。本是嬌嬌女，何必太傲嬌？」

喬雲汐聞言，寬寬心地坐了回去，看來林蘭也不是吃素的。

魏子萱的臉色陣紅陣白，那神情跟她不開眼的老娘一個樣，她略一思忖又道：「有木念作材，無木也念才，去了材邊木，添貝變成財。敢問李夫人，愛材還是財？」

林蘭故意咦了一聲，問裴芷箐：「可以連著行令嗎？」

裴芷箐微微一笑，「子萱，妳違令了，自罰一杯吧！」

魏子萱的臉漲得通紅，憤然瞪著林蘭，執拗道：「這杯我認罰，不過還請李夫人對上一對。」

林蘭淡然微笑，念道：「有木念作槽，無木也念曹，去掉槽邊木，添米變作糟。才子佳人本絕配，管你鳩鳥亂糟糟。」

魏子萱氣得差點站不住，誰知道這位村姑居然牙尖嘴利，把她比作想占鵲巢的鳩，讓她在這麼多人面前丟臉。

林蘭看她氣得胸膛一起一伏的，不以為然地端了酒杯淺嘗一口。氣死妳最好，叫妳知道我林蘭的便宜不是這麼好占的。今日就趁機敲打敲打這些對李明允心懷不軌的千金小姐們，有她林蘭在，妳們什麼歪腦筋都別想動，來一個打發一個，不怕自取其辱的就儘管放馬過來。

「果然是狀元夫人，才思敏捷，我等甘拜下風。來，我們大家敬狀元夫人一杯。」裴芷箐出來解圍。

林蘭笑呵呵道：「不敢當，還請魏小姐先罰酒。」

魏子萱狠狠瞪了林蘭一眼，憤憤地拿起酒杯一飲而盡。同桌的小姐們看她的眼神裡都有了可憐之意，這讓心高氣傲的魏子萱更覺得難堪，在心裡把林蘭的祖宗八代都咒罵了一遍。

裴芷箐端著酒杯若有所思地看著淡笑從容的林蘭，想起剛才齊王妃的那句話，心道李明允的眼光果然獨到。

齊王妃輕聲道：「這位李夫人不簡單啊！」

喬雲汐低笑道：「那是自然。」

齊王妃又道：「她很對我的脾氣，改天妳帶她來我家坐坐。」

喬雲汐笑著頷首。

魏子萱吃了兩回癟，再沒人敢挑釁林蘭自討沒趣，席上的氣氛真正熱鬧起來。席散後，好戲正式開演。在古代沒什麼娛樂消遣，請各戲班子來家唱幾齣戲熱鬧熱鬧，算是最常見的娛樂方式了，當然，這還得有錢人家才辦得到。

看戲這種事，林蘭真心不喜歡，哪有現代的電影電視劇好看啊？更何況那些戲文咿咿呀呀，又不打字幕，她是一句也沒聽清楚，坐在那裡無聊透頂，還要面帶微笑，時時注意自己的姿態，累得慌。

好在李明允及時來解救她，派了人來催，林蘭趕緊帶了銀柳向喬雲汐告辭，齊王妃盛情相邀：「改天來王府做客。」

林蘭欣然答應。出了靖伯侯府，一上馬車就聞到一股濃重的酒味，只見李明允懶懶地靠在車壁上，一張臉紅得不像話，眼神迷離地瞅著她，端的是魅惑的神色。

林蘭皺眉，「怎麼喝了這麼多酒？」

李明允嘴角一勾，語速緩慢，透著幾分慵懶：「推不過，喝了幾杯，我的酒量一向不好。」

林蘭嘀咕了一句：「真沒用！」

他也不惱，輕笑道：「以前出去喝酒，都是子諭和寧興替我擋著。」

林蘭掏出帕子給他擦去額上的細汗，一邊損道：「兩個酒囊飯袋！」

李明允捉住她的手，頭一歪，身子一倒，枕在林蘭腿上。

「噯……你幹麼？」

「我頭暈，妳讓我躺會兒，到家了叫醒我。」李明允聲音漸漸低了下去，須臾呼吸沉沉。

林蘭見他真的醉了，只好任由他枕著。他灼熱的呼吸透過衣裙灑在肌膚上，微微發癢。林蘭咬著下唇忍著，她這人不怕痛卻很怕癢，只好儘量去想些旁的事，比如那魏家母女，比如那個裴芷箐，又比如齊王妃……

魏氏母女盡可忽略，她們已經成為過去式，但那個裴芷箐……林蘭總覺得怪怪的，她看她的眼神淡淡的，似乎不帶一絲雜念，不帶一分威脅，可這樣的眼神一直游離在她周遭，卻讓她心神不安。要麼就是她對她一點都不感興趣，要不就是裴芷箐太會掩飾自己。前者說不通，不感興趣那幹麼還一直盯著她看？那麼她刻意掩飾自己的情緒是何意？

林蘭想了又想，猛地想起馮淑敏說過，裴芷箐老爹是翰林院大學士，是李明允的頂頭上司。乖乖，不得了，若是這個裴芷箐喜歡李明允，非要嫁給李明允，那她的地位就要受到威脅了。呃？不對，她又不是李明允真正的妻子，操心這些幹麼？說起來這個裴芷箐跟李明允還真是般配，比魏子萱強多了，不過，她和明允有三年的合約，在合約沒有結束之前，誰也別想來插一腳，真想嫁給李明允，就乖乖等上三年吧！

林蘭嘴角一撇，把裴芷箐從腦海裡刷掉，又去想齊王妃這人。

齊王妃今日對她表現出了最大的熱情，而且她與喬雲汐看起來交情匪淺……這種王公貴婦之間的交往，大多目的不純，她也須小心應對，別給李明允添麻煩才是。

胡思亂想了一路，馬車停了下來，文山道：「二少奶奶，到家了。」

林蘭叫了幾聲：「明允，醒醒，到家了。」

李明允睡得死沉，一點反應沒有。

林蘭又去捏他的鼻子，被他一掌拍掉，腦袋還在她腿上蹭了蹭。

林蘭無奈，只得道：「文山，二少爺醉了，叫不醒，你去喚頂軟轎來，免得二少爺受了風。」

李明允嘴角微微牽動，林蘭的細心讓他心裡暖暖的，有時候她會蠻不講理，有時候她也會馬虎大意，但是關係到他的任何事，她考慮得比誰都仔細，她是未識風情，還是真的不喜歡他？

三人齊心協力把個三分醉七分裝的李明允弄回落霞齋，把下人們忙壞了。端水的端水，換衣的換衣，擦身的擦身，煮醒酒湯的煮醒酒湯。

林蘭自己換了身衣裳出來，看見白蕙正細緻地給李明允擦手擦腳，還要去擦他的脖子。林蘭不知怎的就想起上回看到李明允露點，腦子裡陡然剛冒出那個畫面，眼前就來了個現場直播，只見白蕙解開了李明允的裡衣，露出了他並不偉岸寬闊，卻也小有肌肉的胸膛。

眼看著白蕙的手就要擦上去，林蘭下意識脫口而出：「白蕙，我來吧！」說著，上前不由分說搶下了白蕙手中的棉帕。當真稱得上「搶」這個字眼，因為她出手快，因為白蕙拽得緊。

白蕙眼神一黯，看了看醉得不省人事的少爺，黯然轉身，去換水。

裝死真的是件技術活，李明允本想裝死趁機好幹點什麼，結果他自己像條死魚一樣躺著，任由別人對他動手動腳。想到此刻是林蘭的一雙手在給他擦身子，李明允全身的血都熱了起來，咕嘟咕嘟開始冒泡，好在他的臉本來就紅。

林蘭的臉也在發熱，她腹誹著：又不是沒見過裸體，還解剖過呢！給病人動手術的時候，哪處都摸過，有必要這麼緊張嗎？

咦？他怎麼連身子都紅了，看來真是醉得不輕！

林蘭小聲咕噥道：「沒酒量還喝這麼多，自己醉得像隻死豬，卻把別人累得半死。」

李明允聽她罵他是死豬，心裡著實憋悶，他身體裡都快著火了，妳這個放火之人還在罵別人死豬，有這麼敏感的豬嗎？妳要是再摸一下，我就……我就……

林蘭幫他繫上衣帶，拉過被子要蓋上，目光卻怔怔地停留在他兩腿間高高突起的帳篷上。林蘭霎時臉紅得像關公的妹妹，這傢伙，本錢不小啊！趕緊蓋上，生怕多看一眼，她就要長針眼了。

李明允暗暗鬆了口氣，總算折騰完了。

「噯……今晚這床又要被你占去了。」林蘭忙完了，坐在床邊嘆氣。

玉容端了碗醒酒湯進來，「二少奶奶，醒酒湯煮好了，是不是餵二少爺喝下？」

「妳看二少爺這麼折騰都不醒，怎麼餵啊？還是先拿下去溫著，等他醒來再喝。」林蘭看了看熟睡的李明允，揮了揮手，讓玉容幾個都下去。

銀柳拿了個痰盂放在床邊，「二少奶奶，還是讓奴婢在這裡伺候吧，萬一二少爺吐了……」

「不用不用，妳們下去歇著吧！」

銀柳和玉容對望一眼，還是依言退下。

屋子裡沒了旁人，林蘭打了個哈欠，拍拍因為笑得太多而略顯僵硬的面部肌肉，感慨著：交際應酬也是件力氣活啊！林蘭扯了條被子，靠在床的另一頭，瞇上眼，不一會兒就睡著了。

李明允等了好久才敢動，睜開一條眼縫，發現林蘭靠在床柱上睡著了，燈也沒熄。

李明允輕輕喚了聲：「林蘭……」沒反應，爬起來湊近了又喚：「林蘭……」還是沒反應。

李明允寵溺地笑了笑，輕輕將她抱起，小心翼翼讓她躺好。看著她熟睡的樣子，李明允點了下她小巧的鼻尖，小聲道：「睡得這麼死，自己才是豬！」

熄了燈，李明允又躺了回去。許是感覺到他的體溫，林蘭往他這邊蹭了蹭，小腦袋抵在了他的手臂上。李明允一動也不敢動，生怕驚醒了她。

啪的一聲，一條腿重重架在了他的腿上。

李明允愕然地轉頭看她，她的嘴角微微翹著，好像很舒適的樣子。

李明允緩緩長吐了口氣，就讓她當架子吧！

啪的一聲，又一隻手臂橫在了他的肚子上，她就像條八爪魚似的纏了上來。

李明允剛放回肚子裡的心，猛地又提到了嗓子眼。感受著她的一腿一手壓在他身上的分量，李明允苦惱著，這樣到天明，只怕他渾身骨頭都要僵掉了，他決定給自己也找一個舒適的姿勢。

伸出左臂，在半空中頓了好一會兒，才慢慢的，小心翼翼探到她的頸下。林蘭居然很配合地抬了抬頭，然後舒適地枕在他的手臂上。

初步計畫得逞，讓李明允著實高興了一陣，又慢慢開始轉身，把她的腿一點一點從身上移開，終於轉成了九十度直角，與她面對面。李明允嘴角露出得意的滿足的微笑，將她攬入胸懷。

她縮在他懷裡，小鳥依人一般。

李明允親吻著她頭頂的秀髮，低聲呢喃：「林蘭，嫁給我好不好？」

不知道林蘭會不會笑話他？當初他還怕她賴上他，現在卻是真的想娶她。不知何時開始，他就喜歡上她了。她不是學富五車的才女，不會琴棋書畫，她也不是貌美如仙，可她的自信、她的聰明、她的狡黠、她的善良、她的熱情，她是一個真實的美好，不是掛在牆上的畫。和她在一起，不管做什麼事，心情都會很好很快樂，他很希望這種快樂能一直延續下去，和她過一輩子……

「嗯……」林蘭聽見有人在說話，也不知道說什麼，迷迷糊糊應了一聲。

李明允的心跳頓時漏了一拍，她答應了？

第二天，林蘭醒來，李明允已經不在房裡。她扶額想了想，昨晚她好像是靠在床柱子上瞇過去了，怎麼現在好好地睡在床上？難道是李明允把她抱過來的？林蘭懊惱地扯了扯頭髮……林蘭啊，妳就是隻豬啊，睡得這麼死，被人抬走丟大河裡淹死都不知道。

鬱悶了一陣，林蘭叫來銀柳，問：「二少爺呢？」

「二少爺進宮去了呀！」

進宮？林蘭看看天色，方想起來，明允這幾天要在尚書房當值。剛進翰林院就輪到當值，這在翰林院的歷史中只發生過一次，可見李明允是重點栽培對象。這下好了，父子倆都在尚書房。

周嬤嬤來商量個事：「明天就是劉姨娘敬茶的日子了，咱們是不是也該送一份賀禮？」

林蘭道：「送，當然送，幹麼不送？」

玉容道：「二少奶奶是不是先打聽打聽，看大少奶奶那邊送不送？」

林蘭不以為然，「咱們送賀禮那是給老爺面子，給老爺道喜，誰敢說咱們的不是？大少奶奶那邊送不送跟咱們有什麼相干？咱們自己按著禮數來辦事就好。」她估摸著大嫂那邊是不會送禮的，生怕惹得老巫婆不高興，可她怕什麼啊？老巫婆不高興她才高興呢！又不是順了老巫婆的意思，老巫婆就會感激涕零了？

周嬤嬤笑道：「二少奶奶說的是，那……送些什麼，還請二少奶奶定奪。」

「還是妳定吧。不用太貴重，也不要太輕薄，差不多就行了。」林蘭道。李明允的財產一部分是他自己放著，一部分是周嬤嬤管著，她又不知道有什麼，定什麼定啊？

周嬤嬤笑呵呵地拿出一把鑰匙，「這是二少爺吩咐老奴交給二少奶奶的。」

林蘭接過鑰匙，茫然不解，「這是哪的鑰匙？」

周嬤嬤進到西邊暗間的書房裡，捧了一尺高的木匣子出來。

「二少爺說，這些東西以後就交給二少奶奶保管了，老奴這就去把家中的帳簿拿來。」周嬤嬤說著給玉容使了個眼色，一起退了出去。

林蘭狐疑地盯著木匣子，這裡面是什麼寶貝啊？她把鑰匙插進鎖孔，輕輕一轉，鎖應聲開了。打開匣子，只見這匣子又分三層，拉開最上面一層，眼前一花，定睛看去，見一抽屜都是乒乓球大的夜明珠，數了數，整整有十二顆。林蘭驚呆了，李明允真不是一般的有錢。

再拉開第二層，更讓人驚悚，什麼紅寶藍寶祖母綠，顆顆碩大，價值連城，還有通體晶瑩的翡翠鐲子、簪子、玉佩，讓人眼花繚亂。林蘭不淡定了，這裡隨便哪一樣拿出來都比她目前所擁有的加起來都要值錢，這一對比，她簡直太窮了。

經過了兩次強大的心理衝擊，林蘭做了幾個深呼吸，才緩緩拉開第三層抽屜，意外的，裡面只有幾張紙。林蘭拿起來看，看清楚後，又受到震撼，兩張通寶錢莊十萬兩的銀票、幾張蘇杭一帶鋪面的房契。

「三小姐當初離京，就帶了這些出來，大部分都留在李家了。單單東直門的十八間鋪面就值八九十萬兩，還有兩座莊子，其中一座莊子有良田一百二十頃，一座莊子有二百多頃，當初買的時候，價錢倒不貴，現在是翻了幾倍上去，還有價無市。」周嬤嬤不知何時進來，站在林蘭身後，嘆息道。

林蘭暗暗咋舌，李明允他娘也太有錢了吧？簡直就是一頭大肥羊啊！難怪李渣爹和老巫婆會把主意打到李明允他娘的頭上，林蘭很懷疑李渣爹所謂的兩榜進士有沒有水分。

「這裡是家中的帳冊，以後就交給二少奶奶保管了。」周嬤嬤鄭重地把帳冊交給林蘭。

林蘭詫異，「周嬤嬤，您是不是要離開了？」

周嬤嬤笑道：「不是老奴要離開了，而是二少奶奶要成為落霞齋真正的女主人了。」

從豐安一路看到京城，再到現在，周嬤嬤對林蘭已是完全放心。林蘭出身不好有什麼打緊，照樣能成為明允少爺的賢內助，而且做得比誰都好。更重要的是，這是明允少爺自己的決定，想必老夫人知道了，也不會反對的。

林蘭還是搞不清楚狀況，「可這……這也太突然了吧？怎麼好端端的……」

「二少爺早就有這個打算了，只是一事接著一事地忙，就拖了下來。」

「對了，這是舅老爺那邊送過來的幾個丫鬟的名字，應該這兩天就會安排進府。」周嬤嬤又交給林蘭一張名單，上面寫了三個名字。

林蘭心不在焉地接過，看看箱子又看看帳本，李明允這是把全部身家都交給她了嗎？這算什麼？表示對她的充分信任？他就不怕她捲了這些逃跑？

林蘭覺得有必要跟李明允好好談談，他怎麼能這麼輕易就相信別人，這可是致命的毛病，幸虧是遇到她這樣心地善良的，萬一像他娘一樣，掏心掏肺，最後碰到了李渣爹這種渣子，那他就只有吐血的份了。

不過既然東西到了她手裡，還是要好好欣賞一番，帳冊也順便看看，多了解一點也是好的。

一上午就這麼打發過去，中午林蘭睡了個午覺，直到銀柳來把她叫醒，說夫人讓她去一趟寧和堂。林蘭一個激靈爬了起來，老巫婆這會兒叫她去有啥事？林蘭趕緊梳妝打扮整齊，帶了如意去寧和堂。

林蘭已經習慣出門帶銀柳，去寧和堂就帶上如意，府裡的情況如意比銀柳熟悉，關鍵是如意這人膽子大，心思也細，對外比白蕙能幹多了。白蕙呢？負責家裡的瑣事比較在行，而錦繡丫頭嘰嘰喳喳人緣好，消息她最靈通，是個小小情報員。至於玉容，她另有重要任務，總之是儘量發揮每個人的長處。

到了寧和堂，林蘭發現除了大嫂丁若妍、表小姐李明珠，還多了一張生面孔，但看那人圓圓的臉蛋，面似芙蓉，眉如柳，一雙桃花眼，顧盼間風情萬種，穿了件銀紅上衣，玉色撒花洋縐裙，身姿豐盈，笑盈盈地站在老巫婆身旁。

這人是誰？林蘭狐疑。

林蘭落座後，韓秋月道：「明兒個晚玉就正式抬為姨娘了，身邊總要有幾個機靈點的丫鬟伺候，林蘭房裡也少人，若妍房裡有兩個年紀大了，該打發出去了，所以，今日特意叫牙婆帶幾個人來，妳們自己挑幾個可心的人去。」

林蘭恍然，原來她就是李渣爹的新寵，即將走馬上任的姨娘劉晚玉。看看老巫婆，再看看劉晚玉，林蘭忍不住想笑，一個是姿色平庸的徐娘半老，一個是百媚千嬌的風華正茂，李渣爹會喜歡老巫婆才怪。希望劉姨娘的戰鬥力能強悍一點，把老巫婆活活氣死。

思忖間，姚嬤嬤帶了人進來。

七八個小丫鬟魚貫而入，一字排開，個個低著頭，謹小慎微的模樣。

林蘭打量著這些小丫頭，哪幾個才是大舅爺安排的呢？

「若妍，妳先挑吧！」韓秋月淡淡開口。

「姨母，我看中一個了。」李明珠撒著嬌。

要是以前，丁若妍肯定會讓著李明珠，可是自打上回林蘭當面點破李明珠的意圖，她對李明珠或多或少存了幾分敵意，所以丁若妍只當作沒聽見李明珠的話，細細打量著這些小丫頭。

韓秋月一眼瞪過去，李明珠委屈得扁了扁嘴。

林蘭瞧在眼裡，暗暗冷笑，好可憐的三小姐啊！親娘不能叫，得叫姨母，正牌小姐的派頭不能擺，得夾著尾巴做人！

「妳叫什麼名字？」丁若妍看上了一個模樣秀氣，十一二歲年紀的小丫鬟。

「奴婢巧娟。」丫鬟的聲音脆生生的，很好聽。

林蘭咯噔一下，巧娟？大舅爺名單上有這名啊！

丁若妍又問邊上一個年紀更小的：「妳叫什麼名字？」

「奴婢紅香。」

「我房裡已經有一個紅裳了，以後妳就叫橙香吧！」

牙婆趕忙提醒道：「還不快謝大少奶奶賜名？」

紅香忙跪了下去，向大少奶奶磕頭。

丁若妍微微頷首，轉身對婆母道：「母親，媳婦就挑這兩個吧！」

林蘭暗暗磨牙，妳把我的人挑走了。

丁若妍挑完，李明珠又嚷嚷起來：「姨母，該我了吧？」

林蘭笑道：「表小姐不要心急，等嫂子挑好了，妳再挑。」說著也不用老巫婆發話，就上前挑人。大舅爺好不容安排人進來，統共才三個，一個還被丁若妍挑走了，她要是再不抓緊，只怕一個也輪不到。

「妳叫什麼？妳家裡為什麼要賣妳？以前做過什麼……」林蘭一個個問過去，確定了名單上的兩個人，將她們點了出來，一個叫文麗，一個叫雲英。

「母親，媳婦就選這兩個，看著挺機靈的。」林蘭笑呵呵地說，很滿意的樣子。

韓秋月眼中一絲晦暗，這次叫牙行帶人進來，八個人裡頭她安排了四人，丁若妍還挑走了一個，林蘭竟是一個也沒挑上，是巧合嗎？韓秋月很失望，不過這樣也好，剩下的，不管劉姨娘怎麼挑，也都是她的人了。

她還真是小看了這位劉姨娘，先前她撥了人過去伺候，卻叫老爺給打發回來，說笨手笨腳的，然後就提出從外面買幾個新的丫頭給劉姨娘用。哼！她派的人劉姨娘不放心，外頭買的就能放心了？要安排幾個人還不容易？現在就讓妳放心放心！

韓秋月說讓劉姨娘先挑，李明珠霍然站了起來，袖子一甩，「我不要了！」便憤然離去。

韓秋月面色微惱，劉姨娘不安道：「都是奴婢不好，該讓表小姐先挑的。」

韓秋月哂笑，「不礙的，這次進人，原就是為妳們準備的。」

劉姨娘這才挑了兩個年紀小的，剩下兩個十五六的沒人要。韓秋月讓翠枝把人領去表小姐那，如果表小姐不要，就讓牙婆帶回去。

辦完了這件事，韓秋月目光淡淡地掃過林蘭和丁若妍，「明日老爺沐休，正好把納妾之禮全了，妳們若是沒別的事，就過來觀禮吧！」

丁若妍猶豫道：「媳婦的嫂子昨兒個剛生了，本來說還要七八天的。」

韓秋月笑道：「添丁是喜事，春杏，趕緊去備一份厚禮，明兒個讓大少奶奶一併帶去。」然後又對丁若妍說：「禮，妳先帶去，等我忙完了家事，再登門道喜。」

丁若妍起身福了一禮，對婆母的理解表示感謝。

林蘭心知肚明，丁若妍要回娘家送生，什麼時候不能去？等納妾之禮完成再去也不遲，都在一座城子裡，坐馬車一會兒就到了，肯定是老巫婆授意，老巫婆巴不得明日冷冷清清。

「林蘭，妳呢？」韓秋月又問林蘭。

「明兒個明允入值，媳婦倒沒什麼事，一定來觀禮，人多也好熱鬧些。」

韓秋月笑道：「那就好。」

那邊劉姨娘始終面帶微笑，很高興的樣子，叫人看不透她的心思。

林蘭帶了文麗和雲英回落霞齋，把人交給周嬤嬤，讓周嬤嬤安排活計，自己又去看帳冊。幾本帳冊看完，林蘭發現一個問題，李明允的不動產雖然多，但是能產出效益的只有銀莊的一點利息和蘇杭一帶的幾間鋪面，一年也就一萬五六的樣子，家裡的支出大部分是從府裡帳房領取的，不夠的自己再貼一點，沒什麼問題。這是沒有分家，如果分了家，這點銀子就不夠花銷了，總不能都靠葉家貼補，或是吃自己的老本……林蘭又想起東直門的十八間鋪面，還有城外兩座大莊子，想想每年的收益全都落入老巫婆的腰包，忍不住磨牙。必須把老巫婆趕出去，必須把明允的東西都拿回來，要知道，其中有她的一半啊！

好不容易等到明允回來，白蕙伺候他進淨房換衣，須臾他換了身家常服出來。

林蘭殷勤地遞上熱茶，然後把人都遣了出去，將門關上。

李明允看她一副緊張兮兮，好像要密謀什麼大事的樣子，暗自好笑，端了茶水坐到榻上。

林蘭在他對面坐下，表情嚴肅地問：「幹麼把東西都交給我？」

李明允微瞇著眼看她，「在山上的時候不就說過了嗎？妳得學著管家了。」

「可是……咱們又不是真夫妻，你把家底全交給我，萬一我這人靠不住呢？」

「妳就這麼不相信自己？」

林蘭翻了個白眼，「誰信不過自己啊？我是站在你的立場上考慮。」

「這個妳就別操心了，我對自己的眼光還是信得過的。」李明允一手搭在膝上，一手架在身後的大引枕上，姿態散漫卻不失優雅，閒閒說道。

呃？既然他這麼信任她，那她就姑且勉為其難接受管家一職，不過呢，活也不能白幹，林蘭換了笑臉，笑嘻嘻地探過身去，問：「那……我幫你管家，工錢怎麼算？」

李明允不禁抬頭望房樑，又好氣又好笑，徹底陷入林蘭到底是聰明還是笨蛋的糾結中。他把所有家當都交給了她，讓她管家，意思還不夠明顯嗎？自古男主外，女主內，有好好的女主人不當，硬要把自己當成做工的，還問他工錢怎麼算？

李明允怔了半晌，恨鐵不成鋼地從齒縫裡蹦出兩字：「笨蛋！」

林蘭瞪眼，嚷道：「誰笨蛋啊？我這是按勞取酬，你懂不懂？這些可不是協議上規定的事，屬於額外業務！」

李明允一陣胸悶氣短，悶聲道：「妳想要多少自己拿，反正東西都交給妳了。」

林蘭很正義地說：「那不行，你得說個數，我又不是貪得無厭的人。」

李明允翻身下榻，趿了鞋子就走。

「哎……你去哪？」

李明允也不答，開了門就出去了。

林蘭納悶，怎麼好好的就談崩了呢？她的要求很合理啊，又沒有漫天要價？隨便他出多少，他幹麼還不高興？真是有夠難商量的！

到了飯點，李明允也沒回來，問人，才知道李明允帶了冬子出去了，也沒說去哪。

林蘭很憤慨，不就跟他要工錢嗎？還真生氣了。

李明允鬱鬱地出了門，就到了陳閣老府上找陳子諭。

陳子諭親自相迎，看他一身便服，面色不豫，打趣道：「喲，狀元公怎麼苦著一張臉？莫不是被嫂子給趕出來了？」

李明允有苦說不出，怏怏道：「你收藏的那些好酒呢？」

「不會吧，這麼嚴重？都到了要借酒消愁的地步？」

李明允一眼瞪過去，唬著臉道：「你能不能不要亂發揮你的想像力？」

陳子諭笑道：「好好，喝酒去！咦？你不是不會喝酒的嗎？」

「現在應酬多，你也知道有些場合不喝不行，所以，特意找你練練酒量。」

陳子諭大笑，拍拍李明允的肩膀，「終於開竅了啊！我早說了，咱們男人不會喝酒怎麼行？走，我還藏了幾罈三十年的陳釀，虧我藏得嚴實，不然早被寧興那小子給搬走了，那小子屬狗的，鼻子很靈……」

小樓上，開了窗，清風明月，竹影暗香，幾碟佳餚，一壺美酒，倒是愜意，兩杯酒下肚，話匣子也打開了。

「子諭，你說女人的心怎麼就那麼難琢磨呢？」

陳子諭很是吃驚，「你什麼時候也開始琢磨女人了？」

李明允訕笑，「這有什麼好奇怪的，身邊一群女人，不琢磨能行嗎？」

「可不是？女人心海底針，你想琢磨透，就好比大海撈針。」

李明允十分贊同這話，要說他和林蘭在別的事上都很有默契，唯獨在「情」字上毫無靈犀。

說起女人，那是陳子諭的強項，陳子諭侃侃而談：「女人呢，最喜歡故弄玄虛，什麼話都只說一半留一半，或者說都不說，要你去猜，可咱們又不是孫悟空有那火眼金睛，更不是她肚子裡的蛔蟲，怎麼猜？女人還總是口是心非，明明心裡想，可嘴上卻說不……你要是信了她的話，那你就慘了……」

李明允愕然，這麼恐怖？

「要我說，這女人天生就是為了折磨男人來的。」陳子諭感嘆道。

李明允揶揄他：「那你還樂此不疲？」

陳子諭壞笑道：「這你就不懂了，女人以征服男人為己任，男人則以征服女人為樂趣。」

李明允不屑，「你征服了這麼多年，什麼時候喝你跟裴芷箐的喜酒啊？」

陳子諭乾笑，「努力中，努力中！來來，喝酒……」

「我聽說嫂子昨天大出風頭啊！」陳子諭道。他的消息一向靈通，朝廷上下，宮裡宮外，就沒有他不知道的事。

李明允茫然不解，「出什麼風頭？」

「你不知道？」

李明允搖搖頭，昨晚他裝了一回醉酒，今天一大早又去尚書房當值，回家後林蘭就跟他談工錢的事，然後就跑這來了。

「那些愛慕你的閨秀們想讓嫂子出醜，結果偷雞不著蝕把米，反叫嫂子給收拾了，哈哈，尤其是魏家那位小姐，我估計她這幾個月都不敢出門了！」陳子諭哈哈大笑。

李明允好奇道：「快說來聽聽。」

冬子坐在樓下欄杆上抱著膀子兀自嘀咕，少爺也太奇怪了，從前人家叫他去喝酒，他都推三阻四，今兒個卻自己找上門討酒喝。

樓上傳來暢快的笑聲，冬子憂愁得望著那扇窗子，訥訥道：「完了完了，喝酒都喝出興頭來了，少爺墮落了……得讓二少奶奶好好管管少爺才行。」

「嫂子原來這麼厲害，我還真沒看出來，李兄……不會是你調教的吧？」陳子諭打趣道。

「我調教她？」李明允自嘲地笑，不被她反調教就謝天謝地了，她那張嘴，牙尖嘴利，橫說橫有理，公的都要被她辯成雌的。

「瞧你這慫樣，不會連個村姑都搞不定吧？」陳子諭鄙視道。

李明允瞪他，「你也是文人，說話也不會斯文點！」

「現在又沒外人，裝什麼斯文？說真的，我覺得嫂子這人不簡單，你若是搞不定，只管來求教我，學問我是不如你，女人嘛……我肯定比你了解。」

李明允忖了忖道：「如果你有件事很想讓對方明白，這麼說吧……其實你已經做得夠明白了，可對方還是不明白，那該怎麼辦？」

陳子諭扶額，「等等……什麼明不明白的，你把我繞暈了。」

李明允橫他一眼，「你喝多了吧？」

陳子諭蹙眉分析：「要麼你的方法不對，要麼就是對方太笨。」

李明允深以為然，對方確實很笨。

「對這種腦子不太靈光的人，你想她自己領悟是很困難的，唯一的辦法就是直說。」陳子諭篤定道，還強調了一句：「聽我的準沒錯。」

他忽而又想起，試探著問：「你說的那個笨蛋，不會是嫂子吧？」

李明允黑了臉，把酒砰的擺在他面前，「你才是笨蛋！」

陳子諭露出無辜的神色來，他好心好意幫他分析，反倒被罵笨蛋，這算什麼事？

李明允帶著微醺的酒意回到落霞齋，白蕙等人吃驚道：「二少爺，您又喝酒了？」

李明允頭重腳輕，步履虛浮，心情卻是極好，笑道：「不礙事，些許應酬。」

如意過來搭把手，把二少爺扶了進去。

林蘭一直在等他，本來都想好了，工錢啥的也不要了，沒想到李明允卻醉醺醺的回來了，心裡頓生無名火，懶得理他。

白蕙和如意將二少爺扶到淨房洗漱。

林蘭出去找冬子，「冬子，二少爺上哪喝酒去了？」

冬子老實回道：「去了陳公子府上，二少爺說以後應酬多了，要練練酒量。二少奶奶，恕奴才多嘴，這酒還是叫二少爺莫要學的好，夫人以前常說，喝酒誤事。」

「冬子，你說的很對，以後少爺出去喝酒，你馬上就來報我。」交際應酬喝點酒很正常，但是酒量不好，酒品太好的人，就容易喝醉，一來傷身，二來誤事，萬一酒後說了不該說的話，被人拿了錯處就糟糕了。再者，酒後容易亂性，陳子諭那個花花公子，要是給李明允弄兩女人來，也是有可能的，所以，以後他要出去應酬，得讓冬子機敏點，看著點。

林蘭回屋，李明允已經在床上躺著了。

白蕙等人自覺地退下，順手把門帶上。

李明允看著她傻笑，「林蘭，過來……」

林蘭瞪他一眼，扭頭進了淨房。

李明允扶額，酒氣上湧讓他頭暈，一路上好不容易想好說辭，被她一瞪又亂了。

等林蘭出來，李明允已經睡著了。

看他臉色通紅，呼吸沉重，一連兩晚喝醉，太不像話了。林蘭用手背試了試他額上的溫度，有點燙，想不管他，又不放心，明天還要進宮入值，要是起不來罰俸是小事，讓人覺得他不敬業就不好了。

林蘭叫來銀柳，讓她把醒酒湯端來，又費力地扶起李明允的頭，「明允，喝點醒酒湯。」

李明允今天喝的比昨天多多了，當真是醉了，不過腦海裡還游離著一絲清明，聽話地任由林蘭擺布，喝了幾口湯下去。

林蘭替他掖好被子，準備抱被子去榻上睡覺，李明允翻個身，嘀咕道：「林蘭，妳好笨……」

呃？醉了都不忘罵她？林蘭火起來，拿了枕頭砸他，罵道：「你才笨蛋！混蛋！臭雞蛋！」

李明允毫無反應，林蘭悻悻地撿回枕頭，「明天再跟你算帳。」

寅時剛到，白蕙就來敲門。

林蘭驚醒，忙起身把被子扔回床上，去搖熟睡的李明允，「醉貓，起床了，你還得進宮呢！」

李明允迷迷糊糊睜開眼，嗓子啞啞的，「什麼時辰了？」

林蘭去拿衣裳，「寅時剛到，趕緊起來吧！」

李明允摸了摸沉重的腦袋，痛苦地呻吟了一聲。

「嘗到宿醉的滋味了吧？看你以後還喝不喝酒，還練酒量呢！乾脆把自己練成個酒囊飯袋算了，喝酒有用，還讀什麼書啊？」

李明允拿過袍子慢吞吞地穿上，聽著她嘮叨，哂笑道：「為夫謹記夫人的教誨。」

林蘭給他一個大白眼，「你少油嘴滑舌，趕緊起來去洗臉，大半夜的一會兒口渴，一會兒想吐，你再這樣折騰我，以後夜裡我就讓白蕙來伺候你，讓你稱心如意。」

李明允愕然，她說的這些，他怎麼一點也不知道？可是看她眼睛周圍一圈黑影，不由歉疚道：「真是辛苦妳了，以後我儘量不喝了。」

林蘭憤憤道：「還沒完呢！等你下值回來，再跟你算帳！」

「算什麼帳？」

「現在懶得跟你說，回頭去遲了，全是我的不是了，我今天忙著呢！你爹要納妾，我得去觀禮！」林蘭把他蓋過的被子疊起來放到一邊去，一股子酒味的，得讓如意拿去洗洗。又去開了門，白蕙和銀柳提了熱水進來。

李明允怏怏地去洗漱，小聲問銀柳：「我昨夜可說了什麼醉話？」

銀柳想了想，搖頭道：「二少爺躺下就睡著了。」

李明允暗鬆了口氣，沒有就好，要不然怎麼得罪了林蘭也不知道，看來這酒真不是好東西，以後還是莫喝的好。

白蕙看二少爺臉色不太好，柔聲關懷道：「二少爺是不是哪裡不舒服？」

李明允心不在焉地說：「銀柳，妳機靈著點，若是二少奶奶發什麼牢騷，我一回來妳就想法子通知我。」

銀柳怔住，讓她當密探？

李明允瞧銀柳一副為難的表情，解釋道：「二少奶奶好像生氣了，我又不知道她為何生氣，妳幫我試探一下。」

哦，原來如此！銀柳笑嘻嘻道：「奴婢遵命。」

白蕙黯然，二少爺以前事事都喚她，現在……她好像成了可有可無之人。

李明允一走，林蘭就爬上床去補覺，充足的睡眠是保養肌膚最有效的方法。林蘭的好皮膚，一是天生的，二是靠後天養的，飯可以少吃，覺不能不睡，昨晚折騰了一夜沒合眼，現在睏得不行。也不管床上還有淡淡的酒味，她閉上眼，什麼也不想，很快沉入夢鄉。

今天的李渣爹因為人逢喜事精神爽，加上一身緋紅的新袍子，還真有那麼點新郎官的意思。四十幾歲的年紀，因為本身底子不錯，保養得又好，看起來很年輕，風流倜儻的，林蘭看他眼角眉梢都透著喜悅，心道：李渣爹也不容易啊，為了前程爵位，連個妾也不敢納，如今終於得償所願。

可憐見的，估計昨晚樂得一宿睡不著。

再看一旁的老巫婆，也是精心打扮，大紅遍地織金的褙子，杏黃色繡梅花的襴邊綜裙，頭插赤金鳳釵，鑲了紅寶石的珠花，富貴逼人。可惜底子不好，再怎麼打扮，坐在李渣爹身邊，都是個半老徐娘。

丁若妍夫妻倆都沒來，李明珠估計想來老巫婆也不讓，所以，觀禮的只有林蘭一人，真冷清，好在滿屋子的丫頭來湊數。

本來林蘭還想看到正室給小妾立威，為難小妾的戲碼，什麼潑茶啦，訓話什麼的，結果啥也沒看到，一派和諧景象，還不如當初她進門時花樣多。不過也是，李渣爹在一旁坐著，老巫婆哪敢出什麼花招，要耍陰的狠的，也只能暗地裡耍。

林蘭看著怪沒趣的，喝過劉姨娘的茶，送了份賀禮，就算完事了。

太沒勁了，林蘭意興闌珊地回到落霞齋。

周嬤嬤來報：「二少奶奶讓問的事，大舅老爺那邊有回話了。」

林蘭頓時提了精神，「哦？怎麼說？」

「話確實是葉家下人傳出去的，還在綢緞鋪裡說三道四，剛好叫魏家夫人聽了去。大舅老爺已經將人捆起來，重責了幾大板，趕回豐安去了。」

林蘭嗤道：「綢緞鋪裡的夥計又是如何知道這話？」

「還不是大小姐身邊的人說的，那個丁嬤嬤嘴賤得很，大舅老爺看在她奶過大小姐的分上，沒有重罰，讓她回去養老了。」

丁嬤嬤這麼憤憤不平地詆毀她，還不是為了給葉馨兒出氣？

「大小姐年紀也不小了，怎麼還沒議親？」

「正在議，對方的家世還不錯，大舅老爺挺看好的，不過，老奴聽說大小姐不肯嫁，好幾天不肯吃東西，這樣一鬧，大舅夫人心疼了，這事就給耽擱下來了。」周嬤嬤說道。

不肯嫁，還不是心裡惦記著表哥？

「周嬤嬤，有些事，妳不說我不說，可咱們心裡都明白大小姐心裡怎麼想的。丁嬤嬤為何要瞎編排？只怕大小姐一日不嫁，她就一日心不死。」林蘭沉聲道。她是不怕葉馨兒詆毀她，卻討厭葉馨兒這種做法，表哥都有妻房了，她還這麼念念不忘。

周嬤嬤訕訕道：「老奴會想辦法提醒著點大舅老爺，二少奶奶，您不知道，大舅老爺是個火爆脾氣，若是知道了大小姐的心思，只怕……」

「總比將來丟面子的好。」林蘭不鹹不淡說了一句，估計葉馨兒一天到晚在琢磨怎麼才能嫁給李明允，別到時候做出什麼見不得人的事來，大家面上都不好看。

周嬤嬤想著也對，眼中透出決然之意，「老奴知道怎麼做了。」

周嬤嬤退下後，林蘭去了藥房，這幾天都懈怠了，好些活都堆積著。

銀柳幫忙碾藥，想到二少爺的吩咐，可是二少奶奶啥話也沒有，便試探道：「二少奶奶，您說二少爺以後應酬多起來了，會不會常常喝得醉醺醺的回來？」

林蘭冷哼了一聲，「他敢？」

銀柳又道：「二少奶奶，您一定很生氣吧？」

林蘭把菜刀切得咚咚響，「妳今天幹麼這麼囉嗦？好好幹活。」

銀柳心道：二少爺，不是奴婢不幫你，實在是套不出話來。

林蘭想到昨晚李明允喝醉了還不忘罵她笨蛋，越想就越生氣。她怎麼就笨了？她哪裡笨了？今晚一定要叫他說個清楚。

銀柳扭頭一看，嚇了一跳。二少奶奶手拿著菜刀，目露凶光，像要找誰拚命似的，不禁又暗暗道：二少爺，您自求多福吧！

李明允回來，先不進院子，讓錦繡把銀柳叫出來問話。

銀柳說不出個所以然，只道可能情況不太妙。

李明允忐忑不安，在門外徘徊猶豫。冬子見狀，捂著嘴偷樂，二少爺懼內啊！

「二少爺，您在這裡走來走去，府裡的下人可都瞧見了。」冬子忍著笑提醒道。

李明允抬頭看去，果然有幾個丫鬟往這邊瞧。李明允皺了皺眉，背著手進了落霞齋。

林蘭在屋子裡算帳，看看打從她進門後，葉家貼了多少花銷，這些銀子都要從老巫婆那裡拿回來。銀柳鬼鬼祟祟地出去，又鬼鬼祟祟地回來，林蘭都瞧見了，漫不經心地問：「二少爺回來了嗎？」

銀柳支吾道：「應該快了吧！」

林蘭斜眼瞅著她，「銀柳，不會說謊就別說，瞧妳，耳朵都紅了。」

銀柳連忙捂住兩耳，「有嗎？」

「自己去照鏡子。」林蘭懶得理她，低頭繼續撥算盤

「二少爺回來啦！」外邊錦繡甜甜的聲音響起。

隨即有人掀簾進來，林蘭頭也不抬，那人似乎往她這邊看了看，就進去換衣裳了。

不一會兒，他輕手輕腳走過來，俯身看她記帳。

「這管家當得不錯嘛！」李明允故作輕鬆地稱讚她。

林蘭扭頭翻個大白眼，「你不是說我是笨蛋嗎？」

李明允俊目含笑，悠閒地坐了下來，一手搭在紫檀木椅子的扶手上，一手端了茶淺淺品一口，

淡淡道：「妳那是大智若愚。」

切，現在改口拍馬屁了！

林蘭氣呼呼地說：「你昨晚喝醉的時候，可不是這樣說的！」

李明允俊眉一挑，「哦？我怎麼說來著？」

林蘭鼓著腮幫子，「你罵我是大笨蛋！」

「不可能吧？我罵了嗎？」

「你罵了！」林蘭氣呼呼地瞪著他，她親耳聽見的，休想抵賴。

李明允卻是鬆了口氣，原來她要跟他算的是這筆帳，還害他忐忑不安了一整日。

李明允望著她那因為生氣而泛了紅暈的臉頰，就如源東村那粉紅嬌嫩的桃花，彷彿輕輕一掐就能掐出水來，不禁低聲柔柔地道：「妳的確很笨。」

本以為他會否認到底，沒想到他認了，而且還用這種溫柔的口吻說她笨。

「既然你嫌我笨，那你自己另請高明好了。」林蘭賭氣道。

李明允嘴角輕輕扯了扯，眼神變得深邃而複雜，「好啊，把妳的那份合約拿出來，咱們現在就解約。」

這下輪到林蘭怔愣，「解約」二字就像猝然的巨浪打了過來，打得她昏頭轉向，弄不清狀況。她哪裡做得不對，做得不好？不就跟他討份工錢，就這樣被嫌棄了？她還想了那麼多對付老巫婆的計畫，現在都用不上了？她走了，又有誰來幫他？

「你說真的？」林蘭故作平靜地問，心裡卻是一團亂。

李明允略顯嚴肅地點點頭。

林蘭默默低頭，解下腰間的荷包，從中拿出合約，遞到他面前。望著這張俊美無儔的臉，這雙透著決然之意的眼眸，心中有千言萬語，卻找不出一句可以表達此刻複雜心情的言辭。這大半年來，她將心思全放在他身上，照顧他、保護他，與他並肩作戰，培養出革命戰友般深厚的友情，雖然任務艱巨，任重而道遠，可她從沒想過退縮，因為在她最需要幫助的時候，是他挺身而出，那麼她也要努力為他討回公道。她想過功成身退，卻沒有想過半途而廢；她想過他們終究是會分開的，到那時各得其所，也沒什麼好遺憾，卻沒想過，當真要解約了，她心裡會有那麼多的遺憾，真的很難過。死李明允，她就這麼愛財怎麼了？他又不是第一天才知道？死李明允，把她的人生規劃全部打亂，叫她茫然不知所措……

林蘭越想越難過，除了難過，除了憤怒，除了尷尬，除了難堪，更有一種濃烈的傷。是的，她被傷到了，是誰說不得輕言放棄？當初那樣信誓旦旦，可一回頭，他就因為這點芝麻綠豆的小事要解約。

眼睛不由自主模糊起來。混蛋，去死吧！讓你自己獨自去對付渣爹和老巫婆，然後被他們吃得骨頭都不剩……李明允看著她漸漸濕潤的眼，拿了合約走到案几旁，把合約扔進蟠龍香鼎中，紙張觸著火苗就燃燒起來，頃刻化為灰燼。然後他又走了回來，扶著林蘭的肩膀。

林蘭只覺得自己的心也跟著化成灰了，終於明白心灰意冷的那種心境，荒蕪得好似一片望不到頭的沙漠。她掙扎著退開，低著頭，看著自己的腳尖，她不想讓他看到她不爭氣的眼淚。

她退，他就進，一直將她逼到床邊，退無可退。

「雖然沒到期限，任務也還沒完成，但解約是你提出來的，遣散費一分也不能少，馬上給錢，我馬上就……」林蘭很想酷酷地說完這番話，可到最後卻是哽咽了，這個混蛋，太欺負人了。

他的手再一次扶住她的雙肩，這一次，他沒有再給她掙扎的機會，溫潤的語聲似三月的春水，冬日的暖陽，溫柔而堅定：「合約沒了，婚書還在，以後我們不再是合作關係，我們只是夫妻。」

林蘭錯愕，驀然抬眼，眼淚刷的如珠滑落，茫然地看著他。

他捧著她的臉，用指腹溫柔地拭去她的淚，清亮的眼眸中有一抹心疼，「小笨蛋，現在懂我的心思了嗎？」

林蘭的大腦完全處於短路的狀態，怔了好一會兒才恢復運轉。他說以後他們不再是合作關係，只是夫妻；他把他的所有家底交給她，他說妳要多少拿多少；他說……林蘭，妳是個笨蛋……他這是告白嗎？可是，怎麼可能呢？她又不會琴棋書畫，也不是出身名門，更不是貌美如花。在這一世，她只是其貌不揚的個村姑，平凡的雜草。

「可是……為什麼是我？」林蘭半晌找回自己的聲音，她壓根兒就沒想過李明允會喜歡她。

「為什麼不是妳？除了妳，還有誰會一心一意為我著想？還有誰能與我這般心有靈犀？」

「怎麼沒有？你條件這麼好，有的是千金大小姐喜歡你，她們肯定也會一心一意對你好，你們相處久了，也會心有靈犀……」林蘭支吾著。

「可我就喜歡妳這樣的。感情這種事，不是說哪個條件更好，要看誰更合適，我覺得，我們很合適，非常合適。」李明允溫柔的語聲，充滿了魅惑。

對上他溫柔如許的目光，林蘭恍若作夢，好比坐了雲霄飛車，瞬間從地獄到天堂。環境轉變得太快，她一時無法適應，有點發昏，「可是……可是……」

李明允挑了一邊眉毛看她。

「可是，你喜歡我，我就一定要喜歡你嗎？」林蘭擦掉眼淚。這個混蛋，剛才害她這麼傷心，看我不整死你。

李明允愣了一愣，難道是他自作多情？這個認知，讓人很沮喪。

「你這人毛病一大堆，我才不要喜歡你。」林蘭恢復了剛才氣鼓鼓的樣子。

李明允苦笑道：「那妳說，我有什麼毛病，我改還不成？」

「不成，你長得太俊，容易招蜂引蝶。」林蘭絞盡腦汁，想出一個理由。

李明允氣苦，長得俊又不是我的錯？

林蘭趕緊搖頭，「你要是變難看了，我也不喜歡的。」

李明允望天，「那妳要我怎樣？我都答應過妳不納妾了。」

「你還很小心眼，總氣我。」林蘭撇著嘴說。

「哪有？妳自己好好想想，除了剛才，我有氣過妳嗎？我都讓著妳好不好？剛才也是非常情況，所以才用了非常手段。」李明允鬱鬱道。

林蘭想想，好像是那麼一回事，思來想去，李明允這人還真挑不出別的毛病，溫文爾雅，心細如髮，才華橫溢，前途光明，放在現代，簡直就是高富帥的楷模，鑽石級別的結婚對象，雖然他偶爾也腹黑，只當增添生活情趣……實在是完美好男人啊！

「好吧，那我試著跟你處處看，如果你敢欺負我，或是沾花惹草，我馬上就……」

李明允聽她答應了，笑道：「就請夫人拭目以待。」還是子諭說的對，對這種腦子不開竅的人，還是直說的好。

外面，幾個丫頭在嘀咕。

「銀柳，妳去傳話吧，再等下去，飯菜都要涼了。」白蕙道。

銀柳撇撇嘴，「我不去，你們沒瞧見今兒個二少奶奶神情不豫嗎？我不去觸這個楣頭。」

錦繡道：「他們會不會吵起來？」

玉容敲錦繡的腦袋，「主子的事也敢亂議，小心周嬤嬤罰妳！」

錦繡吐了吐舌頭，笑嘻嘻道：「我們這不是在擔心主子嗎？」

玉容嗔她一眼，「都別杵著了，趕緊傳話去。」

最後還是銀柳被推了出去，銀柳只好硬著頭皮去傳話：「二少奶奶，飯菜都做好了，是不是可以開飯了？」

林蘭在屋子裡翻了個大白眼，李明允笑呵呵地刮了她的鼻子一下，「我去開門，妳快把眼淚擦擦，不然，她們還道我欺負妳了。」

林蘭咕噥：「本來就是你欺負人來著……」

李明允轉身去開門，林蘭嘴角高高揚起，做了個握拳的動作。哈！這回賺到了！

銀柳發現今天的二少爺和二少奶奶很不對勁。

二少爺看二少奶奶的眼神，溫柔得簡直要滴出水來，不斷給二少奶奶夾菜，而二少奶奶低著頭吃飯，偶爾抬頭對上二少爺的目光，就一陣臉紅，繼而把頭埋得更低。

這是什麼情況？之前二少奶奶還手拿菜刀憤憤然的，二少爺也是緊張兮兮的，就這麼一會兒功夫，兩人就……這般含情脈脈了？

吃過晚飯，兩人一起去寧和堂請安。一路上，你看看我，我看看你，一個是目色溫柔，一個時不時剜上兩眼，然後不約而同發笑。

這層窗戶紙捅破後，合作夥伴變成了情侶，這種角色轉變一時還不能適應，兩人心中的化學反應都很激烈。

李敬賢今兒個高興，加上林蘭捧場來觀禮，又送了賀禮，給足了劉姨娘面子，所以他對李明允夫婦格外溫和可親。問了李明允今日當值的情況，李明允道一切順利，已經慢慢步入正軌了，李敬賢很欣慰，「多看多聽多琢磨，不懂的就回來問為父。」

「是，兒子記下了。」

李敬賢又問李明則：「這幾日都看些什麼書？」

李明則回道：「經過此番應試，兒子覺得策論還有待提高，所以，找了些此類的書在看。」

李敬賢面色沉了下來，「早就說過你的策論華而不實，這點你要向明允學學，多向他請教，策論重在實用，而不是花哨。」

李明則訕訕的，「是。」

韓秋月生怕老爺數落李明則，便扯開話題，問丁若妍：「妳嫂子可還好？」

丁若妍溫婉道：「母子平安。」

韓秋月笑道：「妳嫂子進門不過三年，就為你們丁家添了兩個孫子，真是羨煞旁人。妳和林蘭也該加把勁，早日為我們李家開枝散葉，我和老爺可都盼著抱孫子呢！」

丁若妍面色緋紅，林蘭腹誹：關我什麼事？可隨即想到，她和李明允若是做了真夫妻，有寶寶也很正常吧？臉頓時紅了起來。

偷偷瞄了李明允一眼，卻與他的目光碰了個正，呃？這傢伙笑得有點危險……

李敬賢顯得心不在焉，估計是急切想去劉姨娘房裡。李明則素來害怕這個爹，在老爹面前，態度很拘謹，而李明允和林蘭來此就是走走過場，既然大家都這麼心不在焉，所以請過安就早早散了。

「明允，那個計畫準備得怎麼樣了？」回到落霞齋後，李明允坐在炕上看文摺，林蘭無所事事了一會兒，決定跟李明允聊天，不對，是商量正經事。

李明允蹙眉道：「應該快了吧！」

「還快呢？都過了好幾天了。」林蘭悻悻的，最近她閒得慌，渾身難受，迫不及待地想要看老巫婆吃癟的樣子。

「總要計畫周全了才行，不用急。」

「我急，想到那些寶貝都被老巫婆霸著，我就不高興。」林蘭從他的茶壺裡倒了杯茶來喝。

「既然妳這麼急，那咱們就來商議一下，到時候咱們一唱一和，得把這事做圓了。」李明允放下文摺，坐直了，跟林蘭商討計畫。

李明允說了他的計畫，林蘭聽得哈哈笑，「我就知道你的鬼主意比我還多。」

「不敢不敢，在夫人面前，為夫不過是小巫見大巫。」

拿定了主意，林蘭安下心來，「你繼續看文摺吧，好好努力，爭取早日當個宰相什麼的，我就不打擾你了。」

李明允笑道：「好，為夫一定好好努力，爭取早日給妳掙個一品誥命。」

「誰稀罕啊！」林蘭撇了撇嘴，說完溜進淨房梳洗去了。

林蘭今日很積極地幫李明允在榻上鋪好被褥，雖然李明允把合約毀了，要與她做真夫妻，而她心裡也是願意的，但總不能說做就做吧？豈不是顯得她太隨便？而且她也沒有這個心理準備。

李明允瞅著她熟練地鋪床疊被，心裡幽怨：都說了做真夫妻，還要他睡榻？罷了罷了，且再將就些時日。

過了幾天，這日申末，林蘭在等李明允下值，卻等來跑得氣喘吁吁的冬子，「二少奶奶，二少爺讓奴才來稟報二少奶奶，二少爺被老爺叫去書房了。」

林蘭精神一振，終於來了，忙帶了如意趕去書房。

書房裡，李敬賢面色晦暗地數落道：「咱們李家是要窮得揭不開鍋了嗎？送份賀禮也要葉家來準備？你是姓李，還是姓葉？」

李明允愧疚道：「都是兒子考慮不周，是兒子的錯。」

「你現在認錯有什麼用，李家送的賀禮上面刻的卻是葉家的記號，你叫別人怎麼想？」李敬賢很惱火，今日有同僚陳大人居然來問他葉家那套頭面是哪家金鋪打製的，他家夫人很喜歡，也想打製一套，末了還羨慕地說……我等好生羨慕李大人有這樣的岳家。弄得他一頭霧水，後來才弄清楚，原來汪大人的夫人生辰，林蘭送的禮物是葉家的東西，當真把他給氣壞了。

「林蘭不懂，你也不懂？」李敬賢氣惱道。

「父親莫要動怒，莫要氣壞了身子，都是兒子的不是……」

李敬賢鬱悶地盯著一臉歉意的兒子，「你是葉家的外甥，更是李家的兒子，為父不是要你跟葉家生分，但這種大事上，你也要注意分寸，沒得落人口舌，叫人說閒話。」

「是是……」李明允連連作揖。

「父親，您不要責怪明允，都是兒媳的錯。」林蘭闖了進來。

李明允沉聲喝道：「妳來做什麼？快回去！」

林蘭不聽他的，上前向李渣爹跪下，戚戚然道：「父親，雖是兒媳的錯，可兒媳也是有不得已的苦衷。」

李敬賢冷聲道：「有何苦衷？」

「本來要送什麼禮物都是母親準備的，可是母親準備的禮物，媳婦實在拿不出手，怕落了李家的面子，可這禮不送不行，媳婦手上又沒銀子，本想問母親再添一些，可母親說，府裡送禮都是有定制的，不給添，媳婦只好向大舅爺求助，媳婦也沒想到葉家的東西上有記號，是媳婦疏忽了……」

李敬賢漸漸聽出了幾分意思來，「妳母親怎麼定的？」

林蘭把禮單呈上，讓李渣爹自己去看。

老巫婆小氣得很，每回給的東西要不就是不值錢，要不就是少得可憐，分明就是想讓李明允沒臉，可老巫婆也不想想，李明允沒臉，不等於李家沒臉？

「不是媳婦抱怨，上回大嫂回娘家送生，母親送的禮比這要多上幾倍。」林蘭委屈地抹淚，「明允好歹也是翰林學士，是戶部尚書家的公子，出手這麼寒酸，別人會怎麼想？」

李敬賢臉色越發難看，把禮單往茶几上重重一摔，心道：這個婆娘就是當面一套背後一套，李家送禮的定制什麼時候這麼寒酸過？分明是存心給明允難堪！

李明允故意不悅低吼道：「叫妳回去，妳還在這裡囉嗦！」

林蘭帶著哭腔道：「我也不想啊，可這樣下去總不是辦法，以後的交際應酬還多著呢！你是不用操心，還不都是我一個人為難嗎？」

李敬賢陰鬱著臉道：「妳先起來。」

林蘭不起身，「父親，還有件事，明允都不敢跟您說，可媳婦越想心裡越不安……」

「林蘭……」李明允厲聲喝住她：「不許多嘴！」

林蘭嚇得一哆嗦，眼淚嘩嘩地淌了下來。

李敬賢覺得事態嚴重，追問道：「還有何事，妳如實說來。」

林蘭怯怯地看了李明允一眼，低聲道：「媳婦不敢。」

李敬賢氣惱地瞪著李明允，「明允，你自己說！」

「父親，您別聽林蘭瞎說，哪有什麼事？」

李敬賢看兩人的神情，越發狐疑，「林蘭，妳說。」

林蘭一抽一抽地說道：「父親，這事說出來，媳婦的罪過就大了。」

「快說！」李敬賢大聲喝道。

林蘭咬了咬下唇，橫下心道：「父親，前日，御史鄭大人來找明允，問明允是不是很缺錢，明允還莫名其妙，後來才知道，鄭大人在一家古玩店裡發現了他剛送的一對前朝踏雪尋梅轉心瓶。明允還道鄭大人認錯了，鄭大人說，此瓶只餘一對，絕不會認錯。父親，這些禮物可都是母親收著的，鎖在庫房裡，如何會跑到古玩店裡去？媳婦實在想不明白。」

李敬賢臉色一陣青一陣白，目光冷峻地看向明允，「此事當真？」

李明允故作無奈，「兒子已經問仔細了，當真如此。」

李敬賢背著手攥著拳頭，在屋子裡來來回回踱步，半晌，頓住腳步，「你們先回去，此事待我查明再議。」

李明允拉了林蘭起來，兩人告退，李敬賢後腳就去了寧和堂。

出了書房，林蘭笑道：「我演得怎麼樣？」

李明允嘴角一扯，斜眼打量她，「妳的眼淚怎麼說來就來？」

林蘭晃了晃腦袋，把手伸到李明允面前，「你聞聞。」

李明允捉過她的手聞了聞，驚訝道：「是洋蔥？」

林蘭哈哈大笑，「這東西好使，往眼睛一抹，想不流淚都難。」

李明允屈起兩指，輕敲了下她的腦袋瓜子，打趣道：「以後妳若哭了，我可得先聞聞妳身上有沒有洋蔥味。」

林蘭馬上還擊，卻被李明允側身避過，「好了好了，注意著點，要是讓爹看到我們在這裡打情罵俏，妳的洋蔥就白抹了。」

林蘭嘟著嘴嘀咕：「誰跟你打情罵俏了……」

肆之章　祖母登堂猶問誰

李敬賢知道韓秋月愛財，打理財物方面絲毫不輸出身商賈世家的葉心薇，對於該花的銀子從不縮手縮腳，對於她認為不該花的銀子，則死摳門。這些都不要緊，不妨礙她做一個精明的女主人。她暗中壓制明允也就算了，只要不是太過分，他睜一隻眼閉一隻眼也就忍了，可韓秋月背地裡搞出這些見不得人的花樣，居然把別人送給明允的禮物偷偷拿出去變賣，實在叫人忍無可忍。

更叫李敬賢震驚的事情還在後頭，因為韓秋月的百般抵賴，李敬賢氣惱之下，命人開了庫房驗證，庫房裡存放的那對踏雪尋梅轉心瓶果然是仿品，還仿得是很粗糙，李敬賢氣得差點把一對瓶子砸韓秋月頭上去。

韓秋月的震驚也不亞於李敬賢，先前她之所以理直氣壯，是因為她很肯定這對轉心瓶沒有做過手腳，可現在莫名其妙成了仿品。韓秋月腦筋急轉，是她記錯了？還是田嬤嬤手腳不乾淨？韓秋月看田嬤嬤，田嬤嬤比她更莫名其妙。

「妳還有什麼話說？」李敬賢極力隱忍著怒火，質問道。

韓秋月委屈道：「老爺，這……這妾身當真不知……」

「妳不知？田嬤嬤，妳知不知？這庫房的鑰匙可是在妳手裡。」李敬賢沉聲道。

田嬤嬤嚇得噗通跪地，「老爺，老奴掌管庫房多年，從未出過半點差錯，老奴敢對天起誓，這對轉心瓶，打從送進來，收入庫房，就再沒人動過，不知道怎麼就變成仿品了……」

韓秋月腦中靈光一現，小聲道：「莫不是送進來就是假的？」

砰的一聲，李敬賢拍桌子怒罵：「妳當別人是傻的？給尚書府送賀禮敢送假貨？」

韓秋月訕訕，不知作何解釋，這件事太詭異了。

「把庫房帳冊拿來。」韓秋月抵死不認激怒了李敬賢，他就不信找不出韓秋月搞鬼的證據。

韓秋月頓時面如死灰，田嬤嬤跪在地上汗出如漿。

這一查差點沒把李敬賢氣個絕倒，帳冊上登記入庫的東西少了不少，而且庫房帳冊上並無出庫的記錄。李敬賢又挑了幾樣來抽查，居然又發現了幾件仿品，其中還包括了丁若妍的嫁妝。

李敬賢把帳冊砸到韓秋月臉上，咬牙切齒地恨聲道：「妳要作何解釋？」

韓秋月自以為這些手腳做得機密，神不知鬼不覺，沒想到一對轉心瓶拔出蘿蔔帶出泥，她自然不能承認，若是認了，她就徹底沒臉了。韓秋月眼睛一轉，盯在了渾身發抖的田嬤嬤身上。

「田嬤嬤，叫妳掌管庫房妳是怎麼管的？怎麼出了這麼大的紕漏都不知？還不趕緊去查查哪幾個守庫房的，給我仔細盤查。」韓秋月這是在暗示田嬤嬤趕緊去找個替罪羊。

田嬤嬤先時還擔心夫人會拿她作替罪羊，沒想到夫人還給她留了條活路，趕緊磕頭如搗蒜，「是，是，老奴這便去查明！」

李敬賢面色陰晴不定，心已如明鏡，可家醜不能外揚，韓秋月不要臉面，他還要做人呢！但這事又不能處理，怎麼也得給明允一個交代，還得給韓秋月一個教訓，再這樣下去，這個家遲早毀了。

「給我滾回來！」李敬賢喝道。

田嬤嬤立刻頓住腳步，一動也不敢動。

「趙管事，把東西全部收好，若是再少了一件，我唯你是問。」李敬賢冷聲吩咐道，回頭又喝韓秋月：「妳給我安分些！」說罷甩袖而去。

他心煩意亂地來到劉姨娘房裡，一進門就坐在椅子上扶額發愁。

劉姨娘慣會伺候人，察言觀色是強項，當即把下人都遣了出去，親自端了熱茶來，笑語嫣然：「誰又惹老爺不高興了？」

李敬賢重重嘆息，「這個家中就沒一個讓人省心的。」

劉姨娘坐在老爺腿上，身子軟綿綿地依了上去，一手撥弄著老爺的衣襟，似要探進去，偏偏又在外面逗留，嬌聲道：「老爺此言差矣，奴婢什麼時候讓老爺不省心了？最多也就讓老爺不省力而已……」

李敬賢聞言竟是笑了起來，看著風情萬種的劉姨娘，心中的煩躁漸漸質變，摟住了劉姨娘的細腰，一手在她的豐盈上狠捏了一把，「妳這個小狐狸精，最不讓人省心！」

劉姨娘嬌笑著躲開了去，「罷罷罷，以後奴婢可不敢黏著老爺了。」

李敬賢一把將她扯回懷來，一邊搓揉著這個年輕圓潤的身子，一邊嘆道：「現在也只有在妳這，老爺我還能找到點樂趣。」

劉姨娘嬌滴滴地問：「老爺是不是遇上什麼煩心事了？」

李敬賢再三嘆氣，把庫房少了東西，出現假貨的事說了說。

劉姨娘聽了，默然半晌才道：「說句奴婢不該說的話，老爺，您已有了這麼大一份家業，又位極人臣，二少爺又這般爭氣，父子皆進士，這在我朝也屬罕見，您還圖什麼呢？不過是青史留名而已。奴婢也聽說過一些貪小便宜的主母會做一些偷樑換柱的勾當，但奴婢想夫人應該是不會做的，可如今出了這檔子事……老爺，只有那些外強中乾之家才會變著花樣霸者兒媳和兒子的財物，咱們府裡還不至於落魄如此，老爺何不把這些東西都交還給他們自己保管？自己管著自己的東西，丟了損了賣了那都是他們自己的事，誰也不會說半句閒話。再說了，老爺，您辛苦一輩子，還不都是為了兒孫？」

李敬賢聽著聽著，手上也沒了動作，心裡漸漸通透起來。是啊，問題的根源就在於這些財物，把東西都交還給若妍和明允，韓秋月還能耍出什麼丟人的花樣？葉心薇留下的偌大產業，已經足夠李家奢侈一輩子了，還在乎這點小頭？

李敬賢想通了，看劉姨娘的目光也變得深沉明亮起來，「竟不知妳也有這般見識。」

劉姨娘笑道：「還不都是老爺調教得好。」

李敬賢大悅，「好好，孺子可教也！」遂拍了拍她頗有彈性的臀部，「快起來，老爺先去辦正經事，回頭再來辦妳。」

劉姨娘在老爺兩腿之間輕輕捏了一把，方才戀戀不捨地起身。

林蘭在屋子裡走來走去，渣爹去找老巫婆了，也不知現在寧和堂是個什麼狀況。派了錦繡去打聽，說是寧和堂外有人守著，誰也進不去，下人們也都被遣了出來，誰也不知道裡面什麼情況。

李明允這傢伙好像一點也不著急，捧著書喝著茶。林蘭走過去，把他手裡的書拿走。

「明允，你說你爹會不會教訓一頓老巫婆，然後就這麼算了？畢竟這種醜事不好鬧大。」

「他應該知道這件事不解決好，禍患無窮。」

林蘭撇嘴，「那很難說，你爹也是個貪財的，要不然當初也不會娶你娘。」

李明允目光一凝，透出幾分犀利來，「我不會讓他就這麼輕易算了的。」

「你有什麼辦法？」林蘭好奇道。

李明允故弄玄虛地笑了笑，把書本拿了回去，「妳就安心吧，妳丈夫也不是任人欺負的主。」

正說著，錦繡來報：「二少奶奶，老爺從寧和堂出來了。」

「出來了？什麼情況？」林蘭問。

「老爺出了寧和堂，就去了劉姨娘那。」

林蘭擺擺手，「妳先出去吧！」然後她呆呆坐在炕上，洩氣道：「明允，我看你爹這回又是雷聲大雨點小。」

李明允神色黯了黯，「再等等看。」

「你爹現在還有心情去找劉姨娘，說明老巫婆把咱們的招化解了。」林蘭托著腮幫子，挫敗地嘆氣，「我這招賭的就是老巫婆手腳不乾淨，要不然，她推說東西送進來就是假的，一口咬定，你爹也沒法子啊！」

李明允哂笑道：「瞧妳眉頭皺得跟個小老太婆似的。一件東西出了問題，還有巧合，可若是接二連三出問題呢？下回我讓人直接找父親去說，看父親這張臉往哪放。」

林蘭翻著白眼看他，「我還以為能一招即中。」

李明允安慰道：「這麼多年都忍下來了，還在乎多等幾日？再說，妳不是說與天鬥，與地鬥，與人鬥，其樂無窮嗎？要是這麼容易就鬥垮了老巫婆，豈不是少了很多樂趣？」

「你說的也是，好吧，那就再等等。拿回禮物是初步目標，以後再慢慢收拾老巫婆，讓她捲鋪蓋滾蛋，不，鋪蓋也不讓捲，她怎麼來的就怎麼回，這個家裡沒她的東西！呃？不對，明則和明珠是她生的，帶走最好……」

李明允啞然失笑，「別想了，趕緊去歇著吧！」

「二少爺。」銀柳在外喚道。

「何事？」

「老爺請您去書房？」

林蘭和李明允面面相覷，李渣爹進了溫柔鄉還能想起正事？

李明允趕緊下炕，「我去看看。」

「我也去。」

「父親又沒喚妳，妳就不用去湊熱鬧了，回頭我與妳細說。」
李明允去書房沒多久就回來了，唇線緊抿，神色冷峻。
林蘭迎上去緊張兮兮地問：「你爹怎麼說啊？」
李明允凝重地嘆了一氣，撩了衣襬坐下。
「沒成功？」林蘭試探道。
李明允皺著眉頭看林蘭，林蘭一陣失望，隨即自我安慰道：「這次不成，咱們也不氣餒，繼續努力，我就不信拿老巫婆沒辦法。」
李明允瞧她那副鬥志昂揚的模樣，忍不住笑出聲來。
林蘭愕然地瞪著他，立即會意，這傢伙又在耍她呢！
「喂，你這人怎麼這樣啊？知道人家心裡著急，你還裝模作樣，趕緊從實招來！」
李明允笑道：「明天讓周嬤嬤帶人去庫房，把東西搬回落霞齋吧！」
「真的？太好了，這番功夫沒白費！對了，你爹怎麼說的？有沒有處罰老巫婆？」
「他心裡什麼都清楚，不過，這種事情不好張揚，只能低調處理。老巫婆雖然沒受什麼懲罰，但父親對她已然失望，再這樣下去，老巫婆的地位岌岌可危矣。」李明允的唇角噙了一抹嘲諷之意。
「哼，要我說，老巫婆也是個蠢人，她要是聰明的，就該對你比親生兒子還好，叫你有苦說不出，裡子都被她占了，還捨不得這點面子？你知道嗎？在進李家之前，我就擔心，萬一老巫婆是隻笑面虎，咱們空有萬般招數，都被她的化骨綿掌化了去該怎麼辦？現在倒好，就怕她不出招，只要她出招，咱們就還以顏色。」林蘭分析得頭頭是道。
李明允挑眉看她，目光深幽難測，「看來，誰要是得罪了妳，誰就要倒楣了。」
林蘭頭一歪，很鄭重地警告他：「所以，你千萬別得罪我。」

「咱們是夫妻，夫妻一體，我得罪妳不等於得罪我自己？」

聽他說得這般露骨，林蘭臉上浮起一陣羞紅，腹誹著：這傢伙，每天變著法子提醒她他們是夫妻這回事，想幹麼呢？都說了先相處看看的。

一件大事完成，林蘭這晚睡得特別香，而躺在榻上的李明允，望著帳子裡那個小小的身影，心中很是幽怨，最近都沒機會蹭她的床啊！天漸漸冷了，這榻睡起來真不舒服！

第二天，周嬤嬤帶了人去庫房，拿著禮單一一清點財物，命人小心翼翼抬回了落霞齋。

「二少奶奶，東西都抬回來了，暫時放在書樓裡，不過，好像少了好幾樣東西。」周嬤嬤道。

少東西這是肯定的，李明允昨晚已經跟她說了，不論多少都先拿回來。還好動手得快，要不然損失就大了。

「少的幾樣，妳理一理，把單子交給我。」林蘭吩咐道。

周嬤嬤遞上冊子，「已經整理好了。」

林蘭暗道：周嬤嬤做事果然細緻周到，也幸虧有她做幫手，讓她省心不少。

「其實咱們還算好的，大少奶奶那邊損失的才多，我看前去清點財物的綠綺臉都綠了。」周嬤嬤輕笑道。

林蘭詫異，「大少奶奶的嫁妝也交出來了？」她和李明允費了半天勁，倒叫大嫂沾了光，不過她更意外的是，老巫婆居然連大嫂的陪嫁也不放過，當真是無恥無下限，沒得救了。

「是的，老爺對外頭只說，兩位少爺都成家了，也該學著打理打理。」

林蘭冷笑，「老爺也是啞巴吃黃連，可憐啊可憐！」

今日的寧和堂，氣氛格外凝重，連一向在夫人身邊伺候的春杏和翠枝也只能在房外候著，而且是距離房門十步開外。

昨晚鬧的那齣，知情者甚少，只知道老爺面色不豫地來了一趟，然後夫人、田嬤嬤和趙管事隨老爺去了庫房，再然後，老爺去了劉姨娘處，夫人面色不豫地回了房，而今天，兩位少奶奶派了人去庫房搬走了屬於自己的東西。

所以，此刻大家能想到的是，老爺和夫人在這件事上意見有了分歧，夫人生氣了。

姜嬤嬤看著怔怔不語的夫人，勸道：「這些小東西拿回去就拿回去了，別為這事跟老爺置氣。」她是聽春杏說，夫人昨兒個一夜未合眼，今早連早飯都沒吃，所以瘸著腿過來勸夫人。

韓秋月眸光冷然，「妳知道什麼？這件事蹊蹺得很。那對轉心瓶，當真無人動過手腳，我敢斷定送來就是假的，明允恰好就拿這對轉心瓶做文章，我很懷疑，這是他給我下的套。」

姜嬤嬤神色一凜，「當真如此？夫人，您可得小心著點了。」

韓秋月恨恨道：「他敢算計到我頭上來，這口氣我如何也嚥不下。」

「夫人，您還是忍一忍吧。如果單單只是一對轉心瓶出了問題，事情也不至於到這個地步，老奴只怕二少爺知道的不止這些，所以才拿轉心瓶做誘餌，牽出仿製一事來，會不會庫房那邊有人嘴巴不嚴？」姜嬤嬤心有餘悸道。

韓秋月擰眉，「這件事做得機密，知道的統共就那麼兩三人，這些人你也知道，都信得過。」

「這世上沒有不透風的牆，咱們還得小心這點，再說，巧柔那丫頭到現在都沒找到，京城的幾個牙行都沒有接過這單生意，誰知道二少爺把人藏哪了，他手裡還攥著咱們多少把柄？夫人，忍一時之氣吧，可不能再讓二少爺抓了咱們的錯處。」

韓秋月面色透出幾分晦暗來，「我和他註定了是死對頭，妳以為我不出手，他就不會放過我？誰知道葉心薇跟他說了些什麼。」

「夫人，要出手也不能您出手，估摸著再有半個多月老太太就到了，二少爺可以不敬您，但不能不敬老太太，還是那句話，只要老太太心裡偏著您和大少爺，二少爺就折騰不出花樣。一個人謹慎一時可能，誰能保證一輩子不犯錯？咱們只要揪住他一次錯處，再下狠手，方能成事。」姜嬤嬤陰惻惻地說道。

「大少爺……大少爺……夫人這會兒有事，待奴婢先通傳一聲……」

「滾開！」

韓秋月眸光一斂，明則跑來做什麼？

李明則掀了門簾進來，因為放簾子的動作有點大，那大紅撒花軟簾不住晃蕩。

李明則心有怨氣，可是在母親面前還是不敢放肆，只冷著臉走到母親面前，拱手一揖，「母親，兒子有件事要問問母親。」

韓秋月目光威嚴，「越來越沒規矩了。」

李明則抿唇不語。

「說吧，何事？」

李明則欲言又止，這話實在難以啟齒。

「男子漢大丈夫，說話做事就爽爽快快，這般吞吞吐吐做甚？」韓秋月自己心情不好，口氣也不好。

李明則鬱鬱道：「母親，今天若妍去庫房領回她的陪嫁，可是陪嫁的東西為何少了那麼多？」

韓秋月一陣氣悶，沒等到李明允前來責問，到等來自己的親生兒子前來算帳。

「若妍抱怨了？」韓秋月冷冷道。

「沒有，她什麼也沒說，是她的丫鬟跟她回稟的時候，兒子聽見了。母親，這些東西都收在庫房裡，如何就少了？按說咱們家還不至於窮到要動用媳婦陪嫁的地步吧？」李明則覺得這件事讓他很沒面子，若妍雖然什麼也沒說，但她那種認虧的表情讓他很不舒服，所以，他馬上過來問問母親，到底是怎麼一回事。

「誰告訴你你媳婦的陪嫁被挪用了？你媳婦的東西還不是你的東西？娘這麼辛苦操勞還不都是為了你？就因為你媳婦的東西不見了，你就來興師問罪，用這種口氣跟娘說話，你的良心被狗吃了？」韓秋月劈頭蓋臉就是一頓臭罵。

李明則惶恐起來，難道是自己想岔了？

姜嬤嬤一旁勸道：「夫人，您別動怒，小心氣壞了身子，大少爺是不知情……」

「他不知情就可以口不擇言？這樣懷疑他的親生母親？」韓秋月氣憤難平。

姜嬤嬤忙道：「大少爺，您可真是冤枉夫人了，昨兒個夫人才發現家裡出了內賊，庫房裡少了好些東西。這事說出去也不光彩，正在暗中追查，夫人就是考慮到東西丟了，大少奶奶和二少爺會有什麼想法，所以讓你們今天先把東西搬回去，等追查到贓物，自然會還給你們的。」

李明則驚訝道：「母親，是誰這麼大膽，連庫房裡的東西都敢偷？母親，咱們得報官。」

「這事大少爺就別管了，老爺和夫人自有主張。」姜嬤嬤敷衍道。

李明則了解真相後，一臉愧疚，「母親，是兒子魯莽了，還請母親恕罪。」

韓秋月悲從中來，不禁掩面垂淚，「我真是白為你們操心了。」

李明則深深自責，不該這般口無遮攔，惶惶道：「母親莫要生氣，兒子是有口無心。」

姜嬤嬤打圓場：「大少爺，夫人正為這事煩惱，您就先回吧！」

打發了李明則，韓秋月怏怏道：「若妍的那些東西，挑幾樣還給她，至於明允那邊，也得還上兩三樣，總不能說只追回了若妍的。」

「是，這事就讓老奴去安排。」

韓秋月嘆氣道：「田嬤嬤是不能留了，給她一筆安置費讓她回去養老吧。庫房，以後就交給姚嬤嬤打理，我看姚嬤嬤還是靠得住的。」

按當朝的慣例，官員每五日便有一日休假，若遇急事還有急假，一年急假不超過六十天，另有什麼探親假、喪假等等，相當人性化，而作為官場新貴，朝廷重點培養對象的李明允，終於在連續工作了一個多月後，迎來了第一個休息日。

本來李明允答應她，等他殿試結束就帶她去看楓林，結果一直不得閒，這會兒，楓葉怕是都落盡了。一地落葉，滿目蕭瑟，有啥看頭？可這難得的休息天，總不能宅在家裡吧？

「明允，你說明天咱們怎麼過？」林蘭一邊磨墨，滿目期待地看著李明允。

李明允運筆宛若行雲流水，漫不經心道：「妳想怎麼過？」

林蘭望著房樑，想了想，「我來京城好幾個月了，按說早該去拜見大舅爺，我的見面禮他們還沒給呢！」

李明允不禁手一抖，一撇撇大了。

「懷遠將軍夫人邀請我好幾回了，叫我過去玩。靖伯侯家的胖小子越來越可愛了，我也很想去看看他。我還想去做鈴醫，不然我一身精湛的醫術無用武之地，豈不可惜？順道還想去逛逛藥鋪……」林蘭一口氣說了她的諸多想法。

李明允默然：把去藥店說成逛藥店的，天底下怕是只有她了。

「妳想一天之內做完這些事？」李明允靜靜地看著她。

林蘭愁苦道：「好像排不過來。」

李明允長眉一軒，眼中有微不可察的笑意，「舅舅那邊過些日子再去，大表妹馬上就要訂親，咱們順便送上賀禮，順便再拿回妳的見面禮。懷遠將軍和靖伯侯府，妳自己什麼時候想去都成，明日寧興回來，咱們還欠他們一頓酒。這樣吧，白天，我陪妳去做鈴醫，晚飯在溢香居訂一桌酒席，請寧興和陳子諭吃飯，怎麼樣？」

後面的安排林蘭聽得不甚仔細，注意力全落在了葉馨兒要訂親這件事上。

估計是周嬤嬤把話遞到了，大舅爺快刀斬亂麻，把事給辦了。

看她發呆，李明允用毛筆桿敲了下她的腦袋，「發什麼愣啊？」

林蘭回過神來，眨了眨大眼睛，「好啊，就這麼辦。」

李明允把剛寫了一半的字給揉掉，林蘭忙去搶下來，「寫得好好的，幹麼揉掉？」

「已經廢了。」李明允重新鋪開一張紙。

「今晚你揉了三張了，這些可都是上好的澄心堂宣紙，你太浪費了。」

李明允無辜地看著她，還不都是因為妳一直在邊上嘮叨。

林蘭把作廢的字紙捋平了疊起來，寶貝似的用一個匣子裝起來。

「妳收著這些做什麼？」

「你的字這麼值錢，不能浪費的，等你將來成了大家，這些廢物就都是寶貝了。」林蘭樂呵呵地說道。

李明允徹底無語，這丫頭到底有多愛財？

第二天，林蘭早早起床，在淨房裡磨蹭了半天，李明允差點沒踹門進去，終於等到她出來。李明允一看她的裝束，連內急也忘了。

「怎麼樣？我像不像風流倜儻的翩翩佳公子？」林蘭得意地轉了個圈顯擺。這身衣裳還是白蕙找來的，是李明允四年前的衣裳，稍大了些，長短剛剛好，還是七八成新呢！

李明允的目光在她身上，上上下下梭巡了幾個來回，最後落在她略有起伏的胸前，嘴角漸漸彎起一個弧度。

林蘭頓覺羞憤，理直氣壯地昂著頭道：「我裹了布條的。」

李明允強忍住沒笑出來，很誠懇地說：「嗯，這樣就認不出來了。」心裡卻說：有區別嗎？

林蘭用力地剜了他兩眼，對他的態度深表懷疑。

李明允忙進了淨房，關上門。

林蘭就聽見裡面一陣悶笑，氣得掄起拳頭捶門，「李明允，你給我出來！」

直到出門，林蘭還是氣鼓鼓的。她自己照著鏡子都覺得這身裝扮很帥氣，本來還指望得到他的讚美，卻被這廝一頓嘲笑。平胸怎麼了？本姑娘胸雖平，心開闊，比那些波大無腦的強多了，不過，她也很想山巒起伏啊……嗚嗚嗚，先天不足後天補，是該好好補一補了。

李明允心知此番得罪得狠了，所以一味小心討好，乖乖地背個藥箱跟在她身後當藥童。

「林蘭，妳走慢點。」李明允小跑兩步與她並肩而行。

林蘭馬上就快走兩步跟他拉開距離，李明允又追上來，討好道：「我向妳賠不是。」

「這麼說你承認你有嘲笑我了？」林蘭怒視著他，他嚴重打擊了一個女性的自尊心。

「沒有，我怎麼會嘲笑妳呢？只是覺得妳扮男裝很好玩，真不是嘲笑，真的，是妳想岔了。不過，我的表現讓妳想岔了就是我的錯，所以我賠不是。」李明允一臉真誠地狡辯。

看她不信，李明允忙舉起右手，「我可以發誓。」

「去，發誓有什麼用？老天忙著呢，誰聽你廢話？」林蘭瞪了他一眼，自顧自走人。

李明允真心後悔了，其實他不是嫌棄她什麼，就是覺得好玩，她有沒有那啥，真的沒什麼要緊，大不了以後孩子吃點虧，只是沒想到她會這麼生氣。

「林蘭，別生氣了，生氣容易長皺紋的……」

「林蘭，妳走慢點，要不然人家還以為我是追債的……」

「林蘭……」

「你能不能話不要那麼多，咱們是出來當鈴醫的，不是聊天來的。」林蘭沒好氣道。

李明允指了指林蘭手中的鈴鐺，囁嚅道：「妳忘了搖鈴了……」

呃？難怪走了好幾條街都沒接到一樁生意，林蘭鬱鬱地把鈴鐺往他手上一塞，「你來搖。」

然後就是林蘭背著手悠閒走在前面，李明允垮著臉，背著藥箱搖著鈴鐺亦步亦趨跟在後頭。

一條幽深的巷子裡，一個門打開來，五十多歲的婆子走出來喚住兩人：「大夫，我家娘子剛才嘔吐不止，還請大夫幫忙看看。」

林蘭忙跟了進去，只見病人是位二十出頭的少婦，模樣俊俏，只是面色蒼白，捂著心口陣陣作嘔。林蘭問了幾個問題，又給她診脈，須臾笑道：「恭喜夫人，是喜脈。」

那少婦一臉驚喜，「大夫可診仔細了？」

林蘭笑道：「脈象往來流利，如珠走盤，應指圓滑，是喜脈沒錯。」

少婦大喜，也不作嘔了，叫那婆子趕緊給林蘭一封賞銀。

林蘭掂了掂，分量不輕，這生意好做，既不費勁又討喜，正準備跟李明允炫耀一下，卻見李明允盯著牆上一幅字畫若有所思。

「喂，看什麼呢？走了……」林蘭拉拉他的袖子，提醒道。

就聽外頭有人傳話：「老爺來了！」

李明允臉色大變，拉了林蘭趕緊走人，低著頭，弓著腰，躲在林蘭身後往外走。

林蘭心裡狐疑，這傢伙搞什麼名堂？

那位老爺與林蘭錯身而過時頓了頓，覺得其中一人身形有些眼熟，一時又想不起。

李明允出了那家門，抹了把汗，呼了口氣，「京城太小，以後我可再不敢跟妳出來行醫了。」

林蘭詫異，「莫非你認得那位婦人？」

李明允訕訕道：「那婦人我如何認得？不過她腹中孩子的爹，我卻是認得的。嗳，剛才真是驚出我一身汗，若是讓他發現我，兩廂都要尷尬死了。」

「是誰啊？把你嚇成這樣。」

李明允黑著臉道：「我的頂頭上司。」

林蘭怔愣，隨即明白過來，這小門小戶的，自然不可能是李明允頂頭上司的家，估計是外室。古代的男人三妻四妾是平常，但也有懼怕內室不敢明目張膽納妾，只好偷偷養外室的。這種事情大家心照不宣，但若是叫自己的下屬瞧見了，怕是相當尷尬。

林蘭看著他直搖頭，「你運氣未免太好了。」

李明允腹誹：是太倒楣了吧？妳道這上司是誰？堂堂裴大學士，陳子諭未來的老丈人啊！出了這次意外，林蘭再接到生意，李明允便死活不肯入內了，生怕又撞見不該撞見的事。

林蘭只好打發他去附近一家小茶館喝茶，自己去行醫。

林蘭一路搖著鈴鐺，吆喝著：「華佗重生，扁鵲再世了……專治疑難雜症，妙手回春……」這話剛開始說的時候，林蘭還是有點臉紅的，漸漸皮也厚了，不吆喝，不自誇，誰來理妳？那些算命的，不也說自己是姜太公轉世？

忽然街對面傳來一陣鈴聲：「專治疑難雜症，妙手回春……」

呃？遇見同行了。林蘭放眼望去，只見一身穿青色布衫的男子，手搖鈴鐺，徐徐走來，他身後還跟著個小藥童。

林蘭禮貌地朝他笑笑，好意道：「我剛從那邊過來，那邊沒有生意。」

那男子大概二十出頭，長得眉清目秀，一團和氣，衝林蘭一抱拳，「多謝這位兄台相告。」然後指指身後的方向，「我適才一路走來也無生意。」

林蘭嘿嘿笑道：「看來咱們得換地方了。」

男子再一拱手，與林蘭擦肩而過，只聽得身後的小藥童鄙夷道：「少爺，那人好生厚臉皮，居然敢稱自己是華佗重生，扁鵲再世，就算是老爺、太老爺都不敢這麼自誇……」

「噓……莫道別人是非，天外有天，人外有人，京城之地藏龍臥虎，想必他真有幾分本事……」聲音漸漸輕了去，人遠了。

林蘭回頭看那男子，心道：這位同行人品真不賴！

看來京城之地醫學昌明，遊醫沒什麼生意，林蘭走得兩腿發酸，就接了兩宗生意，怏怏地回去茶館找李明允。

李明允看她垂頭喪氣的，就知道生意不好，便安慰道：「妳行醫不就為解百姓病痛疾苦嗎？現在大家都無病無災，身體安泰，不正好？」

林蘭撇了嘴抱怨：「好什麼好？大家都不生病，大夫豈不都要失業，藥鋪也得關門了。」

李明允搖頭苦笑，「妳又不缺這個錢，權當興趣。」

林蘭想想那十二顆璀璨奪目的夜明珠、各色寶石，以及二十萬兩銀票……為什麼她對這些東西就產生不了歸屬感，當真不是自己親手賺的銀子，捧在手裡也不踏實。

「以後我一定會很有錢，比你還有錢。」林蘭豪氣干雲地道。

「那我豈不是賺到了？」

林蘭陰惻惻地笑，「你錯了，你的東西是我的，我的東西還是我的。」

李明允目光微滯，旋即柔波瀲灩，低聲說：「妳是我的就好。」

林蘭剜他一眼，十分鄙視，今早上還嫌棄她來著，這會兒又來故作深情。

時辰不早了，林蘭在茶樓裡歇了一會兒，藥鋪也不去逛了，兩人直奔溢香居。

一到溢香居，林蘭就看見文山駕了馬車在那候著，銀柳也在。

「他們怎麼來得這麼早？」林蘭納悶，不是吩咐文山戌時再來的嗎？

李明允打量著她，「妳該不會想穿這一身上樓吧？」

「怎麼不行？這樣多方便。」

銀柳迎上來，「二少奶奶，衣裳都準備好了。」

林蘭把藥箱鈴鐺都交給她，「不用了，就這身挺好的。」

銀柳怯怯地瞅著二少爺，二少爺摸摸鼻子轉開眼去。

「明允，你怎麼才來……」樓上雅座一人探出窗來打招呼，是陳子諭。

林蘭撞了下李明允的手臂，「還愣著做什麼？客人都到了。」

陳子諭先前從窗戶看下去，只見李明允帶了個瘦小的公子哥，不由得納悶，不是說好了要帶林蘭來，還給他們派了任務。

「子諭，你說待會兒咱們跟大哥勸酒，把嫂子給惹急了怎麼辦？」寧興擔心道。

陳子諭嘴角一扯，「我看你的大哥計畫泡湯了，嫂子壓根兒就沒來。」

寧興反倒高興起來，「那最好，有女人在，咱們哪還能痛快喝酒？」

陳子諭橫他一眼，「明允可是請咱們來助陣的，要喝酒哪回不能喝？」

寧興悻悻道：「我現在回來一趟可不容易。」

「噯，我不明白，大哥幹麼要把自己灌醉，還非得在嫂子面前？」寧興是死腦筋，對感情之事更是神經大條，覺得無法理解。

「噓……別說了，明允來了。」陳子諭捅了捅寧興。

林蘭跟著李明允進入雅間，不等李明允開口，寧興的大嗓門就嚷嚷起來：「大哥，不是說帶嫂子來的嗎？怎麼帶了個俊小子來了？」

陳子諭瞅了眼站在李明允身邊矮了半個頭的少年，越看越眼熟，猛地醒神，「嫂子？」

寧興沒看出來，瞪著大眼，「你還沒喝酒呢，就發酒瘋，這裡哪有嫂子？」

陳子諭瞪回去，「你空有一雙牛眼，卻是個睜眼瞎！」

李明允苦笑，「這樣出來方便些。」

林蘭上前一步也學著男子行禮的方式，拱手一禮，「林蘭見過兩位大哥。」

寧興驚訝得瞠目結舌，訥訥道：「嫂子，您這樣打扮起來，真是比我們男人還男人，我竟沒看出來……」

林蘭頓時面色黑如鍋底。什麼比男人還男人？她的女性特徵真的這麼不明顯嗎？這是誇呢？還是損呢？

陳子諭在桌子底下狠踹寧興一腳，寧興方覺自己說得不妥，趕忙補救：「我……我的意思是嫂子女扮男裝，貌比潘安，把大哥都給比下去了……」

李明允瞪他，「不會說話就少說幾句！」

寧興訕訕，殷勤地起身為林蘭拉開椅子，「嫂子，請上座。」

人都到齊，酒菜上桌，林蘭靜靜地坐在一旁聽他們閒聊。

「大哥，您這回是一鳴驚人啊！」

「明允都說了，叫你不會說話就少說幾句，什麼叫一鳴驚人？明允早就很驚人了好不好？」陳子諭就喜歡跟寧興抬槓。

寧興也習慣了，不以為意，端了酒杯敬李明允，「這杯酒是恭喜大哥高中，入主翰林。」

陳子諭馬上附和：「嗯……這酒必須喝。」

李明允卻是看林蘭的臉色，林蘭心中安慰，上次的警告，這傢伙總算還放在心上，當即笑咪咪地點頭。

李明允這才端起酒杯，笑呵呵道：「聽說你也升官了，你行啊！來，大哥也敬你一杯！」

陳子諭阻攔道：「噯……這不行，這杯酒是寧興敬你的，你要回敬得重新滿上。」

李明允作無奈狀，「好，先乾了這杯。」

兩杯酒下肚，李明允的面色就開始泛紅，陳子諭又道：「今日這頓酒席，算是大哥大嫂遲到的喜酒，所以，這杯，兄弟要敬大哥大嫂，祝大哥大嫂舉案齊眉，百年好合。」

李明允忙替林蘭擋駕，「你嫂子不會喝酒，就讓她那個……意思一下。」

陳子諭一本正經道：「那怎麼行？這是喜酒，必須得喝了。」

李明允面有難色地看著林蘭，林蘭也為難地瞅著李明允。

李明允一咬牙，「你嫂子就意思一下，剩下的我替她喝。」

陳子諭道：「那不行，你要替的話，按咱們的老規矩，你得喝三杯。」

「就是就是，不能亂了規矩。」寧興一旁起鬨。

林蘭腹誹著：哪有這種破規矩？照這樣喝下去，明允待會兒肯定趴下。

「陳大哥，你想一拖二，你自己是不是也該來雙份的？」林蘭笑咪咪地看著陳子諭，「要不然，你敬一杯，我們卻喝了兩杯，這好像也不合規矩。」

陳子諭怔了怔，嫂子口氣好大啊，待會兒別一杯酒下肚就醉了，那大哥的計畫豈不是落空？陳子諭偷偷看李明允的眼色，李明允急得眨了眨眼，然後贊同道：「你嫂子說的對。」

陳子諭自認海量，當即爽快道：「好，我兩杯就兩杯，先乾為敬。」

林蘭抿了一口，覺得這花雕酒香醇爽口，當即一飲而盡。

李明允趁機給兩人使眼色，兩人會意，又起鬨道：「嫂子當真女中豪傑，好酒量。」

寧興來了興頭，上來勸酒。

林蘭知道李明允酒量不行，反倒替他擋起酒來，「你們知道明允不會喝酒，這杯我替他喝，不過，我是女人，你是男人，你和我一樣用小盞是不是有點說不過去？」

寧興正覺得用小盞喝起來不痛快，立刻大聲喊小二換了大盞的來。

今日聚會，李明允目的有二，其一是，他和林蘭能在一起，兩位兄弟確實幫了不少忙，這一頓必須請；其二，是想找個機會蹭床，可林蘭警告過不許他喝酒，所以乾脆把她叫了過來。本想自己喝個三分醉，現在卻是改變了初衷，與其他醉，還不如把林蘭灌醉。看著林蘭一杯接一杯，李明允嘴角不禁翹了起來，看來離目的越來越近了，暗示兩位兄弟加把勁。

不過，好像形勢發展有些不對頭。

林蘭喝的是小盞，陳子諭和寧興喝的是大盞。幾個回合下來，林蘭面不改色，陳子諭眼睛裡已是透出微醺的醉意，寧興說話也開始大舌頭。

李明允故意小聲關切道：「林蘭，妳行不行啊？不行就別喝了，他們又不能拿妳怎麼樣？」

林蘭不以為然地挑眉，「鹿死誰手還不知道呢！」

李明允一陣心悸，暗暗替兩位兄弟擔心起來。

這酒到七分醉，是越醉越要喝，不給喝都不行，寧興就不信自己喝不過一個女人，更何況還有陳子諭，兄弟倆聯手喝不過一個女人，以後就沒臉混了。

林蘭火上添柴，「我也換成大盞，省得你們到時候說不公平。」

李明允傻眼，「林蘭，妳沒事吧？」

寧興聞言，頓生豪情萬丈，好啊，換大盞了，這回喝不趴妳，我寧字就倒過來寫。

一刻鐘後，林蘭看著一個趴在桌子上，一個滑到桌子底下的兩人，得意地拍了拍手，閒閒道：「我這叫誘敵深入，再各個擊破。別以為女人就只會喝糖水，想當初，我和師兄們偷喝師父的狀元紅，他們五個人也喝不過我一個……」

李明允一身冷汗，驀然想起當初林蘭師兄偷偷想告訴他，林蘭最厲害的是什麼……難道就是喝酒？一罈子空了，她面不紅氣不喘，反而越發光彩照人……

再看陳子諭和寧興兩位酒中豪傑的慘狀，李明允深刻反省，都怪他事先沒有摸透敵情，可誰能想到一個女人這麼能喝？

「咦？你這樣看著我幹什麼？我今天可是為了保護你才喝酒的。」林蘭理直氣壯道。她也知道女人喝酒不好看，尤其是喝醉，但她天生海量，就沒嘗過醉的滋味，更何況她還是為了保護明允來著，明允卻還用看怪物似的眼神看著她？林蘭猶自不忿。

李明允黯然低眉，無聲長嘆，看來今晚得繼續睡榻了。

把兩個醉鬼送回去，林蘭在馬車裡換好衣裳，方才回家。

李明允一路沉默，林蘭不知道自己破壞了某人的計畫，也不知道某人陰沉著臉是因為沮喪，還道某人在為她慓悍的酒量生悶氣，索性也不理他，這就搞得像兩人生悶氣。

銀柳和文山坐在馬車外面面相覷，裡面怎麼一點聲音也沒有？

馬車到府門口，如意就迎了上來。

「二少爺、二少奶奶，你們怎麼才回來？老太太來了，老爺讓二少爺、二少奶奶趕緊去寧和堂。」如意急道。

林蘭有些搞不清楚狀況，哪個老太太？

李明允面色凝重，「老太太什麼時候到的？」

「大半個時辰了，冬子去溢香居找二少爺了，可能走岔了吧！」

李明允拉了林蘭的手，「趕緊回去換衣裳，這一身酒氣……」

「老太太是誰啊？你幹麼這麼緊張？」林蘭看他緊張，自己也無端緊張起來，不會一個老巫婆沒解決掉，又來一個老巫婆吧？

「路上說。」李明允拉著她疾步往落霞齋走。

「老太太是我祖母，自打我出生到現在統共見過她三回，一次是未記事，所以沒印象，一次是三歲，一次是七歲。在我印象中祖母並不疼我，對我母親也很冷淡，自從父親入京為官，母親去了好幾回信要接她來住，都被她以各種理由回絕了，這次不知何故，突然來京。不管怎樣，妳我都要小心應對才是，她可不比老巫婆……」李明允用最簡單的話對老太太做了最明瞭的介紹。

林蘭迅速理清思路，第一，老巫婆不喜歡明允他娘，也不喜歡明允，這就意味著不會喜歡她；第二，老太太再不喜歡明允，卻是明允嫡親的祖母，古人最重孝道，一個不小心就會背上忤逆長輩大不孝的罪名，不像老巫婆後媽一個，自己本來就難做人；第三，也是最重要的一點，老太太為什麼突然來了，目的何在？

兩人迅速洗漱，換了衣裳，可身上還是一股子酒味，李明允身上有酒味沒關係，男人麼，出去應酬難免要喝點酒，問題是林蘭身上的酒味比他重多了……

林蘭垮著一張小臉，愁苦地望著李明允，「我這樣能見人嗎？」人算不如天算，誰知道老太太今天會到，而且之前一點消息也沒有，早知道就不喝那麼多酒了，給老太太留的第一印象就是這個媳婦是個酒鬼，那老太太還能待見她？

李明允比她更頭痛。

玉容出主意道：「要不，往身上灑點香水？奴婢記得禮單上有一瓶西洋來的香水。」

李明允忙道：「快去取來。」

林蘭怏怏道：「可能沒用，這麼重的酒味怎麼掩蓋得了？往身上灑香水不是欲蓋彌彰嗎？」

李明允默然片刻，問白蕙：「家裡有酒嗎？」

白蕙愣了下，「廚房裡有做菜的酒。」

「去拿來。」

林蘭困惑，「拿酒做什麼？」

李明允扶住她的雙臂，冷靜道：「我再喝點酒，裝作半醉，到時候就說是我把酒灑妳身上了。我有什麼不是，最多被責怪幾句，妳卻是不能出一點錯，到時候妳少開口說話，一切由我應對。」

林蘭用力點頭，好像也只有這個法子還能圓得過去。

白蕙一路小跑從廚房拿了酒來，李明允開了蓋子，仰頭咕咚咕咚灌下大半瓶。

「明允，你少喝點……」林蘭擔心道：「別真醉了。」

李明允甩了甩頭，做了個深呼吸，露出個沉穩淡定的笑容，「好了，沒事的。」

林蘭嗔道：「我是怕你醉了，待會兒說胡話呢！」

李明允輕輕擁了她一下，低啞著柔聲道：「要醉也等回來再醉，放心。」

他的擁抱很淺，就好像現代人見面的擁抱禮，保持著一定的距離，可是聞著不知是誰身上散發的酒味，受著到酒精的刺激，聽著這樣溫柔魅惑的話語，林蘭心跳陡然漏了一拍，面上一陣發燒。

寧和堂那邊好生熱鬧，李家的成員包括李明珠都在。

老太太叫李明則和丁若妍坐在她身邊說話，看著這一對璧人兒，老太太笑得合不攏嘴。

李明珠有些吃味，祖母瞧都不瞧她一眼，在老家時祖母不是這樣的，對她也很疼愛，她意識到祖母可能是在顧忌什麼，可這樣的意識更讓她感到委屈，這輩子，她就只能是個見不得光的私生女了嗎？

李敬賢一旁陪著笑，不時暗暗打量跟大嫂俞氏相談甚歡的韓秋月。母親和大嫂這次來京，他事先竟一點也不知，直到母親進了門他才知曉，那時，他正在劉姨娘房裡，驚得半天都沒回過神，還道自己聽岔了。人是韓秋月派人去接回來的，剛才韓秋月說了一句……屋子早就收拾好了……可見母親來京大面是韓秋月的主意，韓秋月打的什麼算盤？李敬賢首先想到的是劉姨娘，韓秋月是不是衝著劉姨娘來的？

「明允怎麼還不來？不是叫人去催了嗎？」韓秋月看了看門口，小聲嘀咕，那神情就像扶著門框望穿秋水盼兒回的慈母。

老太太正笑得開心，聽到這話，笑容僵了一下，不鹹不淡地說道：「明允現在大小也是個官了，這應酬比他爹還多。」

韓秋月會心一笑，「明允這孩子也是難得出去，今日剛好休沐，帶媳婦出去逛逛吧！」

老太太冷哼一聲，沒再言語，面上神色陰晴不定。

「喲，明允還真知道疼媳婦。」俞氏抿嘴笑道。

韓秋月笑道：「可不是？這點明則可不如明允。」

老太太只說了句：「婦道人家就該規規矩矩在家相夫教子，這點我倒覺得明則媳婦很好。」

丁若妍被誇得面色羞赧，平時她也出門的，回娘家，或是舊日閨友之間的應酬，只是正好今日在家而已。

李敬賢笑呵呵道：「明允媳婦是大夫，請她看病的人也多。」李敬賢不由得為林蘭分辯一句，韓秋月句句話裡有話，含沙射影，母親聽了能高興嗎？母親出身雖貧寒，可身為秀才的外祖家教甚嚴，極重規矩，當初他停妻再娶，母親差點不認他這個兒子，甚至好幾年都不跟他說一句話，直到他做了京官，給大哥謀了不少好處，李家在鄉里漸漸有了威望，母親的態度才稍稍緩和。所以，母親是最討厭不守規矩之人，而韓秋月深知這一點。

俞氏打趣道：「原來明允媳婦還是個大夫啊，那敢情好，以後家裡有人有個頭疼腦熱的，都不用去外面請大夫了。」

李明珠被冷在一邊，情緒低落，不過被冷在一邊的還有一人，就是俞氏娘家那邊的侄女，俞蓮。只是俞蓮的情緒一點不低落，她只有新奇，新奇地打量這富麗堂皇的寧和堂，新奇地打量著這裡的每一個人，連丫鬟身上都穿著綾羅呢，在鄉里，只有大富人家的夫人小姐才有綾羅綢緞穿。

俞蓮做夢都沒想過自己有朝一日能到京城來，家中姊妹好幾人，姑母卻是指名帶上了她。臨行前，娘已經將此行的意圖透露給她，說是要給她找一門好親事。她欣喜莫名，姑母的小叔身為尚書，這是多大的官啊！再怎麼安排，也比鄉里的強吧？俞蓮很期待。

眾人正說笑著，外面丫鬟傳話：「二少爺、二少奶奶來了。」

屋子裡頓時安靜下來，大家都看向那到大紅撒花軟簾，只見門簾一動，一身玄色棉袍的李明允和一襲藕荷色衣裙的林蘭走了進來。

李明允上前先一撩衣襬向祖母行了個大禮，林蘭跟著下跪行禮。

李明允道：「孫兒不知祖母今日來京，不曾遠迎，未能及時請安，給祖母賠罪了。」

老太太看著俊逸瀟灑的李明允不禁微微一怔，這神態舉止，跟李敬賢年輕時多像啊！目光不禁柔和下來，笑著說：「不知者不罪，快起來吧！」

林蘭落落大方道：「孫媳婦兒給祖母請安。」

老太太早已經從韓秋月的來信中得知林蘭的出身，一個農家女子，雖然她自己出身也貧寒，卻也算書香之家，都是寒門，這其中的差距還是存在的。萬般皆下品，唯有讀書高，因此對林蘭就有些不喜，再加上適才聽了韓秋月一番言語，便覺得農家女到底教養不行，不守婦道，什麼大夫不大夫的，嫁了人，就該老老實實待在家中，侍奉公婆，伺候丈夫，教養兒女。不過今兒個是初次見面，她又一路舟船勞頓，沒這個精神來教導，便淡淡道：「起來吧！」

林蘭聽著老太太的語氣跟剛才讓李明允起來時截然不同，一個溫和如風，一個淡漠如煙，親疏分明啊！她便自我警醒，端然起身，規規矩矩站在李明允身邊。

李明則皺了鼻子嗅了嗅，「好濃的酒味。」

李敬賢瞪了多嘴的李明則一眼，再看李明允面色微紅，問道：「明允，你們今日上哪去了？」

李明允恭謹回道：「兒子早上先去訪友，林蘭去了懷遠將軍府，將軍夫人一直記掛著她，邀了多回。下午兒子和林蘭一道去了靖伯侯府，小世子有些積食，讓林蘭給看看，靖伯侯熱情挽留，兒子推卻不過，只好留下喝了幾杯。」

林蘭就知道李明允會編瞎話，沒想到編得這麼有水準，一來，說明他們不是整日黏在一起，二來，抬出了兩位有分量的人物，也等於在老太太面前給她抬抬身價。

老太太看林蘭的眼色有了變化，這個農家出身的女子竟能得到這等有身分的大人物的親睞？

李明珠捂著鼻子，「二表嫂，妳身上的酒味怎麼比二表哥的還重？」

林蘭因為把注意力都放在老太太身上，一心想著離老太太遠點，竟沒留意李明珠坐在她身邊。被李明珠一語道破，林蘭一陣心慌，也不知李明允那藉口能不能掩飾過去。

大家的目光頓時都落在了林蘭身上，都抽了抽鼻子去聞。

李明允一臉窘迫，支吾道：「我多喝了幾杯，回來路上被馬車一顛簸，吐了林蘭一身……」

林蘭把袖子湊近鼻子聞了聞，奇道：「都換過衣裳了，怎麼味道還這麼重？」

李明珠笑道：「莫不是二表嫂也喝酒了？」

林蘭淡笑，「只喝了一小杯，是侯夫人自已釀的青梅酒，一定要我嘗嘗。」

李明允看祖母面色陰鬱下來，忙上前道：「祖母是坐船來的嗎？怎不早讓人捎封信，孫兒也好去接您。」

李敬賢正對韓秋月自作主張的行為不快，趁機附和：「是啊，母親，您都進家門了，兒子才知道，兒子實在是失禮了。」旋即轉向韓秋月，口氣肅冷，很是不滿，「妳派人去接母親，怎不知會我一聲？哪有母親來了，做兒子的居然還在家清閒，不去迎接的道理？傳了出去，那些御史大人們正愁無本可參呢！」

關於這點，老太太也是不悅，韓秋月寫信來訴苦，說她這個後娘不好當，老爺非但不體恤，還屢屢責怪於她……再這樣下去，只怕家宅不寧，所以求她來京坐鎮。她本不想管敬賢的家事，可想想如今李家乃至李氏一族都要仰仗敬賢，若是敬賢家出點什麼亂子，累及官聲就不好了，這才帶了大兒媳風塵僕僕趕了來。結果韓秋月竟瞞著他們父子，弄得她好似不速之客，端的是欠滋味。

老太太淡淡地掃了眼韓秋月，對這個兒媳，心裡更多的是歉疚，這些年韓秋月過得不容易啊，總歸是李家虧欠了她……便不忍再責備她。

面對老爺的責問，韓秋月委屈道：「老爺下朝就去劉姨娘處，妾身想跟老爺說也沒機會呀？」

李敬賢氣得鬍子一抖一抖的，韓秋月果然在這裡等著。

老太太的眉頭微微蹙了起來，進門到現在，她發現這個家存在的問題真不少。

李明則見父親和母親又要鬧不愉快，趕緊打圓場：「祖母，您一路舟船勞頓，也乏了，今兒個早點歇著吧！」

正好姚嬤嬤來回話：「老太太和大夫人住的屋子都收拾好了。」

韓秋月殷勤道：「母親，兒媳陪您過去瞧瞧可還滿意，若是有不妥的地方，媳婦叫人改了。」

老太太捶了幾下腰，笑道：「坐了兩個月的船，快把我這把老骨頭都晃蕩散了，歇著吧，你們也都去歇著。」

李明則這會兒倒是挺機靈的，祖母來了，他可就有靠山了，得好好巴結著祖母，討祖母歡心才行，便給丁若妍使了個眼色，兩人一左一右攙扶著祖母離去。

李敬賢起身，對李明允和林蘭說：「你們回去歇著，明早別忘了早些去朝暉堂給祖母請安。」

「是。」李明允和林蘭齊聲應諾。

李明珠上前屈膝一禮，「姨父，明珠也先告退了。」

李敬賢目光淡淡地睨了她一眼，微微點頭。

李明珠走了兩步，扭過頭，神色幽暗地看了林蘭一眼。

林蘭朝她一挑眉，唇邊一抹冷笑，李明珠趕緊轉身快步離開了。

出了寧和堂，林蘭低著頭慢慢地走著，家裡突然多出三個人來，敵友不明，平添許多麻煩。看得出來老太太真心疼李明則，不過明允如今出息了，老太太即便對明允感情冷淡些，也不會對明允怎麼樣，畢竟明允也是她的親孫子，但老太太對她和若妍的態度就涇渭分明了。老太太看若妍，那是目光溫柔，眼角含笑，喜愛之情溢於言表。對她則是眼風淡掃，隱含不滿。林蘭很狗血地想，老太太會不會讓明允休了她……

腰間一暖，李明允的大手攬住了她。林蘭回神，抬頭望著李明允，他俊目含笑，柔聲說：「別想了，走一步算一步吧。如果這個家真的待不下去了，咱們離開就是。」

「你說得輕巧，離開就是，憑什麼要咱們離開？咱們離開了，豈不遂了某些人的心？我才不走，堅持到底就是勝利。」林蘭板著小臉，認真說道。

李明允哂笑，將她摟得更緊了些。初冬的風已然有了透骨的寒意，可是他的心暖暖的，只因懷中的這個小女人，她就像山野中堅韌的小草，風吹不倒，雨摧不折，不管遇到多大的困難，她從不退縮，兵來將擋，水來土掩，義無反顧，鬥志昂揚……當初簽下合約，他只想著她會是一個好助力，可現在他心疼了，他不知道她堅強的外表下，是不是也有一顆脆弱的心？她笑的時候，心裡會不會難過？

「明允，你發現沒？」

「什麼？」

「你爹現在好像跟咱們統一戰線了，你爹對老巫婆越來越不客氣了。」

李明允沉吟道：「如今劉姨娘受寵，老巫婆難免拈酸吃醋，父親自然不喜。」

「我就說她是搬起石頭砸自己的腳，本來是想討好你爹的，卻給自己找了個大麻煩。」

李明允感慨，「家裡是越來越熱鬧了。」

林蘭故作輕鬆，「熱鬧好啊！最好亂成一鍋粥，大家一團亂戰！」

李明允啞然失笑，「妳就不怕她們聯合起來對付妳？」

林蘭挑眉，「也不是沒這個可能，不過我是不會怕的，她們儘管來好了，惹毛了我，就給她們來個一鍋端。」

李明允懷疑地看著林蘭，「妳有這個本事？」

林蘭聳了聳肩，自嘲地一笑，「我不是給自己打氣嗎？這就叫阿Q精神。」

「什麼神？」

林蘭吐了吐舌頭，「趕緊走吧，這風吹得冷死了。」

◆ ◆ ◆

老太太安頓好後，屋裡只留下兒子李敬賢。

「你也別怪秋月，她有她的難處，若不是實在沒法子，她也不會請我這個老婆子出山。」老太太道。

李敬賢垂手而立，「兒子只是怪她事先也不跟兒子商量，什麼事都喜歡自作主張。」

老太太横了他一眼，「你還有臉說她，你自己做得就好了？明則雖不如明允爭氣，可你也要想想，明則受了多少委屈，若是他也和明允一般，從小就能跟在父親身邊，有一個像樣的家，他也不會比明允差。咱們做父母的偏心是正常，十根手指伸出來還有長短，可偏心只能偏在心裡，不能落在面子上，一碗水端不平，傷了孩子的心，兄弟之間難免要生出嫌隙來……」

李敬賢聽了暗暗磨牙，韓秋月在母親面前告了他不少黑狀啊！他承認對明則有虧欠，可他已經努力在補償，就連此次應考失利，他也沒有過於責難，要說吃虧，明允吃的虧還算少？差點連命都不保。

「你別一副不服氣的樣子，明允這孩子如今出息了，你更應該好好教導，不要仗著自己得意了，就不把長輩放在眼裡。後母也是母親，不敬亦是不孝，他若是對秋月尊敬些，秋月還能為難他？」老太太教訓道。

李敬賢又是一陣憋悶，直言道：「母親只聽一面之詞，明允自從回到京城，就沒有半點對秋月不敬之處，倒是秋月，暗地裡算計了他好幾回，差點害得明允丟掉性命。」

老太太露出驚訝之色，片刻恢復平靜，「你說的這些，可有根據？」

「家醜不外揚，兒子哪敢大張旗鼓查證？但事情是很清楚的，兒子也只能勸明允忍耐些。」

老太太略微點頭，眼神微茫，似陷入沉思，良久方道：「不論如何，不管對子女，還是對妻妾，你都要一碗水端平，人心平了，自然相安無事。要知道，不平正是一切禍端的根源，你已經對不起秋月一回，可不能再做出寵妻滅妾的蠢事。」

李敬賢不禁汗顏，這陣子因為對韓秋月心有怨懟，韓秋月屋裡的確去得少，當即惶惶道：「母親教訓的是，兒子記下了。」

老太太面色緩和下來，語重心長道：「過去的就讓它過去，你現在位高權重，樹大招風，家宅平寧，你方能無後顧之憂。娘也幫不了你什麼，就在這裡住上一段，幫你整肅整肅規矩吧！」

「兒子求之不得，早就盼著母親來了。」

老太太笑了笑，忽而想起李明允的媳婦，心裡有些犯堵，「明允那媳婦我瞧著就不妥當，你這個當爹的，怎麼就讓明允娶了這樣的媳婦？出身不好不說，品行也有問題。」

李敬賢錯愕，「母親何出此言？」

老太太唇角一抽，冷笑道：「你會不明白？別替他們掩飾了，我老婆子雖然年紀大了，眼睛不好使了，可耳朵還沒聾，鼻子也沒壞。那麼大的酒味，是一小口青梅酒能整出來的動靜？我看她喝的比明允還多，再瞧瞧明允那神情，分明就是在替她掩飾。」

李敬賢訕訕，他可真沒留意，「不能吧？她喝這麼多，還不得醉？母親多心了。」

「多個心眼總是好的，別的我就不說了，從今兒個起，這個家中，誰若是沒了規矩，我斷不輕饒，包括你那個姨娘。」

李敬賢只覺背上冷意颼颼，待會兒得去提醒劉姨娘謹慎些，別給老太太拿了錯處才好。

天還沒亮，李明允聽見窸窸窣窣的聲響，睜開眼，見林蘭已經起來了。

「還早呢，怎不多睡一會兒？」李明允揉了揉眼睛，也坐了起來。

林蘭穿了鞋子，替李明允拿了棉袍，邊道：「你爹吩咐過，今天早點過去請安，咱們待會兒先去請安，你再去翰林院。」

「那也太早了吧？祖母可能還沒起呢！」

「不會的，老人家本來睡眠就淺，再加上剛來到一個新地方，各種不適應，肯定早就起來了。咱們早點去，顯得有誠意。」林蘭坐在梳粧檯前，解開辮子。

李明允看著她用黃楊木梳梳理著垂順的秀髮，便有種想把髮絲纏繞指尖輕輕滑過的衝動。

「那豈不是以後都要這麼早？」李明允慢吞吞地穿衣。

「這也沒辦法，誰叫她是你祖母呢？」

「也是妳的祖母。」李明允糾正她。

林蘭抿嘴一笑，「是，是咱們的祖母。我想過了，現在咱們還猜不透她的心思，唯一的辦法就是謹守本分，規規矩矩的，把該守的禮守全了，就算不能討她喜歡，也不能讓她拿了錯處。」

李明允怔了一下，無奈道：「只是辛苦妳了。」

林蘭不以為意，「這算什麼辛苦？在澗西村的時候，我每天都起得很早，點火做飯，洗衣挑水，常常天沒亮就上山採藥了，現在起得早些，不過是去請個安，問個好，又不用做那些粗活，已經算輕鬆的了。再說，像你們這樣的大戶人家，晨昏定省是最起碼的禮節規矩，別人能做到，我還怕辛苦？」

鏡中，見他緩緩向她走來，手中的木梳被他拿了去，站在她身後，神情專注，一下一下，輕柔又細緻地梳理著。

林蘭面上浮起一層可疑的薄紅，自從表白後，他時常會做些親暱的舉動，比如他出門前，會給她一個象徵性的擁抱，有時還會偷偷淺吻她的額頭，然後溫柔地說……我走了；吃飯的時候，她若湯沒喝完，他會拿了去，一臉坦然地說……不能浪費，然後喝得津津有味；沐浴後，她的頭髮未乾，他會搶銀柳的活，替她抹乾頭髮；他寫字的時候，會捉了她去與他共同練習……手把手教她寫字；每晚，他會賴在她床上看會兒書，然後自覺地離開，留給她一個暖暖的被窩……

若說他的表白讓她意識到自己心裡是有那麼一顆種子存在，那麼，這些日子以來，他做的一切就像潤物無聲的細雨，一點一點滲透她的心，等她恍然驚覺，種子已經悄然萌芽，且有茁壯成長的趨勢。

「我自己來就好了。」林蘭搶回梳子，神態嬌憨地推了下他，「快去洗漱。」

李明允微挑唇角，會心一笑，寵愛地揉了揉她的腦袋，轉身去了淨房。

林蘭對他的背影齜牙，她又不是小狗，揉什麼揉。

林蘭和李明允是最早到朝暉堂的，伺候老太太的祝嬤嬤笑呵呵地說：「二少爺、二少奶奶來得真早。」

李明允問：「老太太起了嗎？」

祝嬤嬤道：「早起了，老太太睡眠一向淺，又有些認生床，幾乎沒怎麼睡。」

李明允不禁瞄了林蘭一眼，被她說中了。

林蘭笑著遞上一個瓶子，「祝嬤嬤，這是秋日的橘子蜜，老太太睡前，用溫水沖泡，每天喝上一杯，有助於睡眠的。」

祝嬤嬤接了過去，笑道：「二少奶奶有心了。」

李明允這才知道為什麼林蘭每天睡前都要喝蜂蜜水，原來有這作用。

祝嬤嬤引兩人進去，老太太正跟一位嬤嬤在說什麼，見李明允和林蘭來了，就揮揮手讓那位嬤嬤先退下。

兩人上前見禮問安。

老太太和顏悅色道：「我這老婆子來了，害得你們覺也睡不安穩。」

林蘭聽這話，話裡帶刺，好像在說，她沒來之前，他們都是睡懶覺似的。

林蘭笑道：「明允每日都起得很早，看會兒書，練幾個字，方去當值。孫媳婦也習慣早起，早起空氣清新，對身體有好處。」

老太太微微頷首，「中了狀元，入了翰林，還不忘勤勉刻苦，很好。」

李明允謙恭道：「孫兒一直牢記祖母的訓誡，吃得苦中苦，方為人上人，孫兒從不敢懈怠。」

老太太的面色又愉悅了幾分，笑道：「這都是你七歲那年的事了，虧你還記得。」

「祖母金玉良言，孫兒自然記得，受益匪淺。」

林蘭默然：這傢伙，溜鬚拍馬的功力非一般深厚啊！

不管明允是不是為了哄她開心，老太太確實心裡高興，她最喜歡的就是勤奮之人，明允有今日的成就，天資聰穎是其一，但最關鍵的還是他自己肯用功。不得不承認，這一點，明則是比不上明允的。

「讀書志在聖賢，為官心存君國，聽你父親說，你現在深受器重，行事更要內斂謹慎，切莫驕傲自滿。」老太太諄諄教誨。

李明允虛心受之。

「好了，時候不早了，快去當值吧。明允媳婦，妳留下來，幫祖母做些事。」老太太道。

李明允拱手告辭，又不放心地瞄了林蘭一眼。

林蘭微微一笑，讓他放心。

小倆口眉目傳情都落在了老太太眼裡，老太太面色如常，心中卻有了計較，看來明允對這個媳婦很上心，疼愛妻子是好事，可問題是林蘭值不值得。林蘭若是賢慧識大體便罷了，若是個偷奸耍滑之人，豈不連累明允？

李明允走後，老太太問道：「妳可識字？」

林蘭微笑，「認得一些，因為要開方子，所以學過。」

「那就好，妳幫我擬一份家規，我說妳寫。」

「是。」林蘭欣然應允，暗忖，老太太叫她擬家規，怕是頭一個要警醒的人就是她吧！

丫鬟拿來了筆墨，老太太讓林蘭坐到炕上，就著炕几寫。

「修身、齊家、治國平天下，修齊之道是根本，家訓不嚴，家規不振，百年望族亦有落魄之時，反之，寒門之家也有榮喜之日……修身，首在勤儉，粟一飯，當思來處不易。一絲一縷，應念物力維艱。由儉入奢易，由奢入儉難，驕奢習氣最要不得……其次，在恭默，謹言慎行，寬厚忍讓，方能遠離禍事……要想家門和順，重在禮節，不拘禮節，便談不上恭順孝道……」老太太緩緩說道。

林蘭邊聽邊寫，心中對這位老太太又有了新的認識，老太太對治家之道頗有見地，規矩森嚴，納悶的是，這樣重視子女品行教育、家庭禮法規矩的老太太，怎麼會教出心術不正的李渣爹？

老太太說著，眼風瞟了林蘭一眼，看她神情專注，運筆如飛，倒是有些佩服。

「……晨昏定省，乃是子女侍奉父母的日常禮節，不可省略。妳記下，以後每日卯時、戌時須向父母請安……父母之命不得違拗，兄弟妯娌之間要和睦相處……」

老太太說得口乾舌燥，終於在林蘭寫滿整整八張紙以後，老太太不出聲了。

林蘭提筆小心翼翼地問：「祖母，還有嗎？」

老太太喝了口茶，笑道：「若是這些都能做到，便算好的了。」

林蘭深以為然，可看著八張家規家訓，心情又很沉重，這麼多條條框框，就像一道道枷鎖，束縛得人都快喘不上氣了，不過，反正束縛的又不是她一個，林蘭隨之釋然，笑道：「祖母真是治家有方，許多細微之處都想到了。」

老太太深意地看了她一眼，「妳會不會覺得太過嚴苛？」

「怎麼會？孫媳覺得每一條都很有必要。」林蘭的神情比剛才李明允挨訓的時候更真誠。

老太太輕輕一笑，「那就好，拿過來我瞧瞧。」

林蘭連忙雙手呈上。

老太太一張一張翻看，驚訝地發現，林蘭不僅寫得一手秀麗端莊的小楷，而且通篇無一遺漏，無一處要修改。想著林蘭出身農家，竟能寫得一手好字，端的是不容易，可是一想到韓秋月說的那些話，以及昨晚林蘭面不改色地扯謊，老太太微蹙了眉頭。

「妳字寫得不錯，記性也很好。」

「孫媳獻醜了。」

老太太笑咪咪地打量著她，忽然說道：「昨日喝了不少酒吧？」

林蘭怔愣了一下，下炕跪下，告罪道：「祖母心如明鏡，孫媳不該欺瞞祖母。昨日高興，便多喝了幾杯，又怕祖母不喜，便……便……孫媳婦知錯了，以後再不敢了。」

老太太原以為林蘭會狡辯，沒想到她居然坦誠認錯。

林蘭從那一條條家規中，略微看清了老太太此人。如果老太太定下如此嚴厲的規矩只是為了對付她，那老太太就是個欺世盜名的老巫婆；若是一心為了整治這個家，那麼不得不說，老太太是個心思縝密，極重規矩之人。只要看清了這點，應付起來就容易了。林蘭賭的是後者，老太太有此一問，自然心中明朗，她若是一味狡辯抵賴，只怕老太太更加厭惡她，倒不如坦白從寬。

老太太目光淡淡，道：「平日裡交際應酬喝幾杯小酒無傷大雅，只是莫要喝多了，這滿身酒氣，卻是不雅。咱們做女人的比不得爺兒們，妳既知錯，祖母也就不深究，以後不可再犯。」

「孫媳記下了。」林蘭語氣謙恭道，老太太教訓的還是挺中肯的，有些人酒量好，人稱酒仙，文人騷客飲酒作詩，那是瀟灑，壯士俠客大碗狂飲，那叫豪爽，女人千杯不醉，只怕會落個女酒鬼的名聲，所以，師兄們以前常取笑她是酒鬼投胎，讓她好生惱火，所以，她一般是不喝酒的。

外頭的祝嬤嬤傳道：「二夫人、大夫人、大少爺、大少奶奶來請安了……」

老太太道：「起來吧！」

林蘭這才起身，站到老太太身邊。

韓秋月一進門，發現林蘭已經在了，眸光一閃，立即去觀察老太太的神色，看老太太面色如常，不由得腹誹：林蘭還真知道討好賣乖，一大早就來請安。

眾人一一上前見禮，坐定後，韓秋月關切道：「母親昨晚睡得可好？被褥是不是要再厚些？」

老太太笑說：「這炕熱呼呼的，熱得我睡不著。」

俞氏也笑道：「我也是睡不慣這炕，一早起來嗓子都冒煙了。」

李明則道：「祖母和大伯母是不習慣，睡上幾日就覺出這炕的妙處了。」

丁若妍溫婉道：「祖母、大伯母若是不習慣，就換成床，墊上駱駝絨的墊子，換上蠶絲被子，再放個湯婆子什麼，也很暖和的。孫媳那新做了兩套，本來是要送給母親的，就先給祖母和大伯母吧。母親那份，媳婦兒再去訂製，過幾日就有了。」

俞氏掩了嘴笑，羡慕道：「弟妹啊，我可真羡慕妳有這麼個體貼孝順的好媳婦兒。」丁若妍被誇讚，面上露出一抹赧然之色。李明則很高興，笑嘻嘻的，好似誇他的媳婦比誇他還得意。

韓秋月笑嗔道：「大嫂真是人心不足，博哥兒媳婦、勤哥兒媳婦那才叫孝順，每日天不亮就起，殷勤侍奉，百依百順。」

俞氏的笑容裡有幾分得意之色，仍不忘拍老太太馬屁：「這還不是老太太治家有方的功勞。」

林蘭聽著，對老家那兩位堂嫂深表同情，隨即想到自己即將也要過上悲催的日子，不由得無聲嘆氣。

老太太道：「要說治家，無非嚴明公正四字，林蘭！」

林蘭正走神，冷不防被叫道，差點一聲「到」喊出來，當即上前一步。

「把我新擬的家規給妳婆母瞧瞧，看看是否妥當，有什麼需要修改的，大家商議一下。」

這話是廢話，韓秋月敢說老太太擬的家規有不妥的地方？心裡不滿意，嘴上也得說滿意，面上更不敢洩露一絲不悅之色。

老太太道：「那以後就按著些規矩辦。林蘭，妳受累些，再抄錄幾份，讓各房都看看。」

林蘭爽快地接下任務，不禁期待，這家規可不是針對她一個人的，還包括老巫婆、李明則夫妻、李明珠。哈哈，有苦同吃，有難同當。

請安完畢，老太太留下韓秋月，讓其餘人等先回。林蘭故意走在最後，出了朝暉堂，看見祝嬤嬤，便跟她說：「北方氣候乾燥，晚上可在老太太房裡放兩盆水，早上莫給老太太沏綠茶，可以沏些紅茶，或是花茶，清除肺熱，還能養胃。」

祝嬤嬤笑呵呵地說：「二少奶奶真是細心。」

林蘭微微一笑，「許是做大夫的習慣吧！」

屋裡，老太太肅冷了神情對韓秋月說：「妳不能因為要討老爺歡心，害怕後娘難當，就什麼也不敢做。妳瞧瞧這個家被妳打理成什麼樣子了？老爺夜夜宿在姨娘那裡妳不管，跟明允之間又生出那麼多嫌隙，適才我說的嚴明公正四字，妳是一字也沒做到，虧妳還是此間的當家主母。妳若能擺正姿態，嚴正心思，做得公正，有誰能說妳半分不是？」

韓秋月惶惶道：「母親教訓的是，是媳婦無能……」

「妳不是無能，妳是能幹用錯了方向。」老太太毫不客氣道。雖然她對李敬賢昨晚所說的話不盡相信，但無風不起浪，韓秋月肯定也有不對的地方。今早她隨便叫了府裡的一個僕婦問了些府裡的規矩，發現韓秋月好商量得沒邊了，且不說別的，只晨昏定省一樣，韓秋月也都是隨著她們，來也可，不來也可，哪裡有半點做主母的威嚴？

韓秋月越發悽惶，泫然欲泣，「媳婦真不知該如何做才好，若是媳婦能一直跟在母親身邊伺候，也能學得母親一二分本事，也不至於落到今日這般窘境……」

老太太聽得一陣心酸，鬱鬱地嘆了一口氣，「算了，我也知道妳的難處，以後我會幫妳好好管治這個家，妳自己也要拿出主母的樣子來。」

韓秋月感激涕零，連連點頭，「媳婦可就指望著母親了！」

等韓秋月離開，祝嬤嬤把二少奶奶給她的橘子蜜交給老太太，又把二少奶奶適才的話轉述給老太太。老太太聞言，瞅著那瓶橘子蜜，蹙眉沉思，良久不語。

就林蘭今日的表現，可圈可點，但她是不是刻意為之還不得而知，人心隔肚皮，不是一眼就能看穿看透，來日方長，以後再觀察觀察吧！

伍之章 春宵一度喜般配

林蘭一回落霞齋就埋頭抄寫家規，銀柳在一旁磨墨，看著厚厚一疊家規，心有餘悸道：「二少奶奶，老太太是來真的？」

林蘭嗔她一眼，「妳以為老太太是說著玩的？以後莫說妳二少奶奶我要守這些規矩，妳們更要守規矩，切莫叫人拿了錯處，我可幫不了妳們。」

銀柳鬱鬱道：「這老太太也未免太心急了，昨兒個黃昏才到，今日就開始立規矩。」

林蘭嘆道：「規矩嚴不嚴是在其次，關鍵是老太太能不能做到公正二字。如果能一視同仁，那也沒什麼要緊，反正，妳們都給我警醒著些，老太太剛到，正是立威的時候，哪個不開眼的這個時候往槍口上撞，就是找死。」

銀柳嚇得哆嗦，連忙點頭。

林蘭花了兩個多時辰才抄寫好四份家規，一份給老巫婆，一份給劉姨娘，一份給李明則夫婦，一份就給李明珠。每個字都寫得端端正正，就跟老太太立的規矩一般規規矩矩，不鋒芒畢露。做好這件事，林蘭又叫來周嬤嬤，讓她吩咐下去，讓落霞齋的人要謹言慎行，莫要在這個時候成了倒楣的出頭鳥。

李明允今日回來得特別早，申時剛過就回來了。

白蕙馬上送上熱帕子，讓二少爺擦手擦臉，又把一個暖爐塞給他。

李明允揮揮手，「不用。」卻是接過林蘭遞來的熱茶捧在手上取暖。

林蘭剛想問你今日怎麼回來這麼早，李明允卻是先問：「今日祖母留妳都說了些什麼？」他今天一整天都心神不寧，做事也沒心思，所以提早回來。

「沒什麼，讓我寫一份家規，她說我寫。」林蘭把家規拿給明允看。

李明允邊看邊嘆道：「以前就聽聞祖母治家極嚴，現在眼見為實了。」

「那祖母做事公正嗎？」這是林蘭最關心的。

李明允神情晦暗難辨，「這我倒不知，不過既然家規立下了，便是有據可循，若是不公，豈不是自己打自己的嘴巴？」

林蘭癟了癟嘴道：「我也這麼想，只是以後每天向祖母請過安，還要去跟老巫婆請安，去侍奉她，我就不高興。」

李明允瞥見桌上還有厚厚一疊，詫異道：「妳寫了這麼多？」

「祖母讓我給各房都抄上一份。」

李明允放下手中的紙張，去握了林蘭的手，幫她揉著，「傻瓜，怎麼不等我回來再寫？」

林蘭嘟了嘴道：「這是祖母吩咐我做的事，怎麼好叫你來寫？讓祖母知道了，還說我偷懶呢！你不知道，今天差點沒把我嚇死。」

李明允神情一僵，露出緊張之色來，握著林蘭的手更是一緊，「怎麼了？」

「祖母啊，好端端說著話，突然問我『昨天喝了不少酒吧』，我嚇得當場就跪下認錯了。」

李明允緊張地問：「後來呢？」

「我都認錯了，她還能怎樣？說了我幾句就算了。哎，祖母真是火眼金睛，心如明鏡，看來，以後在她面前我還是老實點的好。」林蘭悻悻道。

李明允鬆了一口氣，「我只知道父親和大伯都很怕祖母的。」

林蘭悶悶地說：「我就覺得奇怪了，祖母家教如此嚴苛，當初怎麼會……」

李明允眸光一黯，似嘆息地說：「許是為了李家吧！」

林蘭默然，看祖母對老巫婆以及李明則的態度就知道，祖母一直都拿他們當親人看待，許是心中歉疚吧？那麼對明允的娘呢？為什麼這麼冷淡？妳李家不就是靠著葉家發家的嗎？應該更愧疚才對吧？真不知祖母心裡是怎麼想的，她老說公正，可她心裡的這桿秤根本就不公平。

戌時一到，李家所有成員齊集朝暉堂，當然除了劉姨娘，這種場面妾室是沒有資格參加的。

李敬賢膝下二子外加一個身分隱晦的女兒，一家七口，加上俞氏、俞氏帶來的俞蓮，以及服侍的丫鬟婆子，把朝暉堂擠得滿滿的，大家一味說好聽話哄得老太太開心，倒是一副三代同堂其樂融融的和諧景象。

話題圍繞著老家那邊的人事，話也多是俞氏在說。

從處州知府打算給李明允修座狀元牌樓，到三叔公準備退了族長之位，讓大老爺繼任；從同知的兒子想娶李家的閨女，到勤哥兒的媳婦前年生了對雙生子，再到出發之前，肚子裡又懷上了，把韓秋月羨慕得很，「大伯家可算得上是人丁興旺啊！」

俞氏唇邊是得意的喜色，嘴上卻謙虛道：「人多有什麼用？百個也不及二侄子一個。」

李明允依然面帶淡笑，沉靜安然，而李明則就有些訕訕不安。

韓秋月笑容尷尬，心中暗罵：妳知明則沒考好，還在這裡誇明允，這不是存心落我的臉面嗎？

俞氏意識到自己說錯了話，連忙補救，可是有李明允這珠玉在，李明則實在沒什麼好誇的。俞氏絞盡腦汁，終於想到了李明則的優點，「我那兩個媳婦也就是能生養，旁的也尋不出什麼好處來，哪比得上大侄子的媳婦兒，官家小姐，知書達理，溫柔賢慧……」俞氏搜腸刮肚地找讚美之詞。

丁若妍的臉又紅了，韓秋月這才覺得挽回了幾分面子。

李明則沒話找話：「那三堂弟呢？娶妻了沒？」

俞氏表情一窘，「還沒呢！」

「怎麼會？不是三年前就訂下了親事？」李明則好奇道。

俞氏面色更加難看，悻悻地說：「那家的小姐居然跟個馬夫私奔了……」

眾人愕然，無不同情地看著俞氏。

李敬賢看母親面色不豫，不由得瞪了李明則一眼，叫你多嘴。

李明則額頭冒汗，極力補救：「是那小姐沒有眼力，三堂弟一表人才，學問又好，我記得小時候三堂弟常受先生誇讚的……」

李明允挑了挑眉，眼神中透出一抹犀利，「大哥小時候跟三堂弟一起上過學堂？」

此問一出，朝暉堂上宛如一道驚雷，劈得李敬賢手中的茶杯差點摔了，劈得韓秋月差點癱倒，劈得老太太頭皮陣陣發麻，劈得俞氏張著嘴宛若石化。本是笑語連連的朝暉堂，剎那間沉寂無聲，落針可聞。

李明允安安靜靜地看著李明則，等著他的下文。

丁若妍和俞蓮茫然地看著眾人奇怪的表情。

林蘭暗自偷笑，夜路走多了總會遇到鬼，謊話說多了難免要露餡兒，這下看你怎麼解釋。

李明則低著頭，不敢與李明允對視，一時不知該如何彌補這個大紕漏，背上汗出如漿。

薑還是老的辣，李敬賢率先反應過來，橫了明則一眼，冷哼道：「這麼大個人，說話也說不清楚。聽說就是聽說，什麼你記得小時候，我看就你這腦子，考個十回八回的也考不上。」

雖說堵漏要緊，可老爺這詛咒下得太毒，韓秋月十分惱火，陰陽怪氣道：「你二弟可是狀元，那學問比山高比海深，以後在你二弟面前說話得字斟句酌。」

本想緩和氣氛，卻捅了個大簍子，挨了一頓臭罵，李明則懊惱不已，決定不再開口。

李明允嘴角微牽，輕輕一哂，端了茶，撩著茶蓋，彷彿一切了然於胸，又彷彿不屑一顧。

李明珠心中憤憤，爹娘這麼怕二哥做什麼？就算讓二哥知道又怎樣？二哥還能嚷出去？爹沒了臉面，他自己又有什麼好處？

俞蓮在這一干富貴人面前，自覺卑微，弱者很容易同情弱者，於是，她很同情地看著這位被訓斥得抬不起頭的大少爺。

老太太暗嘆一口氣，真是作孽，不由開口問邊上的祝嬤嬤：「晚飯做得了嗎？」

祝嬤嬤忙笑道：「早備好了，就等老太太吩咐。」

老太太搭著祝嬤嬤的手起身，「時候不早了，開飯吧！」

晚飯就擺在西次間，待老太太先入主位坐定，李敬賢方在下首坐下。

「一直沒有機會侍奉母親，今日就讓媳婦伺候母親用膳吧！」韓秋月站在老太太身旁。

韓秋月不坐，李明允和李明則也只好站著。

老太太笑道：「妳就坐下吧，別讓孩子們吃個飯都不安生。」

丁若妍溫柔說道：「伺候祖母，有孫媳呢，母親還是坐下吧！」

韓秋月這才在老爺身邊坐下。林蘭很鬱悶，老太太規定以後晚飯要一家人一起吃，共享天倫，那她豈不是都要站著當服務生，等他們都吃好了再吃殘羹冷炙？雖說有丁若妍作陪，她也是不情願的。要說這規矩，實在不人道，媳婦就要矮人一等？怎不叫兒子伺候，孫子伺候？再說了，養一幫子下人幹什麼？拿來做擺設的？

不滿歸不滿，面上是不能表露分毫，因為丁若妍先說了她要伺候老太太，林蘭便很自覺地站到了老巫婆身邊。一手稍挽衣袖，輕取銀箸，給老巫婆布菜。

兩位少奶奶都站著了，俞蓮自認沒有坐著的份，只好自發自覺站在姑母身邊伺候。

老太太暗暗打量兩位媳婦，丁若妍出身官家，禮儀規矩自是無可挑剔，讓老太太驚訝的是，林蘭根本沒有看丁若妍，那夾菜布菜，每一個動作都很到位，姿態優雅，看得出是下過一番功夫的。

看著林蘭乖乖地給老巫婆布菜，李明允心中五味雜陳，食不知味，有心疼，有氣憤，有沮喪，怎能讓林蘭受這樣的委屈？

李明珠則是心中暗爽，以後妳就乖乖地當個小丫頭，老老實實伺候婆母吧！這一頓飯，李明珠吃得特別香。

因是初立規矩，老太太沒有放水的意思，讓兩位孫媳婦伺候到用餐完畢，吩咐祝嬤嬤添兩道熱菜，伺候兩位少奶奶用飯。其他人又回去喝茶聊天，林蘭和丁若妍面對面坐著吃飯。

面對一桌的殘羹冷炙，林蘭實在沒什麼胃口，看看丁若妍，跟她的情形差不多，挑著飯粒，也吃不下。林蘭很想問問丁若妍，妳家裡有沒有這種破規矩？可是一旁還站在祝嬤嬤等人，這個問題只好嚥回肚子裡。

這次請安一直折騰到亥時，林蘭神情懨懨地回到落霞齋，一進房就趴在了床上，拿枕頭蒙住頭，心中吶喊叫囂……憋悶死啦！

李明允小聲吩咐如意：「叫桂嫂做點二少奶奶愛吃的來。」

如意會意，忙下去了。

銀柳等人要進來服侍，被李明允打發了出去。

李明允走到床邊坐下，去扯林蘭頭上的枕頭，「妳這是要把自己悶死嗎？」

林蘭翻轉身子，鼓著腮幫子，甕聲甕氣道：「我已經快悶死了！」

李明允目光裡帶著無盡的歉意，「讓妳受委屈了。」

林蘭苦惱道：「怎麼辦怎麼辦？這個破規矩我受不了了，瞧老巫婆吃得那開心樣，我恨不得把菜都扔到她頭上去。」

「憑什麼是我伺候老巫婆啊？大嫂是她的親媳婦兒，怎麼不是她去伺候啊？真是火大，悶死我算了！」林蘭憤憤嘀咕著，扯回枕頭又把自己給蒙上，還喋喋不休：「我詛咒老巫婆吃了我布的菜消化不良，鬧肚子，拉死她……

李明允看她氣苦的樣子，心裡也不好受，真想什麼都不要了，不爭了，帶她就此離去。

正不知該如何安慰她，只見林蘭把枕頭一掀，霍然坐了起來，眸中閃爍著狡黠的光芒，嘿嘿笑道：「我有辦法了，我明天就準備一些巴豆粉，給老巫婆布菜的時候撒點上去，哈哈哈哈……」

林蘭得意地笑著，李明允卻很擔心地看著她，別是氣瘋了吧？

林蘭笑了一陣，發現李明允用很是擔憂的眼神瞅著她，當即訕訕道：「我就是說說而已，不會真撒。我想好了，明天起，我早早就站到老太太身邊去。」

李明允看著她，道：「其實是有個辦法的。」

林蘭忙做出一副洗耳恭聽的樣子。

「妳給老巫婆夾她不喜歡的菜，什麼肥肉、青椒，老巫婆當著老太太的面，肯定不會說這些她不愛吃。她讓妳吃不下飯，妳也讓她吃不下，妳吃不下還可以回來吃，她吃不下也得吃下去。」

林蘭眼睛睜得大大，盯著這個英俊的男人良久。

李明允被她盯得不自在，「我臉上又沒花，妳看什麼？」

林蘭心說，你比花好看多了。

她搖搖頭，一副自嘆弗如的樣子，「明允，我覺得我已經夠壞了，你怎麼比我還壞？你怎麼看也不像個壞人啊……」

李明允屈起二指就給了她一記糖炒栗子，寵溺地笑道：「難道妳看起來就像壞人？」

林蘭捂著額頭，憤憤道：「你又敲我頭……」旋即撲過去，想要報仇。

李明允捉住她的手，躲閃著，往後一躺。林蘭用力過了頭，重重地趴在了他身上。

這個姿勢很曖昧，而且讓人很羞憤，看著就像她以強悍之勢餓狼撲食般的將一個斯文如斯、俊美如斯的溫柔少年如羔羊撲在了身下。

他幽深的雙眸溫柔地看著她，在羊角宮燈的柔光映襯下，深情款款，柔波瀲灩，宛若明媚春日裡一碧清潺的池水。

對著這副俊美的面容，這樣深情的目光，林蘭只覺得心裡那顆小豆苗霎時又猛竄了好幾公分，心被狠狠頂了一下，然後她當真感覺到小腹處有某物硬邦邦地頂了上來。

沒吃過豬肉，卻見過豬跑，林蘭頓時驚覺，這樣的姿勢不僅曖昧，還很危險，立馬就要翻身下來。一陣天旋地轉，她確實是翻身下來了，某人卻是就勢將她壓在了身下。一樣的姿勢，不過角色轉換，她成了待宰的羔羊。

林蘭渾身上下每根神經都緊繃起來，有些慌亂地伸手去推他。不知是她心慌無力，還是他化身色狼瞬間強大，竟是沒有推動分毫，兩隻有力的大手反而將她纖細的手腕固定在耳旁，隨即那雙幽深雙眸越來越近，下一刻，額上便落下一個溫熱的親吻，一日往常那般如蜻蜓點水，可這一次這隻蜻蜓並不滿足點水即離開，而是順著她小巧的鼻尖，一路點了下來，最後落在她的唇上。

她的唇瓣柔軟得就像三月裡沾了露水初初綻開的桃瓣，讓人忍不住想要含進嘴裡，細細品嘗。他早就想這麼做了，只是一直苦於沒有機會，一個水到渠成的機會，現在這個應該算是了吧？他堅決而果斷地覆了上去，用舌尖輕輕觸摸她的柔嫩，敲開她的櫻唇，想要汲取更多。

面對突然而至的親吻，林蘭的大腦處於瞬間短路狀態，這可是她兩輩子的初吻啊，怎麼說沒了就沒了……

他的吻，霸道而不失溫柔，纏綿至極，靈巧的舌尖不停逗弄著她的唇舌，狹小的空間裡，上演著一場追逐遊戲。她生澀地躲避著，可她退一步他就進兩分，無論躲到何處都會被他追到，然後緊緊糾纏……

他的吻越來越熱烈，幾乎要把她體內的空氣全部吸走。他的呼吸越來越沉重，好像要讓她整個人都燃燒起來。林蘭想要掙扎，再這樣下去，她很懷疑自己會不會死於窒息，可是身體被他緊緊壓著，雙手被他死死扣著，嘴巴被他嚴實堵著，林蘭只能像隻貓兒嗚嗚地抗議。

「蘭兒……」他在她唇邊柔聲呼喚，聲音不復溫潤清雅，沙啞的嗓音透著濃烈的渴望。

「放……放開我……」林蘭小聲央求著，可能是因為缺氧的關係，她的腦子有些混沌，好像浮在雲端般，可身子卻是熱得難受，像有火在燒，大腦思維和身體感官徹底脫節，這種感受讓她茫然無措。

他抵著她的額頭，有一下沒一下地吻著她的唇，低語著也似央求：「蘭兒，我想要妳……」

「不行……」

「我們是夫妻了。」

「我……我還沒準備好……」

「妳沒試過怎知沒有準備好？」

他轉而去逗弄她半透明的小巧耳垂，吸吮著，輕咬著，灼熱的呼吸噴灑在耳際，「我不許妳再逃避了……」

林蘭素來怕癢，這下被他抓到致命的弱點，頓時彷彿有一道電流穿身而過，半邊身子都酥麻了，在他身下不安地扭動起來，嗚嗚道：「誰讓你嫌棄我……」

他啞然失笑，懲罰似的輕咬著她耳垂上的小嫩肉，「我什麼時候嫌棄妳來著？」這丫頭怎麼就這麼記仇呢？

「你嫌棄了，就是嫌棄了！」林蘭躲著他的啃噬，像個小賴皮般搖頭耍賴。

「那……肯定是我看錯了。」他喘息著，舌尖使壞地鑽進她的耳蝸，一手更是鑽入了她的衣襟，快速而準確地摸到她嬌嫩的小乳，盈盈一握，大小正合適。

林蘭當場石化，隨即劇烈掙扎起來，獲得自由的那隻手拚命去攥他的手。

「你放開我，我要生氣了！」這個混蛋，侵犯了最讓她自卑的弱點。

作怪的手不但沒退出來，反而穿過肚兜，直接撫了上去。那細膩的觸感，圓滑的質感，讓他原本就臨界沸點的血液騰的一下，雙目充血，徹底沸騰起來，

林蘭卻是急得嚶嚶哭了，「你這個壞蛋，不許碰我……」

李明允突然意識到，她之所以彆扭，是不是因為這個緣故？

他好言哄道：「是我不好，我眼力不濟，其實……其實妳……妳很好，真的……」

「我不信，你說謊……」林蘭努力地要把他作怪的手拉出來。

「蘭兒，我喜歡妳，便喜歡妳的一切。莫說妳這樣好，就算妳當真沒有，我也是喜歡的，別再拒絕我，妳知道我忍得很辛苦……」他簡直是低聲下氣了，為了證明自己的確實忍得很辛苦，他的灼熱緊緊抵住了她的下身。手上絲毫不鬆懈，指腹先是輕觸頂端的蓓蕾，感覺到它倏然硬繃了，便或輕或重地摩挲起來。

林蘭曾偷偷看過那種片子，可看過和實戰完全不是同一回事。此刻她身體裡像有千百隻螞蟻在爬，像有一道道電流次第湧起，酥酥麻麻的，讓她癱軟無力。她知道他很辛苦，都二十歲的人了，正是血氣方剛的年紀，她知道他對她是真心的，可她還是害怕，也不知自己怕的是什麼。她是喜歡他的，他的親吻、他的撫摸，她都不討厭，甚至隱隱的歡喜，可她就是鼓不起這個勇氣，也許是上輩子聽多了看多了，男人追妳的時候對妳千般好萬般好，可是一到手就不稀罕了。

她的走神被他理解為默許，李明允深受鼓舞，滿心歡喜，一邊親吻著她的唇，一邊解開她衣襟上的盤扣。

等到林蘭清醒過來，已是衣襟大敞，他的熱吻沿著她的下巴、頸項、鎖骨，一路穿山越嶺，含著了胸前的柔嫩。

這種刺激太強烈，對林蘭這種身體敏感度超強的人來說，簡直就是巨大的折磨。她拚命推他的頭，可是小乳被他含著，她推他，他便吮吸得更用力。林蘭止不住地發顫，強烈的酥麻感幾乎將她淹沒。

她期待著又害怕著，不敢大聲嚷嚷，銀柳她們就在門外，木造的房子隔音效果不好，只好嚶嚶哀求：「明允，不要這樣，我……我受不了……」

他已是箭在弦上，不得不發，錯過這次機會，誰知道什麼時候會再有？只有生米煮成了熟飯，她就不會再彆扭，他們才是真正的夫妻一心，夫妻一體。

「明允……明允……求你了……」

「嗯……蘭兒，我要妳……」他口手並用，誓要將她徹底攻陷。

咚咚咚，一陣敲門聲傳來。

「二少爺、二少奶奶，宵夜做好了！」如意在外面喊道。

李明允停下了動作，眼底盡是懊惱之色，興頭上被人猛地潑了一盆冷水，澆得徹頭徹尾，他不由得暗罵：不開眼的臭丫頭，本少爺正在吃宵夜，妳還送什麼宵夜？全然忘了是自己吩咐如意去弄宵夜的。

林蘭趁他這一愣神，趕緊推開他，捂上衣襟，手忙腳亂地整理著。要是被如意看見她這副模樣，她就沒臉見人了，一面又感嘆：如意，妳真是及時雨啊！

「你還不快應聲？」林蘭一邊瞪他一邊催促，面頰上布滿紅暈。

李明允咬牙切齒，神情幽暗，狠狠地低語：「不管她！」

他這副樣子，就像到手的糖葫蘆被搶了的小孩子，鬱悶且憤怒。

林蘭被他凶狠的眼神嚇到，忙退縮了去，怯怯道：「人家在外面等著呢！」

他盯著她，突然又撲過來，將她扣在身下，「就讓她等著！」

「不行啊，會讓人笑話的！」林蘭推他，好不容易扣上的扣子又被他輕而易舉地解開。林蘭鬱悶，他的動作怎麼這麼熟練，好像慣會解衣

「誰敢笑話？看本少爺怎麼收拾她！」李明允惡狠狠地說，此刻他當真殺人的心都有了。

林蘭真怕他不管不顧，只好哀求地說：「可我真的餓了，晚上都沒吃什麼東西……」

李明允這才冷靜下來，看著她可憐兮兮的模樣，摸摸她扁平的肚子，無奈地抱著她，頭埋在她的頸窩，悶悶地說：「這是要折磨死我嗎？」

林蘭深表同情，小小聲說：「先讓我吃點東西好不好？」

李明允琢磨著這話裡的意思，心情陡然又好轉，抬頭目光灼灼地望著她，「好，等妳吃飽了咱們再來。」

林蘭頓時傻眼，還來？

李明允卻是迅速起了身，整了整自己的棉袍和頭髮，回頭看林蘭還愣在那裡，便徵詢道：「或者……繼續？」

林蘭頭搖得像波浪鼓似的，「我要吃東西！」躲得過一時是一時，其他的飯後再想辦法。

門外的如意端著宵夜等了好一會兒，心中納悶：二少爺和二少奶奶這是怎麼了？怎麼還不開門？她是不知，自己剛剛敗了二少爺的興，二少爺差點氣爆了。

李明允吃完宵夜，就先去洗漱了，換了身雪綾中衣出來，神情愉悅，大有人逢喜事精神爽的意味。俊目含笑，透著殷切的期待，看著捧著空碗還不捨得放下的林蘭，那笑容就更濃醇了幾分，

「吃飽了就去洗漱吧！」

他的眼神和話語都極具暗示，林蘭粉頰燒火，打了個飽嗝，期期艾艾地說：「我還沒吃飽。」

李明允失笑，也不揭穿她，「妳自己不是說，夜裡吃多了容易積食？」

為了安撫她彆扭忐忑的心，李明允叫來銀柳收拾東西，自己捧了本書倚在榻上。

咦？他今晚不上床了？

林蘭納悶，碗被收走了，收走了也好，總不能吃一夜的東西，會撐死的。就算躲過了今晚，還有明晚、後晚……林蘭生出一股壯士斷腕的勇氣，算了，嫁都嫁了，況且他又不差，說起來，還是她占了便宜呢！可是……聽說第一次很痛的……林蘭好不容易鼓起的勇氣又漏了，慢吞吞地挪去淨房，又在裡面磨蹭了半晌，僥倖地想：最好她出去的時候，他已經睡著了，可這根本就不可能，除了上回他喝醉了，每次都是她先睡著的。

林蘭懊惱地看著鏡中愁眉苦臉的人，問道：「妳喜不喜歡他？」

鏡中人點頭。

「你們是夫妻對吧？」

鏡中人又點頭。

「是真的夫妻對吧？」

鏡中人用力點頭。

「那妳還糾結什麼呢？」

林蘭十分唾棄自己，膽小鬼。

心理建設完畢，林蘭出了淨房。李明允已經轉移陣地上了床，見她出來，便往裡挪了挪。林蘭深吸了口氣走過去，慢吞吞地上了床。

他長臂一撈，就把她擁進了懷裡，呼吸裡滿滿的都是他的氣息，很淡很清新，像澗西後山上雨後的芳草氣息。耳邊是他沉沉的心跳，咚咚咚的，像一面小鼓在敲。想到先前他對她做的那些，林蘭很忐忑，如此強烈的感官刺激，自己受不受得了？小手不安地拽著他的衣襟，面頰燙得不像話，只能把自己的頭埋得更深。

她能這樣溫順躺在他懷裡，李明允欣喜若狂，一手溫柔地撫摸著她的背，一手安撫她因為緊張而緊繃的身子。

「明允……」林蘭低聲喚他，咬著粉唇很想哀求他今日作罷，可又說不出口。

「嗯？」他用下巴摩挲著她的髮頂，一手探進了她的中衣，觸及光滑柔嫩的肌膚，感覺到懷中的人兒身子弓得越發緊繃了。

「明允……我有件要緊事跟你說。」林蘭慌亂地找藉口，腦子裡根本就是一團漿糊。

他低下頭，輕吻著她的唇，低啞的嗓音充滿魅惑：「現在先別想其他事……」

不想其他事怎麼行？她的神經末梢太發達，得分散注意力。

「嗚嗚，明允，我想睡覺了……」

「待會兒再睡。」

「我明天還要早起。」

「我不會讓妳太累……」

「明允……你說，大伯母帶那個俞蓮來做什麼？」

李明允索性封住她的嘴，舌尖叩開她的櫻唇，細細吻著，把她所有的廢話都給堵回去。一手扯開她的肚兜，撫上那方柔軟，小巧卻不失圓潤，柔滑而富有彈性，讓他愛不釋手。知道她身子極敏感，他故意挑逗她，指腹摩挲著頂端的蓓蕾，時而拈揉輕扯，引得她的身體陣陣發顫，可是，還不夠，他想要含在嘴裡，輾轉吸吮，逼得她發出貓兒一般的呻吟。

「嗚嗚……明允，我好難受……」

李明允輕笑著，舔弄小小的櫻紅，語氣曖昧：「哪裡難受？」

林蘭羞愧地說：「我肚子痛。」

李明允抬頭，眼中一抹微慍，「不許找藉口。」

林蘭無辜地看著他，扁了扁嘴，「是真的。」

李明允伸手去摸她肚子，原本平扁的小腹脹得圓鼓鼓，不由得一陣氣惱，「吃撐了吧？」

林蘭羞愧不語，淚眼濛濛，像隻可憐的小狗瞅著他。

李明允重重嘆了一口氣，翻身下來，摟著她，一下一下地幫她揉肚子，也不說話。

林蘭知道自己太掃興了，縮在他懷裡不敢露頭。

他的手心很暖，按揉起來很舒服，漸漸的腹中不那麼脹了。

他也不問她好些了沒有，只一味幫她按揉，這讓林蘭更慚愧，小聲道：「我不是故意的。」

不是故意的還要硬撐？一大碗雞絲麵外加兩顆荷包蛋，連他都撐不下，她居然有本事全吃光，湯水都沒剩一滴。不過，李明允已經沒有力氣去追究她是不是故意的，他只擔心今日兩度被潑冷水，會不會就此雄風不振。

見他不語，林蘭又說：「我只是有些害怕……」

他手頓了頓，淡淡地問：「怕什麼？」

林蘭討好地往他懷裡拱了拱，半天才憋出一句：「怕癢、怕痛……怕你不滿意。」

李明允聽了又氣又好笑，平日裡看她天不怕地不怕，一副無所畏懼的樣子，居然這般在意自己不夠豐滿，怕會讓他失望，他的心突然變得柔軟起來，溫聲問道：「好些了嗎？」

「已經好多了。」

他方才躺了下來，幫她掖好被子，拍拍她的小腦袋瓜，「不早了，睡吧！」他相信她沒有說謊，她那麼敏感，碰一碰都會發抖，還是慢慢來，循序漸進，讓她慢慢習慣吧！

真的就這麼過去了？林蘭不禁訝然，抬頭看他。

他一掌把她的頭按回去，「睡覺。」

那長長的睫毛，像兩把刷子，刷在他臉上，癢癢的，現在他可是禁不起一點誘惑。

李明允的身上熱呼呼的，好像抱著一個大熱水袋，林蘭暗暗感嘆：大冬天的，果然是兩個人睡比較暖和。

林蘭是說睡就睡，窩在某人懷裡，睡得香甜，可某人心似貓抓撓，身似火燒，已經被挑起的情慾無處發洩，不，是有處發洩，不能發洩，看得著摸得著卻吃不著的滋味，讓人很崩潰。

第二天醒來，林蘭神清氣爽，兩手伸出被窩，伸了個懶腰，李明允卻是一臉疲色，眼眶下隱隱可見黑眼圈。

「明允，是不是兩個人睡你不習慣？」林蘭很貼體地問。

「不是不習慣兩個人睡，是不習慣兩個人睡在一起卻什麼也沒做。」

林蘭訕訕，「哦……」

李明允氣笑道：「妳哦什麼？」

「沒什麼，就是哦。」林蘭裝傻充愣，坐起來穿衣。

李明允越想越不甘，一把將她按在身下，好一頓搓揉，得盡快讓她習慣他的存在。

「喂，你屬豬的啊？不要亂拱好不好？」林蘭揮舞著手抗議。

李明允不理會她的抗議，唇舌輪番攻擊她胸前的敏感點。

林蘭迅速敗下下陣來，化作一灘春水，只能嚶嚶哀求：「別……再不起就要晚了……」

李明允低聲悶笑，就這時候她才老實。他存心再逗她一逗，手上越發放肆，把林蘭給嚇得，以為他當真要將她就地正法，可她還得早起去跟老巫婆、老太太請安。

「明允，真的不行……要不……晚上吧……」林蘭紅著臉道。

李明允與她鼻子碰鼻子，強忍著笑意，故意冷著臉道：「妳不是怕嗎？」

林蘭支支吾吾：「怕也沒用啊……」

李明允揉揉她的小臉，笑道：「小笨蛋，這是行夫妻之禮，又不是綁妳上刑場，怕什麼？再說我又不是吃人的老虎，是妳的丈夫！好了，不鬧妳了，趕緊起吧！」

請早安的時間定在卯時，這個時辰，李敬賢和李明允都已經上班去了，所以，他們都不用請早安了。

林蘭先去了老巫婆那裡，隱隱聽見裡頭在說：「老爺疼妳，妳也該有個分寸，別一味的依從，像今兒個這般差點耽誤了上朝的時辰，若叫老太太知曉了，斷不會責備老爺，只會罰妳……」

「夫人教訓的是。」劉姨娘的聲音很好聽，嬌滴婉轉。

「我也是為了妳好，難得老爺遇上個可心之人……從這個月起，老爺下半月去妳那……藥別忘了吃……」

春杏出來看見二少奶奶站在門外，先是微微一詫，隨即客氣道：「二少奶奶怎不進去？」

林蘭看著那洋紅撒花軟夾簾，露出幾分猶豫來。正室正在堂而皇之教訓小妾，以發洩她備受冷落悲憤的心情，這時候進去，豈不是自討沒趣？反正大嫂還沒到。

春杏笑了笑，「奴婢替二少奶奶通傳一聲。」

春杏進去不一會兒，劉姨娘就出來了。劉姨娘今日穿了身秋香色的遍地繡纏枝芙蓉錦緞裙襖，貼身的剪裁，突顯出她凹凸有致的豐滿身材。年輕就是最大的本錢，更何況還長了一張不錯的臉蛋，難怪李渣爹這般疼她。

見到林蘭，劉姨娘盈盈一禮，「二少奶奶。」

林蘭給了她一個善意的微笑，但凡能讓老巫婆不爽的人，都算得上是同盟。

劉姨娘微微一笑，婀娜而去。

望著劉姨娘的背影，林蘭不免感慨，這做妾也是可憐，該守的規矩一樣不能少，甚至更嚴苛，福利多少就要看老爺的寵愛有多少，不過，得到老爺的寵愛，主母心裡必然不喜，處處刁難，可得不到老爺的寵愛，那就更糟糕，哎，悲催的角色啊！

林蘭陪老巫婆說了會兒話，李明珠和俞蓮一起來了，還手拉著手。

李明珠在這個家裡身分尷尬，被迫伏低做小，如今來了個跟她年紀相仿，身分比她更低微的俞蓮，李明珠終於找到一絲心理平衡，加上俞蓮對她唯命是從，又大大滿足了她驕傲的心，而俞蓮，能得到李府表小姐的親睞就已經是受寵若驚，哪有不唯命是從的道理，於是，兩人一拍即合，很快就成了好朋友。

李明珠眼風瞟過林蘭，直接將她忽視，徑直走到韓秋月面前，笑嘻嘻地屈膝行禮，甜甜地說：「明珠給姨母請安了。」

俞蓮就顯得很拘謹，行的禮也是僵硬，聲若細蚊：「俞蓮給二姑母請安。」

韓秋月笑吟吟地讓她們起來，叫翠枝給兩人看座。

按理，李明珠和俞蓮應該坐在林蘭下首，可李明珠嘴角一翹，把翠枝搬來的錦杌搬到了韓秋月身邊，挨著韓秋月坐下。

韓秋月目光微凝，略顯不悅，可看著女兒難得這般高興，暗嘆了一口氣，隨她去了，轉而去問俞蓮：「在這裡住得可還習慣？」

俞蓮連忙點頭，輕聲地答：「習慣的。」

韓秋月瞧著俞蓮小心謹慎、縮頭縮腳的模樣，心中不喜，不是讓大嫂挑個機靈出挑的來嗎？這俞蓮模樣倒是不錯，可這性子……

「姨母，讓俞蓮妹妹跟我一起住吧，我那裡寬敞得很。」李明珠抱了韓秋月的手臂撒嬌。

韓秋月笑道：「妳俞蓮妹子住妳那了，妳大伯母豈不是又沒伴？」

李明珠很失望，咕噥著：「那就等大伯母回去後，讓俞蓮妹妹跟我住。」

韓秋月笑笑，「到時候再說吧！」

林蘭狐疑：大伯母回去了，俞蓮不跟著回去嗎？老巫婆留著她要做什麼？一個女兒家離鄉背井，求什麼？不過是一門可心的婚事而已，可是，憑啥不給李家的女兒謀一門好親事，卻要為大伯母娘家的侄女費心。林蘭越想越不妥，就俞蓮這種條件，給李明則做妾還差不多，心裡突的一個激靈，該不會是想把人塞到她房裡……

林蘭不禁暗暗打量俞蓮，小小的瓜子臉，大大的杏仁眼，模樣還挺清秀，只是舉手投足間十分小家子氣，簡直就是標準的受氣包一枚。林蘭打定主意，如果這是老巫婆給自己兒子預備的妾室，那就算了，如果想塞到她屋子裡來，對不起，惹毛了她，她全弄到李渣爹屋子裡去。

李明則夫妻姍姍來遲，兩人表情有些怪異，丁若妍好像在生氣，李明則小心翼翼，不住地去看丁若妍的臉色。

韓秋月也瞧出點不對勁來，不過她是過來人，看出的東西比林蘭多，丁若妍雖然繃著一張臉，可面泛紅潮，自己的兒子又是一副做了壞事的模樣，韓秋月不禁狠狠瞪了兒子一眼，自己的妻子，什麼時候不能要？猴急猴急的，耽誤了跟老太太請安的時辰，小心你的皮。

這邊人都到齊，韓秋月帶隊，一行人去了朝暉堂。

這種請安真的很無聊，說來說去都是那幾句話，好在沒林蘭什麼事，只當在上無聊的政治課。

「我聽說，明允屋子裡好些個丫頭僕婦都是葉家的？」老太太突然來了這麼一句，馬上把神遊天外的林蘭給拽回了地面。

韓秋月淡淡地提醒道：「祖母問妳話呢！」

林蘭起身回道：「也不多，就周嬤嬤和桂嫂。明允在豐安三年，都是周嬤嬤和桂嫂伺候的，明允習慣了，外祖母就讓兩人跟著來服侍明允。」

「二表嫂，妳身邊的銀柳和玉容不也是葉家的人嗎？」李明珠閒閒地道，一邊秀眉挑著，一副看好戲的模樣。

林蘭微微一笑，「這兩個丫頭是明允路上買的，賣身契都還在我手上呢！」

「妳說是就是了？」李明珠嗤道。

林蘭不知道老太太問這話是什麼意思，不過她不喜歡被動，等人家把話說出來了，再去堵，再去掩，便問道：「祖母覺得有什麼不妥嗎？」

老太太看著林蘭，眼神複雜，反問道：「妳覺得呢？」

林蘭道：「葉家是明允的外家，外祖和外祖母就明允這麼一個外甥，自然十分疼愛，送幾個僕婦服侍明允，也是情理之中。再說，長者賜不可辭，孫媳記得祖母昨兒個擬的家規中就有這麼一條。」

老太太目光沉沉，「祖母並未說不合適，只是我聽說那周嬤嬤是伺候葉老太太幾十年的老人，想必葉老太太離了周嬤嬤也不習慣。」

韓秋月插嘴道：「可不是？明允需要人服侍，家裡有的是人，怎好要了他祖母身邊的人來？」

林蘭笑道：「這才足可見外祖母對明允的疼愛。莫說一個身邊伺候了幾十年的老僕人，就算掏心挖肺，也是情願的，祖母不也一樣心疼兒孫嗎？只是祖母是嚴在嘴上，疼在心裡。」

老太太輕微一哂，沒再繼續這個話題，大家又閒聊了幾句，老太太就打發大家散了。

林蘭心事重重，老太太絕對不會無緣無故問這番話，老巫婆一旁唱和，分明就是想叫周嬤嬤回去，打發了周嬤嬤就等於砍了她的一隻手臂，要說，她現在還真離不開周嬤嬤，有周嬤嬤在，起碼她不用擔心自己的院子裡出問題。這件事是老巫婆搞的鬼，還是老太太自己抽風？她們既然起了這心思，應該不會這麼容易就罷手，她必須小心應對才好。

為了不讓周嬤嬤擔心，林蘭沒把這事告訴她。

吃過晚飯，回到落霞齋，兩人都洗漱過後，李明允抱著林蘭坐在自己的腿上，問她今天都做了什麼，林蘭方才說起這事。

李明允聽了冷笑道：「不用猜，肯定是老巫婆搞的鬼，祖母才來幾日？對府裡的情況能了解多少？她了解的，怕都是從老巫婆口中聽說的。老巫婆想借祖母之手除了咱們院裡的人，這個院子裡她針插不進，心裡不安生。」

「那祖母要是真被她當槍使了呢？」林蘭擔心道，又忍不住翻白眼，悻悻道：「她們今天若是再說一句，我當真會忍不住反駁。葉家的人妳們不要，葉家的銀子妳們倒是使得歡，有骨氣的就把莊子鋪面都還給葉家啊！」

李明允朗聲笑道：「妳這話要是說出去，祖母會氣得吐血，不過妳也討不到好，忤逆長輩的罪名就擔定了，妳可千萬不能上了老巫婆的當。」

林蘭怏怏地撇嘴，「我也就是在這裡說幾句痛快話，你放心，關鍵時候，我還是沉得住氣。」

「其實，每個人都有弱點，別看祖母嚴厲，她也有弱點。」李明允有一下沒一下地撫弄著她的髮絲。

林蘭的臉又燙了起來，想起早上的許諾，暗暗給自己打氣，沒什麼好怕的。

「只要找出她的弱點，對付起來就很容易……」看著她的面頰慢慢浮起紅雲，李明允不禁心猿意馬，其實這一整天他都神思恍惚，想到她的許諾，就恨不得快點天黑。

林蘭心不在焉地點頭，一副虛心受教的樣子，「我會仔細觀察的。」

李明允輕輕扣住她的下巴，迫使她抬頭，對上那一雙靈動如水，明媚的大眼睛，心跳驟然漏了一拍，柔聲道：「也別只顧觀察別人的弱點，小心掩飾好自己的弱點，知道嗎？」

林蘭想了想，認真地說：「我唯一的弱點，就是……沒有弱點。」

李明允失笑，幽黑的雙眸透著揶揄的味道，「妳還真是不謙虛，妳道妳當真沒有弱點嗎？」

林蘭從他的眼神裡看出危險的信號，忍不住想跑，卻被他緊緊抱住，只好繳械投降，低著頭囁嚅地說：「我的弱點也只有你知道……」

李明允俊眉上挑，還算有自知自明。他扳過她的小臉，在粉嫩的面頰上親了一口，低柔著嗓音問：「早上說的話算數嗎？」

林蘭下意識地搖頭，可是看見他灼熱如火，滿含期待的目光，遂又洩氣地點了點頭。

李明允悶悶地發笑，將她打橫抱起。林蘭躲在他懷裡，羞得滿面通紅。

這一次李明允不給她任何逃避的機會，一上床就先把她的上衣給褪了。林蘭像隻光溜雪白即將下鍋的蝦子，抱著被子發抖。他怎麼這麼直接啊？燈還沒關呢！

李明允也褪了中衣，滾燙的胸膛貼過去，林蘭像被燙著，棄了陣地，飛快爬進另一床被子裡。

「熄燈啦……」

李明允長臂一伸，把她連人帶被撈了過來，三下五除二，剝了她的被子，捉住她的手控制在頭頂，整個人覆了上去。不知道別的夫妻是不是也這麼費事，但是，好事多磨，也是別有一番樂趣。

「我想看著妳……」因為充血都充到聲帶，李明允的嗓子變得沙啞。

林蘭羞憤得想撞牆，怒道：「不行！」

李明允嘴角噙了一抹壞笑，「那可由不得妳。」

林蘭見來硬的不行，嗚嗚咽咽道：「你一點也不體諒我的心情，你這樣我很緊張的……」

李明允無奈，為了照顧她的情緒，探出半個身子，把床頭的燈給熄了。

屋子裡頓時陷入一片黑暗，林蘭稍稍覺得有了一絲安全感。

他的吻先是輕輕點點，然後密實地落了下來。他的唇每過一處，都像是在她身體裡點了一把火，越燒越烈。

那種酥麻到空虛的感覺，讓林蘭如被懸於半空之中，浮與春水之上，只能緊緊抓住他的手臂，像是抓住一根救命的稻草。

「明允，我好難受……」

李明允心裡咯噔一下，您老不會又肚子痛吧？

「那兒難受？」

林蘭細喘著，神色迷離地望著他，「我……我不知道……」

李明允輕笑，吻上她微啟的紅唇，低聲哄著：「我也很難受，一會兒就好了……」說著，他的手滑至她兩腿間，撥開花瓣，試探她的濕度。

林蘭忍不住顫慄起來，連聲音也是不穩：「明……明允，你有沒有做過？」

「沒有……」他在她耳邊低語，呼吸灼熱。

「真的？」

「真的，但妳不用怕，我會很小心的。」他安慰著，將炙熱抵住了那溫熱的入口。

林蘭下意識抱緊了他，「明允，輕點……」

李明允吻著她的耳垂，喘息著，「蘭兒，忍著點。」

他緩緩地沉下身子，一點一點擠了進去。

林蘭咬著唇，清晰地感受到異物一點一點地入侵，緊張得腳趾頭都蜷縮起來。

感覺到那層阻礙，李明允腰身用力一沉。

「痛……」林蘭幾乎要哭出來，這傢伙還說會很小心。

李明允停住不敢動，她的花徑因為緊張、疼痛，劇烈收縮著，似要將他擠出去，他只好死死地抵著，固守陣地。

她體內灼熱的溫度，以及那要命的緊致，無一不在刺激著他的感官，刺激得他幾乎要洩出來。額上生生地逼出汗來，他重重喘息著，低頭吻她的小乳，含住頂端的柔嫩，輕咬、慢吮，一手尋找到花間的那顆珍珠，輕輕揉按。

林蘭受不住這樣的刺激，小腹處熱流不斷湧出，原本尖銳的刺痛慢慢散了去，整個人酥軟得化作一汪春水，顫慄著嚶嚶哀求：「明允，我受不了了……」

李明允額上的汗滴落下來，忍得十分辛苦，他也快受不了了。

「蘭兒，還痛嗎？」他試著輕輕動了動。

林蘭發出像貓兒一樣的嚶嚀，抱得他更緊。

聽到這樣的聲音，李明允再也無法自已，慢慢動了起來。起初還照顧她的感受，緩進、緩出，一邊觀察她的反應，生怕她不適。

疼痛過後，是一陣陣無法抑制的陌生快感，他明明就在身體裡，撐得她腫脹不已，可那一處就像空了一般，渴望著他來填滿。他的小心翼翼，讓這種空虛的感覺越發強烈，她不安地動了動腰身，想要更多。

她的迎合簡直就是莫大的鼓勵，李明允不再壓抑自己，一手扣住她纖細的腰身，一手拉開她白嫩的大腿，大力抽插起來，每一下都重重頂著藏在花溪深處的花蕊，頂得林蘭情不自禁嬌吟出聲：「明允……輕點，輕點……」

黑暗中，看不清她面上的顏色，只看見她的一雙大眼迷濛如醉，櫻唇輕啟，那如貓兒般的呻吟，聲聲溢出。

雖然沒有經驗，但他知道，她是愉快的，便不顧她的哀求，放肆起來，動作越來越大，越來越急，身體裡的血液似乎全湧向了那一處，只想一直衝進去，衝到最深處。

林蘭被他頂得靈魂出竅，魂飛天外，喊都喊不出聲，只能迷離地望著他，任他帶著她翻山越嶺，沉浮起落。

「蘭兒……」他低吼著，就在他覺得自己的血脈都快要爆了時，終於在花徑深處洩了出來。

林蘭只覺身體裡彷彿升起一朵煙花，即將綻開，可是那股推動煙花綻放的力量，戛然而止。就差一點點，一點點啊！

林蘭嗚嗚地哭泣起來。

李明允還沒退出來，伏在她身上，汗如雨下，喘著粗氣。稍稍休息後，他半側著身子，去吻她的眼、她的淚，想到適才自己的孟浪，李明允有些懊惱，沙啞地問：「是不是弄疼妳了？」

林蘭縮了縮身子，想讓他退出來，他卻是緊緊扣住了她的臀，不讓她動。

林蘭心裡莫名難受，「這樣會有孩子的。」

他擁住她，低柔地說：「有了就生。」

林蘭嗔了他一眼，「我又不是母豬！」
李明允笑了笑，這才退了出來，起身掀開帳子，亮起燈，披上棉袍去了淨房。
林蘭蜷縮著身子，失神地看著帳外朦朧的燈光，雖然已經結束，可那種空虛酥軟的感覺久久不散，在她體內作怪，難受得緊。
須臾，李明允端了熱水來，絞了熱帕子要替她擦拭。
林蘭忙搶了過去，羞赧道：「我自己來。」
看他還站在邊上，林蘭尷尬地道：「你先出去。」
李明允笑道：「咱們都是夫妻了，還怕什麼？」說著，他一隻大手伸進被子裡。
林蘭嚇住，「你要做什麼？」
卻見他從被子裡摸出一塊白帕子來，就著昏黃的燈光，林蘭看見上面有血跡。
李明允見她面頰刷的燒紅起來，不禁笑道：「我怕明兒個玉容整理床鋪的時候看見。」
兩人整理乾淨，李明允要抱她，卻被她躲開，轉過身背對著他。
李明允微微一怔，柔聲詢問：「還痛嗎？」
林蘭想說，換你試試？可這是不可能的，剛才情事激烈，並不覺得痛，可現在激情褪去，卻是隱隱作痛。
「還好……」林蘭聲如細蚊，不禁有些發愁，要是以後總這樣，她該怎麼辦？被懸在半空，上不去下不來的，她豈不是要難受死？
李明允覺得她在生氣，從背後摟著她，撫著她的肩膀，窘迫道：「以後我會克制一點，不會再弄疼妳。」
林蘭輕輕地嗯了一聲，想著他也是第一次，沒什麼經驗，她更是不懂。聽說有些女人一輩子都不知道高潮是什麼滋味，林蘭又釋然了些，起碼她差點就到了。

李明允深刻地反省了一下，試探著問：「妳覺得我怎麼做才會更舒服？」

林蘭很想說，下回別光顧著自己，也照顧一下她，可是，這話怎麼說得出口？

「是不是累了？」他關切地問。

「還好……」

身後的人沒了聲音，一雙手卻慢慢從肩頭摸了下來，伸進她的中衣，輕輕揉著她的小乳。

林蘭本來就敏感，更何況身體裡那團火還在，被他這麼一揉，頓時又難受起來，「別……」

他卻扯了她頂端的柔嫩，輕旋摩挲著，在她耳邊柔聲說道：「我還想再來一次，好不好？」

「不要。」林蘭口是心非地去拉他的手。

「妳若是累了就別動，我來就好……」他輕聲輕氣地說著，輪番挑逗她胸前的小小豐盈。

「明天還要早起呢！」林蘭倒抽一口涼氣，艱難地說。

「現在才酉時，還早……」他扳過她的身子，解開她的中衣，吻了上去，將乳尖含在嘴裡，似在品嘗人間美味。

李明允一手滑到她身下，手指順利地探了進去，天……她好緊，好熱……想到剛才在她身體裡的銷魂滋味，李明允的小腹處又脹了起來，硬邦邦地抵著她的大腿。

「明允……不要了……」林蘭不安地扭動著。

他的手指探到她的花心，狠狠地抵了進去，在那處磨蹭，時而屈起手指去撫弄那層層褶皺，想要撫平它，不一會兒，便溪水潺潺了。

林蘭喘著氣，發出一聲嚶嚀，帶著哭腔道：「你饒了我吧……」

他撤出手指，將自己的灼熱抵了上去，腰身一沉，盡根沒入。

林蘭不由得弓起身子，迎向他，抱住了他。

他深深淺淺地出入著，抱著她吻著她，喘息著問：「這樣可好？」

回答他的只有嬌喘微微，嚶嚀聲聲。

他忽而大力抽插，忽而抵著她的花心重重磨蹭，「這樣呢？」

「明允，我好難受，幫幫我……」

「要我怎樣幫妳？說……」

「我、我……」

他突然加大力度，「是不是這樣？」

林蘭被他頂得說不出話來，只能緊緊地抱著他的手臂，指甲都陷了進去。

「嗚嗚……明允……」

「舒服了就告訴我，我要妳和我一樣快樂。」他深情地望著她，如黑曜石般的幽深雙眸在燈光下流光溢彩。

「快些，再快些……」林蘭被他催眠著，吐露了心聲。

李明允嘴角一翹，將她雙腿屈起，掛在臂膀上，肆意地動作。

那朵將綻而未綻的煙花終於砰的綻開來，絢爛到極致。

感受到她的花徑急遽收縮起來，李明允低吼著，做著最後的衝刺，也洩了出來。

兩人靜靜地維持著最後那一刻的姿勢，良久，李明允感覺到她的身體慢慢綿軟下來，方抬頭笑看著她，「累不累？」

林蘭羞愧地搖頭，避開他灼熱的目光，唇邊溢出心滿意足的笑。

李明允眼底亦是饜足的笑意，兩隻手臂支撐在她身側，不讓自己的重量壓迫到她，輕柔地吻著她額上的細汗，討賞似的說：「剛才……我表現得好不好？」

林蘭推搡了一下，嗔道：「快下去啦……很重的。」

李明允悶笑出聲，「我都沒壓著妳，也重？」

林蘭微微一窘，又推他，「你下面壓著我了。」

李明允笑得更大聲，林蘭連忙去捂他的嘴，「都大半夜了，你幹麼笑這麼大聲？小心讓別人聽見了。」

李明允捉住她的小手，眸中柔波瀲灩，癡癡地望著她，「蘭兒，妳真好！」說著翻身下了床。

林蘭看著他修長挺拔的身材，回想著適才銷魂蝕骨的激烈纏綿，不禁一陣心神搖盪，默然道：明允，你也很好！

就在這時，林蘭猛然發現屋子裡的燈是亮著的，那麼，適才自己不是被他看光光了？林蘭又羞又慚又懊惱地把自己蒙進了被子裡。

第二天，林蘭醒來，習慣性的想伸個懶腰，卻發現手臂酸痛，腰肢酸軟，雙腿無力，而那處不該疼的地方，火辣辣地疼，不禁抽了口冷氣，悲催地想：這就是縱慾過度的後果啊！

轉頭去看，枕邊人已經不在，可空氣中還殘留著歡愛後的氣息，林蘭捂著臉好一陣羞赧。

林蘭艱難地起身，剛下床，就聽見銀柳喚她：「二少奶奶？」

林蘭忙坐直了身子，免得被銀柳看出點什麼來。

「二少奶奶，熱水已經備好了，您現在就沐浴嗎？」

沐浴？她沒有一大早沐浴的習慣啊！

看二少奶奶詫異的神情，銀柳諾諾道：「二少爺是這麼吩咐的，讓奴婢寅正時分喚二少奶奶起來，然後備好熱水伺候二少奶奶沐浴，不過二少奶奶沒等奴婢叫醒就起了。」

林蘭醒悟過來，李明允是擔心她身體不適，泡個熱水澡好鬆快鬆快。林蘭心裡小小感動了一下，李明允真是個細心體貼的男人。

去朝暉堂請安的時候，俞蓮說她姑母昨晚睡落枕了，今早起來脖子動不了，還疼得不行。

老太太一聽就擔心不已，「這該請個大夫來瞧瞧。」

韓秋月即刻讓人去請大夫。

李明珠掩嘴嗤笑，語氣輕慢地說：「姨母忘了？二表嫂不就是大夫嗎？」

大家的目光頓時落在了林蘭臉上，林蘭微微一笑，「我待會兒就過去。」

老太太神色凝重道：「妳現在便過去瞧瞧，若是嚴重，就請大夫。」

還是信不過她呀！林蘭也不介意，當即欠身告退。

去到俞氏屋裡，俞氏脖子已經不能動了，還在做針線活，花繃子拿得老高、老遠，蹙著眉頭，動作僵硬，就像是戴了老花鏡看報紙似的。

「二少奶奶來了。」丫鬟通傳。

俞氏忙抬頭，一動脖子，卻是「哎喲」的叫了一聲。

「大伯母，您別動。」林蘭快步上前，站到俞氏身後，去摸她的脖子，觸手只覺淺層肌肉微微痙攣，且很僵硬，便一處處地按，邊問：「哪裡最痛？」

「這裡這裡，對，就是這，哎喲……痛死我了……」

林蘭笑道：「大伯母，您忍著點，我幫您按摩一下，很快就能緩解下來。」

林蘭用拇指在壓痛點這側的上方開始，直至背部，反覆按壓。

「大伯母，是不是枕頭太高了？」林蘭瞥見床上的枕頭是兩個疊放在一起的。

俞氏嘆道：「我是枕頭低了就睡不著。家中的枕頭是我自己做的，塞了茶葉末，睡得踏實。這裡的枕頭裡面都是棉絮，軟乎乎的，一個睡著太低，兩個又太高，這幾天都睡不好，今兒個還落枕了。」

「大伯母是見外了，喜歡茶葉末的枕頭，吩咐下人們一聲就是，又不是什麼麻煩事。」

俞氏笑道：「做客的這麼挑剔，豈不討人嫌？」

林蘭笑笑，「大伯母喜歡多大尺寸的，侄媳婦回頭就給您去做。」

「那多麻煩？」

「不麻煩的。」

經過林蘭一番按摩，俞氏覺得脖子沒那麼僵了，輕鬆了許多，高興道：「林蘭啊，妳這手按摩可真行。」

「我再幫您按一按，可能是您經常做針線活，這頸椎不太好，肩膀上的肌肉都很緊。」

俞氏道：「妳說的對極了，有時候犯起病來，胳膊都抬不動。」須臾，她又嘆道：「以前家裡艱難，就常常做些女紅貼補家用，只要能接到活，就沒日沒夜地做，這才落下了病根。雖說如今日子好過了，可妳那兩位堂嫂的針線活做得真不怎樣，家裡請的繡娘做的還不如我自己做的好，哎……只好我自己受累了。」

林蘭瞄了眼一旁花繃子上精美的圖案，心中慚愧，作為古代女子生存必備技能之一的女紅，她是一竅不通。

「大伯母繡得真是好呢，莫說家裡的繡娘比不上，我看就連京城最有名的錦衣坊的繡工也不過如此。」林蘭奉承道，其實她哪裡知道錦衣坊的繡工如何，只是聽說錦衣坊很有名而已，反正拍馬屁不犯法，使勁拍就是。

果然俞氏很高興，謙虛了一句：「我啊，就是閒不住的命！」然後就扯開了話題。

「這趟本來是妳大伯父親自送老太太來的，可是三叔公要推妳大伯父當族長，妳大伯父要接手族裡的事務，哪裡走得開？妳大堂哥如今是縣裡的主簿，公務繁忙，妳二堂哥吧，媳婦有了身孕，也是走不開。」

「三堂弟呢？」

「他啊，就他那毛毛躁躁的性子，哪敢讓他送老太太來？妳三叔倒是閒著，可惜已經病了好多年了，所以只好我自己親自送老太太過來。」

「三叔生什麼病啊？」

「肺癆，今年起越發嚴重了，就剩一副皮包骨。」俞氏嘆息道。

林蘭默然，悲催的三叔，在古代得了肺癆，就等於患了絕症。

俞氏本來就是個話嘮，這脖子一不疼了，話匣子就開了。

「要說李氏一族，也就妳公爹最有出息，風流倜儻，才華出眾，難怪葉氏一見妳公爹就喜歡上了，要死要活的，非要嫁給妳公爹……」

林蘭心裡咯噔一下，按摩的手不禁頓了頓，大伯母的口氣十分鄙夷，好像很討厭葉氏。

林蘭心思一轉，笑問道：「那時公爹不是已經成親了嗎？明允他娘……知不知道呢？」

俞氏嗤道：「她當然知道。也不知她用了什麼法子勾引了妳公爹，非要妳公爹娶她，不然就要告妳公爹什麼……哎呀，我都沒臉說了！」

林蘭惶惑了，在葉家時確實聽說是明允他娘死活非要嫁給李渣爹，可明允告訴她，他娘根本不知道老巫婆的存在，所以才會這般氣憤難平……到底是葉氏強勢小三搶了人家的丈夫，還是被小三了十幾年？葉氏憤然離開，抑鬱而亡，到底是因為痛恨李渣爹的欺騙，心灰意冷？還是因為李渣爹要迎回老巫婆刺激了她？

俞氏發覺林蘭的手停住，方覺自己剛才失言了，訕訕道：「我也不是故意要說明允他娘的壞話，畢竟事情都過去了，其實最可憐的還是妳婆母，好好的一家子被拆散，哎……真是造孽喲！」

林蘭莞爾道：「大伯母覺得好些了嗎？」

「好多了，我還以為要好些天不能動呢！」俞氏轉了轉脖子，喜道。

從俞氏的屋子出來，林蘭直接回了落霞齋，先吩咐白蕙按著俞氏想要的尺寸去做個茶葉末的枕頭，又讓銀柳叫來周嬤嬤，將一干人等都遣了出去。

「周嬤嬤，當初明允他娘認識老爺的時候，知不知道老爺已經成親了？」

周嬤嬤面上就露出憤憤之色來，「當然是不知道，若是知道，三小姐怎會嫁他？老太爺和老夫人也不會允許！」

林蘭默然，這說法和俞氏說的有出入啊！

「那……當初訂親的時候，老夫人可見過李家的長輩？」

周嬤嬤冷哼道：「見什麼見？他們李家娶媳婦，卻是一個人都沒來，連個媒人都不曾請。雖說他們李家窮了點，李家老爺也不在了，可老太太總還在的，道理要講的吧？把老夫人給氣得，堅決不答應，後來，姑爺在門外跪了一夜，小姐就在老夫人屋外跪了一夜。老太爺心疼小姐，又覺得姑爺在外面這麼跪著不好看，這才鬆了口，老夫人因此三年多都不跟老太爺說一句話。直到四年前，冒出了個韓秋月，大家方才知道被姑爺矇騙了。李家騙婚騙財，卑鄙無恥，自然是不敢來見老夫人，只是可憐了三小姐，對姑爺一見傾心，掏心挖肺地對他，到頭來，卻落得這樣的下場……」周嬤嬤說著，眼角便有了濕意。

林蘭暗暗心驚，如果俞氏說的是真的，那麼李渣爹當初一定是在老太太面前扯了謊，導致老太太對葉氏很是厭惡，這就能解釋老太太為什麼對葉氏這麼冷淡。而韓秋月痛恨葉氏更加正常，畢竟因為葉氏，她從正妻變成了見不得光的外室。但林蘭不敢保證韓秋月也是受矇騙的，還是一開始就知道。從李渣爹對老巫婆忍耐的態度來看，李渣爹對老巫婆還是有所忌憚的，會不會有什麼把柄握落在老巫婆手裡？不管怎樣，李渣爹是導致這場悲劇的罪魁禍首這點是毋庸置疑的，李渣爹根本就是一個徹頭徹尾的人渣，道貌岸然的偽君子。

「二少奶奶，您是不是聽說了什麼？」周嬤嬤試探著問，要不然為何突然會問起這個？

林蘭含糊道：「我聽說了一些事，想要證實一下，這麼說來，老夫人從未和李家人溝通過？」

周嬤嬤搖頭，老夫人都恨死李家了，事情也很清楚了，有什麼好說的？

林蘭嘆口氣，讓周嬤嬤退下，周嬤嬤卻從懷裡掏出一張帖子，「這是大舅老爺讓人送來的。」

林蘭接了過來，翻開一看，原來是葉馨兒要訂親了，不禁眉頭一鬆，這可真是好事呢！

「後日正好二少爺休沐，周嬤嬤，妳就按著葉家送禮的規矩把禮物準備一下，只重不輕。」林蘭笑著吩咐道。

周嬤嬤笑道：「老奴省得。」

周嬤嬤走後，林蘭又把文山叫來，「店鋪那邊的事都清楚了嗎？」

文山回道：「小的都問清楚了，十八間鋪面有七間是簽了五年期的，也就是說還有兩年到期。另外的八間已經是續簽過的，有的續了一年，有的續了兩年，最多的又續了五年，最快的明年五月到期，有兩間鋪子還是挨在一起的。」

林蘭嘴唇微抿，琢磨著，這樣的話，至少要到明年五月才能拿回來。自己要開藥鋪，自家有鋪面，老巫婆沒理由不給。

文山眼睛微閃，帶有一絲喜色，「二少奶奶，有個事，不知道算不算好消息？」

這小子居然還學會賣關子了，林蘭裝作一本正經的模樣，「你說。」

「小的假意說想租鋪面，騙了一家鋪子的掌櫃拿出了租賃契約來看，結果您猜怎麼著？裡面居然附了一張代租協議，上頭說明是業主李明允委託夫人出租鋪面。二少奶奶，那些鋪面房契上是二少爺的名字。」文山興奮道。

林蘭差點沒拍大腿叫好，葉氏啊葉氏，妳總算是做了件明白事，知道把鋪子寫到兒子名下。

「這鋪子是二少爺的，二少爺自己知不知道？」林蘭忍著歡呼的衝動，眉眼都彎了起來。

文山忖了忖，「這個小的不知，沒聽二少爺提起過。」心說：二少奶奶您都不知道，我怎麼可能知道？

本來還想睡個午覺，因為這件事，讓林蘭的大腦高度興奮，怎麼也睡不著。老巫婆居然還偽造代租協定，那這幾年的租金也要找她拿回來。不得不感嘆，這個時代的法律也是挺健全的。她索性爬起來，算算這幾年老巫婆代收了多少銀子，又美滋滋地做著鋪面全收回來後的規劃。

所以，李明允回來的時候，就看到林蘭就趴在桌上寫啊算的，嘴裡還念念有詞。

銀柳要通傳，李明允擺手讓她下去，輕手輕腳走到林蘭身後去看她寫什麼，這麼專注。

只見白紙上橫七豎八寫滿了他看不懂的數字。

「妳在寫什麼？」李明允好奇道。

他冷不防出聲，把林蘭嚇了一跳，扭頭瞪他，「你什麼時候回來的？銀柳怎不通傳一聲？」

李明允笑道：「剛回來，看妳寫得這般專注，就沒讓她通傳。」

林蘭把自己腿上的手爐塞給他，「暖暖。」

李明允接了手爐卻是放在一邊，握住了她的手。

他的手心溫熱，她卻是因為算了半天，手指僵冷，被他的大手包裹著，溫暖而踏實。

他搓揉著她的手，小聲怨怪道：「在家裡也能把手凍成這樣！」

林蘭訕訕地笑著，「我不冷的。」心裡熱乎著呢！

李明允輕輕摟過林蘭，擁在懷裡，柔聲問：「今天都做了些什麼？」

林蘭倚在他懷裡，細聲說：「還能做什麼？請安，去給大伯母治落枕，哦，大舅爺送帖子來了，後天大表妹訂婚，請咱們過去，我已經讓周嬤嬤去準備禮物了。喏，禮單在這，你看看合不合適？」

林蘭要去拿禮單，李明允攔住她，「不用看了，這些事妳拿主意就行。」

「你看看吧。雖說我很能幹，但這種事沒怎麼處理過，沒經驗，再說表妹對你這位表哥多有心啊，你也該關心一下嘛……」林蘭很謙虛很賢慧地說。

李明允假模假樣地瞪著她，「好啊，明日我親自去問問表妹她喜歡什麼。」

林蘭挑眉，有些哀怨地看著他，怏怏道：「她喜歡什麼你就送什麼？」

這丫頭，存心氣他呢！李明允一本正經地點頭，「這個自然。」

林蘭大眼一眨，露出促狹的笑意來，「我保證表妹會說她喜歡你，你就準備好，把自己打包送去吧！」

李明允知道自己又被耍了，不禁咬牙切齒地做出狠樣，「晚上再收拾妳！」

林蘭聽懂他話裡的深意，羞紅了臉，忙把話題扯開：「明允，你知不知道東直門那十八間鋪面的房契上寫的是你的名字？」

李明允神色茫然，「我不知，妳是如何知道的？」

「我讓文山去查的，本來想著一口氣弄不回這麼多鋪面，怎麼著也得先弄回幾間，結果發現鋪面是屬於你的，老巫婆偽造了代租協議，把鋪面給租出去了。」

李明允蹙眉沉吟道：「妳這麼一說，我好像記起來，我十歲時，母親曾拿來幾張紙讓我按手印，不過那時我並沒注意是做什麼用的，想來應該就是這些房契，算算時間，差不多。」

林蘭不禁腹誹：正牌婆婆啊，您老臨終怎不交代一聲呢？難道您還指望李負心李騙子會乖乖地把房契交給你兒子嗎？您是只有這麼一個兒子，可人家李騙子可不止這麼一個兒子啊！

李明允的面色慢慢沉了下來，看得出他的情緒有些低落。

林蘭安慰道：「別多想了，不管怎樣，知道這些鋪面是你的，那就好辦多了。我先想辦法把老巫婆的代租協議弄到手，然後咱們找個合適的機會把鋪子都拿回來。」林蘭覺得老巫婆一定會想辦法把這些產業弄到她自己名下，要不然遲早會被明允拿回去。與其等老巫婆出招，還不如先發制人。

「這是必須的。」李明允點頭，便宜了誰，也不能便宜了老巫婆。

「還有件事想跟你商量。」

李明允挑眉，「說。」

「我想著你那二十萬兩銀子存在銀莊裡一年也生不出多少錢來，還不如取一部分出來投到別的地方去。」

李明允笑道：「妳又有什麼主意了？」

「就上回我跟你說過山東東阿的事，我想年後派人過去看看，如果行的話，就在那邊設一個製阿膠的點，就地收驢皮，就地熬製。咱們先在京城打開銷路，打響名氣，能把德仁堂的入貢資格拿過來就更好了，以後就可以拿到各處去賣，不愁生意不紅火，反正咱們在蘇杭一帶有鋪子。」林蘭興奮地說著她的規劃。

李明允輕輕蹙眉，思考著這件事的可能性和成功機率。

「為什麼一定要到東阿？河北一帶也能收到驢皮啊？」李明允不解，山東地遠，打理起來也不方便。

林蘭總不能說這是後世的經驗，只好編瞎話：「我也是聽我師父說的，說那邊的水特別適合熬製阿膠，熬出來的純度很高，而且利於藥性的發揮。德仁堂是百年老店，老字號，如果不是東西絕對強過他們，很難打敗他們的。」

「說的也是，妳喜歡就去做吧，反正那些錢也是妳的，我只怕妳太操勞，太辛苦。」李明允笑容和煦如風，眼裡滿滿的憐愛之意。自從過了那一關，再看她時，心裡又有了不一樣的感覺，是一種真實的擁有，毫無保留的信賴，心裡真的很踏實。

林蘭倚在他懷裡，語聲柔柔：「辛苦一點怕什麼？人生最怕的就是沒有追求。咱們一起努力，不僅要鬥敗那些惡人，還要活得有滋有味，讓那些個陰暗的小人躲在陰暗的角落裡哭泣去吧！」

李明允擁著她，聽她輕言細語地抒發豪情壯志，唇邊不覺綻出笑意。只要和她在一起，任外面冰天雪地，寒風刺骨，心裡也是溫暖如春。

「好，咱們一起努力，再努力生幾個孩子，以後兒孫滿堂，一個個圍著妳叫祖母，纏著我叫祖父……」李明允去咬她的耳朵，在她耳旁低笑道。

林蘭窘得忙從他懷裡掙脫出來，「該去請安了，又要伺候老巫婆，嗚嗚……我估計她今天會學乖，把她不愛吃的菜都去掉了。」

李明允同情地摸了摸她的腦袋，安慰道：「再忍耐忍耐吧，不會太久的，回來我伺候妳吃飯，好不好？」

「不好，我怕我又吃撐了。」林蘭鬱鬱地說，拍掉他的手。摸頭什麼的，最討厭了，感覺自己像隻寵物狗，他還偏偏很喜歡摸。

李明允笑笑，去取了她的披風，給她繫上，「外面風大了。」

青色的綢緞，鑲了一圈白狐狸毛，越發襯得她的肌膚瑩白如雪，又透著一抹羞澀的粉。粉面如桃花，煞是惹人喜愛。李明允情不自禁親了親她的臉頰，低柔地問：「走路會不會疼？」

林蘭呆了一會兒才會過意來，霎時粉桃變成天邊鮮豔的紅霞，她含羞帶嬌地嗔了他一眼，「你說呢？」

李明允愕然，他怎麼會知道？

林蘭不理他，趕緊扭頭掀了簾子出去。

李明允怔了怔，才追上去，心說：跑得這麼快，肯定沒問題了。

今天朝暉堂的氣氛有些怪異，老太太陰沉著臉，韓秋月也是面色沉沉，俞氏訕訕不語，李明則活像被霜打過的茄子，垂頭喪氣，丁若妍抿著嘴低著頭，神色晦暗，而李渣爹滿目慍色。

林蘭和李明允面面相覷，這是怎麼了？不會是李明則這個倒楣蛋又觸了楣頭被教訓了吧？

兩人上前向幾位長輩請安，老太太語氣淡淡道：「就等你們了。」

李明允道：「天冷了，回屋加了身衣裳，故而來遲了些，還請祖母莫怪。」

老太太目光柔和了些，「天冷了，就要多穿點，別仗著自己年輕，身體好。」

李明允恭謹地應諾，老太太這才擺擺手，「開飯吧！」

更奇怪的是，今天老太太主動開口，讓兩位孫媳坐下吃飯，不用伺候了。林蘭琢磨著，估計是丁若妍受了什麼委屈。

這一頓飯吃得沉悶，飯後李明則被李敬賢叫去書房，老太太把韓秋月和丁若妍留下，林蘭和李明允成為毫不相干的閒散人員，一律退散。

林蘭實在太好奇了，李明則幹了啥壞事了？

一回屋，李明允忙著處理白天沒完成的公務，林蘭叫來雲英。

「在這裡還習慣嗎？」林蘭和顏悅色地問。

雲英笑得甜甜的，「二少奶奶和二少爺待下人們都很好，嬤嬤姊姊們也都很和氣，奴婢和文麗姊姊能過來伺候二少爺和二少奶奶，是奴婢們的福氣。」

林蘭不由得側目，好一個小馬屁精啊！她承認她也是個很虛偽的人，也喜歡聽好話。

「那和妳一道進來的巧娟過得怎樣？本來妳們三個我都想要過來的。」

「大少奶奶也挺隨和的，不過那邊有幾位姊姊總喜歡教訓人，好在巧娟平日裡話不多，做事也勤快。」

仗著自己有些資歷，在主子面前有幾分臉面就喜歡擺譜教訓人的，林蘭是最看不慣的，都是丫鬟，誰又比誰高貴。

「妳找個機會去看看她吧，今天那邊好像不太平和，讓她小心做事，別又給人教訓了。」林蘭很含蓄地說。

雲英眨了眨眼睛，嘻嘻一笑，應聲而去。

玉容撥了撥炭火，笑道：「二少奶奶想讓雲英去打聽怎不直說，雲英還小，只怕領會不了二少奶奶的意思。」

林蘭嘴角一翹，漫不經心道：「算是試一試吧！」

銀柳端了兩碗胡桃雞蛋酒來，「二少奶奶，這是桂嫂特意做的，補身子又補腦。」

林蘭聞著那香味，肚子裡的饞蟲發作，這可是好東西啊，還能豐胸呢！

「妳給二少爺端去。」林蘭自己取了一碗。

正吃著，白蕙拿了個枕套進來，「二少奶奶，枕芯已經做好了，這是按您說的尺寸選的枕套，您看看這圖案可使得？」

林蘭看那上面繡的是寒梅，正好是冬天了，倒也應時應景，便道：「就這個吧。妳把枕芯裝好了，就給大伯母送去，今晚就可以派上用場了。」

白蕙應諾，拿了枕套出去。

如意又來說：「上回夫人應了二少爺備考一應花銷都由府裡帳房支出，可這都過去好幾個月了，帳房那邊一推再推，說什麼咱們這筆數目不小，府裡這幾個月都沒什麼收入，暫時付不出。二少奶奶，您說這算什麼事嘛，他們不會是想賴帳吧？」

林蘭聽了輕輕幾聲冷笑，「今年兩座莊子都大豐收，這會兒早已經入帳，說沒收入，根本就是推諉之詞。」

玉容道：「估計他們看數目不小，後悔了。」又暗道：周嬤嬤也真下得了手，人參當蘿蔔買，燕窩當粉絲買，到現在都還沒吃完。

「當初夫人不是說了，不管多少花銷一律公中出，想抵賴，門都沒有！」林蘭眼珠子一轉，有了主意，「如意，明兒個把帳簿帶過去請安。」

正說著，雲英回來了，小巧的瓜子臉上洋溢著興奮的神色，向林蘭行了個禮，林蘭讓其他人都退下，方讓她開口。

「二少奶奶，奴婢見到巧娟姊姊了，說是，大少奶奶和大少爺為了以前的一個丫頭大吵了一架……」頓了頓雲英又道：「那邊已經下了封口令，誰也不許說出去，所以，奴婢很小心，沒敢讓人發現。」

林蘭讚許地點頭，淡然道：「以前的丫頭，知不知是誰？」

「好像是叫碧如的，聽巧娟說，大少奶奶哭得很傷心，說了句，想要抬她進門，除非我死。」

林蘭怔了怔，上次好像聽如意提到過此人，看來李明則是惹了風流債了，難怪今天丁若妍一直低著頭，老太太也不讓她伺候了。

「雲英，妳知道做丫鬟的最要緊的是什麼嗎？」林蘭笑著問她。

雲英神色認真起來，「奴婢知道的，做丫鬟最要緊的是對主子忠心。」

林蘭滿意地點點頭，「妳是個聰明的，好好做吧，去把如意喚來。」

須臾，如意來了。

「如意，我記得妳曾提過一個被賣掉的丫頭，叫什麼來著？」

「小雨？」

「不是，是妳後來跟我說的……」

「碧如？」

「對，就是碧如，妳可知她是因何被賣的？」

「這個奴婢也不甚清楚，碧如是大少爺跟前得意的丫頭，大家私下裡都在議論，碧如遲早是要被抬為姨娘的。」

林蘭心裡有數了，定是碧如被賣掉後，李明則還捨不得，偷偷將人尋了回來，養作外室了，而今提出要納為妾室，估計是碧如有了身孕，仗著肚子裡有貨，給李明則施加了壓力。

林蘭憤憤，替丁若妍不值，成親還不到一年，李明則就整出這樣的事來，太傷人心了，憑什麼女人就該為男人守身如玉，男人就可以左擁右抱的三妻四妾。李家想藏著掖著，丁若妍怕落了善妒之名，加上老太太和老巫婆的循循善誘，興許只能打落牙齒和血吞，淚往肚子裡流。哼，她偏就不如他們的意！什麼家醜不外揚，紙總歸包不住火，不下下她們的臉，她們還道永遠能一手遮天。

李明允終於擱筆，看著洋洋灑灑數千字的文，長吁一氣，為整理這篇聖訓，忙了好些日子。

林蘭把移燈過來，「都寫好了？」

「寫好了，大功告成。」

林蘭幫他收筆墨，一邊把李明則那邊的事說了說。

李明允聽了，臉色有些嚴肅，目光沉沉，蹙眉不語。

「想想都替大嫂不值，這才成親多久……」林蘭惋嘆著。

李明允的語氣裡有些許的悵然，「大哥也太不知珍惜了。」

「可不是？太可惡了，也就是大嫂這般好脾氣，換作我，非鬧你個天翻地覆不可！」林蘭撇了嘴，一臉不忿地說道。

李明允輕笑出聲，「妳就不怕別人說妳妒婦？」

林蘭不以為然，「妒婦怎麼了？你們男人就是自私，自己想幹麼就幹麼，對我們女人就要講什麼三從四德！」

聽她抱怨，李明允安慰道：「那是別的男人，妳男人不會。」

林蘭斜斜睨著他，深表懷疑。

李明允一凜眉，一派凜然道：「路遙知馬力，日久見人心，夫人不信，盡可拭目以待。」

林蘭皺了皺鼻子，哼道：「說的比唱的好聽。」

李明允笑呵呵地看著她，眼裡露出些許曖昧的神色，低聲道：「做得不好？」

林蘭羞赧得一眼瞪過去，「不理你了！」放下毛筆，轉身去了淨房。

李明允的笑容漸漸在唇邊隱去，雖然他們之間已經不再有什麼，但是聽到她如今的處境，心中不免有些悵然。

第二天，丁若妍沒來請安，說是病了，老巫婆聽了，只說就讓她好好歇幾日。

林蘭主動請纓：「要不，兒媳去看看？」

韓秋月淡淡一笑，「不過是微恙，歇歇就好了。」

林蘭莞爾，沒再堅持。

老太太道：「人身體不舒服的時候，情緒會特別低落，妳這個做婆婆的，也去關心關心她。」

韓秋月立刻柔聲應了。

林蘭也道：「那孫媳多去陪陪大嫂吧！」

韓秋月剛要開口，老太太卻道：「等她身子好些了妳再去吧，免得過了病氣。」

林蘭心中鄙夷，想來妳們心裡念著的只有碧如肚子裡的李家血脈了，媳婦算什麼？這個不好換一個。

林蘭微笑，「祖母說的是。」轉而對老巫婆露出怯怯之色，低聲問道：「母親，上回您說的，給明允備考所需的一應飲食用品皆由公中花銷……媳婦想問問，可還算數？」

韓秋月偷瞄了老太太一眼，臉一沉，不悅道：「妳這是什麼意思？既然已經答應的事，豈有不算之理？」

林蘭囁嚅道：「媳婦自然相信母親言出必行，所以，讓丫鬟拿了帳單去帳房，可是一連去了幾次都被擋了回來，不是說帳上沒銀子，就是銀子剛好派了別的用處。」

韓秋月故作訝然，「有這等事？我竟不知。」

林蘭也是驚訝，「母親怎會不知呢？帳房那邊還說請示母親了的，這都過去好幾個月了。」

老太太的臉也沉了下來，不滿道：「妳這家管得也太鬆了，這些個下人都沒了規矩，這種陽奉陰違的事都敢做，連李家少爺的花銷都敢扣著不發，趁早打發了出去罷！」

老太太這話已是給韓秋月留了幾分薄面，韓稍月這人，做別的或許不行，抓錢財那是一等一的，所以，府裡的帳房肯定全是她的心腹，沒有韓秋月授意，他們敢這麼做？

韓秋月惶然道：「媳婦回頭就去問問，想來他們不敢如此的，別是真有什麼難處。」

「他們說了，今年收成不好，帳房無帳可入，可我聽明允說，今年咱們這邊年景好，沒有一處莊子不豐收的，倒是南邊和西邊，一個澇一個旱，都到咱們這邊買糧食，京城各處的莊子都賺大了，母親，您不會不知道吧？若是不知，那趕緊叫明允去問問。」林蘭熱心道。

老太太的臉色越發難看，心中暗罵：找由頭也不會找個好的，當別人都是聾子瞎子，什麼都不知道？看來敬賢說的大體是真的了，不由得心中氣悶。

韓秋月笑得尷尬，「先去問問是何緣故再說吧！」

林蘭隨著韓秋月去到帳房，韓秋月劈頭蓋臉地就先把帳房的孫先生一頓臭罵。

「沒眼色沒腦筋的，二少爺的花銷你也敢扣著不發，扣著誰的你也不能扣二少爺的！」

孫先生一頭冷汗，連連作揖，唯唯諾諾道：「小的不敢，實在是帳上無錢可支。」

「再緊張也得想辦法挪出錢來，緊著別處也不能緊著二少爺。」韓秋月果斷道。

「夫人，二少爺那筆錢數目不小，若是少的，小的東挪西湊也就補上了，實在沒辦法，新置辦的莊子已經……」孫先生吐苦水。

「好了好了，少說這些沒用的廢話。」韓秋月緊張地打斷孫先生的話，狠厲的眼刀飛過去。

孫先生自知說漏了嘴，低著頭忐忑沉默。

林蘭心裡咯噔一下，老巫婆置辦新的產業了？不消說，她用的一定是這幾年來明允鋪子的收益和莊子的收益，這樣一來，這些銀子就名正言順成了她的財產，林蘭心疼得要滴血。

「林蘭，妳先回，回頭我讓春杏把銀子給妳送過去。」韓秋月有些心虛，急急打發林蘭走。

林蘭施禮道：「那媳婦先回了。」

等林蘭一走，韓秋月壓低了聲音罵孫先生：「誰讓你在二少奶奶面前提莊子的事？說好了這事先瞞著，事還沒成呢……你倒好，大嘴巴一嚷，明兒個闔府上下都知道了。」

孫先生一邊擦汗一邊告罪：「是小的疏忽，小的該死……」

孫先生是當真惶恐，夫人讓瞞著，就是怕二少奶奶和二少爺知道，他還偏偏說漏了嘴，要是因此砸了飯碗，那就冤了。

陸之章　計誘入股陷敗北

林蘭鬱悶地出了帳房，這些銀子一旦轉為老巫婆名下的產業，再要拿回來就不容易了，難怪老巫婆要瞞著。不行，得想辦法查查，看還有沒有補救的辦法。

「二少奶奶，夫人這回應該不會抵賴了吧？」如意不放心道。

林蘭嘆了一氣，比起這麼多年的收益，這點小錢實在不值一提。

「快點，今天必須把院子收拾好。」

林蘭抬頭望去，只見姚嬤嬤帶了幾個人往微雨軒旁邊的小院子去了。

「如意，那院子不是一直閒置著嗎？」

「是啊，難道府裡要來什麼客人？」如意納悶著。

林蘭冷笑，「客人？一般的客人來了也不會住這個院子，妳沒見這裡離微雨閣最近嗎？」

如意恍然，驚訝道：「難道那件事是真的？而且夫人準備……」

這還用說嗎？當然是孫子比較重要了。

這日早晨，菜場裡，一個婆子帶了兩個丫鬟在挑白菜，只聽邊上蹲在地上撿土豆的兩個婦人在說：「我伺候的那個主子，說起來命真不錯，遇上這麼個癡情的少爺，還這麼快就有了身孕。那家老太太一聽說肚子裡有了孫子，立馬答應抬她作姨娘。」一個三十來歲的圓臉婦人樂呵呵地說道。

「哪家啊？」另一個方長臉婦人好奇道。

圓臉婦人眼珠子轉來轉去，左看看右看看，神祕兮兮地說：「我告訴妳，妳可別說出去。」

方長臉婦人熱切道：「不會不會，我這人妳還信不過？」

「就是李家……戶部尚書李家。」

挑白菜的婆子，拿白菜的手一滯，豎起了耳朵。

「那好啊，妳可以跟妳的主子到大戶人家去了。」方長臉的婦人笑呵呵道。

圓臉婦人撇嘴嘀咕：「有什麼好的，聽說李家規矩甚嚴，吃個飯，兒媳婦都得站在一邊伺候，日子不好過啊……」

「不會吧？這種事只有那種惡婆婆或是小門小戶之家偏要做那高門大戶的模樣才做得出來，正兒八經的人家怎會如此苛待兒媳？」

「可不是？這種人家，我是不愛去的，不過，也是沒法子。」圓臉婦人嘆氣道。

兩人秤了土豆又去了別的地方。

一旁的婆子白菜也不買了，吩咐兩個丫頭：「妳們按著單子上的名目把菜買齊了，我有急事先回府。」

不一會兒，兩位婦人又出現在離菜市不遠的一條僻靜弄堂裡。

「都辦妥了？」一男子背對著兩人嗓音低沉地問。

「已經把小爺吩咐的話說給丁府的婆子聽了，我看她臉色都變了，連菜都沒買，急急忙忙就走了。」圓臉婦人回道。

男子攤開一手，掌心上兩錠銀子，「以後不要再來這個菜市。」

兩人喜出望外地接了銀子，連連作揖，「多謝小爺，多謝小爺……」

下午，林蘭躺在床上，想午睡，這兩天睡眠嚴重不足，外加體力透支，急需補覺，可心裡有事怎麼也睡不著。這件事已經超出了她的能力範圍，想打聽也無處打聽，還得問問李明允，看他有沒有路子。

「二少奶奶……」銀柳小聲地喚道。

「什麼事？」林蘭懶懶地問。

「錦繡有事要稟。」

林蘭騰的坐起來，整整鬢髮，「讓她進來。」

錦繡面帶笑容進來行禮，「二少奶奶，您不是讓奴婢這幾天留心府裡的動靜嗎？」

林蘭嗔她一眼，「別賣關子，快說。」

錦繡笑嘻嘻地說：「二少奶奶，丁家夫人來了，聽說丁家夫人來勢洶洶……」

林蘭暗訝，丁夫人性子火爆啊，才得到消息就找上門來，還以為她會先把丁若妍叫回去求證一下，然後再從長計議的。

「那妳還這麼高興？典型的幸災樂禍。」林蘭批評道。

錦繡愣了一下，很無辜道：「奴婢覺得被二少奶奶猜中了，就是值得高興的事。」

林蘭忍俊不禁，「快去瞧瞧，看那邊有什麼熱鬧，趕緊來回我。」

錦繡這小密探眼睛一亮，笑嘻嘻地應聲而去。

希望丁夫人能給力些，給老太太和老巫婆一點顏色瞧瞧，最好趁機廢掉那些該死的規矩。

錦繡過了一個多時辰才回來，「大少奶奶被丁夫人帶回去了，夫人一直追到二門，她們談了什麼奴婢不知道，但奴婢看到丁夫人黑著臉理都不理人，大少奶奶就是哭……」

總算聽到點振奮人心的消息，丁夫人強悍啊！什麼臉面不臉面，自己的女兒都快讓人欺負死了，難道還要給妳好臉色？對這種虛偽的親家，就該如此，最好僉都御使再寫上幾個摺子，好好參上一本。

正說著，外面銀柳通傳：「祝嬤嬤來了。」

林蘭擺擺手讓錦繡趕緊退一邊去，忙去拿了本書裝樣子，方道：「快請進。」

祝嬤嬤進來，神色慌張，「二少奶奶，老太太暈倒了，還請二少奶奶趕緊過去瞧瞧。」

林蘭誇張地故意把書掉地上，「好端端的怎就暈了？快，銀柳，背上藥箱，咱們去朝暉堂！」

三人疾步而行，林蘭急切問道：「祖母是怎麼暈倒的？現在又是怎麼個情形，祝嬤嬤，您得和我細細說說，我也好心裡有個數。」

祝嬤嬤面有難色，支吾著說：「是因為親家丁夫人來了，為了些小事，說了幾句不合意的話，老太太昨夜又睡得不踏實，一時急了，便……便暈倒了。」

為了些小事？說了幾句不合意的話？林蘭心中冷笑，看來場面是相當激烈，要不然老太太會氣得暈倒？

「祖母以前可有此類症狀？」

「不曾有。」祝嬤嬤道。

林蘭加快了腳步，老太太這個年紀暈倒最怕的就是中風，怎不是老巫婆暈倒呢？到時候再給她扎兩針，叫她永遠癱在床上最好。不過這種無恥之人，臉皮太厚，刀槍不入，一般的攻擊力完全不起作用。

等林蘭趕到朝暉堂，韓秋月和俞氏已是急得六神無主，俞氏一邊喚「婆母」一邊哭，那悲痛的神情，好像老太太已經駕鶴西去了似的。

「大夫呢？大夫怎麼還不來……」韓秋月急聲道。

祝嬤嬤上前，「夫人，大夫已經讓人去請了，可一時半會兒也趕不來，老奴想著二少奶奶會醫術，便先請了二少奶奶過來。」

韓秋月瞟了林蘭一眼，對祝嬤嬤道：「還是快去催催大夫。」

俞氏見林蘭來了，卻道：「林蘭，妳來正好，快看看老太太這是怎麼了？掐了人中，可怎麼喚都喚不醒……」

林蘭望著韓秋月，弱弱道：「母親，事情緊急，還是讓媳婦先瞧瞧吧，萬一耽誤了病情……」

俞氏過來拉她，「快點快點，別磨蹭了！」

林蘭翻開老太太的眼皮檢查了一下，還好瞳孔沒有放大，沒有充血，再替她診脈，只覺按脈如按琴弦，硬而有力，卻不是最厲害的。林蘭稍稍安心，讓銀柳取出銀針，給老太太扎了兩針，老太太「嗯」了一聲，悠悠醒轉。

俞氏喜極而泣，「醒了醒了，老太太，您總算是醒了，可把媳婦嚇壞了……」

老太太渾渾噩噩不知人事，眼睛裡更是一片渾濁，恍惚得很。

林蘭對俞氏道：「大伯母，最好讓這一屋子的人都先出去，大家圍在這裡，祖母會透不過氣來的，侄媳婦也好靜下心來給祖母再診治診治。」

俞氏見林蘭兩針就讓老太太醒來，哪有不信她的道理，忙道：「大家都先出去，祝嬤嬤，妳留下跟我一起服侍老太太。」俞氏情急之下竟是將韓秋月給忽略了。

韓秋月心情本來就糟糕透了，現在林蘭和俞氏一搭一唱的，倒把她當成了不相干的人要遣了出去，不由得瞪了林蘭一眼。自己的婆婆在場卻要去問大伯母的意思，這不是存心落她的面子嗎？心中對俞氏也是惱怒，林蘭不過是替她治了一回落枕，就把她當自己人了，也不想想自己來這趟是為了什麼，沒腦子的。

老太太雙目微合，面色灰敗，雙唇不住顫抖，顯然還沒從憤怒沮喪的情緒中擺脫出來。

俞氏安慰道：「老太太，是那丁氏無禮，您犯不著跟這種人置氣……」

老太太聲音微弱：「也是咱們有愧於人家，可她的性子也太急了。」

「可不是，說話跟放炮仗似的，劈里啪啦，根本不容咱們解釋，這哪是官家夫人該有的氣度和做派……」俞氏忿忿道。

老太太睜開雙眼，渾濁的眼珠微轉落在了林蘭身上，對林蘭招招手，林蘭忙上前，輕喚了聲：

「祖母。」

「祖母讓妳們立規矩，妳心裡可有怨言？」老太太語聲雖輕，可這話問的分量不輕。

林蘭微笑道：「怎麼會呢？孫媳知道祖母用心良苦。」

老太太嘆了一口氣，似有些許安慰，「妳是個省事的，妳先下去吧，把妳婆母叫來。」

「是……只是祖母切莫再生氣，自己的身子要緊。」林蘭溫言勸慰，帶了銀柳出了房門。

「我看林蘭真是不錯，雖說出身不好，卻也懂禮數，識大體，還很熱心。」俞氏誇道，她不過隨便說說，林蘭當天就把茶葉枕頭做好給她送了來，今日又早早過來給她做按摩，做完按摩再去自己婆婆那裡請安，俞氏對林蘭的好感大增。

老太太喟嘆道：「那是明允自己有出息，不須借助外力，可明則不同。」

老巫婆就在外面候著，林蘭上前向她行了一禮，「母親，祖母請您進去。」

韓秋月神情淡淡瞅著林蘭，然後一言不發地進去了。

林蘭也不走遠，就在朝暉堂外候著，萬一老太太又暈倒了，她省得跑來跑去。

沒多久，就看見李敬賢和李明允匆匆趕了回來。

「林蘭，妳怎麼在這？」李明允見林蘭站在院外，還以為她被罰站，急忙迎上來。

林蘭先向李渣爹行了個禮，說：「老太太適才暈倒了，現在已經醒了，在裡面跟母親、大伯母說話，媳婦怕老太太又出什麼意外，不敢走遠，故而在此候著。」

李敬賢聽說母親暈倒了，焦急之色更甚，好在已經醒了，又稍稍安心，問：「親家母呢？」他被人急急地叫回來，說是親家母鬧上門來了。

林蘭小聲道：「已經走了，大嫂也被帶走了。」

李敬賢面黑如鍋底，「妳也別在這裡站著了，到偏廳去坐坐。」說罷自己先進去了。

李明允蹙眉似自言自語：「丁家怎麼這麼快就得到了消息？」

林蘭嘴角微扯，默然道：當然是你的老婆大人我搞的鬼！

她嘴上囁嚅道：「沒有不透風的牆唄！」

李明允想了想，深以為然，「走吧，咱們去偏廳等候。」

韓秋月見老爺回來了，快步迎了上去，「老爺，親家母把若妍帶走了，還撂下話，說要和離……您看，這事鬧得，現在如何是好？」

李敬賢一聽就火大，要不是母親還躺著，他當場就要發作。李敬賢沉了臉，冷聲道：「妳現在來問如何是好，早幹麼去了？都說了這事急不得急不得，妳們偏生要自作主張……」

韓秋月見老爺衝她發火，委屈道：「讓碧如進門也是權宜之計，總不能讓她挺著大肚子到府裡來鬧，叫人看笑話。本也是跟若妍說好了的，等她孩子生下來就想辦法把人弄走……誰知道親家那邊就知道了，妾身還封了口的……」

這事俞氏沒參與，現在更不會去觸二叔的楣頭，只在一旁裝聾作啞。

老太太讓祝嬤嬤扶她起來，祝嬤嬤給她弄了個大引枕靠著。

老太太沉鬱地說道：「事已至此，埋怨又有何用？現在該想想辦法怎麼解決才好。」

韓秋月附和道：「是啊，親家母也不知哪裡聽來的閒話，說咱們虐待若妍。天地良心，對這個媳婦，咱們是捧在手裡怕摔了，含在嘴裡怕化了……可親家母什麼解釋也不聽，只問碧如一事是否當真，反正說了很多難聽得話，若妍只知道哭……哎，妾身知道親家母脾氣不好，卻不知會壞到這個地步。」

李敬賢看在母親的面子上，強忍住怒火，說：「碧如是絕對不能進門的。」

韓秋月道：「那她鬧起來怎麼辦？這下作的賤人沒臉沒皮，什麼事都做得出來，要是被她累及老爺的官聲，咱們李家的清譽……」

李敬賢冷哼，「真正會咬人的狗不會叫，這麼點小事都辦不好，妳這麼多年的本事白練了。」

韓秋月訕訕，要處置個小賤人還不容易？關鍵是老太太在，她豈敢在老太太面前耍陰狠？

「可是她肚子裡的孩子……」韓秋月囁嚅著。

李敬賢的口氣越發生硬冷漠，「我們李家不稀罕這種賤人生的孩子，再說若妍進門才多久？又不是不會生？」

老太太神情委頓，有些心疼，那到底是李家的血脈啊！本想著先把人穩住，再從長計議，可如今鬧到這個地步，丁家擺明了態度，不解決好碧如的事，就要和離……為了個丫頭，當真不值，若妍若是走了，明則上哪找這樣如意的親事？

「敬賢說的有道理，秋月，妳去告訴那個碧如，讓她死了這條心，就算咱們讓她進了門，她的日子也不會好過。若是她肯息事寧人，咱們李家也不會虧待她。」老太太權衡利弊後說道。

「是。」韓秋月心說：碧如這死丫頭若是這麼好打發，早就打發了，賣都被賣了，還被她跑了回來，糾纏上明則。

「至於親家那邊……敬賢、秋月，總是我們有錯在先，你們去說說好話，把人帶回來吧！」

李敬賢順從道：「母親不必為此事勞心了，當心著自個兒的身體，兒子心裡有數，就算是倒茶認錯也該認，誰叫自己的兒子不爭氣呢！」

末了李敬賢剜了韓秋月一眼，忿忿道：「明允就從沒這種亂七八糟的事！」

韓秋月聽了幾乎憋過氣去，怎奈一句辯駁的話也說不出口，只有暗暗咬牙，你的明允沒亂七八糟的事嗎？等著瞧好了！

老太太顯然今日氣大了，精神不濟，甚是疲累，懶懶地擺手，「都下去吧，今日請安免了。」

三人行了禮，悄悄退了出去，只留祝嬤嬤服侍老太太。

李敬賢一出門就呵斥道：「那個不孝的畜生何在？」

韓秋月打了個激靈，惶惶道：「妾身讓他追若妍去了。」

李敬賢面若覆霜，「這個該死的東西，成事不足敗事有餘！」

俞氏見二叔火氣大，趕緊溜了。

銀柳在門口張望，瞧見老爺和夫人都離開了，忙回稟。

李明允道：「那咱們也先回吧！」

林蘭點點頭，「回去我還有要事跟你說。」

回到落霞齋，兩人關上門，林蘭道：「今早，我聽長房孫先生漏了一句，老巫婆好像置辦產業了，也不知成沒成，若叫她得逞了，那你娘……咱娘留下的產業的那些收益可就全成了她的東西了。」

李明允摸了摸額頭，淡淡道：「這事我早知曉，若不是大舅從中阻攔，老巫婆已經成事了。」

林蘭長舒一口氣，雙手合十，「還好還好，我就怕來不及了，害得我一整日心浮氣躁。」

「可是阻得了一時阻不了一世，這樁生意破壞了，還有下一樁，老巫婆現在是急著給李明則置辦產業。」李明允輕嘆道。

「要不然，就是撕破臉，要老巫婆把這些年的收益交出來。」

李明允搖搖頭，「就這樣，豈不是太便宜了她？」

「那該怎麼辦？」

李明允瞧她皺著鼻子，憂心忡忡的樣子，不由笑道：「如果讓老巫婆手上的銀錢全虧掉，然後咱們再問她要銀子，妳說，她會不會暴跳如雷？」

林蘭聽得眼睛一亮，眉眼都舒展開來，笑嘻嘻地湊了過去，「原來您老已經有妙計啦！快說來我聽聽！」

李明允瞇著眼看她，「我很老嗎？」

林蘭嘿嘿笑道：「一點點，只比我老那麼一點點。」說著，忙把熱茶遞過去，「您老喝茶！」

李明允氣笑著捏了下她的鼻子，說：「論別的葉家或許不行，但若是論經商，葉家還是有些手段的，好歹我身上流著一半葉家的血。等著瞧吧，老巫婆這種貪得無厭之人，一定會乖乖入局。」

「噯，你別吊我胃口行不行？趕緊說，你設了什麼局？」林蘭心急，不滿地催促道。

李明允眼中露出狡猾之色來，「說不得，不可說也！」

林蘭急得想去撓他，大眼睛一瞪，威脅道：「你說不說？」

李明允朗聲而笑，將氣急敗壞的林蘭拉進懷裡，去咬她耳朵上的軟肉，低聲道：「有犒賞，我才說。」

林蘭狠推了他一把，氣鼓鼓的，「犒賞沒有，懲罰有，今晚你睡炕。」

李明允苦著臉道：「夫人好狠的心。」

林蘭翻了個白眼不理他，李明允只好投降，「其實很簡單，現在山西那邊都在挖煤，京城裡好些有錢人合夥出資想去那邊開煤礦，這可是日進斗金的好生意，京城裡嘗到甜頭的人不少，老巫婆豈能不動心？」

「你的意思是，騙老巫婆出資，然後給她弄個廢礦？」

李明允搖頭，「是讓她以為是個廢礦。」

林蘭面上綻出興奮的光芒來，「讓老巫婆以為是個廢礦，然後你再想辦法用最低廉的價格把礦山買過來？」

李明允點了下她的額頭，「笨！」

林蘭愕然，她怎麼就笨了？

當晚，李敬賢和韓秋月就去了丁府，但丁若妍仍沒有回來，罪魁禍首李明則被盛怒的李敬賢關進了祠堂，直到第二天林蘭和李明允出門去葉家，李明則還在罰跪。

林蘭是第一次上門，賀喜兼見禮。

大舅母王氏滿面春風，笑吟吟地說：「早就盼著妳來了，聽馨兒說，來京一路上多虧了有妳照應著。」

林蘭笑道：「這是應該的。」

「聽說妳是澗西村的，早些年妳大舅常去那邊，我也跟去過幾回，說起來你們村上的金大嬸還是我府上一位管事嬤嬤的親戚。」

遠在京城，聽人提及澗西村，提及金大嬸，很是親切，林蘭笑道：「金大嬸人很好，很熱情，我在澗西村的時候，金大嬸很照顧我的。」

「早知道表弟妹在澗西村，婆母就早把人帶回葉家了。」一旁的葉家大少奶奶容氏打趣道。

王氏笑嗔道：「這都是緣分，我若將她早早帶回葉家，妳表哥興許就沒這個機會了。」

林蘭羞赧地瞄了李明允一眼，這廝氣定神閒，悠然喝著茶，一點都沒有不好意思，真懷疑他以前動不動就臉紅是裝的。

大舅爺葉德懷哈哈笑道：「外甥媳婦，今天也算是認了門了，以後有時間就多過來坐坐，陪妳舅母說說話，就把這當自己娘家，不必客氣。」

林蘭心說，葉馨兒不在的話，她倒是很願意過來，也好跟大舅爺學點經商的本事。

「多謝舅父，以後少不得要來叨擾。」林蘭起身施禮。

「說什麼叨擾，我在這京城人生地不熟的，妳大舅爺、大表哥又整天外頭忙碌，家裡就我和妳大表嫂，想湊人打副葉子牌都沒對手，妳來了就正好。」王氏笑道。

容氏有些黯然，「妹妹出嫁了，家裡又冷清了些。」

王氏的笑容一滯，似嘆息道：「是呢，又要冷清了。」

葉德懷不以為然，「馨兒又不是遠嫁，妳若是想她了，可以隨時讓她回來。」

王氏不禁傷感，「出嫁了，便是別人家的人了，上有公婆，下有孩子，哪能想回來就回來？」

氣氛一時低落下去，葉德懷忙轉移話題：「外甥媳婦大舅爺、大舅母都叫了，妳的見面禮呢？還不快拿出來。」

王氏回過神來，忙道：「五兒，快把見面禮拿來。」

叫五兒的丫頭笑嘻嘻地應聲，轉入後堂，須臾捧了只托盤出來，上面蓋了大紅緞子。

「今年是兔年，這裡有二十對金兔，還有一袋一百零八條的小金魚兒，這些小玩意兒妳拿著玩兒。」王氏笑咪咪地說著。

林蘭倒抽一口冷氣，看那金兔少說一隻也有五兩，還有那鼓鼓囊囊的一袋小金魚兒，真是財大氣粗啊，金子都成了小玩意兒。

「這裡還有一份房契，就在葉家綢緞鋪的對面，是個旺鋪，妳大舅爺特意買了來，送給你們作賀禮。」

林蘭深感震驚，這份禮遠遠超出了她的預想，要知道葉家綢緞鋪所處京中最繁華地段，那裡的鋪面可比東直門的鋪面要值錢的多，沒有十來萬兩銀子，根本拿不下。林蘭終於了解，為什麼大舅母說那些金兔金魚兒是小玩意兒了。

林蘭惶恐起身，「舅父、舅母，這份禮太重了，外甥媳婦愧不敢當……」

「拿著拿著，明允能娶到妳這樣的賢內助是他的福氣，再說我就只有這麼一個外甥，不疼著他疼誰？」葉德懷笑呵呵地說。

林蘭心說：你都不給兒子留些嗎？隨即一想，葉家財勢滔天，深不見底，說不定這只是冰山一角，九牛一毛，隨即釋然。

「就是，這次要不是妳，明允哪能這麼順利中狀元，說不定早給人害了。」王氏說到韓秋月，語氣裡便有了恨意。

林蘭看向李明允，李明允放下茶盞，走到林蘭身邊，拱手一禮，「多謝舅父舅母厚愛。」李明允都表態了，林蘭也趕緊道：「外甥媳婦多謝舅父舅母。」

王氏笑道：「都是自家人，客氣什麼？」

見過禮，葉德懷得去接待別的客人，李明允身為新科狀元，翰林院修撰，自然也要去給大舅爺充充門面，就跟了去。林蘭陪王氏說了會兒話，容氏提議帶她去見見葉馨兒。

葉馨兒在繡樓上焦躁不安地走來走去。

「靈韻，妳確定表少爺和表嫂來了嗎？」

靈韻點頭道：「奴婢親眼瞧見的，在花廳跟老爺夫人說話呢！」

葉馨兒一口氣沒鬆到底又緊張起來，成與不成就看今日了，錯過這個機會再難挽回。爹、娘，恕女兒不孝，女兒心裡實在容不下別人了，與其痛苦一生，還不如自我了結的好。

「妳去看著，若是大少奶奶帶著表嫂過來，妳趕緊來回我。」葉馨兒吩咐道。

靈韻心裡不安地跳動著，就算她再愚鈍，可每日伺候著大小姐，也能看出點端倪。大小姐死活不同意嫁人，為的是什麼？還不是惦記著表少爺嗎？若非老爺撂下狠話，如果大小姐不嫁，那就去做姑子，要死要活隨便……大小姐抵不過，只得應了。她還以為大小姐已經死心了，可是昨日大小姐跟大少奶奶嘀咕了半晌，今兒個又把其他下人都遣走了，不讓任何人靠近繡樓，大小姐這是想做什麼？求表少奶奶嗎？求她什麼呢？做小？小姐也不嫌委屈？靈韻真的無法理解大小姐的想法，如果讓老爺知道了，後果會很嚴重的。

林蘭跟著容氏來到繡樓，便發覺這繡樓冷冷清清，偌大的繡樓，只靈韻一個丫頭伺候，一點也不像待嫁小姐的閨閣，沒有一點喜氣。

靈韻引兩人上樓。

容氏笑道：「馨兒妹妹，快來瞧瞧，是誰來看妳了？」

葉馨兒端坐在菱花鏡前一動也不動，一聲不吭，看著鏡中漸漸清晰的那道身影，手在袖中緊握成拳，緊到指甲都陷入掌心。很疼，卻是比不上心疼。爹明明都要妥協了，可是周嬤嬤來了一趟府裡，爹就改變了主意，不用說，肯定是林蘭搞的鬼。在船上時，林蘭防她就防得甚嚴，水潑不進，到了京城，她又沒礙著她什麼，她不想嫁關林蘭什麼事，非要來摻和，非要逼她嫁出去了才安心嗎？是妳先逼我的，休怪我不客氣！

容氏看葉馨兒沒反應，尷尬地笑了笑，「馨兒妹妹，妳表嫂來看妳了。」

葉馨兒冷笑一聲，緩緩轉過身來，斜睨著林蘭，似笑非笑道：「表嫂可真有心。」

林蘭聽她言語不善，笑道：「今日是表妹訂親的好日子，做表嫂的自然要來道賀一聲。」

「道賀就免了吧！這親事是如了妳的意，可不如我的意！」葉馨兒冷言冷語，面含譏誚，眼帶憤恨，全完不復以往那溫柔的模樣，徹底撕下了偽裝。

林蘭淡然一笑，「表妹真會說笑話，舅父煞費苦心為妳謀了這樣一門好親事，正是皆大歡喜的好事，做表嫂的為妳高興也是應該，至於表妹心裡不高興……表妹別怪表嫂言語直白，人總執著於一些不可能的事，除了徒增煩惱，再無益處，還是想開點的好。有道是有心栽花花不開，無心插柳柳成蔭，也許，表妹夫才是表妹的佳偶良配。」

容氏附和：「馨兒妹妹，我聽妳哥說，表妹夫一表人才，又是清貴之家，這樣的夫婿打著燈籠也難找，妹妹妳就不要再彆扭了。」

葉馨兒臉色一沉，「妳們說好妳們自己嫁去，別來禍害我！」說罷扭過頭去，再不理兩人。

容氏甚是尷尬，給林蘭使眼色，說：「我還要幫母親招呼客人去，表弟媳，妳也來幫忙吧！」

林蘭會意，容氏這是在找藉口開溜，她也不想跟葉馨兒多話，反正該說的都已經說了，等她嫁了人，那點心思慢慢也就淡了，遂笑道：「也好，就不打擾表妹了。」

下了繡樓，容氏訕訕道：「本是好心好意帶妳來看看馨兒，沒想到她還在彆扭，表弟媳，妳也別往心裡去，馨兒她對這門親事一直不喜歡，也不知她鬧什麼彆扭……」

「表妹會想通的。」

容氏嘆了一口氣，「算了，不管她，咱們去花廳吧！今兒個可是來了好多人，母親一個人忙不過來呢！」

葉馨兒透過窗縫看著兩人遠去，立即喚道：「靈韻，妳去前院把表少爺請來，就說表少奶奶突然肚子痛了。」

靈韻驚悚地看著小姐，現在她已經猜到小姐的意圖，惶恐道：「小姐……這……恐怕不妥。」

葉馨兒怒瞪著她，「妳囉嗦什麼？只管按我的吩咐做，妳自己小心點，別驚動了旁人。」

靈韻害怕得幾乎要哭出來，戰戰兢兢地哀求道：「小姐，奴婢不敢……」

葉馨兒陰冷地看著她，「妳不敢的話，明兒個我就把靈音賣了，讓妳再也見不到妳姊姊。」

靈韻打了個寒顫，默默地轉身下樓。

葉馨兒嘴角泛起一絲冷笑，從小到大，她就沒有得不到的東西。

李明允正在前廳與客人寒暄，見一丫鬟站在角落裡鬼鬼祟祟向他招手。李明允認得那是葉馨兒的貼身丫鬟靈韻，心裡不由得犯嘀咕，葉馨兒這會兒找他做什麼？

李明允想了想，還是走了過去。

「何事？」

靈韻因為害怕，緊張的模樣不用裝，便顫聲道：「表……表少爺，表少奶奶突然肚子痛了，站都站不起來了……」

李明允的心猛地提了起來，「表少奶奶在哪？」

「在後院，表少爺趕緊去看看吧。表少奶奶臉色發青，滿頭大汗的，好嚇人……」

有道是關心則亂，李明允不曾多想，急道：「快帶我去！」

李明允一邊疾步，一邊問：「請大夫了嗎？」

「表少奶奶不讓請，說她自己就是大夫，可她都痛成那樣了……」靈韻忐忑地回答。

李明允不禁埋怨，林蘭太任性了，大夫病了也是要看大夫的。

李明允跟著靈韻進了二門，一路走去都沒見到人，奇怪，人都到哪兒去了？可他擔心著林蘭，這絲疑問在腦子裡一閃，就忽略了。

進了二門沿著抄手遊廊往西，穿過一條巷子，前面就是後花園了。

李明允突然想起，葉馨兒的繡樓就在後花園，頓時心中警鈴大作，腦子開始冷靜下來。

林蘭病了，為何不是銀柳或是玉容來報信？是因為她們對葉府的地形不熟悉？為什麼之前都還好好的，分開才沒多久就突發疾病？早上喝的是桂嫂熬的紅棗米粥，配的是素包子，不存在吃壞肚子的情況，而且林蘭的月事也不在這個時候……為什麼一路上都見不到人？雖說葉府的規矩不是那般死板，但該有的規矩還是有的，各門都有婆子丫鬟當值，就算今日再忙碌，人手不夠，也不至於一個人都不見……難道是刻意安排？

李明允瞅著帶路的靈韻，她始終低著頭，回想她適才說話的神情，緊張中似乎有些……心虛？

「靈韻，表少奶奶到底在哪裡？」李明允停下腳步，清朗的語聲，透著犀利地質問。

靈韻不禁打了個寒顫，竟是怔在原地。

「妳應該知道說謊的後果。」李明允看她那顫抖的雙肩，心中已然明瞭，這恐怕是葉馨兒設下的圈套，好在他及時醒悟，要不然……

林蘭在花廳裡幫著招呼客人，大多是商賈之家的夫人小姐，葉家來京城三年，已然在京城商業圈裡站穩了腳跟，大有後來居上的勢頭，也是，用錢開路，所向披靡啊！

一婆子進來報：「夫人，酒席都準備好了，嚴家送來了二十罈上好的杏花春，老爺說待會兒外邊的酒席改上杏花春。」

王氏道：「就隨老爺們的意吧，女眷們這邊還是上梨花白和青梅酒，妳去準備準備，待會兒人到齊了就開宴。」

那婆子應聲而去。

林蘭喚來銀柳，小聲吩咐道：「妳去找冬子，讓冬子轉告二少爺，喝酒別太直爽了。」

銀柳抿嘴笑道：「是，奴婢這就去。」

一旁的容氏忙阻攔道：「大老爺們喝酒就是要喝個痛快才有意思，難得今天高興，表弟媳就隨他去吧！」

林蘭莞爾，「不是我不讓他喝，實在是明允他酒量不好，一喝就醉，一醉就好幾天難受。這會喝酒的人，喝酒是痛快事，這不會喝酒之人，喝酒實在是件很痛苦的事。」

「嗳……酒量也是靠練的，妳表哥他原本也不會喝，自打來京後，少不得出去應酬，漸漸的也學會了。」容氏笑道：「表弟以後做了大官，想來應酬也是少不了的，反正這是在家中，喝醉了也不打緊。」

林蘭訕笑，「家中還有老太太呢！老太太最不喜歡醉酒失態，連我公爹喝多了都要挨罵。」

容氏鄙夷道：「妳家那位老太太管得未免也太寬了。」

銀柳聽她們你一言我一語的，不知該不該去通傳，小聲徵詢道：「二少奶奶，那……還要不要去說一聲？」

容氏馬上就說：「不用去了不用去了，別掃了爺兒們的興致。」

林蘭納悶，就這點屁大的事，要她容氏這麼著急做甚？

「那就隨他去吧，想來二少爺自己有分寸的。」林蘭笑著說。

容氏放鬆下來，「就是就是，再說，還有妳表哥在，誰敢灌表弟酒，他一準擋著。」

那邊王氏叫容氏過去，容氏道聲失陪，便過去了。

林蘭招招手，示意銀柳附耳過來，「妳去告訴冬子，必須寸步不離跟著二少爺。」

銀柳愕然，這不是早就吩咐了的？

林蘭知她狐疑什麼，道：「小心能駛萬年船，妳再去提醒一下。」

適才看葉馨兒那模樣，分明還是賊心不死，不得不防啊！

銀柳忙點頭，轉身出了花廳。

林蘭下意識往容氏那邊看，只見容氏出神地盯著銀柳離去的背影，面上露出一絲不安。林蘭心裡咯噔一下，許是在李家待久了，神經特別敏感，總覺得有些不對勁，可一時又說不上來。

葉馨兒翹首張望，等得心急如焚，一切都已經安排好了，就等君入甕。只要木已成舟，表哥沒道理不娶她，就算平妻也是好的，至於林蘭，她再慢慢想辦法解決掉。

「這個笨丫頭，叫個人大半天的也叫不來！」葉馨兒銀牙暗咬，低聲罵道。

終於等到靈韻，卻是只有靈韻一人，葉馨兒的心涼了半截。

靈韻很惶恐，「小姐，表少爺走到半路又回去了，說表少奶奶自己就是大夫，沒什麼要緊。」

葉馨兒死死瞪著靈韻，驀然隨手抓了一件東西就朝靈韻砸過去，「沒用的東西，去死……」

靈韻正低著頭惴惴不安，根本沒留意，這一下被砸了個正著，額頭上一痛，緊接著是細瓷落地碎裂的聲音。靈韻驚愕地抬頭，額上一股熱流淌了下來，迷住了眼，眼前盡量一片紅光。靈韻晃了晃，軟軟地倒了下去。

葉馨兒盛怒之下，情緒失控，現在見靈韻滿頭鮮血倒在地上，怒意漸漸被恐慌所取代。她驚慌失措地看著昏倒在地的靈韻，一顆心直往下沉，如墜無底深淵……

「靈韻……」靈音一上樓，就看見妹妹靈韻倒在血泊中，地上一隻碎裂了的白瓷盒子。靈音大驚失色，搶步上前抱住了靈韻，拚命喚她：「靈韻，靈韻……妳醒醒啊……」

剛才靈韻來找她，說了一些莫名其妙的話，什麼以後若是她不在府裡了，不要想她，最好能犯點小錯，離開小姐，就算被罰去外院做三等丫鬟也好……她越想越不對勁，今兒個小姐又下令，不讓她們進繡樓，她實在放心不下，偷偷跑了來，只聽得樓上先是砰的一聲，然後又是咚的一聲，聽得她心驚肉跳，悄悄上了樓，就看到如此慘狀。

「小姐，靈韻到底做錯了什麼，您要下如此重手？」靈音悲憤地泣訴。她和靈韻打小就伺候小姐，小姐表面上溫順乖巧，那都是做給別人看的，事實並非如此。

葉馨兒心虛地支吾著：「她……她不會辦事，我不是真要砸她，是她自己沒躲開……」

「靈韻，妳醒醒啊！」靈音搖晃著靈韻聲聲呼喚，可靈韻雙目緊閉，毫無反應。

「妳別喊……」葉馨兒急了，去捂靈音的嘴，恐嚇道：「今天是什麼日子妳是知道的，若讓老爺知道這事，妳知道會是什麼後果，趕緊把眼淚擦了，悄悄去請個大夫。」

銀柳去了不一會兒回來了，附在林蘭耳邊說：「二少爺說，他心裡有數，剛才有人傳二少奶奶突然病了，讓二少奶奶自己注意身體，宴席過後，馬上就回家。」

林蘭剎那怔愣後，恢復了平靜，終於知道什麼地方不對勁了。假傳她病了，想誆了明允去哪裡，不言而喻。難怪容氏不讓她派銀柳去傳話，難怪容氏看到銀柳走了會露出不安的神色，真沒想到，容氏這個嫂嫂當得這般稱職，居然幫小姑勾引男人。還以為只有李家人極品，沒想到葉家也出了這樣極品的人才。對這種糊塗透頂的傻缺，絕不能縱容，必須給予深刻的教訓，沒得讓她敗壞了葉家的聲譽。

「妳再去一趟，問清楚二少爺是如何識破的。」林蘭神情嚴肅道。

「是。」銀柳又走了。

林蘭抬眼去看容氏，容氏笑容僵硬，眼神閃爍。林蘭就這樣笑咪咪看著她，看得容氏手心冒汗，想派個丫頭去繡樓瞧瞧也不敢叫人。好在，這時候丫鬟來報，酒席已經準備好了，王氏吩咐馬上開席。

容氏訕訕地去招呼客人入席，林蘭的目光就一直跟著她，看她能耍什麼花招。

不一會兒，銀柳回來報說：「二少爺說，該提醒大舅母一聲，今兒個進出的人多，別忘了看緊門戶，免得讓心思不明的人有機可乘。」

林蘭會意，點點頭，「好了，妳也下去吃點東西。」丫鬟們也有專門招待的場所。

王氏和同桌的夫人們聊得開心，瞥見身邊的林蘭怔怔地坐著，便笑道：「林蘭，吃菜啊！別客氣，今天妳也算這裡的半個主人！」

林蘭勉強一笑，拿起了筷子，輕聲說道：「適才我的丫鬟進出二門，竟發現幾道門都無人值守，今兒個人多，若是有那麼一個心思不正的人……」

王氏頓時神情一僵，招手讓身邊的丫鬟附耳過來，小聲吩咐道：「去查查二門今日是誰值守，速來報我。」

坐在另一桌的容氏見婆母神色微變，心慌起來。

宴席過半，丫鬟回來了，附在王氏耳邊說了一句，王氏起身笑道：「大家慢用，請容我稍稍失陪一下。林蘭，幫我招呼好客人。」

林蘭溫婉應聲，看王氏轉入後堂，肯定是丫鬟查到什麼了。

「之前確實有那麼小半個時辰，幾道門的值守婆子丫鬟被派去各處幫忙了。」

「誰吩咐的？」

丫鬟支吾：「是大少奶奶……」

王氏聽了，不由惱怒，自打她主持中饋就不曾出現過這樣的紕漏，容氏這是抽的哪門子瘋。

丫鬟遲疑著，又道：「剛剛，小姐屋裡的靈音帶了個大夫要進內院，奴婢攔住問了幾句，靈音就給奴婢跪下了，哭求說她妹妹快不行了……奴婢疑她說謊，就跟了去繡樓……果然，靈韻額頭上被砸了個血窟窿，昏迷不醒了。小姐說是靈韻自己不小心磕到了桌角，可奴婢在地上發現了這個……」

丫鬟攤開手，掌心裡一塊碎瓷片。

王氏倒抽一口冷氣，自己的女兒有多任性，自己清楚，這門親事馨兒死活不願意，為的是什麼，她也清楚，可這是老夫人的主意，誰敢違拗？壞了葉家的大事，莫說馨兒吃不了兜著走，就連她這個做母親的也難辭其咎。

「靈韻現在如何？」

「已經醒過來了，靈音守著她。」

「妳去繡樓盯著點，千萬別再出什麼意外。這事先不要讓老爺知道，等酒席散後，我親自過去問話。」

「是。」丫鬟應聲退下。

王氏深吸了口氣，平復了心情，面帶微笑走了出去。

宴席剛結束，李明允就過來了，兩人辭別王氏，出了葉府，林蘭道：「咱們都沒跟舅老爺打招呼，不要緊吧？」

李明允淡淡一笑，「我已經打過招呼了。」

林蘭猶豫了一下，還是不甘道：「這件事就這樣算了？」

李明允笑容依舊，眼中卻有一股冷意蔓延開來，「有些事情瞞著未必是好事。」

等客人都走了，王氏把容氏叫來，先質問她：「是妳讓二門輪值的婆子去廚房幫忙的？」

容氏心知不妙，硬著頭皮辯解道：「媳婦是怕廚房那邊忙不過來……」

王氏瞪著她，口氣嚴厲了幾分，「那西跨院輪值的丫鬟也是妳指派了去倒茶水的？」

容氏越發驚惶，「媳婦是……是看客人多……」

王氏陡然拔高聲音，喝道：「妳還準備了多少瞎話來敷衍我？」

容氏一張雪白的臉漲得通紅，卻是不敢再分辯。

「妳若是真心想為我分憂，哪怕做得不好，我也不會責備妳半句，不是誰生來就會當家的，可妳是為了什麼？妳跟馨兒是多年的交情，如今成了姑嫂親上加親，這本是好事，可妳也不能一味依順著她，妳以為妳這是在幫她？妳是在害她！妳也不想想，萬一這事鬧大了，馨兒還怎麼見人？阮家那邊如何交代？又給明允添了多少麻煩？這些都還是其次，妳又不是不知道這門親事是誰保的媒，妳以為這門親事黃了，明年入貢事宜還能成？老爺和思成這三年的努力就都白費了！」王氏頭痛不已，厲聲呵斥。

容氏的臉由紅轉白又轉青，越想越是慚愧，看小姑子哭得傷心，她一時心軟差點鑄成大錯。

看她面露愧色，王氏稍稍緩了口氣，「今天是好在沒出什麼大亂子，如若不然，妳是知道老爺的脾氣。」

容氏顫著聲，弱弱道：「媳婦知錯了。」

「等明天開了春，馨兒就要出門子了，妳若是真心為她好，就多勸勸她，若是再跟她串通一氣出什麼么蛾子，我定嚴懲不饒。」王氏恨恨地教訓著。

容氏囁嚅道：「媳婦不敢。」

王氏本來還想數落幾句，卻見老爺沉著臉走了進來。

王氏一陣心慌，不曉得剛才教訓容氏，有沒有被老爺聽見。

葉德懷瞥了眼跪在地上的容氏，臉色越多難看，劈頭就問：「外甥媳婦怎麼了？」

王氏被問得莫名其妙，「什麼怎麼了？沒怎麼啊！」

葉德懷皺了皺眉，「不是說她身體不舒服嗎？」

「誰說的？根本沒有的事……」話到一半，王氏的笑容頓時僵住，忐忑地望著老爺，只怕老爺已經知道了什麼。

葉德懷面色陰晴不定，適才明允的話很含蓄，很隱晦。

「之前就有人來傳話，說林蘭突然不適……外甥本來要跟去看看，後來想想林蘭自己就是個大夫，再說，真的不舒服，還有舅母照應著……可外甥心裡總是有些不放心，還是早點帶林蘭回去歇息的好……」

剛才又聽到王氏教訓媳婦，把這些事一聯繫起來，真相就呼之欲出了。容氏先把人都遣開，然後馨兒假傳林蘭不適，將明允誆騙了去。明允若是上了當，只怕馨兒會做出讓他吐血的事情來。葉德懷心頭湧起一股怒火，刷的起身，重重拂袖，大步往外走去。

王氏忙追了上去，「老爺，您這是要去哪？」

◆◆◆

林蘭和李明允回到李府就先去見李敬賢，結果被告知，李敬賢陪著跪了一夜，東歪西倒的李明則去了丁府。

哎，倒楣催的李渣爹，這回算是丟盡了老臉，怪誰呢？這就叫上樑不正下樑歪。林蘭感慨著，突然想到李明允也是下樑，不由得偷瞄了他一眼。溫和的冬陽灑落在他英俊的臉龐，讓他看起來越發溫和淡雅，人如靜水。可能是李家某位先人在世的時候積了那麼點德，好歹給李家留下了一根爭氣的正氣根苗。

兩人又去老太太房裡，這也是規矩，出必告，回必覆。

老太太的面色比昨日稍好些，不過意興闌珊，隨便問了幾句就讓兩人回了。

快到晚飯時間，老巫婆身邊的翠枝來傳話，說老太太身體不適，大家各自用餐。

林蘭巴不得如此，好些天沒有安生吃頓飯了，忙讓桂嫂做幾個可口的小菜來。

正吃著，錦繡來報，說是大少奶奶回來了。

林蘭聽著就望了李明允一眼，「我還以為丁家怎麼也得鬧上幾日，沒想到這麼快就妥協了。」

李明允斯文地喝了口湯，淡淡地說：「丁家把人帶回去，無非就是要李家給個態度，只要李家答應不讓碧如進門，不讓碧如肚子裡的孩子占了李家長孫的位置，丁家自然作罷。當真鬧到和離收藏，兩家都沒面子，最吃虧的還是大嫂。」

林蘭默默地想，丁夫人會不會提出讓李家廢除那些勞什子的破規矩？這才是她的最終目的。

李明允擺擺手讓錦繡下去。

「你說老巫婆會怎麼處理碧如？」林蘭問道。其實猜都猜得到，老巫婆那樣狠毒的人，誰成了她的絆腳石，她都不會手下留情。碧如依仗的不過是肚子裡的孩子，一旦李家決定不要這個孩子，妳一個沒有身分沒有地位的丫頭還能蹦躂出什麼花樣來？

李明允微微蹙眉，「這不是我們要擔心的事。」

說碧如可憐嗎？若不是她存了非分之心，也不至於落到如今的下場。說來說去，那個沒出世的孩子才是最無辜，不過，一個不受歡迎的生命，甚至不被認可的生命，還是不要來到這個世界上的好，不是他冷血，這是事實。

氣氛一時有些沉悶，林蘭想緩和下氛圍，笑嘻嘻地問：「那咱們待會兒要不要去關心一下？」

李明允哂笑道：「妳是真的想去關心一下，還是想去看熱鬧？」

林蘭一本正經道，「當然是出於關心，不過，如果有熱鬧看，那就順便看一下嘍！」

李明允忍住想捏她臉的衝動，「快吃飯。」

「吃完飯咱們就過去？」林蘭的大眼亮閃閃，希冀地看著他。

「今天還沒練字呢，妳幫我磨墨。」

林蘭頓時洩氣，「你不是說我在邊上你就寫不好嗎？我看我還是不要影響你的好。」

「這說明我的定力還不夠，需要磨練，什麼時候我能對妳視若無睹了，我的書法肯定能更進一步。」李明允不以為然道。

林蘭大眼一瞪，「你敢？」

第二天一早，李明允去翰林院，林蘭去請安，韓秋月正親暱地拉著丁若妍的手在說話。

「這次是叫妳受委屈了，明則已經被他爹狠狠教訓過了，連老太太都下了狠話，他若再敢犯渾，就不認這個孫子……」

見到林蘭來，韓秋月住了嘴，神色略有不悅，「就等妳一個了。」

林蘭看看鐘漏，心說，每天都這個時候來的呀！往日妳都說早，今日只大嫂早來了一步，就算遲了？哎，到底那個才是親兒媳。林蘭淡淡一笑，沒有辯解，跟老巫婆也沒什麼好爭論的。

無聊的請安結束，林蘭剛回落霞齋，葉家那邊就派人來傳話，說葉馨兒和容氏都被禁足了，一直到葉馨兒出嫁。

林蘭沒有為葉馨兒和容氏嘆息，相比她們所犯的錯誤，這點懲罰算是輕的了。不過林蘭對大舅爺的做法很是讚賞，按說大舅爺沒必要把處理結果告訴他們，但他卻慎重其事地派人來知會，不遮著掩著，明明白白給他們一個交代，這種磊落的胸懷不是一般人能有的，終於不必再擔心葉馨兒這個麻煩了。

◆　◆　◆

碧如的事如同一塊大石砸進了水潭，濺起了不大不小的浪花，很快便歸於沉靜。

沒有人再提起，年關漸近，過年的忙碌和喜氣，似乎已經將這些不快的人和事都沖遠了，沖淡了，甚至遺忘。

當然這些都是表面的，老太太可能還在心疼那個被廢掉的孫子或孫女，李明則或許還在痛惜曾經溫香滿懷的枕邊人，丁若妍肯定還在介懷，一個叫碧如的女人差點破壞了她的幸福，而林蘭其實是很感謝碧如的，她這一鬧，直接衝垮了老太太費盡心思剛剛建立起來的規矩之門。老太太再沒敢讓丁若妍伺候吃飯，為了表現她是一個公正的人，對兩個孫媳婦一視同仁，自然也免了林蘭的苦役，日子過得鬆快了許多。

所以，此刻林蘭坐在這間地處城郊的農家小院裡，用一種悲憫的眼神看著倚在炕上的人。

之前林蘭沒有見過碧如，不知道她長什麼摸樣，但是能讓李大少爺如此放不下的女人，應該還是有幾分姿色的吧？可眼前這個女人面色蠟黃，雙眼無神，頭髮凌亂，根本談不上姿色二字。

也是，剛剛從鬼門關走了一遭的人，能好看到哪裡去？

她算準了老巫婆會下黑手，卻沒想到老巫婆的手這麼黑，不僅給碧如灌了落胎藥，流掉了孩子，還半夜三更把昏迷不醒的人拉到亂葬崗活埋，要不是她一直派人跟蹤老巫婆，碧如當真就魂歸九幽了。

「妳很笨。」林蘭如是說。

碧如眼中浮起一絲不甘，是夫人太狠。

「妳本可以如願的，可惜，妳心太急切，挑錯了時機。大少爺與大少奶奶成親不到一年就納妾，於情於理都說不過去，丁家能不惱怒？李家又豈會因為一個丫頭得罪了丁家？」

「可我肚子裡懷的是李家的骨血……」碧如撫著已經空了的腹部，眼角滑下一滴淚。

林蘭冷笑，「不過是個剛成形的胎兒，誰會在乎啊？妳若是聰明些，躲在外面先把孩子生下來，再找個合適的機會，把孩子往李家二老面前一領，興許妳的心願就能達成了。」

碧如懊悔得掩面而泣，她本以為勝券在握，有孩子作籌碼，有大少爺的信誓旦旦，沒想到等到的是一碗落胎藥和一抔黃土。李家不但要她孩子的命，還要她的命。

「吃一塹長一智，以後學聰明點，太高估自己，低估敵人，很容易送命的。妳就安心留在這裡養病，先把身子養好了再說，我不會派人守著妳，妳若是不要命地去犯傻，我不會救妳第二回。」林蘭淡淡說道。

碧如一雙淚眼，戒備地看著林蘭，「二少奶奶為什麼要救我？」

林蘭總不能說，老巫婆的敵人就是她的盟友，她的心思是不會隨便對人吐露的。

林蘭微微一笑，「我只是覺得妳可憐。」說罷起身出了房間。

「吳嬸，這些藥每天按時煎熬，讓她服下。」林蘭吩咐道，吳嬸是錦繡的娘，她已經跟大舅爺把錦繡的爹娘討了來，鋪子裡的裝修事宜暫時交給錦繡的爹，而看顧碧如這種事，交給別人也是不放心的，這顆棋子說不定能派上大用場。

「二少奶奶，當真不用再找個人看著她？」吳嬸瞄了房門一眼。

林蘭笑道：「她已經死過一回，若還不開竅，這種人留著也沒多大用處。」

離開農家小院，林蘭坐馬車回城，先去了大舅爺送的鋪子，查看裝修情況和備貨事宜。

這間鋪子是她的私有財產，她可以隨意支配。本來林蘭還惦記著東直門那十八間鋪面，想等鋪子租期一到就拿回來開藥鋪，但是聽了李明允的計畫，覺得他的方案更加可行。一來，這種不顯山不露水，暗地侵蝕的方法，可以避免跟老巫婆和李渣爹起正面衝突。你去跟他們討要，就等於挖這兩隻渣的心肝，他們豈能答應？到頭來只怕還落個不孝之名；二來，可以讓老巫婆放鬆戒備，更有利於計畫的實施。所以，東直門那邊，林蘭就不去惦記了，專心弄這邊的鋪面，準備年後就將藥鋪開起來。雖然阿膠的籌備還需很長一段時間，但她手裡已有好幾樣招牌藥，尤其是保寧丸，在喬雲汐的推薦下，在京中貴族圈裡已是小有名氣。

老吳見二少奶奶來了，忙放下手中的活計來彙報工作情況。

「木工已經完成了，明天油漆匠就進場，二少奶奶，您來瞧瞧，這藥櫃是按您的圖紙做的，還配了移動梯子，老奴已經試過，很管用。」老吳笑呵呵地說。

林蘭瞧著這些木工活做得十分細緻，滿意地點頭，「很好，辛苦你了。」

「蒙二少奶奶看得起老奴，老奴自當盡心盡力。」

林蘭淺淺一笑，表忠心表誠心是嘴巴上的功夫，而她更看重的是實幹。老吳原是葉氏的手下，忠誠方面是信得過的，現在要看的是他的能力。

「幾家藥材採辦商都聯繫好了嗎？」林蘭邊往裡走，邊問。

老吳在前面搬開一些木架子，踢開當道的木塊，方道：「大老爺介紹的那幾家供應商都已經聯繫好了，後日在溢香居商談。大老爺說，如果二少奶奶有需要就知會一聲，到時候他親自出馬，或是讓大少爺去幫襯。」

林蘭思忖道：「還是算了，那些都是大舅爺的朋友，相熟有時候反倒不好說話，還是咱們自己去談，價格我自己心裡有數。」

「二少奶奶說的極是。」

「溢香居的包間都訂好了嗎？」

「已經訂了。」

「那好，到時候你出面去談。」林蘭雲淡風輕地說道。

老吳面有難色，「二少奶奶……這一行，老奴還不是很了解。」有道是隔行如隔山，他雖管過莊子，打理過綢緞鋪，但藥材這一行，從未介入過。

「你不必擔心，到時候我也會去，你出面，看我眼色行事即可。」

老吳聞言鬆了口氣，「那就沒什麼問題了。」

德仁堂裡。

最年輕的坐堂大夫，也是京中年輕一代醫者中的佼佼者，第十三代傳人華文柏正在寫藥方，一個夥計過來，附在他耳邊低語了幾句。

華文柏筆尖一頓，秀挺的眉微微蹙起，問：「看仔細了？」

「看仔細了，是位年輕的夫人沒錯，今兒個她去鋪子裡……」夥計回道。

華文柏手一擺，示意他先別說，迅速寫好方子，交給病人，這才起身進後堂，夥計跟了進去。

「小的跟著馬車，看到馬車進了尚書府……戶部尚書李府。」

華文柏負著手，望著牆上那幅先祖採藥的圖像出神。年輕的夫人……李府……不消說就是那位幫靖伯侯夫人保住胎兒，並幫其接生的那位二少奶奶了。前日他路過百順街，看見一家鋪面正在修葺，就多瞄了一眼，發現裡面做了一大面的藥櫃。這個地段離德仁堂不遠，相隔兩條街，看這鋪面的裝修，這間藥鋪的規模還不小。出於好奇，他去幾個藥材供應商那裡打聽了一下，確實已經有人跟他們聯繫採辦藥材事宜，但具體是誰還不甚清楚。

所以，他讓夥計去那邊看著，看看東家到底是誰。德仁堂乃是百年老字號，在京中不說一枝獨秀，也是行中翹楚。且不說德仁堂的阿膠聲名遠播，就華家已經連續三代為宮中御醫這點殊榮便是無人能及，所以，他並不怕生意受到威脅。這世上多一個救死扶傷之人是好事，他有的只是好奇。現在知道東家是李家二少奶奶，他的好奇心更甚，因為父親就曾替靖伯侯夫人看過病，認為情況不樂觀，胎兒能保住的可能性很小，幾乎沒什麼把握。他一直很相信父親的醫術，既然父親都這麼說了，那就當真是沒有可能了，但是李家二少奶奶做到了，這是不是說明，她的醫術還在父親之上？

而且，他聽聞李家二少奶奶手中有一味藥，名曰保寧丸，對於治療腹痛腹瀉、噎食噯酸、噁心嘔吐、腸胃不適等疾病有奇效。華文柏真的很想見見這位李家二少奶奶，跟她討教討教。

後天他們商談採辦事宜，這位二少奶奶會不會去呢？

林蘭回到李府，只見孫先生帶著一位中年男子從裡面出來。孫先生的態度十分恭敬，表情裡帶著點討好的意味。

見到林蘭，孫先生禮貌地拱手行禮，道了聲：「二少奶奶。」

林蘭微微頷首，算是回禮，與他們錯身而過，感覺到那中年男子的目光跟了過來。

林蘭有些惱怒，這人好生無禮，哪有這樣盯著人家看的。

隱隱聽得孫先生說：「這事，我會再跟夫人說說，想來能成。」

那中年男子的語聲淡淡，透著一絲傲慢，「也就是看在你的面子上，我最多再等兩天，要知道這是千載難逢的好機會，有的是捧著銀子想加入的。」

孫先生討好道：「那是那是，我會盡力的。」

林蘭心中一凜，他們說的莫非就是明允說的那件事？

韓秋月房裡，韓秋月眉頭深皺，緩緩道：「我是聽說這生意日進斗金，好些官家和王公子弟都參與其中，得到了不少好處。上回去黃員外郎家，看到他家那個氣派，我就納悶，他一個小小從五品官，家裡怎的這般有錢，原來他家也去開煤礦了。」

姜嬤嬤遲疑道：「這生意好是好，可這本錢也太大了。」

韓秋月嘆道：「我也是這點顧慮，萬一虧了，那可就傷筋動骨了。」

姜嬤嬤默然：何止是傷筋動骨，那是大傷元氣了。

「可這機會錯過了又可惜。」韓秋月很糾結，那個古先生說，快的半年就回本，慢的一年也能回本了，以後就都是純利潤。真若如此，她還需要惦記葉氏留下的兩個破莊子？幾間破鋪面？還需要看老爺的臉色行事？明則就算考不上進士，有了這份產業，也可以風光一世了。

姜嬤嬤道：「還是再問問清楚的好。」

不一會兒，孫先生回來了。

「夫人，您可得盡快做決斷，古先生說了，他最多只能再等兩天，若是遲了，那片礦山被人搶了，可就追悔莫及了。」孫先生慫恿著，看夫人面色猶豫，又說：「若不是小的無意中聽古先生提及此事，苦苦央求，古先生早就把這個機會給別家了。」

「孫先生，這古先生靠得住嗎？」姜嬤嬤問出了韓秋月的心聲。

「絕對靠得住，他已經在山西那邊包了五座礦山了，座座掙錢，夫人剛才不是聽到了？黃員外郎家也是走了他的路子，與人合夥包了一座礦山的，現在已是賺得鉢滿盆滿，現在要包的這座礦山，古先生是親自去查看過的，絕對是個好礦，能賺大錢的。」孫先生打包票道：「這種一本萬利的生意，實在是可遇不可求啊，夫人！」

韓秋月動容了，「可是眼下咱們手頭上的銀子還不夠……」這一股就要三十萬兩銀子，還剩下兩股，加起來就要六十萬兩。這幾年莊子的收益和鋪子的收益減去府裡日常的開支，所積餘的不過四十幾萬兩，還差十幾萬兩銀子上哪去找？

孫先生道：「這莊子和鋪子一時半會兒也賣不出去，不過，若是半年到一年就能回本，夫人，小的倒是認識幾個放印子錢的，可以借一些周轉一下，就算不指望著礦山那邊，明年莊子和鋪子的收益也差不多有這個數了，不怕還不上。」

姜嬤嬤擔心道：「印子錢，利息高得很，這利滾利的，別跳進去出不來了。」

韓秋月沉吟道：「你先去問問你那朋友，看看是多少利息，我在籌畫籌畫。」

孫先生道：「小的馬上去問。」

姜嬤嬤還是覺得不妥，「夫人，這事您還是先跟老爺商議一下，看看老爺的意思。」畢竟投入太大，不是鬧著玩的。

韓秋月道：「老爺哪會管這些事，老爺若知道，老太太那邊也瞞不住。妳知道老太太這人，一向謹慎，絕對不會贊成的。有道是富貴險中求，更何況這麼多人都成功了，古先生辦這事也算是駕輕就熟了，應該沒什麼風險，咱們還是先等孫先生的回話再做決定吧！」

姜嬤嬤見夫人已經是心熱，也不好潑冷水，再說夫人的眼光向來不錯，也很有魄力，說不定這次真能賺大錢……那夫人和大少爺就算徹底翻身了。於是，姜嬤嬤不再勸說。

李明允下了朝，神色有些疲憊，這幾日，他又被皇上欽點進宮當值，而且上次的聖訓他寫得不錯，皇上很滿意，又讓他去稽查官學功課，忙得腳不沾地。

白蕙替他解披風，銀柳送上熱帕子，林蘭親自沏茶。等他坐下後，又體貼地給他揉肩按摩。

李明允舒服得閉上眼，悠悠道：「得賢妻如此，此生足矣！」

銀柳掩了嘴偷笑，拉了白蕙退下。

林蘭笑道：「你在外頭奉迎拍馬的還沒夠？」

李明允閒閒道：「夫人此言差矣。對皇上那是恭順不卑微，對上司那是恭敬不阿諛，對同僚那是和氣不虛偽，在外頭不管對著誰，我李明允都不會刻意逢迎拍馬，只有在家裡，父親那裡偶爾違心為之，在妳面前，那就更是真情流露，句句肺腑。」

林蘭重重捏了他一把，李明允疼得哀叫起來：「妳輕點，謀殺親夫啊！」

林蘭抿嘴笑道：「你是真情流露，那我也得露幾手真功夫才行。」

李明允忙搖頭，「妳還是隨便捏捏好了。」

兩人打趣了一會兒，李明允問：「鋪子修葺得怎樣了？」

「木工已經做好了，明日油漆匠進場。我看老吳挺能幹的，事事安排周到，省了我不少心思。」林蘭一邊替他按摩一邊說道。

「葉家調教出來的管事都不錯。」李明允頗有些自豪，遂嘆道：「可惜我這陣子忙，不能替妳分擔一些。」

林蘭莞爾，「你專心做你的事就好，開個鋪子什麼的，是小事，再說還有這麼多人幫襯，我能應付的。」

李明允摸著她的忙碌的小手，「我只是心疼妳太累。」

林蘭翻了個白眼，晚上折騰人的時候，怎麼不心疼她累？

「後天在溢香居要請幾位藥材採辦商議事。」

「要不，我請一日假陪妳去？」

「都說不用了，我自己能行的。你去了，我倒不好意思跟他們討價還價。」林蘭嘀咕著。

李明允笑笑，拉了她坐在懷裡，每天下朝回來這樣抱著她說話，是最幸福的時刻。

「妳只管放手去做，本錢什麼的不用擔心，咱們自己的不夠，舅老爺也會幫忙的。」李明允目光柔柔地看著她，一手在她腰上來回撫著。

林蘭忙拉住他的手，不讓他的手繼續作怪。每次都這樣，摸著摸著，她的衣裳就亂了。待會兒還要去老太太那裡請安，又要整理一番，麻煩死了。

「已經足夠了，其實別的藥材不用進很多，關鍵的那幾味藥多進一些就好，我還留了足夠的錢準備做阿膠呢！我只是在想，我開藥鋪的事，什麼時候跟祖母和父親說的好，萬一他們不同意……」林蘭擔心道，現在家中氣氛還算和睦，老巫婆沒功夫來使壞，渣爹自打有了小妾，似乎脾氣好了很多，除了上回李明則闖禍，見他發了通脾氣，大多時候，渣爹都是面色和悅的。老太太雖然還是經常把規矩掛在嘴邊，但那種類似整人的規矩基本不存在了。因為明允的緣故，她在這個家中的地位也水漲船高，下人們再也不敢用輕視的眼神看她，總之一切都在往好的方面發展，她不想這個時候惹得老太太和渣爹不高興。

李明允捏捏她愁苦的小臉，笑道：「一切有我呢，怕什麼？祖母和父親那邊我去說。」

林蘭聽了又開心起來，「對付你爹，你比較有辦法。」

李明允幽黑的雙眸裡透出一絲曖昧的狡黠，「有獎勵，我定是鞍前馬後，不遺餘力。」

林蘭羞的臉紅起來，啐道：「你是個貪得無厭的傢伙！」

李明允故作無辜，「我有嗎？」

林蘭咬牙切齒地捏他的耳朵，「你有你有你有……」

兩人嬉鬧成一團，片刻後，林蘭靜靜倚在他懷裡，說：「我今天看見孫先生帶了個人來，好像在說你那個煤礦的事。」

李明允神情饜足得有一下沒一下地撫著她的秀髮，「等著吧，好戲就要開鑼了！」

林蘭陡然來了精神，坐直身子，興奮地望著他，「這麼說，你已經動手了？」

李明允回望著她，笑得耐人尋味。

「萬一老巫婆不上當怎麼辦？」林蘭又有些擔心。

「這艘賊船，她不想上也要把她拽上去。」李明允自信滿滿地說。

當晚孫先生就來回話。

「我那朋友說，他手上正有一筆閒錢沒放出去，既是夫人想借，他可以少賺點利息，二十萬兩銀子的話，一個月六千兩，若是借給別人，最少也是這個數。」孫先生豎起一根食指。

韓秋月飛快盤算著，若是半年回本，只需三萬六千兩的利息，一年不過七萬二千兩，光鋪子裡的收益就夠還利息了，頓時寬心了不少。

一旁的姜嬤嬤卻是聽得心怦怦跳，這放印子錢的也太狠了，還說少算利息，這一年下來都快趕上一半本金了。姜嬤嬤忐忑地看著夫人。

「都說定了嗎？可別到時候又反悔。」韓秋月沉聲道。

孫先生說：「這個是要立字據的，白紙黑字，沒什麼好反悔的。不過也要快，若是不湊巧，明個兒就有人上門借銀子，這利息肯定要漲上去的。現在京城裡想去開煤礦的人可不少，像古先生這樣有路子的人也不止一個。」

韓秋月眉心微跳，思忖了半晌，眼神變得堅決，「明日再請古先生過府一趟。」

孫先生暗喜，這事要成了，忙道：「是，小的今晚就去約他。」

孫先生美滋滋地離去，一路盤算著，這事成功後他能撈到多少好處，以後就不用再給別人做事了，自己置一份產業，夠吃一輩子了。

◆ ◆ ◆

今兒個二少奶奶又出門去，銀柳和如意跟了去伺候，白蕙一如往常，做好了分內事，就在屋子裡做針線活。屋子裡，地龍燒得暖暖的，錦繡今兒個也得閒，就來幫白蕙拈駱駝毛。

石青色暗團紋的錦緞，均勻鋪進一層細茸茸的駱駝毛，又細細縫合在一起。

「白蕙姊，咱這屋的丫頭裡，就數妳的手最巧了。」錦繡羨慕道。

白蕙唇邊一絲若有若無的苦笑，手巧有什麼用？她幫二少爺做棉衣、做鞋子、做襪子，每每少爺穿上，就說……多謝夫人！

二少奶奶說「是白蕙做的，謝我做甚」，可少爺只看著二少奶奶笑，眸光裡瀲灩著脈脈情意，彷彿這個世界上只有二少奶奶才是值得他疼惜的人……她黯然離開，二少爺渾然不覺。

許多年，卻不是這個樣子的，那時候，二少爺說……這屋子裡有紫墨和妳，我就放心了。白蕙的心狠狠痛了一下，像被針扎了。

「我聽說，等開了春，府裡準備放一批到了年紀的丫鬟出府或者配人……」錦繡沒注意到白蕙眼中泛著的淡淡憂傷，拈著駱駝毛，一絲絲鋪在膝蓋上。

白蕙陡然醒神，微訝中帶著驚慌，「當真？」

「我是聽二門上的翠微說的，翠微多半是從她姊翠枝那聽說的，應該不會有假，而且還說要裁一批不好好做事的丫鬟婆子出去。」

白蕙不安起來，明年她就二十了，像她這種簽了死契的丫頭，一輩子都是李家的奴才，自然不會打發回家，她也無家可回，那麼最有可能的就是配人，配給外院的小廝或莊子裡的僕人。

「那我豈不是待不了多久了？」白蕙黯然。

錦繡這才想起，白蕙年紀到了，打趣道：「白蕙姊擔心什麼？二少奶奶肯定不會虧待妳的。」

怎麼樣才是不虧待？二少奶奶和二少爺好得蜜裡調油似的，眼裡心裡根本就容不下旁人，她還能有什麼出路？自打她進了落霞齋，就沒想過有一天會離開，她一直很有信心，因為葉夫人暗示過，以後會讓她做通房，因為二少爺曾經也待她與眾不同，可是，夫人走了，二少奶奶來了，一切都變了。

「我看，白蕙姊給二少爺做好這身棉衣，就該為自己繡嫁衣了。」錦繡笑道。

白蕙啐道：「妳個死妮子，看我不撕了妳的嘴，叫妳胡說！」

「怎是胡說？大少爺還不是要了綠綺做通房，咱院子裡，除了白蕙姊，誰有這個資格？」

綠綺做了通房是不久前的事，還是大少奶奶提出來的，許是為了栓住大少爺的心。可二少奶奶根本不需要這麼做，二少爺心裡滿滿的都是二少奶奶，再說，即便二少奶奶有心給二少爺選一個通房丫頭，也不會選到她，不是玉容便是銀柳，畢竟那兩人是二少奶奶帶來的，最得二少奶奶的心。

白蕙沉了臉，嚴肅道：「這話切莫再說，小心二少奶奶聽了不高興。主子有主子的打算，咱們做丫鬟的不能妄自揣度主子的心思。」

錦繡吐了吐舌頭，「我也是不希望白蕙姊離開嘛！」

屋外，來借花樣的玉容，靜靜地轉身離開。白蕙的話說得很有分寸，但白蕙的心思，這院子裡的，誰不是心知肚明？二少奶奶心裡也明著呢！這不是二少奶奶答應不答應的問題，而是二少爺根本就沒有這種心思，二少爺從來就不曾正眼瞧過白蕙。看來得提醒二少奶奶一聲，不要光顧著藥鋪裡的事，自己院子裡的人也該好生安置才行。

今日李明允刻意早些回府，想知道林蘭去跟藥材供應商談得如何，可是回到落霞齋，雲英說，二少奶奶還沒回來。

李明允就想去溢香居，冬子笑道：「二少奶奶約的是午飯時間，哪能一直談到現在？怕是又去忙別的事了，二少爺還不如在家裡等，想來二少奶奶也該回了。」

李明允忖了忖，覺得冬子說的有理，便回屋去等。

白蕙聽說二少爺回來了，趕緊過去伺候，卻見玉容已經在伺候了，正要給二少爺換衣，白蕙忙道：「玉容，我來吧，妳去沏茶。二少爺這幾天有點上火，妳別上碧螺春，改沏菊花茶吧。」說著，不著痕跡地擠開玉容，去解了二少爺的腰帶，幫他脫下官服。

玉容神情有些嚴肅，看白蕙靈巧地給二少爺寬衣解帶，心中很不是滋味。只要二少奶奶不在，白蕙儼然一副二少爺身邊第一得意之人的姿態。

「快去啊！」白蕙見玉容還愣著，和聲催促道。

玉容垂下眼眸，快步走了出去。

白蕙看她走了，溫婉一笑，去取了舒適的棉衣，熟練地替二少爺穿上，又輕柔地捋平衣上的每一處細微褶皺。

「二少爺，頭髮有些亂了，奴婢幫二少爺重新梳理。」

李明允默許，並未覺得有什麼不妥，平日裡白蕙也是這般細緻周到。

玉容端了茶來，就見白蕙在給二少爺梳頭，心裡又鬱悶了一下。二少爺頭髮整整齊齊的，幹麼要梳頭？許是之前聽到了那些話，玉容再看白蕙，不管她做什麼，她都覺得白蕙別有用心。

「二少奶奶是什麼時辰出去的？」李明允端了茶輕啜一口，問道。

「二少奶奶快午時才出門的，本來說要早些出去，可大少奶奶好像身體不太舒服，就過去瞧了瞧。」白蕙邊梳頭邊回話。

李明允眉頭微皺，若妍又不舒服？這一個月都請林蘭過去好幾回了。

「有沒有說是什麼病？」李明允隨口問道。

「這個……奴婢不知，二少奶奶沒說。」白蕙將髮髻用鑲了白玉的青色緞帶束好，不偏不倚，不高不低，連二少奶奶都說，二少爺的頭髮只有她梳得最好。白蕙心中感嘆著，若是能給二少爺梳一輩子頭也是好的。

「我先看會兒書，妳們下去吧！」李明允放下茶盞。

白蕙忙就去取了二少爺帶回來的文摺，輕輕放在案几上，然後柔聲問道：「今個兒廚房裡燉了桂仁八寶粥，要不要來一碗先墊墊肚子？」

被她這麼一問，李明允倒真覺肚子餓了，今日在宮中有幸陪皇上用膳，一頓飯也就看著豐盛，飽飽眼福而已，沒吃下多少東西。

「也好！」

白蕙臉上綻開笑容，「奴婢這就去給二少爺端來。」

玉容看她歡快離去，臉色又沉鬱了幾分。

此刻，林蘭正坐著馬車往家裡趕，跟藥材採辦商談得很順利，價格公道，沒有特別便宜，她也沒有因為她是新開的鋪子就漫天要價，關鍵是她要的那幾味藥材貨源充足，保證按時到位，這就足夠了。一頓飯的功夫就解決了一件大事，本該早早回府，卻在溢香居外碰見了一個人，就是上回去做鈴醫，見到的那位年輕大夫。只見那些供應商對此人十分客氣，一口一個華少，她拉了個人悄悄一問，才知道他竟是德仁堂的少東家，名震當朝的少年醫學天才華文柏。

華文柏出現在這裡，目的何在，林蘭猜也能猜到。京城裡很快要多出一間藥鋪，而且就在德仁堂附近，作為德仁堂的少東家，肯定要過來關心一下。

華文柏見到她，頗為驚訝，「原來賢弟也在。」

忘了說，林蘭今日是一身男子裝扮，作為李府二少奶奶的代表前去商談要事的。

「是啊是啊，好巧！」林蘭笑呵呵地敷衍道。

「相請不如偶遇，不如一起去喝一杯吧！」

林蘭心知肚明，華文柏是看著她和供應商們一道出來的，想從她這打探消息，而她同樣對德仁堂很有興趣，於是她讓老吳先回，讓銀柳等人在鋪子裡等她，只由文山跟著。

兩人就到了附近一間茶樓喝茶。本想打探些關於阿膠的資訊就回轉，沒想到兩人越聊越投機，從李家二少奶奶的醫術到目前最棘手的疑難雜症，各自提出不同的治療方法，探討其中的不足之處和可取之處。林蘭很久沒有跟業內人士討論如此專業的問題，越說興致越濃，一晃就兩個時辰過去了，還是意猶未盡。

「我家二少奶奶還在等著我去回話，只能先告辭了。」林蘭看看時辰不早了，趕緊說道。

華文柏今日興致也很高，本來是想來碰碰運氣，看看傳說中的李家二少奶奶，沒想到遇見了那日的小兄弟，相談甚歡，看來運氣真的不錯，便道：「你我一見如故，相見恨晚，希望改日能再聚，也歡迎你到德仁堂來作客，有什麼需要幫忙的，只管與為兄說，為兄一定鼎力相助。」

林蘭上回就對華文柏印象不錯，知道他是個厚道之人，當真是仁心仁術，不過她的藥鋪開張，對德仁堂的生意必定有影響，而且她還想搶阿膠入貢資格，都說同行是冤家，他怎麼一點戒備之心都沒有？

看她面有困惑，華文柏淡笑著，目光真誠，言語誠摯：「林風賢弟無須困惑，若是那些徒有虛名之人，開藥鋪純粹為了謀利之人，為兄斷不會理會，但賢弟不同，你與你家二少奶奶都是有真才實學的，這世上多一位像你們這樣的良醫懸壺濟世，這世人便能多收益一分，這是好事，為兄歡喜還來不及。」

林蘭有些慚愧，這世上還是有光明磊落、大愛無私之人，比如她的師父胡大夫，比如眼前的這位華少……

林蘭在馬車上換回女裝，到了李府，臨進門前，文山面有難色地問：「二少奶奶，要是二少爺問起……」雖然二少奶奶和那個華少只是喝茶聊醫術，但是一坐就是兩個時辰，聊得還很盡興，二

少爺知道了，會不高興的吧？

林蘭扭頭看文山，文山心虛地低頭。

「我會跟他說的。」林蘭微微一笑，徑直入內。文山很好，很能幹，很機靈，也很忠心。但林蘭知道文山心裡真正的主人是他的二少爺，只要不損害到二少爺的利益，他可以對她也唯命是從。不過，她怎麼可能去損害李明允的利益呢？他現在可是她真正的丈夫，真正喜歡，也唯一喜歡的人。她和華少聊個天怎麼了？他們那是切磋醫術，學術討論，光明磊落，也不怕告訴李明允，相信李明允不是那種蠻不講理喜歡拈酸吃醋的人。

柒之章 冷顏據理駁折摧

回到落霞齋，林蘭才知道李明允今天回來早了，本來在房裡等她，剛剛被老爺叫了去，給她留話，說是待會兒直接去朝暉堂請安。

林蘭洗漱完畢，玉容端了桂仁八寶粥過來，「外面冷，二少奶奶喝碗粥暖暖身子吧。桂嫂這粥熬得極好，濃香潤滑，甜而不膩，二少爺也喝了一碗。」

林蘭已經在外面喝了一下午茶水，肚子脹，粥再香再可口也吃不下了，便道：「先放著吧，我不餓。」繼而對著鏡子疏理頭髮。

從鏡子裡看見玉容一副欲言又止的模樣，跟剛才文山的神情如出一轍。

「有什麼事嗎？」

「二少奶奶，聽說明春夫人準備打發一些年紀到了的丫鬟出府或是配人。」玉容小聲道。

「這又如何？妳們的去留我還是能做主的。」林蘭沒往深處想。

「奴婢還沒到年紀呢，就算到了，也相信二少奶奶會為奴婢們做主，可這只是奴婢自己的想法，別人怎麼想的就不得而知了，萬一有人急了……」玉容話留一半。

林蘭心頭一凜，即刻會過意來，放下梳理瀏海的梳子，緩緩說道：「這事我會放在心上，妳也留心著點，別鬧出些不愉快的事來。」

玉容見二少奶奶領會了，心中一寬，笑道：「奴婢省得的。」

林蘭去到朝暉堂，李明允已經在了，見到她來，李明允原本淡漠的眼神陡然有了脈脈溫情。

林蘭會心一笑，上前向老太太和渣爹老巫婆行禮。

「起來吧，聽說妳今日又出門了。」老太太的口氣淡淡，略顯嚴肅的表情透露了她的不滿。

最近頻繁出門，老太太有意見是正常的，畢竟這是在古代，女子是不能隨便出門的，可她是大夫，當大夫的哪能不出門？她一直在考慮什麼時候說開藥鋪的事，明允又說這事包在他身上……林蘭看向李明允，只見李明允對她微微頷首。林蘭舒了口氣，看來渣爹那裡已經搞定了。

「回祖母，孫媳一直想開間藥鋪，前些日子，大舅爺幫著物色了一間鋪面，孫媳去看了，地段不錯，價格也還公道，便想租下來開一間藥鋪，這幾日就在忙這件事。」林蘭沒說鋪面是大舅爺送的，一來，怕渣爹不高興，渣爹現在很反感葉家對明允示好；二來，也怕老巫婆眼饞，來謀算，多一事不如少一事。

老太太沉沉地盯著林蘭，神情更加不悅，肅然道：「婦道人家，拋頭露面的不像話，身為人妻，還是相夫教子為重。」

韓秋月沒有發表意見，反正林蘭開藥鋪又不跟她要鋪面，再說林蘭自己忙自己的，就沒那麼多心思來找她麻煩。

就知道老太太這個死腦筋會反對，這時候她最好不要開口，讓李明允來說，林蘭低頭不語。

「我覺得挺好的，林蘭本來就是大夫，在京中已經小有名氣。前陣子，禮部的虞大人還再三跟我道謝，說多虧了林蘭的保寧丸，他家六小子總算無礙了。身為人妻，相夫教子固然重要，但是若能利用自己的一技之長，既可懸壺濟世，又能廣結善緣，對明允的仕途也能有好處，一舉兩得。」李敬賢慢悠悠地說道。

林蘭沒等到李明允開口，卻等來李敬賢這番話，這是她來到李家後，聽到渣爹說的最通情達理，最稱她心意的一番話，看來李明允的洗腦工作做得很到位。

老太太琢磨著兒子的話，想想也有道理，只是讓林蘭出去拋頭露面的，心裡還是不舒服，漠然道：「既然妳公爹贊成，我這個老婆子也沒什麼好說的，莫要忘了為人妻的本分就好。」

林蘭大喜，忙向老太太行禮，笑道：「多謝祖母成全。」當然也不忘謝謝李渣爹：「多謝父親成全。」

韓秋月本來是袖手旁觀，等他們爭論個結果出來她再發話，沒想到林蘭謝得這麼快，根本沒給她表態的機會，把她這個做婆母的直接給忽視了，韓秋月心中極為不爽。

李敬賢笑呵呵地說：「開吧，這是好事，若是缺少本金，妳只管開口，缺多少家裡補多少。」

林蘭眼睛發亮，渣爹轉性了？給錢還能不要？可是……李明允在搖頭。

林蘭戒備地看向老巫婆，只見老巫婆已是黑了臉，頓時想起，老巫婆已經大手筆投資了煤礦，把所有積蓄都拿出去不說，還借了高利貸，哪來的錢補貼她？真把老巫婆惹急了，老巫婆完全有可能恬不知恥地提出李家參股，要分她的藥鋪……那就得不償失了。

林蘭頭腦清醒起來，笑道：「多謝父親體恤，媳婦想過了，就先把藥鋪開起來，等賺到了銀子再慢慢擴大規模，所以，這樣算起來也不用多少成本，我們自己緊著點應該夠了。」

那邊李明允眉頭舒展，悠然喝茶。他和林蘭之間就是有這樣一種默契，一個眼神、一個蹙眉、一個微笑，對方就能明白你的心意，這種心有靈犀的感覺實在很妙。

韓秋月也明顯鬆了口氣，現在她手頭上是一點閒錢都沒有，那事也是瞞著老爺的。老爺吃糧不管事，隨便許諾，萬一林蘭來個獅子大開口，她上哪去籌錢？難不成還去借印子錢給林蘭開藥鋪？那她豈不是虧大了？幸好林蘭識相。

「嗯，一步一步來，穩紮穩打，很好，總之，有難處就跟家裡說，都是一家人，不用客氣。」李敬賢今日是盡顯慈父本色，現在皇上對明允越來越器重，他已經得到消息，明春，皇上就準備升明允的官，而明允對他這個父親也是越來越敬重，什麼事都跟他商量，推心置腹的，父子關係大有改善，李敬賢很欣慰，到底是父子連心，血濃於水啊！

韓秋月總算找到插話的機會，附和道：「老爺說的極是，有難處一定要跟家裡說。」

林蘭心底冷笑，現在真正有難處的人是妳這個老巫婆，而且難處會越來越多，本二少奶奶可是資金充足，日子比妳好過多了。

「明則，你媳婦身子好些了嗎？」老太太不想繼續這個話題，瞥見李明則呆呆坐在一旁備受冷落，便問他話。

李明則冷不防被點名，驚了一下，忙回道：「好些了，只是身子還有些乏力，沒什麼食慾。」

老太太嘆了一口氣，轉頭看林蘭，「林蘭，妳去看過若妍，她到底得了什麼病？」

林蘭心說，當然是心病，老公背著她在外面偷食，差點還弄個野種回來，是個女人都得生氣。好好的一朵鮮花，插在了牛糞上，丁若妍是抑鬱了。

「孫媳給大嫂看過，不過是氣血不足，脾胃有些失調，用藥慢慢調理，會好的。」林蘭厚道地幫丁若妍掩飾，心裡很是同情她。

韓秋月也道：「我問過她身邊的丫頭，說是每天冬天，她就沒什麼力氣，食慾不振，開春了，天氣轉暖就好了。」

其實老太太心裡也明白，丁若妍是對那件事還放不下，便語重心長地教訓李明則：「明則，你要多關心關心若妍，有空就多陪她說說話，或者陪她出去走走。」

李明則連忙應諾，心裡有苦說不出，若妍現在根本就不同他說話，不理他，讓他怎麼安慰？

李敬賢不忿地添了一句：「別總是出張嘴，也要用點心。」

李明則忙起身，低著頭惶惶道：「兒子記下了。」

李敬賢橫了他一眼，「為父已經安排人推薦你參加明經考試，你好好準備，莫再給我丟人。」

李明則那張臉更像苦瓜了，又考試？

韓秋月聽了歡喜道：「明則啊，這可是個好機會，你可得好好把握！」韓秋月看老爺的眼神陡然柔和起來，看來老爺還是顧念著明則的，到底是親生的，手心手背都是肉。

看李明則一副痛苦的樣子，林蘭就想笑。李明則就花心像李渣爹，別的就沒一樣像的，難怪渣爹越來越不喜歡他。

再看看一旁儒雅沉靜、自在安然的明允，兩廂一對比，簡直就是一個天，一個地。

吃過晚飯，李敬賢又把兩個兒子叫去書房，林蘭只好陪著老巫婆和老太太喝茶。

李明珠和俞蓮手拉手過來請安。俞氏已經趕回去過年了，俞蓮被留了下來，整天跟李明珠膩在一起，好在也沒出什麼么蛾子，林蘭暫時不管她。

今天的話題是過年一些事宜的安排，韓秋月很恭順地表示一切聽老太太的意思。

林蘭默然：估計是老巫婆知道老太太節儉慣了，故意問老太太的意思，好節省著點開支。按理說，這是老太太在李家過的第一個年，理應辦得熱熱鬧鬧的，老巫婆此舉，既能落個聽從孝順的好名聲，又可以緩解經濟上的困難。

老太太道：「這些事，按妳自己的意思辦就好，這是京裡，比不得鄉下地方，大家吃頓飯，看幾齣戲，熱鬧一下就夠了。」

皮球被推了回來，韓秋月訕訕道：「媳婦先聽聽老太太的意思，再問問老爺的意思，這才好做安排。」

李明珠一旁嚷嚷起來：「姨母，我聽說今年流行放煙花，咱們府裡也弄些回來放放，這個可比鞭炮熱鬧多了。」

韓秋月臉色頓時陰沉下來，飛快瞪了李明珠一眼，李明珠正好扭頭去跟俞蓮說話，沒接收到母親傳來的信號，眉飛色舞地說：「俞蓮，妳沒瞧過煙花吧？可好看了，砰的一聲升到高空，然後像花一樣綻開，姹紫嫣紅的，可漂亮了！」

在這個年代，煙花還是屬於高檔消費品，大多數人家都是放鞭炮，圖個熱鬧，而像煙花這種極具觀賞性的事物，普通人家是消費不起的，難怪老巫婆不高興了。

「那東西有什麼好的，純粹是燒錢。」看自己的暗示明珠沒收到，韓秋月淡淡說了一句。

老太太原本被李明珠說得有點動心，可一聽說燒錢，又有些心疼。

林蘭笑道：「我聽明允說，上元節皇宮內會燃放煙花，到時候城裡各處都能看見，我想，既然皇宮裡要燃放煙花，咱們家就不必再放了，沒得搶了皇上的風頭。」

韓秋月連忙道：「正是這個理，這事，我也聽老爺說了，宮裡大放煙火，可還是頭一遭，誰敢搶在宮裡頭放。」

這個林蘭，總算是說了一回讓她稱心的話。

林蘭默然，我幫妳不是為妳好，幫妳把投資煤礦的事瞞得越久，明允的計畫就越容易成功。

「那是不能放的。」老太太也是有覺悟的人。

李明珠一臉的不高興，甩了林蘭一記白眼，腹誹著：就妳多事！

「皇上一向崇尚節儉，若非明年是太后六十大壽，也不會如此鋪張浪費。」林蘭只作沒看到李明珠的白眼，一味配合著老巫婆。

「是呢，老爺往年也這麼說，所以每到過年都一再交代我，儘量低調，儘量簡單。」韓秋月扯謊不眨眼。

李明珠沒有領會到母親的意圖，只道母親被林蘭牽著鼻子走，當即拆臺：「去年和前年過年，府裡不都請了京城裡最有名的和春班來唱大戲嗎？我記得前年是唱了三天三夜，去年還有另請了兩個雜耍班子……」

韓秋月真的怒了，冷聲道：「妳懂什麼？今時不同往日，如今妳姨父身為戶部尚書，妳二表哥又是春風得意，多少人盯著咱們家，巴不得咱們出點什麼差錯才好！」真是被這個死丫頭氣死了，請個和春班，一日就是五百兩銀子，那還是去年的價，今年還不知漲多少，現在她哪有這麼多錢去請。

李明珠被母親一嗆，委屈得癟了嘴，低頭絞著手中的帕子，把帕子幻想成林蘭那張可惡的臉，恨不得捏死她。

俞蓮同情地扯扯明珠的衣袖。

老太太緩緩說道：「還是莫要太張揚的好，能省就省。」

韓秋月一顆心總算稍稍安定下來，恭順道：「老太太說的是！」

一場商談，遂了韓稍的心思，韓稍的神情都鬆快起來。

從朝暉堂出來，李明珠故意昂首挺胸地拉著俞蓮從林蘭身邊經過，嘴上嘀咕道：「到底是從鄉下來的，窮慣了……」

林蘭知道李明珠這話是針對她說的，不過被李明珠牽著手的俞蓮神色更加難堪，當即莞爾一笑，只當沒聽見。妳這個名不正言不順的表小姐李明珠不也是從鄉下來的嗎？包括不敢認妳的渣爹，不也是從鄉下來的嗎？罵人也不過過腦子！

如意過來給二少奶奶繫上披風，勸道：「二少奶奶，您別理她，不過是個表小姐，派頭倒比真小姐還足。」

林蘭攏了攏披風，笑說：「興許她把自己當成真小姐了。」

如意本來就看不慣表小姐，鄙夷道：「她也配？也不瞧瞧自己是什麼身分。」

「好了，別說了，自己心裡有數就行，小心隔牆有耳。」林蘭告誡道。

如意這才不說了，靜靜地跟在二少奶奶身後沿著抄手遊廊往回走。

天色黑沉沉的，風格外刺骨寒冷，是不是要下雪了？

林蘭不禁加快了腳步，想趕快回到她溫暖的小屋。

林蘭回屋又等了好一會兒，李明允還沒回來，便先去梳洗，然後躲進被窩裡。雖說銀柳早在被子裡放了湯婆子，可是湯婆子暖的只有一處，哪有明允捂過的被子舒服，到處都暖烘烘的，林蘭不禁埋怨，李渣爹怎麼這麼多話，這麼晚了還不放人回來。

剛想著，就聽見外面傳來白蕙嬌俏的聲音：「二少爺回來啦！」

今日聽著這聲音，覺得甚是溫柔婉轉。林蘭悶悶地嘆了口氣，天要下雨，娘要嫁人，真是拉都拉不住。這麼久以來，她從未刻意阻攔白蕙接近李明允，是希望白蕙自己看明白，二少爺是不會喜歡她，更不會要她。可惜，她看不明白。

夾棉軟簾被掀起，一陣冷風透進來，林蘭縮瑟了一下。

李明允走了進來，見林蘭已經上床，笑了笑，「我還過去朝暉堂接妳。」

白蕙跟進來幫二少爺解了披風。

「隨便聊了幾句就散了。」林蘭淡淡說道。看著白蕙為明允寬衣解帶，她很有爬起來推開白蕙的衝動，可是外面太冷，忍了。

「時辰不早了，你快去洗漱，明日還要早起。」林蘭說著別開眼，不去看白蕙殷勤的模樣。

李明允笑呵呵地說：「我就來。」轉身去了淨房。

玉容說：「我來伺候二少爺吧！」把白蕙留在了外面。

林蘭乾咳了兩聲，「白蕙，我有點渴，妳去給我沏杯蜂蜜水來。」

白蕙怔了一會兒神，才噯了一聲，出去了。

男人一上床就將她擁進了懷裡，隔著輕薄的綢衣，可以感覺到他的手微涼，只在她衣衫外輕輕地撫著。

「父親叫你們去做什麼？說了這這麼久……」林蘭小聲抱怨著，在他懷裡蹭了蹭，尋找最舒適的位置。

「大哥早就走了，父親留我說些朝堂上的事。」

林蘭聽著卻覺出幾分無奈來，「是不是父親給你出難題了?」

李明允在她額上親了一下，「妳總是這麼敏銳。」

被她猜中了，林蘭擔心地問：「能解決嗎？」

「如今西北、西南都不安寧，皇上有意調四皇子去兵部。」

林蘭倒不覺得驚訝，朝中武將多擁護四皇子，皇上若真將四皇子調去兵部，一旦戰亂起，四皇子就能順理成章掌握軍權，這對太子來說，實在是個糟糕透頂的消息。

「那父親怎麼說？」

李明允眼神變得幽暗，嘆息道：「父親已經聯繫文臣上本，準備推舉三皇子去兵部。這個提議肯定是要被駁回的，說句公道話，眾多皇子中，文韜武略，還是四皇子最為出眾，其實，皇上連聖旨都擬好了。」

「那你告訴父親了嗎？」

李明允搖搖頭，神情略顯凝重，「皇上擬聖旨的時候，我就在邊上。」

林蘭心中一凜，皇上明知李渣爹是太子黨，難道皇上是在試探李明允嗎？

林蘭抿了抿唇，決然道：「明允，你一定要做個純臣！」

李明允望著她，驀然一哂，「我曉得其中利害，戰事一觸即發，皇上此舉也是為了安撫朝中武將，畢竟國家有難，需要武將們去出生入死，所以，我也只能勸父親打消念頭，此時叫囂反對，對太子毫無益處，只會讓皇上覺得太子自私自利，不顧大局。」

「只怕父親聽不進去。」

「父親已經猶豫了，父親浸淫官場十幾年，其中的利害關係，他會想明白的。」李明允話雖這麼說，不過心裡卻沒什麼把握。

林蘭默然：但願渣爹能想明白，倒不是明允要維護渣爹，而是他現在剛入仕途，立足未穩，如果渣爹出什麼差錯，對明允的前景也很不利

「算了，不說這些，今天跟供應商們談得可還順利？」李明允撇開這個沉重的話題，轉而關心起林蘭來。

「很順利，價格談好了，等鋪子裡修葺完，貨就送過來，保證不耽誤開張。」林蘭頗得意。

「那就好。」李明允點點頭，心裡卻是有些懷疑，若真的很順利，需要談一個下午嗎？怕是這個小女人要強，不肯說難處吧？還是明天去問問文山。

李明允聞著她身上淡淡的芳香，彷彿是最烈的催情香味，身下脹痛起來，算算日子，應該差不多了吧？一手慢慢伸進了她的中衣，去撫她光潔平坦的小腹。

林蘭的神經頓時繃緊了，說話也支吾起來：「明……明允，我想讓大舅母給白蕙說個親。」

「好，妳做主便是。」李明允心不在焉地答著，大手沿著曲線向下探去。

林蘭捉住他的手，不讓他使壞，「我是說真的，白蕙年紀不小了，好歹她也伺候了你好幾年，咱們得給她謀一個好出路才是。」

手不能動了，他便用溫熱的唇含住她的耳珠，輕輕舔弄，呼吸越來越灼熱。

「我也是認真的，妳安排就好。」

林蘭放下心來，明允果然沒那份心思。

「今天……可以了嗎？」他溫柔地問，沙啞的聲音透著濃烈的渴望。

林蘭知他問的是月事結束了沒，不禁面上一片緋紅，含糊其辭道：「太晚了……」

他的眼睛陡然一亮，忍著笑，在她耳邊輕道：「還早呢！」一翻身將她圈在了身下，熟練地褪去她的衣裳，撫摸著她胸前柔嫩的肌膚。

「這裡似乎豐盈了不少……」他底下頭，貪婪含住頂端的蓓蕾，似在品嘗世間最美的美味。

胸前被他大力吮吸著，有些輕微脹痛，酥麻的電流直抵小腹，在那裡燃起一團火，越燒越烈，林蘭禁不住嬌吟出聲。

「明允……輕點……」

堅硬的炙熱抵在了兩腿間，摩挲著卻不深入。

林蘭被他撩撥得難受，這廝越來越壞了，每次都要整得她開口求饒。林蘭這次很有骨氣地咬緊了下唇，看誰熬得過誰。

「我要去熄燈。」林蘭用力推他。

「我送妳去……」他低笑著，腰身猛地一沉到底。

屋外漸漸飄起了雪花，帳內卻是春色旖旎。

第二天醒來，李明允已經不在了，林蘭揉揉酸軟的腰身，很是抑鬱。白天要費腦力，晚上又要耗體力，再這樣下去，她會不會過勞死啊……只聽見窗外笑語盈盈，嘰嘰喳喳的，銀柳提了熱水進來，笑說：「二少奶奶，外面下大雪了，院子裡積了厚厚一層雪。周嬤嬤叫錦繡和雲英幾個好好打掃院子，她們倒是玩上了。」

林蘭微微一笑，「都還是孩子呢，隨她們去吧！」心說：她若不是二少奶奶，也去玩了。

林蘭今日一身暗花織錦湖水藍的束腰小襖，在鏡子前照了照，居然發現自己的身材也微有凹凸了，回想起昨夜明允說……這裡豐盈了不少，林蘭只覺臉上一陣發燙。

周嬤嬤進得房來，見二少奶奶正在照鏡子，便笑著站在一旁打量，只見二少奶奶面龐瑩潤潔白，雙眼明亮如星，唇色櫻紅欲滴，比初見時，褪去了少女的青澀，現出幾分女人的嬌柔嫵媚來，真是女大十八變，越變越好看了。

林蘭在鏡中瞧見周嬤嬤，笑嗔道：「嬤嬤進來了也不吱一聲。」

銀柳笑嘻嘻地打趣道：「怎沒吱聲？是二少奶奶瞧自個兒都瞧呆了，沒聽見。」

林蘭面上飛霞，嗔了銀柳一眼，「還不快去把我的斗篷取來。」

銀柳做了個鬼臉，去取斗篷。

林蘭方才問周嬤嬤：「有事嗎？」

周嬤嬤斂了笑容，說：「早上老奴碰見門房老張的婆娘張嬸，閒聊了幾句，得了個信，似乎前幾日懷遠將軍府有帖子送來，說是表小姐拿走了，老奴覺得奇怪，就去問老張，老張說是三天前的事了，當時表小姐剛過，就把帖子拿走，她說她會交給二少奶奶的。」

「懷遠將軍府的帖子？表小姐沒有交給我啊？」林蘭不禁惱火，好你個李明珠，我的帖子妳都敢扣，萬一馮淑敏找她有急事，豈不耽誤事？

周嬤嬤道：「要不要派人先去懷遠將軍府解釋一下？」

林蘭鬱鬱地吐了口氣，「也好，讓如意去一趟，先解釋一下，再問問林夫人找我何事。」

李明珠啊李明珠，我不找妳麻煩，妳倒來找我的麻煩，那就別怪我不客氣。

去請安的時候遇見李明珠，林蘭只當作什麼也不知。李明珠昨晚的氣還沒過，看見林蘭不是白眼，就是冷臉。

如意去了一趟林府，回來稟報，說是前日林夫人家裡有聚會，本想請二少奶奶過去，大家熟悉一下，結果二少奶奶沒去，有幾位夫人就不高興了，林夫人只好扯了個謊為二少奶奶開脫。奴婢已經跟林夫人解釋過了，林夫人說，下次再約二少奶奶，一定命人把帖子親手交到二少奶奶手中。

銀柳十分氣憤，「這表小姐也太張狂了，二少奶奶的帖子她也敢扣。」

玉容冷笑，「到時候表小姐一定會說她是忘了。」

林蘭漠然道：「她是故意也好，忘了也罷，我會讓她記住這個教訓。」

晚上李明允回來，說幸好父親沒出頭，幾個上了摺子保舉三皇子的，都被皇上狠狠罵了一頓。

「這麼說，四皇子去兵部已經定下了？」林蘭問。

「聖旨已下。」李明允長吐一口氣。

林蘭也是寬心了不少，這樣就好，今晚就給李明珠點顏色瞧瞧。

林蘭把李明珠扣了懷遠將軍府的帖子一事告訴李明允。

李明允冷冷一笑，「她的膽子越發大了。」

「待會兒，你配合著點。」林蘭叮囑道。

兩人商議好，就去了朝暉堂。

李明允進了朝暉堂就擺出一副微慍的神色，林蘭則跟個小媳婦似的，一臉委屈地跟在後頭。

旁人看了，還以為林蘭做了什麼錯事，讓李明允很生氣。

韓秋月存了看笑話的心思，和顏悅色地問：「你們倆這是怎麼了？」

林蘭怯怯地看了李明允一眼，又迅速底下頭去，囁嚅道：「沒、沒什麼……」

這模樣讓韓秋月更加肯定了自己的猜測。

老太太本來心情挺好的，要過年了，可是李明允板著一副冷面孔坐在這裡，讓人看著堵心。

「明允，你這是跟哪個在置氣？」

李明允緊繃著臉不說話，林蘭忙解釋道：「祖母，沒事，真的！」

老太太馬上就拉下臉來：「沒問妳話。」

林蘭立馬噤聲。

一直心事重重，心不在焉的李敬賢，以為明允跟自己愁的是同一回事，便小聲跟李明允道：「有事待會兒到書房再議，別讓你祖母擔心。」

李明允微微頷首。

只聽得一串銀鈴般的笑聲由遠而近，李明珠來了。

李明珠穿了一身銀紅錦緞滾了白狐狸毛邊的小襖，輕快地走了進來，向老太太行禮請安，又向李敬賢和韓秋月請安。笑容俏麗，語聲甜美。

韓秋月目光柔和地看著明眸皓齒的女兒，溫言道：「妳怎麼過來了。」

李明珠眨著一雙美麗的杏仁大眼，微訝道：「不是姨母讓我來的嗎？」

韓秋月愣住，她什麼時候叫明珠來了？

「是兒子讓她來的。」李明允幽幽開口。

「明允……」林蘭想攔著李明允說話。

韓秋月當即心頭一跳，心裡生出一種強烈的不祥預感，去看明珠的神色，明珠已然心虛了，面色慌張。老太太也明白了幾分，定是明珠這丫頭惹得明允不高興。

「妳說，妳為什麼扣下了懷遠將軍府給妳二表嫂的帖子？」李明允冷聲質問。

「明允，算了吧，事情都過去了，我想表妹不是故意的。」林蘭做出息事寧人的姿態，當然是要做給渣爹和老太太看的。

李明珠故作恍然，「對不起啊，我本來是想親自給二表嫂送去的，結果……忘了。」

李明允冷笑，「妳二表嫂進門這麼久，何時見過妳來落霞齋串門子？居然這麼好心要給妳二表嫂送帖子？」

韓秋月腦仁直抽，這個不省事的丫頭，好端端的又去惹這兩位煞星做甚？還沒吃夠苦頭嗎？

「明珠，妳也是，怎麼就這麼沒記性？」韓秋月斥責道。

李明珠委屈地說：「我真不是故意的。」

李明允不肯甘休，「妳不是故意的？妳知道妳給妳二表嫂惹了多大的麻煩？給李家惹了多大的麻煩嗎？」

韓秋月聽李明允一頂大帽子扣下來，不禁出言維護：「不就一張帖子嗎？明珠又不是故意的，明允，你是做表哥的，也該讓著表妹點，不要一些小事就不依不饒。」

李明珠得到母親的庇護，示威地向林蘭甩了一記白眼，似在說我就是故意的妳能把我怎樣？

李明允直接忽略老巫婆，對父親說：「父親，懷遠將軍夫人前日宴請京中諸多武將的夫人，特邀了林蘭前去，結果林蘭不知，沒去赴宴，父親，其中的利害，您是清楚的。」

李敬賢臉色一變，他當然清楚，若是在今日以前，或許他還不喜歡林蘭去，可是在皇上那道聖旨宣讀以後，他已經有了深深的危機感。他之所以堅決站在太子這邊，是因為他相信皇上的心是偏向太子的，將來太子繼位的可能性極大，然而現在這份信心已經動搖了，四皇子一旦掌握了兵權，就有了與太子殿下分庭抗衡的勢力。林蘭在這個時候得罪了那些將軍夫人，若是被有心人加以利用渲染，就會變成李家的一種態度，這對李家是很不利的。

李敬賢越想越惱火，本來就心情不好，這會兒怒氣全衝李明珠撒了去，厲聲罵道：「妳這孽障，小小年紀，一肚子的歪心思，趁早打發了回家去，留在這裡遲早叫妳禍害了這個家！」

韓秋月和李明珠俱是臉色大變，沒想到老爺會生這麼大的氣。

「老爺，您且息怒，明珠年紀還小，不知輕重，您好好跟她說，她會聽的。」韓秋月連忙來勸，一邊給李明珠和李明則使眼色。

李明珠趕緊跪下，求饒道：「姨父，明珠知道錯了，明珠下回不敢了！」

李明則也來求情：「父親，表妹既然知錯，您就饒她這一回吧！」

李敬賢氣大了，哪肯聽勸，怒道：「她年紀還小？明年就及笄了！本想著等她及笄，給她謀一門好親事，現在看來不必了，沒得去禍害別人，叫人看輕了咱們李家！」

韓秋月差點背過氣去，老爺的話句句誅心啊！她真想放聲大哭，真想問問老爺的良心還有沒有。這個女兒他們已經虧待了，難道還要為了這麼一點小事，毀了她一輩子嗎？

李明珠懵了，當初她扣下帖子，純粹是心裡氣不過，林蘭一個鄉野丫頭，若不是沾了二哥的光，那些將軍夫人如何會請她去赴宴，所以她故意搞破壞，以為事後推諉一番就沒事了，沒想到父親會這麼生氣，後果會這麼嚴重，但她還是不信父親真的會趕她走。

老太太暗暗嘆氣，她來京後，一直對明珠很冷淡，刻意保持著距離，為的是掩人耳目，可明珠畢竟是她的親孫女，是李家的血脈，老太太心有不忍，可明珠又委實太不懂事，讓她爹好好教訓教訓也是應該的。

李明珠腦子不清楚，可韓秋月清楚得很，老爺是什麼人？老爺最在乎的是什麼？無非是他自己的前程爵位，誰敢擋著，他絕對是一點情面也不留，所以，老爺說要趕走明珠，她相信老爺說得出，做得到。

韓秋月心思轉得極快，點著李明珠的額頭就罵：「明珠啊明珠，妳讓姨母說妳什麼才好？姨母一直把妳當親生閨女看待，妳卻這麼不懂事，這次，姨母也幫不了妳了，妳現在就給我回去收拾東西，明日姨母就派人送妳回老家。妳見到妳母親，就幫姨母告個罪，就說姨母有負她的託付，沒把妳教導好，她對我們李家的恩情，唯有來世再報了……」韓秋月說著，掩面落淚，用餘光去瞄老太太，見老太太眼中有了愧色，韓秋月狠狠地擠擠眼，淚如泉湧。

聽母親這麼說，李明珠這才有幾分信了，不禁花容失色，抱著母親的腿哭道：「姨母，不要趕明珠走，明珠知道錯了……」

林蘭心底冷笑，老巫婆的演技不是第一次見識了，可每次都會被她震撼到，演得那叫一個情真意切，那叫一個感人肺腑，好一齣苦情戲啊！不過，她才不信老巫婆會讓李明珠走，就算老巫婆真讓李明珠走，她也不會答應，這麼個可以證明李渣爹無恥騙婚的活證據，怎麼可能讓她走掉呢？嗯，人家演得這麼賣力，那就好好看戲吧！

老太太終於忍不住開口：「好了好了，大過年的，哭哭啼啼像什麼樣？敬賢，明珠既然已經知錯，你就饒了她這一回。若是就這樣把人送回去，不明就裡的，還道咱們李家忘恩負義。」

李敬賢面若覆霜，看著哭哭啼啼的母女倆，心裡說不出的煩悶。一個明則不爭氣，一個明珠不懂事，都是韓秋月教導無方之故，不禁怨恨地瞪了韓秋月一眼，指著眼淚汪汪的李明珠，呵斥道：「妳別以為妳那點心思別人看不透，小小年紀，耍心機，耍小聰明，刁蠻、驕縱，毫無端淑賢慧之德，妳不嫌丟人，我還替妳害臊。今日看在老太太的面上，暫且饒妳一回，從今兒個起，妳給我禁足思過，抄寫《女訓》一千遍，若敢再犯，此處絕不再留妳。」

李明珠聽到饒妳一回，還心頭一輕，後聽得禁足思過，抄寫《女訓》一千遍，當即委頓於地，不可思議地看著父親，可父親神色決然，眸光狠厲如刀，李明珠像被霜打了的茄子，不得不接受這個殘酷的現實。都是林蘭這個壞女人，都是她害的。李明珠憤憤地瞪向林蘭，林蘭朝她一挑眉，唇邊一抹譏諷，李明珠心裡更恨。

「父親，表妹都認錯了，這一千遍《女訓》是不是罰得太重了？」林蘭假惺惺地問道。

李明允厲眼瞪過來，冷冷道：「妳別總是做老好人，父親是為了表妹好，縱她才是害她。」

李敬賢深以為然，沉聲道：「這已經算是輕的了，一千遍若是記不住，就罰兩千遍，罰到她記住為止。」

林蘭暗笑，若真如此，李明珠以後的日子很可能就在抄寫《女訓》中度過了。

李明珠幾乎要嘔出血來，林蘭，我李明珠跟妳勢不兩立。

韓秋月不禁扶額哀嘆，這對夫妻簡直就是她命中的煞星，除又除不掉，偏生自己兩個兒女又不爭氣，屢屢犯在他們手上。

李明珠哭著走了，李敬賢被鬧得沒了胃口，跟老太太告罪一聲也走了。李明允給林蘭遞了個眼色，隨即跟了出去。李明則猶豫不決，不知該跟去還是該留下，韓秋月忙道：「還不快去勸勸你爹。」李明則這才追了出去。

老太太看著一屋子人瞬間走了個乾淨，悶悶地嘆了一氣，對韓秋月道：「妳去張羅張羅，讓人把飯食給老爺送去，沒得氣壞了身子，又餓壞了肚子。」

韓秋月連忙應諾，施禮告退。

老太太靜靜地盯著還坐在堂上的林蘭，良久才道：「吃飯吧！」

祝嬤嬤扶著老太太去西次間，林蘭起身跟了過去。

祝嬤嬤伺候老太太坐下，就要為老太太布菜盛湯。

「讓林蘭來吧！」老太太淡淡說道。

原本已經坐下的林蘭，忙又起身，站在老太太身旁，接過祝嬤嬤手裡的碗，給老太太盛仲景羊肉湯。老太太好些日子沒讓她立規矩了，今日這般，怕是對她有所不滿。

林蘭把湯輕輕放在老太太面前，柔聲道：「祖母畏寒，這羊肉湯治虛勞寒冷是最好的了。」

老太太沒有動湯匙，而是緩緩道：「明珠她自幼跟在妳婆母身邊，情同母女，妳婆母當年困頓，也多虧了明珠她娘照拂，妳公爹感念當日之恩，特將明珠留在身邊，許她姓李，視如己出。明珠雖說性情驕縱，心眼卻是不壞，是個直腸子，再過一兩年，也要許親出嫁了，妳們在一起還能有多少時日？再說，妳是做表嫂的，也該寬宥她一些，不要為些小事鬧得一家子人仰馬翻。」

林蘭靜靜地聽完這番話，心頭湧起一股怒火，老太太當真是公允啊！自己的孫女犯了錯，倒責怪她不夠寬容，典型的寬以律己，嚴以待人。

林蘭微微一笑，「孫媳從未想過要與誰過不去，再說表妹在這個家是客，過幾年也就出門了，孫媳更沒必要跟她過不去。今日的事，孫媳本是要瞞著的，可是聽說那些個將軍夫人對孫媳頗有怨言，孫媳深感惶恐，畢竟人家一說起，便是李家二少奶奶，說多了，便成了李家如何如何……要知道，這京城之中，傳得最快便是流言，孫媳生怕此事會對明允和公爹造成不利的影響，故而問問明允可有轉圜之法。祖母也瞧見了，公爹如此生氣，可見孫媳的顧慮非是杞人憂天。祖母疼惜晚輩是祖母慈愛，祖母一向治家嚴謹，為的也是李家能長盛不衰，表妹此次雖非故意，鑄成大錯卻是事實。孫媳總想顧著大家的面子，大事化小，小事化了，可明允卻說老好人做不得，那不是真好而是害人，縱了她這回，便有下回。好在如今表妹未出嫁，若是去了婆家，惹出這麼大的禍事，怕是婆家未必會如此寬容。祖母，您說呢？」

老太太臉色沉鬱，從不知道林蘭這麼會說話，只一句一向治家嚴謹，便堵了她的嘴，明著是在自責，暗地裡卻是責她做老好人，縱容明珠，直把她憋悶得氣血不暢。

「明珠有錯，妳可以告訴妳婆母，也可以來與我說。要如何轉圜，如何化解，大家可以商議著辦，難道鬧得家宅不寧，雞飛狗跳的，就能解決問題了？沒看妳把妳公爹氣成什麼樣了？」老太太冷冷道。

林蘭當真是嘆為觀止，老太太真能掰啊！嘴皮子一動，反倒成了她的錯！

「別以為妳占個這理字就可以得理不饒人，也別以為有幾位貴婦邀妳赴宴便覺得自己很了不起，妳若不是李家的兒媳，不是明允的媳婦，又有誰會高看妳？」老太太口氣越發硬冷。

祝嬤嬤聽老太太越說越遠了，老太太有心護短，也不能拿二少奶奶撒氣，忙笑呵呵地來打圓場：「老太太，這湯都快涼了。」

林蘭自嘲地一笑，「孫媳受教了，明珠表妹扣了帖子沒有錯，錯的是孫媳不該把這件事捅出來。只要姓李的犯了規矩，那都不是錯，而做媳婦的守規矩卻不一定對。祖母，您是這個意思吧？」

老太太臉色驟變，一拍桌子，厲聲喝道：「妳敢忤逆長輩？」

林蘭面不改色，依然笑容甜美，「祖母息怒，孫媳不過是在剖析祖母話裡的意思，弄明白了以後就不會惹祖母生氣了。若是祖母覺得孫媳曲解了您的意思，那還請祖母有以教我，孫媳一定洗耳恭聽，不敢不恭。」

看林蘭一副不急不躁的樣子，老太太突然生出一種心有餘而力不足之感，她也知道自己的話有所偏頗，底氣不足，叫林蘭抓了錯處。若是林蘭言辭再惡劣些，她完全可以治她個忤逆長輩不孝之罪，可林蘭太狡猾，反將了她一軍。

祝嬤嬤也從未見過老太太吃癟的模樣，老太太一輩子要強，幾位老爺在老太太面前都不敢放肆，今日卻叫二少奶奶狠狠嗆了一頓。二少奶奶的膽子可真夠大，就不怕老太太氣出病來，可話說回來，今天的事二少奶奶又有什麼錯？無緣無故挨一頓責罵，是個泥人也有三分土性，祝嬤嬤深深覺得，這事是老太太糊塗了。

一老一少就這麼僵著，你瞪著我，我看著你，一個滿面怒容，一個沉靜安然，無言地交鋒。

林蘭心裡明白，一味的忍讓只會讓人覺得妳好欺負。她不像丁若妍，出了事，有個潑辣的老娘來維護，有當官的老爹來撐腰，她只能靠自己。老太太說她得理不饒人，她還偏就得理不饒了，怎麼著？有理的時候都要受委屈，那沒理的時候還不被人生吞活剝了？不過，話說到這裡也就夠了，過了頭把老太太氣暈了，那她對也是錯。罷了，忍一時之氣，免百日之憂。

於是，林蘭緩緩跪下，神情委屈，言詞誠懇：「祖母，孫媳身分低微，心裡多少有些自卑。自從祖母來了以後，祖母處事公正嚴明，從不因為孫媳的出身而瞧不起孫媳，祖母的好，孫媳都記在心裡。孫媳年輕氣盛，處事難免考量不周，還請祖母耐心教我，以後孫媳一定牢記祖母的教誨。適才孫媳有言語不當的地方，還請祖母大人大量，孫媳給祖母賠罪了。」

聽林蘭一味給她戴高帽，又誠懇認錯，老太太有氣也發作不出來，心口卻是悶得慌。

祝嬤嬤訕笑道：「老太太，二少奶奶都認錯了，您就別生氣了。二少奶奶還是很孝順您的，您瞧，前兒個我剛說老太太畏寒怕冷，二少奶奶就弄了個湯補的方子叫人去做……」說著指指仲景羊湯。

老太太有些意外，她還以為這羊湯是韓秋月為她準備的。

「不可再有下次。」老太太雖然氣不過，思量再三，還是決定息事寧人。

林蘭立即笑嘻嘻地行了一禮，「多謝祖母寬恕，祖母是最寬宏大量的。」

老太太嘆了一口氣，看著滿桌子的菜卻是一點胃口也沒有，悻悻道：「不吃了，油膩膩的。祝媽，妳讓廚房做碗米粥來。」說著老太太起身，祝嬤嬤趕緊去攙扶，顫顫巍巍地走了。

林蘭撇了撇嘴，不吃了？那正好，落得個自在，回去叫桂嫂做碗白菜明蝦湯麵。

祝嬤嬤扶老太太回屋上炕，給她腰上墊了個軟枕。

老太太鬱鬱長嘆，「人老了，不中用了，連個晚輩也教訓不了了。」

祝嬤嬤笑呵呵地說：「老太太哪裡老，身體好著呢！」

「妳就別哄我了，我現在是一鬧心就頭暈。」老太太扶額又是重重一嘆，「想替敬賢好好整肅家風，也是心有餘而力不足了。」

祝嬤嬤遲疑道：「老太太，您適才可是護短了……」

老太太橫了她一眼，「妳也覺得我不該教訓林蘭？」

「老奴覺得二少奶奶這人當真不錯，二少奶奶雖然嘴上不會哄人，但孝順都是落在實處的，一聽說您有什麼不適，就變著法給您補身子。老太太上次氣暈了，損了元氣，又不肯吃苦藥，二少奶奶就把藥裹進棗泥裡，那都是二少奶奶親手做的，還叮囑老奴不要告訴老太太。老太太，您想想，您這麼多子女、媳婦，有誰比二少奶奶更貼心？其他人哪個不是做了點小事，就眼巴巴地等著您誇讚幾句……」祝嬤嬤嘆道。

老太太微微動容，「她倒是有心。」

「二少奶奶這種用心，不為了討好，不為了邀功，這才是真的孝順啊！」祝嬤嬤感嘆著。

「可她今日的言語委實可氣。」老太太想到適才被林蘭堵得說不出話來就生氣，這輩子誰敢跟她這麼說話？

祝嬤嬤輕笑道：「老太太今日為了明珠小姐而教訓二少奶奶，二少奶奶心裡能不委屈嗎？又不是她的錯，出了事，跟自己的丈夫商量也是正常，先前二少奶奶還想攔著二少爺的……老奴平日裡瞧得分明，明珠小姐看不起二少奶奶，從來都是冷語相對，極盡譏諷之能事，可二少奶奶哪回跟她爭執過？都是一笑了之，適才老太太的話是真傷了二少奶奶的心了。」

老太太斜睨著祝嬤嬤，「妳是不是得了二少奶奶什麼好處？怎麼一味幫她說好話？」

祝嬤嬤神色一凜，跪地道：「老奴已是黃土埋了半截身的人，又無親眷子女，還貪圖什麼好處？難道還能帶進棺材裡？老奴這一生別無所求，只求能陪著老太太，安安穩穩度過晚年。誰對老太太好，老奴就對誰好，若說老奴有私心，那也是為了老太太。」

老太太笑道：「我與妳開個玩笑，妳也當真？快起來吧！」

祝嬤嬤這才起身。

老太太嘆道：「我也知道今日之事非她之過，只是明珠的事……妳也曉得，這孩子到底可憐，我也是心有不忍。」

「有道是虎毒不食子，老爺也是氣頭上說了狠話，難道老爺還真能不管明珠小姐了？等老爺氣平了，再慢慢勸說，也就雨過天晴了，您又何必著急？再說，老爺說的也沒錯，若是明珠小姐不改性子，將來去了婆家，難免要吃虧，到時候還有誰能護著她？」

老太太似有些累，靠在軟枕上，微微闔目，語聲低沉下去：「罷了罷了，兒孫自有兒孫福，由他們去吧！」

「老太太能這麼想就好了，您先歇會兒，老奴這就去弄小米粥。」

◆　◆　◆

林蘭正吃著香噴噴的白菜明蝦湯麵，李明允回來了，白蕙後腳就跟進來伺候。

李明允瞄了眼林蘭手中的湯麵，問：「還有嗎？我餓著呢！」

銀柳忙道：「有有，二少奶奶讓桂嫂備了兩份。」

「白蕙，妳去幫我把麵端來。」李明允自己解了斗篷交給白蕙。

白蕙溫柔地應聲，將斗篷掛在了烏木雕花鳥圖案的衣架上就出去了。

李明允挽了袖子，在林蘭身邊坐下，伸手端了林蘭的湯麵去，「我先喝兩口湯墊墊肚子。」

林蘭來不及搶，就看著他捧著碗，喝了好大一口，不禁訝然：「這……是我吃過的。」

李明允笑道：「妳吃過的有什麼打緊？這碗便先歸我了，待會兒新做的再勻妳一半。」

銀柳嘻嘻一笑，很識趣地找了個藉口退下。

林蘭支了下巴看他吃麵，他這人吃個麵也是這般優雅，很有紳士風度，興許只有夜裡才會化身成邪惡的狼吧？

「我走後，老巫婆有沒有為難妳？」李明允問道。

老巫婆哪有功夫來為難她，又要討好渣爹，又要安慰受傷的女兒，忙得很咧！倒是自詡公正嚴明，規矩比天大的老太太狠狠護了一回短，只是，林蘭不想說，懶得說，便道：「沒有，父親那邊呢？」

「已經沒事了，讓妳趁著過年去各家拜訪一下，禮物一概由家裡出。」李明允頓了頓又道：「妳只當出去玩，順道宣傳下自己的藥鋪，無須刻意去討好逢迎。」

林蘭笑道：「我比較喜歡第二個理由。」

「那妳就多走幾家，反正禮物又不用咱們出，禮物給少了還不去呢！」李明允冷笑。

「老巫婆非得氣死不可了，弄不好，還得去借印子錢過年。」林蘭哈哈笑道。

「我正愁沒法子逼她去舉債，老巫婆要面子，絕對不敢跟別人借，只有跟放印子錢的借。」

林蘭已經明白了李明允的意思，先掏空老巫婆的家底，然後找各種機會逼老巫婆去借高利貸，那邊沒有收入，這邊利滾利，直把老巫婆拖進萬劫不復的深淵。不過林蘭很懷疑，這放印子錢的是不是葉家。

李敬賢現在是一想到韓秋月就很厭煩，心中更是懊惱，當初是他太低估了韓秋月，沒想到韓秋月會暗中使手段把葉心薇給逼走，越想越覺得心薇好，又溫柔又美貌，家裡的事從不需要他操心，事情總能安排得妥妥貼貼，明允也是這般勤奮好學，明理懂事，當初一家三口多麼溫馨，唉，後悔晚矣！

李敬賢鬱鬱地往劉姨娘院子裡去，僕人小聲提醒道：「老爺，今兒個該歇在夫人那邊。」

「本老爺的事還需要你來安排？」李敬賢黑著臉質問。那陰冷的口氣，嚇得僕人一哆嗦，再不敢多言。

劉姨娘沒想到老爺今兒個會過來，驚喜道：「老爺怎麼來了？」

看到劉姨娘毫不掩飾的欣喜之情，李敬賢心裡稍微舒坦些，「想過來便過來了。」

丫鬟上了茶，劉姨娘就把人支了出去，坐進了老爺懷裡，嬌聲道：「奴婢自是日日夜夜想著老爺，只是……夫人知道您來了奴婢這裡，會不會不高興？」

李敬賢一手搓揉著她胸前的豐盈，冷笑一聲，「理她做甚？」

「還有老太太的規矩呢！」劉姨娘欲拒還迎，有意無意地去蹭男人那處越來越硬的地方，知道老爺動情了。

「本老爺今日心煩，別掃老爺的興致。」李敬賢將她一把抱起，兩人一道滾到床上。

發洩過後，李敬賢饜足地抱著劉姨娘豐腴溫軟的身體，在她小腹上輕輕撫著，「晚玉，給我生個兒子吧！」

劉姨娘往老爺懷裡蹭了蹭，語聲嬌柔：「奴婢做夢都想替老爺生個白白胖胖的小子，可夫人不許啊。每次老爺您來過後，夫人就讓人送來避子湯。」

「我去跟夫人說。」李敬賢不以為然道。

劉姨娘忙道：「您去說，夫人自然是會答應，可她心裡不高興，指不定會怎麼整治奴婢呢！」

「她敢？」李敬賢沉了臉。

劉姨娘戚戚然，小聲道：「也不知怎的，奴婢這邊說過什麼、做過什麼，第二天夫人那邊就沒有不曉得的，奴婢為此不知挨了多少責罵。」

李敬賢的臉色越發難看，披了衣裳下床，大喝一聲：「來人！」

兩個丫頭連忙進來服侍。

李敬賢死死瞪著兩個丫頭，狠聲罵道：「兩個下作胚子，吃裡扒外的東西，想當耳報神，本老爺便割了妳們的耳朵，拔了妳們的舌頭，讓妳們來偷聽去報信。」

兩個丫鬟嚇得面如土色，噗通跪地，磕頭如搗蒜，「奴婢不敢，奴婢不敢……」

「不敢？做都做了，妳們還有什麼不敢的？別忘了，本老爺才是一家之主，妳們稀裡糊塗投錯了城，小心本老爺讓妳們死得很難看。」李敬賢惡狠狠地威脅道。

劉姨娘嘴角噙了一抹譏諷的笑，韓秋月，妳以為妳能在這後院一手遮天，卻忘了妳自己頭上還有一片天。

兩個丫鬟拚命求饒：「奴婢不敢，奴婢不敢……」

「老爺，您也別為難她們了，她們也是受人指使，不得已為之。」劉姨娘坐起身來勸解。

李敬賢思忖了下，冷聲道：「夫人讓妳們報信妳們只管去報，但若有一句要緊的話，有一件要緊的事傳進了夫人的耳朵，本老爺就會讓今日說過的話變成現實。」

兩個丫鬟膽戰心驚，連連稱是。

「那今日的事，妳們預備如何跟夫人去說？」李敬賢問道。

一個丫鬟忙道：「老爺今日心情不好，把姨娘也狠狠責了一頓。」

李敬賢這才面色微霽，「以後腦子給我清醒一些，莫要犯了渾，夫人最多將妳們賣了，老爺我可不會這麼好相與，滾！」

兩個丫鬟連忙爬起來退了下去。

劉姨娘起來把老爺扶到床上，「老爺，您這又是何必，奴婢也習慣了，夫人要罵就罵吧。只要老爺想著奴婢，奴婢多受些委屈也無妨。」

李敬賢心中憤憤，韓秋月就是個兩面三刀的女人，在他面前是一套，在老太太面前是一套，對待下人又是另一副嘴臉，嘴上說得好聽……只要老爺高興就好，可她做的樁樁件件，就沒一件是讓他高興得起來的。

「老爺，別生氣了，奴婢聽說，生氣時生的孩子，脾氣也會暴躁的。」劉姨娘一雙蔥白的玉手又開始不安分起來。

李敬賢被一撩撥，又來了興致，也為自己雄風不減頗感自豪，一把將人按在身下，大力搓揉。

「小騷貨，剛才還沒餵飽妳嗎？」

劉姨娘媚眼如絲，嬌嗔道：「不是老爺說……要生個孩子的？」

李敬賢朗聲一笑，「好，生孩子，妳給老爺多生幾個，老爺重重有賞！」

而韓秋月安慰了李明珠回來，卻被告知老爺去了劉姨娘屋裡，又把她給氣得半死，她已是焦頭爛額，劉姨娘還來橫插一腳。

「這個賤人，我看她是活膩味了！」韓秋月咬牙切齒地罵道。

姜嬤嬤勸道：「老爺今日生明珠小姐的氣，怕是把夫人您也給怨上了，這個時候您最好不要輕舉妄動，得順著老爺，如今最要緊的是想辦法挽回老爺的心。」

韓秋月憤然道：「老爺連我房裡也不來了，我如何去挽回他的心？」

「這會兒老爺不是在氣頭上嗎？等老爺心平氣和了，自然就來了。」

韓秋月一陣磨牙，「都是林蘭和明允這對賤人，自從他們回來後，這個家就沒有一日安生。」

「夫人，您現在是不宜公然與二少爺作對，還是先顧好大少爺和小姐要緊。只要大少爺考取了功名，也入了仕途，咱們再慢慢籌畫，說不定升得比二少爺還快，老爺自然也會看重大少爺，至於明珠小姐，夫人一定要勸她忍耐些，何苦跟他們過不去？再過兩年謀一門好親事，順順利利風風光光出嫁，自己日子過好了，他們心裡才難受呢！」

韓秋月漸漸冷靜下來，「這些我都知道，現在只等山西那邊有好消息，咱們手裡有了銀子，就什麼都不怕。」

姜嬤嬤對山西的事總有些不安，夫人這次實在是太冒險了，幾乎是把全部家當都投了進去，這萬一……姜嬤嬤實在不敢往下想。

「明春應該有消息了吧？」姜嬤嬤小聲問道。

「沒這麼快，古先生說，起碼要等四五月。」韓秋月對古先生還是深信不疑，對自己的眼光和決定深信不疑，沒道理人人都賺的生意，她會虧。

「這幾個月，咱們的日子可得緊著過了。」姜嬤嬤憂心忡忡。

「哎，我也是一想到這個就頭疼，吃的還能省，可這一家子的新衣新帽新鞋子少不了，過年老爺走親訪友的禮物少不了，給下人們的打賞少不了……真有些應付不過來，早知道就多借幾萬兩印子錢了……」韓秋月悵然道。

子。」

姜嬤嬤默然：這印子錢的利息高得嚇人，還是少借一些的好。

「夫人，老奴瞧著庫房裡還有些葉氏留下的東西，值幾個錢，要不……」

韓秋月眉心微動，沉吟道：「也好，妳找一家信得過的鋪子，把東西賣了吧，應該能應付一陣子。記得庫房的出入單子要做好了，別讓人拿了錯處。」

明天就是臘月二十四，過小年了。這幾天周嬤嬤帶著下人把落霞齋徹底清掃了一遍，是為撣塵，撣去所有的積垢，也撣去舊歲所有的不快。看著屋裡屋外煥然一新，院前院後纖塵不染，周嬤嬤方才讓大家去歇息。

葉家派人送來了林蘭訂製的新衣，林蘭六套、李明允六套。

「大舅母沒弄錯吧？我只訂了四套。」林蘭詫異道。

周嬤嬤笑道：「沒錯，大舅夫人說，六六大順，湊個吉利數，便又讓人多做了兩身，是按著時下京城最流行的款式做的。」

林蘭看著那色彩豔麗的蜀錦，柔滑細膩的杭綢，花明地暗，織金嵌銀的綺羅，無一不是名貴的衣料，又看這些衣裳做工精緻，刺繡精美，若真要花銀子去買，還不知得多少銀兩，遂暗嘆，大舅母真是好大手筆！

「先收著吧，等二少爺回來再讓他試試。」林蘭讓玉容把衣裳都收起來。

周嬤嬤又拿出一個匣子，沉甸甸的。

「這是大舅老爺給二少奶奶的，說給您過年串門子的時候打賞用。」

林蘭腦子裡立刻浮現那一袋金晃晃的小魚兒，大舅爺不會又弄了一匣子的金子給她吧？她這手可真的要軟了。

打開來看，裡面是樣式各異，大小不等的金錁子、銀錁子，用來打賞，既好看又有面子。

「難為大舅爺想得周到，自打來京，叫他們破費了不少，我這心裡委實過意不去。」林蘭說的是真心話，雖說人家有錢不在乎這點東西，可這份心意沉重得讓人感動又不安。

「二少奶奶多慮了，兩位舅老爺當年都是極疼自己的妹子，如今三小姐不在了，他們只能多疼著二少爺一些。」周嬤嬤笑道。

林蘭點點頭，把匣子交給玉容，讓她一併收起來。

「葉老太太和葉老太爺可有信來？不知葉老太太的痹症好些了沒有……」林蘭想起嚴肅的葉老太太和老頑童似的葉老太爺，所謂愛屋及烏，對兩位老人也多了份親切感。

「有來信，說是老夫人的痹症好多了，今年冬天南方陰冷，老夫人的痹症都沒怎麼犯，可見是二少奶奶的功勞。」周嬤嬤眼底眉梢全是笑意，可見是真的了。

「二老身體好便好，有機會再回豐安去看他們。」

「還有，上回二少奶奶託付的事，也有了著落。」周嬤嬤小聲道。

林蘭把人都支了出去。

「是葉府外莊子上一個管事的兒子，姓徐，名福安，今年二十，慣能幹的，大舅老爺有心提拔他也做個管事，他老爹正託大舅老爺給找個好姑娘……老奴覺得挺合適的。」周嬤嬤道。

林蘭沉吟著：「就這身分年齡聽著是不錯，等我去拜年的時候，先見見徐福安再做決定吧。畢竟白蕙是從小伺候二少爺的，總得給她尋一門可靠的親事，不至於委屈了她。二少爺嘴上不說，心裡也是這麼想的。」

周嬤嬤微微嘆息，「二少奶奶是寬厚之人，白蕙遇到這樣的主子，是她的福氣。」

林蘭苦笑，也不知以後還會有多少這樣的事，外邊來的她不怕，但身邊的人必須清理乾淨，外賊易防，家賊難防啊！

正說著，外頭銀柳通傳：「翠枝姊姊來了，有事要見二少奶奶。」

林蘭道：「讓她進來吧！」

周嬤嬤站到了二少奶奶身後。

翠枝進來向二少奶奶見了禮，說：「夫人身體不適，老太太讓二少奶奶趕緊過去瞧瞧。」

林蘭驚訝，「早上請安的時候，見夫人還是好好的，怎麼不舒服起來了？」

翠枝道：「夫人這些天忙裡忙外的，本就有些疲累，昨兒個夜裡受了涼，適才聽管事嬤嬤們回事，突然就頭痛了。」

林蘭暗道：老巫婆別是聽著一筆筆開銷才頭痛的吧？

林蘭估摸著老巫婆也就是心煩，沒什麼大病，真若有病，她也得想辦法給她治好了。好戲才開鑼，老巫婆身為第一反派，怎能因病早早退場呢？那多無趣啊！

「銀柳，快去取我的藥箱來，咱們趕緊去寧和堂。」林蘭急切吩咐。

剛到寧和堂外，就看見李明則夫妻疾步而來，面上俱是焦慮之色，丁若妍迎上來，「弟妹，妳來了就好了，我這幾日自己身上也是不爽利，都沒能來請安問好，竟不知婆母身體不適，實在是不孝。」

丁若妍的愧疚之色不似偽裝，聽巧娟說過，老巫婆對丁若妍確實很好，丁若妍憂鬱成疾，老巫婆隔三差五去看她，又送人參，又送燕窩的，除了在碧如一事上偏向自己的兒子，別的還真挑不出什麼毛病，難怪丁若妍會著急。

「應該是累了吧，忙了好幾天了。」林蘭感嘆道。

一旁的李明則冷哼，「還不是被某些人氣的。」

林蘭笑道：「大哥，表妹都已經受罰了，您就別再抱怨她了。」

李明則不禁瞠目，這女人臉皮怎麼這麼厚，他明明說的是她，她倒好，嘴皮子一翻，轉到明珠頭上去了。他幾乎就想撕破臉，只聽林蘭又道：「若是大哥明年高中，保管夫人百病全消，弟妹在這裡先預祝大哥金榜題名了。」

丁若妍何嘗聽不出林蘭是在譏諷李明則，她明明應該生氣的，卻一點也氣不起來，反而覺得爽快。她算是看明白了，李明則就是一個繡花枕頭，中看不中用，光會說好聽話，實際上一點也沒用，她這輩子算是沒指望了。

「弟妹，咱們快進去吧，希望婆母沒什麼大礙才好。」丁若妍挽了林蘭往裡走，撇下李明則站在那裡七竅生煙。他剛剛被林蘭損了，若妍居然還跟她手挽手，公然與他作對。碧如的事，的確是他對不起她，可碧如不是沒進門嗎？母親把人送走了，送得遠遠的，這輩子都見不到了，她還想怎麼樣？他錯也認了，哄也哄了，可若妍還是整天擺臉色給他看，再這樣下去，這日子沒法過了。

丫鬟見兩位少奶奶來了，趕緊掀起夾棉軟簾，林蘭讓丁若妍先進，隨後跟了進去。

韓秋月的臥室在東邊暗房，隔著一道石青色的緞面夾簾，老太太的聲音隱隱傳了出來：「老爺想再要個孩子也是正常，誰不希望家中人丁興旺，絕對不會是嫌棄妳之故，妳不要多想……」

「老爺可不就是嫌棄我來著，說我生的孩子沒一個爭氣的……」韓秋月抽泣地說。

老太太安慰道：「那都是氣話，妳也信？你們經歷了這麼多波折才能再聚首，敬賢不會不珍惜的，他要真有寵妾滅妻之心，我這老婆子還沒死呢，他敢？」

林蘭和丁若妍面面相覷，難怪老巫婆病了，原來是心病，李渣爹想要劉姨娘再給生個兒子。

林蘭暗喜：李渣爹倒是精力旺盛！生吧，多生幾個，生他一窩，老巫婆失了錢財又失寵，活活氣死最好！

丁若妍卻是生出了同病相憐的感慨，天下烏鴉一般黑，逍遙快活的是男人，傷心痛苦的都是女人，不由得又想到，明允以後會不會也變成這樣？

翠枝進去稟報：「大少奶奶、二少奶奶來了。」

老太太低聲說：「快擦擦眼淚，莫讓晚輩瞧見了笑話。」

林蘭和丁若妍入內，看見老巫婆眼睛紅紅的，兩人心照不宣，向老太太和老巫婆請了安，丁若妍問道：「母親定是操勞過度了，都是兒媳不好，不能為母親分憂。」

韓秋月語聲還帶著厚重的鼻音：「妳自己身子都沒好俐落，外邊風大，妳也不披個斗篷就出來了，小心受了寒氣。」

李明則後腳進來，說道：「娘，若妍一聽說您身體不舒服，哪裡還顧得上繫斗篷，抬腳就出門了，我追都追不上。」

林蘭牙齒酸啊，李明則的學問要是也有說瞎話這般高明，何愁不中狀元？

他們婆婆兒子媳婦三人敘話，把林蘭晾在了一邊。

老太太睨了林蘭一眼，緩緩道：「林蘭，快去替妳婆母瞧瞧這病要不要緊。」

「不用瞧了，我是累了，歇會兒就好。」韓秋月忙道。

老太太好言道：「還是看看的好。」

韓秋月怏怏道：「這大過年的，看大夫也不吉利，媳婦自己知道自己的身子，歇會兒就沒事了。」怕不吉利是其一，就算真有病，她也不敢請林蘭給她看，萬一林蘭藉著醫病的名義，給她胡亂扎針下藥，沒病也被她整出病來。

林蘭知道老巫婆得的是心病，想通了就沒事了，而且古人思想迂腐，確實有些人怕在好日子裡看大夫觸了楣頭，能忍就忍著，沒忍過去翹辮子也是有的。不過，林蘭猜想，老巫婆是不放心讓她替她治病吧？

老太太想想也是，就沒有再強求，叮囑她好生歇著，若實在不行就不要硬撐著，明日祭灶事宜就讓姜嬤嬤去辦。

韓秋月讓李明則去送老太太，老太太看了看林蘭，說：「明則，你好好陪陪你母親，林蘭，妳扶我回去。」

林蘭扶了老太太出門，一陣西風吹來，林蘭趕緊換了一邊相扶，幫老太太擋著風。

老太太目光微動，心中悵然：若是明允、明則都是韓氏親生的，這個家就沒這麼多事了。丁若妍出身好，學問也好，處事卻不及林蘭聰明仔細，要不然，也能幫襯著韓氏管家，韓氏也不至於這般心力憔悴。

◆ ◆ ◆

李敬賢一回府，就被老太太喚了去。

「你昨晚跟秋月說什麼了？」老太太語調平平，神情淡淡，看不出喜怒。

李敬賢知道定是韓秋月到母親這裡告狀了。

「母親一直埋怨兒子這一房子嗣單薄，早年兒子專注前程，現在也算是小有成就，靜下心來想想，母親教訓的極是，劉姨娘也正值生育的好年紀，兒子便想讓劉姨娘再給李家添一脈香火，母親以為如何？」李敬賢坦然說道。

老太太輕輕唔了一聲，「添丁是好事，想你大哥有三子三女，如今兒孫滿堂，別提多熱鬧，你三弟身子弱了些，也生了四兒一女，唯有你，只得了兩兒一女，這個女兒還不能相認……」老太太說著就嘆了口氣，「不是做娘的私心，你這般辛苦還不是為了將來造福子孫？娘巴不得人丁興旺，家族繁榮，只是你如今專寵劉姨娘，處處冷落秋月，她本就心中失落，若是劉姨娘再一舉得男，只怕你從此只認得劉姨娘不認得她韓秋月了，她有情緒也是難免，你要好生安慰她才是。」

李敬賢恭謹道：「兒子明白。」

「你寵愛劉姨娘，也不是不可，但你也要有個分寸，別寵過了頭，讓她生出輕慢主母之心。要知，許多家禍都是妻妾不平造成的。如今你仕途一帆風順，明允也是風頭正勁，少不得有那麼些個眼皮子淺的人眼紅著嫉恨著，等著挑你的錯處，你可不能一味由著自己的性子來，生出不必要的麻煩。」老太太緩緩說道。

李敬賢虛心受教，「母親金玉良言，兒子記下了。」

老太太又道：「添丁之事，還是暫且緩一緩，眼看著就要過年了，本是一件好事，沒得弄得大家不快，過年也不安生。再說，家中一切事務都是秋月在打理，你若把她氣病了，誰來當這個家？等明則考取明經，秋月心裡高興了，你再與她提這事吧！」

李敬賢默然：若是明則又考不上，難道這事就作罷？他想要個兒子，還得看韓秋月的心情？

「是，兒子會注意的。」李敬賢心口不一答著，等晚玉肚裡有了他的骨血，看誰還敢廢話。

而林蘭回到落霞齋，玉容就告訴她，適才劉姨娘身邊的剪秋來了，問她何事，她看二少奶奶不在，便說過會兒再來。

劉姨娘找她做甚？她們之間素無交集，唯有她被抬作姨娘時，她送了一份賀禮而已。

林蘭剛坐下，外邊就有人報，剪秋求見。

銀柳道：「莫非她就在外面候著的？」

「讓她進來吧。」如今劉姨娘很得李渣爹的寵愛，都要把添丁的重任交給她了，林蘭自然不好不見。

如意將人帶了進來，剪秋向林蘭行了禮，「給二少奶奶請安了。」

林蘭捧著手爐，笑著說：「找我何事？」

剪秋看看一旁的銀柳和如意，一副難以啟齒的表情。

林蘭莞爾，「妳只管說，無妨的。」

剪秋猶豫著道：「上個月劉姨娘覺得小腹隱隱墜痛，本以為沒什麼大不了的，也就沒敢驚動老爺和夫人，生怕大家說她矯情，可是這兩日痛得越發厲害起來，也不知何故，想請二少奶奶幫忙看看要不要緊。」

林蘭蹙眉思忖了一會兒，說：「妳回去告訴劉姨娘，今晚請安過後，我再去看她。」

剪秋喜道：「奴婢替劉姨娘謝過二少奶奶。」

林蘭微微頷首，讓如意送她出去。

銀柳道：「二少奶奶，您還真去啊？夫人會不高興的，這幾日夫人已經很不高興了。」

林蘭淡淡道：「劉姨娘請我，我便去，夫人自然是不喜，可若是老爺讓我去的，夫人就算不高興也沒辦法。」

正說著，李明允回來了，一進門就笑道：「蘭兒，妳看，這是什麼？」手中捏了封書信朝她晃了晃。

林蘭喜道：「是師父的回信嗎？」

李明允一邊解了斗篷，把信交給她，「妳自己看吧！」

銀柳接了斗篷去，笑嘻嘻地問：「二少爺，是來碗酒釀丸子羹，還是上茶？」

「還是酒釀丸子羹吧，正好填填肚子。」

「是，奴婢這就去端來。」

李明允徑直去了淨房。

林蘭迫不及待地拆開信來看，意外發現裡面還有一封林風的來信，他的字歪歪扭扭寫得好難看，卻是如此親切，林蘭的眼眶瞬間就紅了。

李明允洗了臉出來，就看見林蘭對著信掉淚。

「怎麼了？信中說了什麼？」

林蘭把信給他，哽咽道：「你自己看。」

李明允把兩封信看了一遍，笑道：「妳二師兄、五師兄和妳哥年後都要來京，這是好事啊！妳寫信去，不就是為了這個嗎？」

林蘭吸了吸鼻子，「我這是高興的，想他們了。」

李明允寵溺地摸摸她的頭，「傻丫頭，很快就能見面了，快莫哭了，待會兒去請安，人家還道我欺負妳了。」

林蘭這才抹了眼淚，說：「二師兄和五師兄來了，有他們坐鎮，藥鋪的事就不用愁了，只是我哥來，我還沒想好給他安排個什麼去處，還有我那個嫂子，我特煩她，一天到晚出么蛾子。」

李明允笑了笑，又拿出一封信，「這是外祖母給我的回信，妳看看。」

林蘭詫異，「是一道寄過來的？」

「嗯，都寄到大舅爺府上的，我今日下了值過去取的。之前我給外祖母去了封信，請她老人家代為照顧妳嫂子和妳小侄子，暫時莫讓她來京，咱們自己這邊的事都還沒處理好，別讓她給攪和了，至於妳哥，本來寧興那邊也在招兵買馬，可若是戰事起，說不定就要上戰場，妳就這麼一個哥，我自然不能讓他去冒險。如今，京都府衙正在招募一批捕快，我已經拜託了巡捕鄭大哥給妳哥留個名額，不過成與不成，到時候還要看妳哥自己有沒有這個本事。若能成是最好，妳哥一身武藝也有用武之處，若是不成，就先在葉家做個護院也行，總之我會安排妥當的，妳不用擔心。」李明允緩緩說道。

林蘭怔愣，她都沒提過林風的事，還想著怎麼跟他開口，沒想到他早就已經做了安排，林蘭心中感動，「明允，謝謝你了。」

李明允輕輕捏了下她的小鼻子，薄責道：「妳哥就是我哥，妳的事就是我的事，夫妻之間，說什麼謝謝，生分！」

林蘭破涕為笑，把信收了起來。

「二少爺、二少奶奶……」白蕙不請自來，手臂上還搭了件石青色的新棉衣，笑容溫婉，「奴婢給二少爺做了身新衣，二少爺試試看合不合身，不合身的話，奴婢馬上去改。」

白蕙話說完才發現二少奶奶眼睛紅紅的，剛哭過，便訕訕道：「要不……奴婢晚些再來。」

林蘭的好心情全被她破壞了，她給主子做了新衣，一片心意就這麼迫不及待要呈現在主子面前？難道她不知道，沒有女主人的吩咐，丫頭是不能隨便給男主人做衣裳的嗎？她當她這個二少奶奶是木頭嗎？

銀柳剛好端了酒釀丸子羹來，見狀笑道：「二少奶奶早就給二少爺訂製了新衣，今兒個大舅老爺剛送來六套新衣，說是湊個六六大順的吉利數，這下多出一件，成七了，白蕙姊姊乾脆再做上兩身，湊成九九之數才好，天長地久的。」

白蕙神情尷尬，低聲道：「奴婢不知二少奶奶已經……」

銀柳笑道：「二少奶奶怎麼可能讓二少爺過年沒新衣穿呢？就算二少奶奶自己沒新衣也不能讓二少爺寒磣了不是？二少奶奶，聽說您訂製的新衣都是上好的料子做的，其中還有蜀錦來著，奴婢想瞧還沒瞧上呢！」銀柳把酒釀丸子羹放在了二少爺面前。

林蘭靜靜地看著白蕙，只見她的手不安地抓著手中的新衣，似要把衣裳藏起來。再看李明允慢悠悠喝著丸子羹，一副不干他事的神情。

本不想理會，看他怎麼應對，可是想想適才他說的那些窩心的話……林蘭暗嘆一口氣，故意念叨銀柳：「新衣不嫌多，再說這也是白蕙的一番心意，哪像妳們，會針線活也懶得做，小心將來嫁不出去。」

銀柳臉一紅，羞惱道：「誰說要嫁人？奴婢才不嫁，奴婢一輩子伺候二少奶奶！」

林蘭又對白蕙說：「衣裳留下吧，等二少爺得空了再試，不過，妳做的，肯定是合身的。」

白蕙這才又有了喜色，把新衣放在了桌上，屈膝一禮，「奴婢先告退了。」

林蘭看著她離去，漠然說：「銀柳，妳也先出去。」

銀柳看二少奶奶臉色不好，應了一聲也出去了。

屋子裡沉靜了好一會兒，林蘭就這麼不出聲地望著李明允，李明允終於撐不住，放下湯匙，剛要開口，林蘭就說：「我已經幫她找好了人家，是葉家徐管事的兒子，名叫徐福安，今年二十，聽說小夥子挺能幹。」

李明允握住林蘭的手，微微一笑，唇角便有了一道漂亮的弧度，溫潤的聲音猶如清泓，乾淨透澈，一如他的心。在她面前，永遠是簡單而透明。他說：「蘭兒，我早說過，妳是此間的女主人，這裡的人和事妳都可以做決定，更何況，妳已經做得很好，我不能再要求妳做得更好了。」

林蘭瞪眼，「你這人實在很討厭！」

李明允笑道：「妳喜歡就好。」

林蘭氣悶，抽回手咕噥著：「誰要喜歡你……」說著起身去開藥箱，拿出一包銀針放在隨身的荷包裡。

「妳拿針做什麼？」李明允好奇地看著她。

「劉姨娘說身體有些不適，讓我幫她瞧瞧，我答應她晚上請安後去看她。」

「她倒是相信妳。」李明允笑著搖頭。

「這有什麼，她又不是你的妾，幹麼要忌憚我？」林蘭哼道。

李明允趕緊埋頭吃酒釀丸子，林蘭還在氣頭上呢，還是少惹為妙。

「不過，待會兒你先跟父親說一聲，就說劉姨娘身體不適，不敢請大夫，求到我這來了，看看父親是什麼意思。父親和老巫婆現在正在為劉姨娘鬧不愉快，若是沒有父親的指示，只怕老巫婆知道了會跟我過不去。」

李明允不以為然，「老巫婆為了劉姨娘，跟父親鬧不愉快也不是一兩天了，既然當初故作大方，何必現在又要小心眼？」

「這回可不一樣，父親打算讓劉姨娘給李家添丁，給你弄個弟弟或是妹妹出來，今兒個老巫婆都氣病了。」

李明允愣了一會兒，冷哼道：「真是嫌這個家不夠熱鬧！」

林蘭撇了撇嘴，「熱鬧還不好？這個家反正亂了，乾脆再亂些，況且，你也不可能跟明則、明珠親如兄妹，等劉姨娘生了孩子，咱們再跟小弟弟、小妹妹好好培養感情，也算全了手足情誼。」

「我對弟弟妹妹可不感興趣，如果妳能給我添個一兒半女……」李明允說著，目光便落在了林蘭依然平扁的腹部，說不定這裡已經開始孕育屬於他們的新生命了，這樣想著，只覺得心頭一熱，目光也變得灼熱起來。

感受到他異樣的目光，林蘭伸手遮住他的視線，「看什麼呢？還不快吃，請安時辰要到了。」

李明允捉了她的手，放在唇邊親吻著，眸中柔光瀲灩，低喃著：「蘭兒，給我生個孩子吧！」

林蘭窘迫得紅了臉，囁嚅著：「咱們還那麼多少事沒做，老巫婆沒趕走，屬於咱們的東西沒拿回來……」

這是很充分的理由，她可不想懷著身孕，或是將來孩子出生了，還要時時刻刻防備有人會害她的孩子，老巫婆這種人肯定什麼事都幹得出來。再者，是為她自己考慮。過了年，她也不過十七歲，古代女人生孩子為什麼凶險，一個是醫療設備醫療手段落後的緣故，還有一個便是因為古代女子的生育年齡都偏早，自身都還沒發育成熟就生孩子，這對身體的損害是非常大的，最好是能過了十八歲再生，所以，她一直偷偷在喝避子湯。

李明允有些失望，可林蘭說的也有道理，當初老巫婆為了阻攔他參加應試還放毒蛇，萬一老巫婆對他們的孩子下手，李明允打了一個冷顫，可是萬一林蘭有了呢？

「那就順其自然，如果有了，相信我這個做爹的，一定可以護得他們周全。」

吃過了酒釀丸子，李明允先去書房找父親，卻被告知父親一回來就被祖母叫了去，到現在都還在朝暉堂，便又趕去朝暉堂。找了個機會把劉姨娘請林蘭看病的事委婉地說了，李敬賢頓時著急不安起來，恨不得馬上去看劉姨娘，可是母親剛剛教訓過他不可太過寵愛妾室，於是只好忍著，人在心不在。

沒多久，林蘭和丁若妍一左一右扶著韓秋月也過來了。

老太太忙讓人給韓秋月看座，關切道：「妳身體不適，就不用過來了，好生歇息才是。」

韓秋月柔弱一笑，「躺了大半日，已經好些了。」

韓秋月進門後，眼珠子沒往老爺身上轉半分，只當他不存在。李敬賢幾次欲與韓秋月目光交流，然後再說幾句，可眼睛剛看過去，韓秋月就有意無意別開眼，姜嬤嬤暗中扯韓秋月的衣袖，提醒她，韓秋月照樣不理會，弄得李敬賢很是尷尬，索性也繃起了臉。

老太太眼瞅著兩人互不搭理地打冷戰，孫子、孫媳婦幾個都面面相覷不知該說什麼才好，便笑道：「敬賢聽說妳病了，急著要過去看妳，是我叫住了他，叮囑些要事。」

韓秋月似笑非笑，她很清楚，在添丁這件事上，老太太絕對會偏向老爺，所以，根本不指望老太太會幫她，她只能是自己幫自己。只要把這件事拖到年後去，就再也不用擔心劉姨娘會給她添麻煩了。

韓秋月笑而不語，讓氣氛再次陷入尷尬。

老太太不滿地瞪了兒子一眼，這個不識趣的，也不會湊趣說幾句好聽話，自己惹出來的事，倒要她這個做娘的來收拾殘局。老太太幾不可聞地嘆了一口氣，問韓秋月：「祭灶的糖果、紅馬、豬頭、雙魚都準備好了嗎？」

韓秋月溫順道：「都已經準備好了，明日老爺帶明則、明允舉行祭灶儀式便可。」

老太太微微頷首，「如此便好，祭灶是大事，馬虎不得，明日我讓祝嬤嬤過去幫妳。」

韓秋月忙道：「不用不用，母親身邊離了誰也不能離了祝嬤嬤，事情都已經安排妥當了，有姜嬤嬤看著，應該不會出岔子。」

老太太心裡不悅，這祭灶大事怎麼著也得由女主人親自來安排，怎好叫個下人婆子來安排？老太太的目光瞟到了丁若妍和林蘭身上，這個大孫媳婦一副病歪歪的樣子，下巴尖瘦，臉色蒼白，風吹都要倒了，如何去管事？更何況還是祭灶這等討吉利的大事。又看看林蘭，如果不是因為韓氏不喜歡林蘭，林蘭倒是可以好好教導教導。

李敬賢看韓秋月沒病裝病端那架子的模樣就來氣，多大點事，他想要個孩子怎麼了？禮部尚書大人年紀比他還大呢，上個月還得了第六個兒子。他算不錯了，滿朝文武百官中，去找找看，有誰像他這般清心寡慾的，她還不知足，還想用不管事來威脅他，讓娘一把年紀還得操心。

「母親，往年這祭灶都是兒子主持，只要東西都備齊了，其他事項兒子自己能料理，母親無須擔心。」李敬賢恭敬道。

老太太無奈地笑笑，擺擺手，「先開飯吧！」

丁若妍扶著韓秋月先行，林蘭故意落在後面，跟李明允眼神交流。李明允朝她眨眨眼，表示已經把話傳到了。

吃完飯，李敬賢用熱帕子擦了擦手，緩緩說道：「林蘭，近來劉姨娘的身子不適，妳若得空，過去幫她瞧瞧。」

哐噹一聲，大家循聲望向了韓秋月，一只青瓷碗掉在地上碎了。韓秋月也嚇了一跳，怔愣著。一旁的姜嬤嬤連忙告罪，「都是老奴不好，老奴一時手滑沒接住。」

韓秋月掩了嘴乾咳起來，神色變得慌張。

祝嬤嬤笑呵呵地說：「無妨無妨，歲歲平安嘛！」又喚道：「佩環，還不快來清掃一下。」

丫鬟馬上過來用帕子把碎瓷片一一撿起，拿出去扔了。

林蘭暗笑，她就坐在老巫婆對面，剛才她看得分明，老巫婆根本沒給姜嬤嬤遞碗，只聽到渣爹的話，碗就掉了，反應還真夠大。

「哦，那媳婦待會兒過去瞧瞧。」李渣爹發話了，她當即順勢應聲道。

老太太陰沉著臉，先瞪了自己兒子，又瞪林蘭，林蘭很無辜地低下頭。

「林蘭，妳婆母還咳著呢，待會兒妳先去給妳婆母瞧瞧。」老太太威嚴道，明著跟兒子唱起了對臺戲。

李敬賢十分無語，母親就知道一味幫韓秋月，難道剛才沒看見韓秋月吃了好些芙蓉蝦球嗎？病人能有這樣的好胃口嗎？劉姨娘那才是真病了，要不然也不會求到林蘭頭上去。可憐的，身體不舒服都不敢自作主張請大夫。

林蘭看看李渣爹，看看老太太，再看看李明允，老太太這是存心在為難她啊！

李明允聳了聳肩，「要不，讓林蘭先給母親看病，再去給劉姨娘瞧瞧。」

韓秋月又咳了兩聲，弱弱道：「我沒事，讓林蘭去給劉姨娘瞧吧！」

「不行，自己的婆母病了，哪有先給外人瞧的道理？」老太太堅持道。她如此努力在做和事佬，敬賢非但沒把她的訓話記在心上，還變本加厲，當著這麼多人的面去關心劉姨娘，對韓氏的病不聞不問，這叫韓氏情何以堪？

李敬賢抬了抬眉毛，淡淡地說：「也好，我命人去給劉姨娘請個大夫吧，這樣就沒什麼好爭執的了。」

兩刻鐘後，李明允看著坐在炕上嘟了嘴怏怏不快的林蘭安撫道：「我說妳不去看反倒清靜，省得兩邊不討好，反正話已經給劉姨娘帶到了。」

林蘭咕噥道：「可是我都答應劉姨娘了，現在又食言。」

「這又不能怪妳？想那麼多做甚？」李明允脫了鞋子也上炕，拿起炕几上的一本文摺翻看。銀柳遞上手爐給二少奶奶，邊笑道：「二少奶奶是好些天沒給人看病，手癢了。」

林蘭嗔她一眼，「就妳知道我的心思！」

李明允哈哈一笑，「等鋪子開張了，有得妳忙了！」

「也沒什麼好忙的，雜務有老吳管著，二師兄可以坐堂，五師兄負責藥材，我就負責配製保寧丸什麼的，偶爾去逛逛，勉強算個甩手掌櫃。」說到藥鋪的事，林蘭的心情好轉。

「二少奶奶，配製藥材的事您也可以交給奴婢去做，奴婢保證做得一絲不差。」銀柳來討差事，期待地看著二少奶奶。

林蘭斜睨著她，這丫頭倒是開竅了，只是現在還不是時候，林蘭道：「這配製藥材可不是鬧著玩的，等妳再學個三五年，說不定就可以把這差事交給妳了。」

銀柳先是一陣失望，後想想二少奶奶說的不錯，她現在會的不過是一些皮毛，要學的東西還很多，便又定下心來，認真道：「奴婢一定會好好學的，將來也好為二少奶奶分憂。」

林蘭莞爾一笑，打發她下去，也不去吵李明允看書，倚在大引枕上閉目沉思。適才在朝暉堂，李渣爹讓她去給劉姨娘看病時，老巫婆的反應似乎有些怪異，如果是吃醋，老巫婆的反應應該是憤怒吧？可老巫婆卻是目光閃爍，明顯是心虛的模樣，莫非……劉姨娘的病是老巫婆下的手？林蘭驟然睜開眼，坐了起來。

在看書的李明允被她嚇了一跳，「妳怎麼了？」

林蘭下炕穿了鞋子，「我得去劉姨娘那一趟。」

李明允忙拉住她，「父親已經請大夫了，妳去做什麼？」

「我懷疑劉姨娘的病跟老巫婆有關，我得去瞧瞧。」

「那就更不用妳去了，妳想，若真是老巫婆搞的鬼，父親從別的大夫那得到證實，遠比從妳這得到證實更為可信，而且老巫婆也埋怨不到妳頭上，咱們只作壁上觀，讓他們倆自己鬥去。」李明允將她拽回了炕上，拉過被子將她一裹，一手抱住，「妳就安心在這裡陪我看文摺，待會兒我再抱妳去睡覺。」

林蘭噘了噘嘴，伏在他懷裡，心裡跟貓抓似的難受。神祕的面紗才掀開一角，李明允卻不讓她繼續看下去，不過，他說的也有道理，倘若老巫婆真的對劉姨娘動了什麼手腳，還是莫要由她的手揭露的好。

「妳怎麼會有這樣的猜測？有什麼證據？」

「你都不讓我去看，我怎麼會有證據？據剪秋所言，劉姨娘上個月就覺得肚子隱隱有墜痛，這幾天疼痛加劇，加上父親有意讓她給李家添丁，所以她才重視起來。如果不是老巫婆的反應不對，我也不會有這樣的猜測。當時，她很慌張，還有點心虛，一看就是心裡有鬼。不過，這都是我自己的猜測，是不是真的，只能等等看了。」林蘭遺憾地說道。如果這是真的那該多好，動了渣爹的心肝寶貝，渣爹豈能善罷甘休？

李明允的手臂緊了緊，如果是真的，對於他的復仇計畫自然是好事，「我會留意的。」

男人的懷抱很暖，衣上有淡若芳草的香味，聽著他沉穩有力的脈搏，林蘭忍不住昏昏欲睡。

李明允低頭看著懷中人雪白的小臉在燈光下似有一層透明的細絨，越發顯得柔嫩可愛，李明允低下頭，在林蘭光潔的額上輕輕一吻。

「二少爺、二少奶奶……」玉容在外稟道。

李明允實在不想擾了林蘭的清夢，只聽得玉容又喚了一聲，李明允嘆氣，問：「何事？」

「老爺讓二少奶奶趕緊去趟西跨院。」玉容回道。

李明允眉頭一擰，西跨院？那不是劉姨娘的住所嗎？

林蘭聽到聲響，迷迷糊糊醒來，聽到玉容的話，她一時還沒反應過來。

李明允感覺到懷中人動了動，低頭道：「吵醒妳了？」

林蘭揉揉惺忪睡眼，問道：「父親叫我去哪？」

「可能劉姨娘那邊真的出事了，父親讓妳過去瞧瞧。」

「啊？」林蘭猛地清醒過來，急急忙忙下床。

李明允讓玉容進來，給林蘭打水洗臉。

林蘭整理完畢，見李明允拿了她的斗篷走過來，他自己也是全副武裝，一副要出門的樣子。

「你還要看文摺，就別去了，我自己去就好了。」

「雪天路滑，還是陪妳走一趟，省得我提心吊膽。」李明允溫聲說道，又去囑咐玉容：「叫如意把那盞琉璃風燈點上。」

捌之章 丫頭癡纏惹怨懟

李明允和林蘭冒著風雪往西跨院去，過了穿堂，再走一條小巷子就到西跨院，只見迎面來了一盞燈籠，聽得一位僕人小聲提醒道：「華大夫，您留神腳下……」

華大夫？林蘭不由抬頭，前面那人披了件青色的羽緞斗篷，身姿挺拔，甚至比李明允還要高一點點，漸漸近了……林蘭一對上那雙幽黑溫柔的眸子，頓時一怔，居然是華少，華文柏。

李明允的手明顯感覺到林蘭身體一僵，他也靜靜地望著面前之人。

林蘭莫名心虛，好像自己戴了面具幹壞事，卻叫人突然揭了面具去。她趕緊低下頭，希望他沒認出她才好。

華文柏還當真沒注意到林蘭，只覺得這對夫妻，女的俏麗溫柔，男的俊美無儔，實屬神仙眷侶，而且這女子還有些眼熟，當然，他是不好盯著人家女眷看，這是極不禮貌的行為，可這時候身邊的僕人卻對這對夫妻行禮，「小的見過二少爺、二少奶奶。」

李家二少奶奶？華文柏頓時心頭一跳，目光情不自禁看向那女子。

見那溫潤如墨玉的眸中閃過一絲詫異，林蘭知他已經認出是她，更是心虛，窘然扯了扯唇角，笑得僵硬，端的是尷尬萬分。

好在他的目光只在她臉上一轉便移開了，拱手行禮，李明允抽回手還了一禮。

兩下默然，華文柏微微側身，示意他們先走。李明允頷首，虛扶著林蘭與他錯身而過。

走出十來步，方聽得身後僕人輕道：「華大夫，這邊走。」

華文柏收回目光，轉身踏著積雪往前走。他對這位李家二少奶奶慕名已久，當日與林風一席長談，只覺林風學識豐富，反應靈敏，想著李家二少奶奶身邊的人尚且如此厲害，那李家二少奶奶的醫術肯定更勝一籌，卻沒想到林風就是李家二少奶奶。驚訝過後，回想剛才二少奶奶那尷尬的神情，心裡竟是有些後悔，若是適才不去看那一眼，也許以後還會有促膝長談的機會，如今兩廂明白，怕是再難得見了。

林蘭用餘光去瞧李明允，他也正望著她，只是那幽暗眸光是虛的，帶著一種淡漠的疏離。林蘭不由得心中一緊，忽地想起，那日與華文柏長談一下午的事竟忘了與他說，而他關心她，必定會去問文山……

「沒想到父親請了名醫來給劉姨娘看病，可見父親對劉姨娘的寵愛之情。」林蘭略帶調侃的語氣說道。

「妳認得他？」他淡淡地問，攬在林蘭腰間的手卻是收了回去，握拳負在了身後。

「認得啊，你還記得不？有一次你陪我去做鈴醫，然後差點撞見你的頂頭上司，你就死活不肯陪我了，自己坐在茶樓喝茶。我一個人去行醫的時候見到他也在行醫，算是有過一面之緣，那日約了供應商商談，他也來了。因我那日是男子裝扮，他還認得我，以為我是替李家辦事的，就約我喝茶。我聽說他就是德仁堂的少東家，就起了心思想打探他家的阿膠，然後就去茶樓坐了坐，今日怕是被他認出來了，怪不好意思的。」林蘭把兩人相識的來龍去脈解釋了一遍，希望李明允不要誤會什麼才好。

他默然良久，寂靜的巷子裡，只有棉靴踏著積雪的聲音，咯吱咯吱……越發顯得巷子幽深，雪夜冷寂。

林蘭久久聽不到他說話，心中不安，又是擔心又是有些生氣，她都解釋得很清楚了，難道他還不信？他和白蕙的事，他從未跟她解釋過，每回都只說她要怎樣就怎樣，聽起來好像他跟白蕙根本沒什麼，可她心裡就是不舒服，這筆帳她還沒跟他算呢！

忽然，他頓住腳步，扭頭看她，神色複雜難辨，說：「以後不要再扮男裝了。」

雖然他知道林蘭和這華文柏沒什麼，但是華文柏剛剛看林蘭的眼神，他很不喜歡，作為男人，他很清楚那種眼神中傳達的訊息是什麼，有驚訝，也有遺憾。華文柏在遺憾什麼？不是他要以小人之心度君子之腹，華文柏對林蘭肯定有些別樣的心思。

林蘭怔了怔，正要回應，只見前面一道黑影一閃而過，她不由喝道：「是誰在那鬼鬼祟祟？」

李明允轉身望去時，已經不見了人影，復又扭頭看林蘭，「妳沒看錯？」

林蘭上前幾步，在剛才看到黑影的地方停下，指著雪地上一串腳印，「你看，這串腳印，這人明明是從跨院出來，進了這邊穿堂。」

李明允看了看地上，對林蘭說：「肯定是有人對劉姨娘不放心。且不管她，父親還等著妳。」

兩人心知肚明，肯定是老巫婆的人前來打聽消息的。

進了西跨院，守在偏門的阿晉就迎了上來，作揖行禮，「老爺在裡面等著二少奶奶。」

李明允問：「剛才可見有誰來過？」

阿晉目光閃爍了一下，回道：「除了華大夫，小的沒見其他人來過。」

李明允點點頭，攬了林蘭往裡去。

未進門，他們就聽見劉姨娘嚶嚶哭泣，哭聲很是壓抑，「沒想到，她這麼狠，若再遲些，奴婢性命也沒了……」又聽得李敬賢說：「妳先莫急，我已讓人傳林蘭來，再讓她給妳瞧瞧，若她的診斷也是如此，本老爺一定會替妳做主。」

門外的剪秋見二少爺和二少奶奶來了，連忙通傳，掀了簾子請二人入內。

「父親。」兩人向李敬賢行了禮。

李敬賢神情凝重，「林蘭，妳給劉姨娘看看，她到底是何故不適？」

李明允很自覺地避到了外間。

林蘭知道華文柏醫術精湛，他的診斷多半無誤，所以打起十二分精神來替劉姨娘診脈。

劉姨娘一雙媚眼哭得通紅，臉上淚痕斑斑，可憐兮兮地望著林蘭。

林蘭請了脈，心下一沉，附在劉姨娘耳邊輕輕問了一句。

劉姨娘先是一怔，復而點了點頭，神色已是一片惶然，「二少奶奶，還能治嗎？」

林蘭做了個噓聲的手勢，起身去寫方子，須臾寫畢，交給李敬賢，笑道：「劉姨娘只是得了宮寒之症，導致小腹隱痛，不礙事的，我給她開兩劑藥調理調理便好。」

李敬賢看著手中的方子，已是面若覆霜，目含慍色，幾乎忍不住要發作，然而林蘭開頭寫的那一句……小心有耳報神，逼得他硬生生壓住火氣。

劉姨娘沒看那方子，聽林蘭說得輕巧，不解道：「可是華大夫說……」

林蘭莞爾一笑，打斷她的話：「我對我自己的醫術還是有幾分自信的，當初靖伯侯夫人的病，連太醫都說無可奈何了，還不是讓我給治好了？」

「可是……」劉姨娘一頭霧水，剛才二少奶奶還問她下身是否有細微紅斑，那華大夫說了，水銀中毒之症的症狀就是身上有紅斑，還有腹痛、噁心等症狀，二少奶奶有此一問，可見她是知道了，為何又說是宮寒？

李敬賢出聲道：「林蘭的醫術我信得過，既是不要緊的病便好。」

林蘭又去寫了兩張方子，一張是解水銀之毒的藥方，以及日常飲食注意事項，另一張是調理宮寒之症的藥方，一起交給了李敬賢。

「父親只須按這方子抓藥，讓劉姨娘調理休養幾個月就沒事了，不過，宮寒之症未癒之前，最好還是莫要有孕。」林蘭說著，聲音低了下去：「好在姨娘此時病發，若是僥倖有了身孕，只怕情形會更糟，孩子不是胎死腹中也會是個畸形，這招數實在是太陰狠歹毒了些，有損陰德……只是眼下就要過年了，父親就算再生氣，也等過了這個年再做計較，再說父親也需要證據……媳婦剛才來時看到有人從這院子出去，一閃就不見了，明允問阿晉，阿晉卻說什麼人也沒看見。」

李敬賢臉色發白，已是怒不可遏。該死的老虔婆，手段如此陰狠毒辣，還敢在他身邊布眼線。

李敬賢把解毒的藥方塞進了袖袋，溫聲對林蘭說：「為父知道了，辛苦妳冒著風雪來一趟。」旋即大聲喚阿晉。

阿晉應聲進來，垂首聽命。

李敬賢把那張假方子遞給阿晉，吩咐道：「你速速去藥鋪把藥抓來。」

阿晉忙接了藥方出去。

林蘭屈膝一禮，「那媳婦就先告退了。」

李敬賢嘆了口氣，「妳先回吧，對外，妳知道該怎麼說。」

「媳婦一切都聽父親的意思。」

李敬賢滿意地點了點頭，揮揮手讓林蘭先回。

李明允見她出來了，問道：「劉姨娘的病……」

林蘭輕聲道：「回去再說。」

落霞齋的耳房裡，銀柳回來換玉容去當值。

晚上當值，一般是銀柳和如意一組，玉容和白蕙一組。

「玉容，如意跟二少奶奶出去了，估計待會兒就回來了。床鋪我已經鋪好，湯婆子也捂上了，熱水還在爐火上溫著，還有宵夜，那酒釀丸子羹熱過就不好吃了，桂嫂另做了胡桃蛋花羹，還燉著呢。」

玉容笑道：「好了好了，我知道了，妳就放心吧！我這便過去了，白蕙，咱們走吧！」

之前白蕙坐在自己的褥子上繡花，聽見玉容叫她，她緩緩抬頭，卻是冷冷地瞪著銀柳，陰陽怪氣道：「還是銀柳再辛苦些，繼續當值吧！」

玉容不知先前銀柳和白蕙的過節，玩笑道：「莫不是妳今兒個想偷懶？」

白蕙冷笑，「我哪敢啊，只是有些人既然這麼不放心旁人伺候，那就只好她自己辛苦些了。」

邊上的錦繡捅了捅白蕙，小聲道：「白蕙姊，妳這是怎麼了？跟誰生氣呢？」

白蕙不作聲，低下頭繼續做繡活。

銀柳早就對白蕙不耐煩了，不為別的，就為她趕著往二少爺身上貼，她看到就討厭，便冷笑道：「妳去不去當值，這事可不是我說了算，妳自去問周嬤嬤或是問二少奶奶，二少爺那妳是不用去問了，問了也白問。」

白蕙臉色一白，把手中的花繃子一撂，「銀柳，妳今日便把話說明白，我做錯什麼了，竟要看妳的臉色？」

銀柳笑道：「白蕙姊說笑了，誰不知道妳是打小伺候二少爺的，比別人都要尊貴些，說不定哪天就抬了姨娘，誰敢給妳臉色看啊？」

錦繡聽著兩人言語之間火藥味甚濃，忙勸道：「大家都是姊妹，有什麼話好好說。」

玉容是有幾分明白了，白蕙的心思，這裡有誰不知道？只是她和銀柳是跟著二少奶奶過來的，自然心裡頭向著二少奶奶，會為二少奶奶著想，而其他人到底是跟白蕙相處多年，交情匪淺，只怕是巴不得白蕙能坐上姨娘的位置。

白蕙氣得胸口起伏不定，惱羞道：「誰要抬姨娘了？咱們做奴婢的一心只想怎樣才能伺候好主子，只是盡自己的心罷了，難道我為二少爺做身棉衣，也要被妳嘲笑嗎？」

銀柳譏諷道：「對，白蕙姊最細心，最體貼，想得比二少奶奶還要周到，比二少奶奶還要關心二少爺。」

白蕙氣紅了眼，「妳別胡扯瞎扯的，這裡的人哪一個不是盡心盡力伺候主子的？何苦來排擠我一個？」

玉容怕兩人吵起來，看不慣歸看不慣，但若是因此吵架，被周嬤嬤或是二少奶奶知道了，是要吃排頭的。二少奶奶一再強調，大家要和睦相處，白蕙的心思二少奶奶心裡通透著呢，自然會有安排，何須她們強出頭跟白蕙鬧，便拉了銀柳道：「妳少說幾句，叫周嬤嬤知道了，小心受罰。」

銀柳本想再挖苦諷刺幾句，好叫白蕙醒醒腦子，可玉容眼色凌厲地止住了她，她只好生生嚥下這口氣，冷哼一聲，坐到了自己的床位上。

錦繡看白蕙都哭了，不免對銀柳有些生氣，「大家都是姊妹，平素都好好的，這又是何苦？」又遞帕子給白蕙擦眼淚，「快別哭了，待會兒叫人看見，還以為出了什麼事。妳若是心情不好，今晚我替妳去當值吧！」

銀柳剛壓下去的火氣又叫錦繡給勾了起來，嘲諷道：「錦繡，妳就別自作多情了，搶了人家的好差事，當心人家心裡惱了妳。」

白蕙哭道：「我知道妳們是二少奶奶跟前得意的，就了不起了，巴不得我們這些人都滾遠遠的，只妳們兩去伺候主子。好，我這便請辭去，讓二少奶奶打發了我，好遂妳們的心。」說著就下炕要往外去，錦繡連忙拉住她：「白蕙姊，妳莫要糊塗了，咱們都是簽了死契的人，哪有請辭這回事？再說，妳又沒做錯什麼，何苦為旁人一句閒話就不管不顧，豈不是寒了主子的心？」

玉容瞪了銀柳一眼，叫妳忍耐忍耐，妳偏這麼多話。不過，白蕙開口閉口妳們我們的，明擺著是在挑撥是非，叫人聽不下去，便道：「白蕙姊，我和銀柳是跟著二少奶奶過來的，可二少奶奶從未因此就偏袒著我和銀柳，二少奶奶對大家都是一視同仁，妳這樣說，二少奶奶聽見了，那可真要寒心了。」

白蕙自知失言，自己的前程命運都在二少奶奶手上捏著，在這當口若是得罪了二少奶奶，豈非壞事，不由唏噓道：「我哪敢對二少奶奶不敬，實在是銀柳的話太氣人了。」

外頭雲英道：「二少爺和二少奶奶回來了。」

玉容急道：「錦繡，妳先跟我過去伺候。白蕙，妳趕緊用熱帕子敷了眼睛再來。」

林蘭和李明允回到房裡，見沒人來伺候，林蘭便問如意：「今日是玉容和白蕙當值吧？」

如意把風燈熄了，放置妥當，回道：「是的，奴婢這便過去瞧瞧，許是她們以為二少爺和二少奶奶沒這麼快回來，忙別的事去了吧！」

須臾，玉容和錦繡過來，玉容去伺候二少爺更衣，錦繡伺候二少奶奶卸妝。林蘭看錦繡神色不定，淡淡道：「今日怎是妳過來了？白蕙呢？」

錦繡支吾著：「白蕙剛才肚子痛，奴婢先替她一陣。」

林蘭默然，不以為意。

李明允換了身衣裳，洗漱後出來，玉容道：「桂嫂燉了胡桃蛋花羹，要不要奴婢去端來？」

正說著，白蕙掀了簾子進來，手中捧了一托盤，柔聲道：「這是剛燉好的胡桃蛋花羹，二少爺和二少奶奶喝一碗暖暖身子吧！」

林蘭看了眼白蕙，見她雙眼微紅，像是哭過了，再看玉容，玉容低了眼。

林蘭道：「放著吧！」

李明允卻淡淡地道：「已經洗漱過了，不吃這些甜食了。玉容，去沏杯熱茶來。」

玉容應聲去沏茶，白蕙不由得神色微黯。

林蘭暗嘆一口氣，「妳們先下去吧，這裡不用伺候了。」

錦繡福身告退，見白蕙還怔著，輕輕扯扯她的衣袖，白蕙這才屈膝行禮，跟錦繡一道退下。

玉容沏了熱茶來，放在二少爺面前，林蘭道：「玉容，伺候我更衣。」

兩人一前一後進了淨房，林蘭才問：「白蕙怎麼了？」

玉容訕訕道：「沒什麼？」

林蘭目光一凜，「還瞞著我？」

「奴婢不敢，也不知銀柳先前什麼事惹了白蕙，兩人口角了幾句……」

林蘭了然，定是銀柳之前諷刺白蕙給明允做棉衣之事，白蕙不高興了，便吩咐道：「妳讓銀柳別多事，大過年的，別招不痛快，白蕙的事，我自有安排。」

「奴婢知道了。」

等林蘭出來，李明允已經上床看書。玉容在火盆裡加了些炭火，撥旺了，方才退下。

林蘭要上床，李明允道：「妳睡裡邊吧，我在外頭好看會兒書。」

「不要，你睡過的地方暖和。」林蘭把他往裡推。

李明允只得往裡讓。林蘭拉了他一隻手枕著，依偎在他懷裡。

李明允合上書，放到一邊，將她抱緊了些，「妳的手總是這麼冷。」

「男屬陽，女屬陰，女人本就怕冷些。」林蘭把手塞進他衣服裡取暖，引得他倒抽一口涼氣。

「劉姨娘的病……」他默然片刻後問道。

林蘭鬱鬱道：「老巫婆給她下了毒，應該是水銀，用量很少，導致慢性中毒。若是再遲些發現，只怕劉姨娘以後再難生育，又若是她劑量控制不好，出人命也是可能的。」

他的呼吸一窒，隔著衣衫握著林蘭的手緊了緊，「這人太狠毒了。」

寧和堂裡，韓秋月神情懨懨地歪在炕上，心煩意亂地唉聲嘆氣：「這回怕是躲不過了……」

姜嬤嬤亦是心神不寧，適才翠枝的妹子翠萍來報，說是老爺請了華大夫來為劉姨娘看病，華家乃是醫學世家，一門三太醫，名震天下，華大夫醫術精湛，夫人那點伎倆怕是瞞不過了。

「夫人稍安勿躁，咱們下的藥量極輕，那大夫說，還須再下幾回，方有輕微症狀出現，華大夫不一定能診斷出來。」姜嬤嬤自欺欺人道。

韓秋月三分幽怨七分憤慨道：「沒想到老爺為了個賤婢，居然請來華大夫！」

「不管怎樣，咱們還是先做好最壞打算，實在不行……」姜嬤嬤眼中閃過一道寒芒。

韓秋月憂心忡忡，「這種事不是挨幾板子就能解決的，她未必肯頂罪，妳要做好防範，最好莫讓她開口。」

姜嬤嬤眼中寒芒更盛，「老奴知曉。」

「夫人，翠萍來了。」春杏在外稟道。

韓秋月猛地坐直了身子，撫了撫鬢髮，捋平了衣襟，沉聲道：「讓她進來。」

翠萍低著頭走進來，回道：「華大夫已經離去，老爺又傳了二少奶奶過去給劉姨娘看病。奴婢問了阿晉，阿晉說隱約聽得華大夫說什麼中毒……」翠萍略過了差點被二少奶奶撞見她去找阿晉的事，出了這樣大的紕漏，夫人知道了定不會饒她的。

韓秋月頓時臉色煞白，只覺腦仁一抽一抽的，聲音有些飄忽：「再去探。」

「是。」翠萍低低應聲，忙又退了出去。

院子裡，翠枝趁著四下無人，一把將翠萍扯到了柱子後，壓低了聲音問道：「夫人差遣妳做何事去了？」

翠萍見姊姊一臉慌張，心裡也很害怕：「夫人命我去劉姨娘處打探消息，可是剛才似乎被二少奶奶撞見了。」

翠枝面色一凝，「妳確定？」

翠萍惶然，「二少奶奶是瞧見我了，不過我閃得快，她興許沒瞧清楚是誰。」

翠枝憂心道：「我在夫人身邊伺候多年，夫人的性子我很清楚，用得到的時候可以許妳許多好處，一旦用不上了，下手比誰都狠，我是整日的提心吊膽，生怕夫人讓我去做些不好的事，如今妳也捲了進來……」

翠萍心有戚戚道：「我只是幫著打探消息，應該沒什麼要緊的吧？」

「怎不要緊？若是妳敗露了形跡，老爺頭一個會拿妳開刀，所以，妳且小心著點。」翠枝鄭重地警告她。

「我知道了，我會小心的。」

翠枝看著妹妹消失在夜幕中，悵然嘆息，受夫人重用可不是什麼好事。

屋內，韓秋月緊咬著下唇，沉默著。姜嬤嬤神色惴惴，不敢打擾，屋子裡一片死寂。

良久，韓秋月道：「姜嬤嬤，妳去安排一下。」

姜嬤嬤心神領會，「老奴明白，今夜就動手。」

韓秋月抬眼，目光虛茫，頹然道：「真是諸事不利，諸事不利呀！」

姜嬤嬤小聲道：「夫人，正月裡是不是去香山寺上個香？」

韓秋月嘆道：「是該去拜拜菩薩了，希望菩薩保佑來年能平順些。」

過了差不多兩刻鐘，翠萍來報，說二少奶奶診斷為宮寒，老爺命阿晉去抓藥了。

韓秋月和姜嬤嬤面面相覷，有些不敢相信，「妳問仔細了？」

翠萍道：「奴婢是聽阿晉說的，他讓奴婢回夫人，他去抓藥的時候會證實一下，看看藥方子是不是治宮寒之症的。」

韓秋月心頭一鬆，微微頷首，「妳做得很好，姜嬤嬤，把我那只紅珊瑚手釧賞給她。」

姜嬤嬤也是長舒了口氣，笑呵呵地去夫人的妝奩裡拿了手釧來賞給翠萍，「好好替夫人做事，少不了妳的好處。」

翠萍得了賞賜，歡喜地謝過，退了下去。

「林蘭還自詡醫術不凡，就這點本事還敢開藥鋪！哼，我看她也不過爾爾，治好靖伯侯夫人只是運氣罷了！」韓秋月譏誚道。

姜嬤嬤笑道：「虧得老爺信任她，如今只等阿晉那邊的消息。」

韓秋月懶懶地倚在了大引枕上，「老爺要給劉姨娘調理宮寒之症，一時半會兒也不會讓她有孕，咱們也不用這般急切了，靜觀其變吧！」

「夫人說的極是，即便她有了身孕，能不能順利生下來還難說。即便生了下來，能不能養大也是個問題。」姜嬤嬤湊趣道。

兩人相視一笑，提了一晚上的心總算可以落下，真沒想到林蘭這個庸醫卻是幫了大忙。

年節有條不紊地過著，林蘭也沒有再去關心劉姨娘的事，相信李渣爹自有主張，他們夫妻鬥，她適時添點油，加點柴火什麼的就好了，沒必要去強出頭。

銀柳和白蕙吵了一架後，兩人再見面便是冷眼對冷眼，互不搭理。林蘭看在眼裡，只吩咐玉容要留心些，別讓她們再吵起來。

李明允過年得了三天假，年初一祭天拜祖，年初二帶林蘭去了葉家，給葉家大舅爺拜年。

葉馨兒還在關禁閉，一步不得踏出繡樓半步。容氏提前解禁，因為需要幫著婆母打理瑣事。容氏見到林蘭，一臉的尷尬，林蘭只作什麼也不知，笑容溫婉。

大舅爺特意讓徐福安來跟李明允和林蘭請安，李明允隨便問了幾個問題，徐福安回答得清楚明白，是個機靈能幹的。林蘭看著李明允，兩人會心一笑，白蕙的事終於可以定下了。

在葉家吃過午飯，李明允便帶了林蘭去靖伯侯府。這是喬雲汐的意思，初二本是回門之日，因著她娘家遠在江南，回去一趟不容易，所以便邀了幾位要好的，跟她情形差不多的夫人去她家聚一聚。

馬車上，林蘭捧著一匣子的寶貝感嘆不已，「每次去大舅爺家，總是拿這麼多東西，我當真很不好意思。」

李明允瞧著她那言不由衷的模樣，不由得哂笑道：「是誰昨兒個夜裡還在琢磨大舅爺會給什麼禮物來著？」

林蘭嗔他一眼，義憤填膺地說：「那還不是因為你……不知節制，我不轉移下你的注意力，還不知你會折騰到什麼時候去！」林蘭說著揉了揉酸脹的腰，忍不住又狠狠剜了他一眼。

李明允委屈道：「我難得幾日休假不用早起。」

「可我得早起。」林蘭比他更委屈，大年三十的，他說要守歲，年初一又說新年第一天要有一個好的開始。總之找各種理由折騰她，他是年輕力壯，精力充沛，她哪裡是他的對手，只被折騰得哀哀求饒。林蘭憤憤地想，等她到了如狼似虎的年紀，看他吃不吃得消。

李明允瞅著她眼眶下泛起的青色，也知這幾日她委實辛苦了，可是，她太甜美，叫人實在難以克制，便摟著她，在她耳邊柔聲道：「晚上我替妳按摩……」

「不要！」林蘭立刻回絕，上回他也說幫她按摩，結果按著按著，她就被他按在了身下，死命地折騰。

李明允瞧她猶如驚弓之鳥，不禁失笑，揶揄道：「真不要？到時候可別求我喔！」一雙手靈活地鑽入衣襟，握住了那方圓潤，時輕時重地揉捏著。

敏感的身子禁不住這樣的揉弄，彷彿全身力氣都被小腹深處燃起的那團火給燃燒殆盡。林蘭無力地推他，嬌喘微微，「這是在馬車上……也不怕外面的人聽見……」

「妳忍著點就沒人會聽見。」他咬著她的耳垂含糊著。

「不要這樣，待會兒我怎麼見人？」林蘭羞怯著，酥軟的身體力已是充滿了渴望，然而理智告訴她，這不是時候，她還要去靖伯侯府，若是讓人看出點什麼來，她還活不活了？

「噓……別說話，我會有分寸的。」他讓反身她坐在他腿上，低低的語聲充滿魅惑，一手已經掀開她的衣裙探了進去，花徑已然濕潤，長指毫無阻礙地探了進去，一直探到花心。

林蘭想推推不開，想叫又不能叫，只能咬著下唇，由著他在她身上點火。

「蘭兒，要不要？」他的灼熱抵在濕潤的入口，摩挲著。

這樣的姿勢，她無從著力，更看不到他的神情，只能茫然無助地緊緊抓著他的手臂，喘息著。

清晰地感覺到灼熱一點一點深入，是溫柔也是堅決，然而，只到一半他便停了下來，在她耳邊蠱惑著：「說，要不要？」

他總愛這樣折磨她，壞透了……

林蘭搖頭，想哭。

他突然握住她的腰身，用力往下一拽，堅硬如鐵的炙熱頓時重重地頂住了敏感的花心。

林蘭忍不住顫抖起來，緊咬著唇，不讓自己發出呻吟。這樣的姿勢太深了，她有些承受不住。

隨著車輪的滾動，他一手揉捏著她的圓潤，時不時扯著頂端的櫻紅，一手扣著她纖細的腰肢，迫使她上上下下地動作。

「蘭兒，舒服嗎？」他喘息著問，用力壓著她的腰身，讓兩人更緊密地結合在一起，灼熱的頂端在花心研磨著，感受到她一陣陣的顫慄。

林蘭面泛紅潮，眼中亦是蒙上了一層水霧，視線越來越模糊，而小腹處湧起一道道酥麻的電流，快感如波浪般層層席捲而來。

感受到她緊窄柔軟的花穴一陣悸動，知道她已到關鍵時刻，他強力地往上頂，一下重過一下，和她一起攀上了頂峰。

馬車內只餘兩人沉重的呼吸，林蘭軟軟地倚在了他的懷裡，良久，林蘭才恢復神智，想起來，他卻是抱著她不放，沙啞著聲音道：「別動，別動……」

因為林蘭的緣故，他也看了一些醫書，據說兩次月事中間是最容易懷孕的時候，希望新的一年很快就有好消息。

到了靖伯侯府，林蘭再三確定自己的儀容沒什麼問題，方才下馬車。李明允要扶她，她一躲，自己扶著車轅下來，腳一觸地卻是一陣酸軟，不由得剜了始作俑者一眼。

李明允知她惱了，只一味陪笑。

進了府，兩人便分開了，李明允去靖伯侯那，林蘭進了內院。

喬雲汐邀請的人不多，也就五六人，馮淑敏也在，還有幾位夫人也是見過的，算是相熟。大家相互道喜，寒暄了幾句，坐下吃茶。

馮淑敏低聲抱怨道：「妳也不來竄門子，山兒都記掛妳了。」

山兒是馮淑敏的兒子，今年六歲，長得虎頭虎腦，很是可愛。

林蘭苦笑道：「我哪有妳這般自在，沒有公公婆婆老太太拘束著，什麼事都能自己說了算。」

「說的也是，我雖自在，卻也長日無聊，若非有山兒，我真不知道該做什麼了。」馮淑敏亦是苦笑，真是家家有本難念的經，各有各的苦處。

喬雲汐笑道：「妳們倆聊什麼呢？大過年的，還唉聲嘆氣。」

林蘭莞爾，「我們在說侯夫人做了娘，越發明豔動人了，我和林夫人是在自嘆弗如。」

喬雲汐笑嗔道：「妳若是羨慕，便也早早生一個。」

馮淑敏也笑道：「自嘆弗如的是我，妳有什麼資格？瞧妳那肌膚，嫩得都能掐出水來了。」

另一位夫人笑道：「可不是？我聽侯夫人說，她是一直按著妳的食補方子調養的，越發光彩照人。李夫人，妳什麼時候也替我們寫個方子，也讓我們受益受益。」

林蘭趁機道：「每個人的身體狀況不同，這食補的法子也自是不同，等我的藥鋪開張了，到時候妳們來，我一定替妳們量身訂製合適的食補方子。」

喬雲汐道：「妳的藥鋪什麼時候開張？」

「有些事還沒準備好，大概要到三月了。」林蘭道。

「到時候一定通知我，我好備一份開張大禮。」喬雲汐笑道。

「那是一定的，妳不送，我便上門來討。」林蘭開玩笑地說。

喬雲汐失笑，「妳們瞧瞧，她倒是吃定了我。」

先前那位夫人笑道：「李夫人把您調養得跟水蔥似的，這份大禮您還能少？若是我們也得了這樣的好處，多大的禮我們也送。」

眾人一陣哄笑。

「什麼送禮不送禮的，我說著玩的。雖說開的是藥鋪，可藥鋪不一定就是治病，我這可有不少美容養顏的方子，以後還請大家多多關照。」林蘭笑道。

在坐的都是有身分地位的官家夫人，不缺錢少勢，唯有青春美貌是千金難換，無處可求。聽林蘭這麼一說，無不心動，紛紛表示到時候一定來捧場。

林蘭有這等技能，在諸多貴婦中十分吃香，比她李家二少奶奶的身分還要引人矚目，幾次聚會下來，很快積累了超高人氣，成為京城貴婦中炙手可熱的人物。

過完十五，這年便算過去了，林蘭終於空閒下來，騰出手解決白蕙的事。

「妳伺候二少爺多年，一直盡心盡力，如今到了該婚配的年紀，我自是不能委屈了妳，一直在替妳物色合適的人家……眼下倒是有了個合適的，是葉家徐管事的長子，名福安，跟妳同歲，我和二少爺已經見過福安，很不錯的一個小夥子，徐管事夫妻為人也很和善，妳若嫁過去，必定會對妳好……」林蘭徐徐說道，一邊觀察白蕙的神色。

白蕙的臉色越來越蒼白，聽到最後竟是晃了晃，如風中殘葉，幾乎有些站不住。

林蘭又道：「二少爺也覺得這門親事十分妥當。」

白蕙的眼中已然有了霧氣，盈盈流轉，語聲低澀：「奴婢不想嫁人，奴婢願意一輩子伺候二少奶奶和二少爺。」

「說什麼傻話，哪有女子不嫁人的？」

白蕙抬起頭，神色決然，「二少奶奶若是嫌棄奴婢，發落了奴婢去灑掃庭院，或是去劈柴燒火都行，只求二少奶奶別讓奴婢嫁人。」

林蘭心中一凜，她倒是敢說。

目光在她蒼白悽楚的臉上轉了轉，林蘭慢慢問道：「妳可是有了喜歡的人？若是你們兩情相悅，我也不妨替妳做這個主。」

白蕙動了動嘴唇，二少奶奶雖然面帶微笑，可眸光凜然，隱有威懾之意，她如何敢說。

「妳再考慮一下，這門親事是我和二少爺都看好的，念在妳多年伺候的情分上，我們總不會虧待妳，更不會害妳。想必妳也有所耳聞，過了正月，夫人要調整府裡的下人，年紀到的，或是打發出去，或是配人，想來夫人是不會這般為妳著想的。」林蘭語聲溫柔，卻是隱含警告。

白蕙如何聽不出二少奶奶的意思，可她不甘心，二少爺溫潤如玉的人，怎會如此狠心？她也一直以為二少奶奶是能接納她的，現在才明白二少奶奶分明就是一隻笑面虎，表面上和和氣氣，暗地裡卻早就想好要打發了她，二少爺定是迫於無奈才對她避而遠之，才答應把她許配給別人。

白蕙違心地點點頭，「容奴婢再想想。」

林蘭微微一笑，也不逼迫她，話都已經說明白了，她也已經盡了心，白蕙若是執意不允，那就只好由著老巫婆來打發了。

白蕙惶惶不安地過了一日，到了申正，跟周嬤嬤說去找紅裳借個花樣便出去了。

李明允下值回來，突然從一座假山後鑽出個人來，怯生生地喚住了他：「二少爺……」

李明允一看是白蕙，蹙了下眉頭，「妳怎麼在這？」

白蕙看了看跟在二少爺身後的冬子，欲言又止。

冬子識趣地說：「小的餓了，先去找點吃的。」說完腳底抹油就溜了。

李明允待叫住他，他已是跑遠，不由得心下惱怒，這個不仗義的奴才，回頭定要重重罰他。

白蕙緩緩跪了下來，李明允忙道：「妳這是做甚？有話起來說。」

白蕙執拗著不肯起，眼淚如斷了線的珠簾，大顆大顆滾落下來。

李明允急了，「妳倒是趕緊起來，叫人看見了像什麼話。」

「二少爺，您是不是嫌棄奴婢了？」白蕙唏噓道。

「妳且起來再說，如若不然，我可走了。」李明允不悅道。

白蕙這才抽泣著站了起來，「奴婢哪裡做得不好，二少爺非要打發了奴婢？二少爺若是嫌奴婢哪裡不好，奴婢改就是，只求二少爺莫要趕奴婢走。奴婢的命是夫人給的，夫人當初說過，讓奴婢和紫墨一輩子伺候二少爺的……如今紫墨姊姊不在了，只餘下奴婢，二少爺怎能這般狠心……」

李明允頭大如斗，看著神色悽楚哀怨的白蕙，暗暗嘆息，「白蕙，本少爺不是嫌棄妳。」

「二少爺是怕二少奶奶不高興嗎？奴婢不會跟二少奶奶爭什麼的，奴婢只求能一輩子在二少爺身邊，端茶遞水，哪怕只做個卑微的丫頭！」白蕙急忙道。

李明允錯愕，她怎麼會這樣想？李明允乾咳了兩聲，說：「白蕙……這不是嫌棄不嫌棄的問題，我和妳二少奶奶感情甚篤，此生只想與她共度，不會再作他想。妳是個好姑娘，應該有自己的幸福，二少奶奶已經為妳物色了一門好親事，希望妳莫要辜負了二少奶奶一片心意。」

白蕙淚眼婆娑，幽怨道：「二少爺若是不喜奴婢，只管打發了奴婢去做姑子，奴婢這輩子絕不會再嫁他人。」

李明允有些惱火，「妳自己再仔細斟酌斟酌，辜負了旁人的心意事小，毀了自己一生的幸福事大。」說罷，拂袖大步離去。

白蕙望著二少爺決絕的背影，心底一片冰涼，為什麼會是這樣？二少爺難道對她當真半分情意也無？這麼多年來，她心裡只裝著這麼一個人，滿滿的全是這個人，而今，突然叫她另嫁，這不是生生在剜她的心嗎？

林蘭在屋子裡算帳，第一批藥材已經到位，餘下的最遲二月中也能到位了。

銀柳掀了簾子進來，附在二少奶奶耳邊低語了幾句。

林蘭面色沉肅，冷冷道：「她還是不死心，非要自取其辱！」

「二少奶奶，她今兒個已經躲在房裡哭了一日了，錦繡和如意都勸過她，她也不聽，現在倒好，跑去找二少爺。」銀柳很是氣憤。

「且看二少爺回來怎麼說吧！」林蘭悶悶地道，這白蕙還真叫人不省心。

「奴婢只怕她破罐子破摔，整出什麼么蛾子來。」銀柳擔心道。

「這也難說，我好心好意為她著想，她想不通，指不定還道是我故意為難她。」林蘭把帳冊一合，自嘲道，這好人可真難做，「妳和玉容這陣子給我盯緊點，別叫她做出什麼傻事來。」

銀柳點點頭，忿忿道：「沒見過這麼不要臉的，太可氣了！」

正說著，外頭有丫頭道：「二少爺回來了。」

話剛落音，只見李明允掀了簾子進來，面色沉鬱，一臉的不悅。

林蘭給銀柳遞了個眼色，銀柳連忙出去打熱水。

林蘭親自替他解了披風，笑道：「這是跟誰在賭氣呢？臉色怪嚇人的。」

李明允挽了衣袖，煩躁道：「不提也罷！」

「今日我已與白蕙說了，只是看她那神情似乎不情願。」林蘭不鹹不淡地說道。

「她是鑽牛角尖裡去了。」李明允嘆道。

林蘭替他斟了熱茶，「她若是執意不肯，你待如何？」

屋子裡頓時安靜下來，手中的茶盞有霧氣裊裊騰起，碧螺春的清香撲鼻而來，看著嫩綠的葉芽在水中緩緩舒展，微微蕩漾，李明允的目光也迷濛起來，彷彿陷入久遠的回憶。

「我十三歲那年出天花，高燒不退，母親身子弱，大夫說容易染上天花，父親便不許母親前來照顧我，只有白蕙和紫墨不顧被傳染的危險守在我身邊，沒日沒夜，悉心照料……我的命算是她們倆給救回來的，所以，母親說，將來莫要虧待了她們，可惜紫墨早早地走了……」李明允感嘆著，望向林蘭，眼底一片坦誠之意，「我不瞞妳，之前，我確有給她一個名分的心思，但無關情愛，只是念著那份恩情，想保她一生無憂，直到家中出了變故，我才下了決心，這一生只對一個女子專情，不叫我的妻子受我娘的苦楚，絕不做父親那樣薄情寡義之人，尤其是現在有了妳，我實在沒有半分心思可以分給別人。做我的妾室，只會孤寂一生，這樣反倒是害了她，我以為她能看明白，卻不知她執念已深……」

林蘭默然，早看出白蕙在他心中不同一般丫鬟，原來有這樣一段緣故。

「若是她執意不肯，也是不能留在這落霞齋了。」李明允嘆了一口氣，放下茶盞，握住了林蘭的手，「蘭兒，這事讓妳為難了，是我的不是。」

林蘭靜靜地望著他，「當然是你的不是，你既已下定決心，就該早早與我明說，我也好早做打算，斷了她的念頭，不至於像現在這樣被動。我為著她好，反倒落了不是。」

李明允面有愧色，「是我思慮不周，讓妳為難。」

「算了，只此一次，再不許有下回。不過，你到底還有多少風流債，最好一併與我說了，我也好有個準備。」林蘭半開玩笑道。

李明允笑得有些勉強，「哪有什麼風流債？妳是我第一個女人，也是最後一個。」

「別誆我，子諭都說了，當年你可是京中多少閨秀的閨閣夢中人，我給你機會坦白，過去的事我就不再追究，若是哪天又冷不防冒出一個來，我可不饒你。」林蘭嬌嗔道。

雖是玩笑話，卻叫李明允一陣心悸，可那段過往終究是過去了，如今丁若妍是他的嫂子，以後只有叔嫂親情，再無分別的，他又豈能往事再提，只好淡笑道：「別人的心思我怎能胡亂猜測，渾說了豈不是壞了別人名節？妳只須記住，妳才是我李明允的妻子，獨一無二的女人。」

聰明的女人是不應該糾結往事，誰沒有過去呢？要說起來，她也有過愛慕者，現在和將來才是最重要的，林蘭釋然一笑，「好了，你也累了，先歇會兒，待會兒還要去朝暉堂請安呢！」

寧和堂裡，韓秋月聽了香兒的回稟，面有慍色。

香兒原本叫晚香，因跟劉姨娘晚玉重了字，便只稱香兒了。

「妳回去告訴表小姐，讓她安分些，若是再鬧下去，叫老爺知道了，今年都別想出來了。」韓秋月惱怒道。

姜嬤嬤遞上寧神茶，寬解道：「表小姐的性子您又不是不知道，大過年的卻被禁足，表小姐心裡定是萬分委屈，發發脾氣也是有的。」

姜嬤嬤又對香兒說：「妳多勸著點表小姐，讓她稍安勿躁，夫人自會找機會向老爺求情。若是表小姐實在悶了，便請俞小姐過去陪她說說話。老爺只是不讓表小姐出來，又沒說不讓人進去。」

香兒屈膝行禮，「奴婢知道了，奴婢這就回去勸表小姐。」

香兒退下後，韓秋月心頭煩悶，喟嘆著：「已經是千頭萬緒，她還給我添堵。」

「表小姐到底年紀還小，不能體會夫人的苦處，等她大些，再慢慢與她說便是。」姜嬤嬤溫聲勸道。

「也不小了，到七月就該及笄了，手頭上倒也有幾個人選，可惜家世好的又是庶出，嫡出的家世又不如意，唉，她若是名正言順的李府三小姐，我又何至於這般為難？」韓秋月想想都頭痛。

「夫人不必心急，過了四月，若是大少爺考取了明經，山西那邊也來了好消息，一切都會順利起來。」姜嬤嬤笑道：「所以，眼下最要緊的是大少爺。」

韓秋月微微點頭。

「老奴問過微雨閣的丫頭，說大少爺過了初五就開始用功了，大少奶奶的身子也好些了，常勸著大少爺呢！」

韓秋月的面色稍霽，「他們夫妻能和好如初，我便放心了。」

「夫妻哪有隔夜仇啊，再說，事情都過去那麼久了……」姜嬤嬤附和著。

韓秋月抿了口茶，忽又皺起眉來，「孫先生怎麼還不來回話？」

姜嬤嬤道：「怕是還沒回來。」姜嬤嬤遲疑地問：「夫人，若是那邊不肯降利息，您……」

韓秋月忿然道：「不降也得借，要不然，這些虧空的銀兩，我上哪去湊？本以為賣掉葉氏的東西可以應付一陣，可老爺鬼迷了心竅似的，居然連明允和林蘭過年應酬的開銷都要算到我頭上，光這一筆開銷就是府中四個月開支的總和，我看他們就是存心從我這裡訛銀子。」

姜嬤嬤不免隱憂，現在老爺眼裡可只有二少爺和二少奶奶了。

「那放印子錢的心也太黑了點，咱們借二十萬，不過是一月六千銀子利息，如今咱們只借五萬，他也要一月五千銀子，這不是明搶嗎？」姜嬤嬤悻悻道。

韓秋月重重嘆息，「有什麼法子？好在五月有租金可收，能抵一陣子。」

姜嬤嬤不得不提醒道：「夫人莫忘了，二月十九要去香山寺上香，這香油錢也不能省。再有，春耕還有一大筆銀子要開銷，大少爺應考，說不定也得打點一二……」

韓秋月頓覺一個頭兩個大，從未有過的力不從心，無奈地嘆道：「熬吧，先熬過這段時日。我現在真有些後悔，不該一時衝動，弄到如今這般捉襟見肘。」

姜嬤嬤默然，早就勸您三思而後行，如今後悔也晚了，只求山西那邊不要出岔子才好，要不然，真不知該如何收場。

◆　◆　◆

林蘭和李明允請安回來，錦繡來說，白蕙身子不舒服。

林蘭看了明允一眼，道：「她既然不舒服，就讓她先歇幾日，好好養養身子，她的活先由妳替著吧！」

錦繡應諾，上前服侍二少奶奶更衣，玉容去備熱水。

李明允進了淨房，屋裡沒旁人，林蘭問道：「錦繡，妳是不是也覺得二少爺該納了白蕙？」

錦繡支吾著：「奴婢不敢非議主子的事。」

林蘭知道錦繡心裡向著白蕙，在她們的想法裡，白蕙抬作姨娘是順理成章的事情。

林蘭笑道：「隨便說說無妨。」

錦繡看白蕙今日失魂落魄的，心裡也替她難過，想幫幫她，便囁嚅道：「白蕙姊一直盡心盡力地伺候主子……」

「錦繡，盡心盡力伺候主子是丫頭的本分，不僅是她，包括這裡的每一個人，誰不是盡心盡力？難道因為妳們對主子忠心，對主子盡力，主子便要把妳們都收了房？」林蘭語聲平和，可話卻說得犀利。

錦繡微一錯愕，連忙跪下，「奴婢從不敢有此非分之想！」

「起來吧，我不是在說妳，只是打個比方。若是丫頭們都仗著自己伺候過主子，有幾分功勞便生出這種念頭，只怕做主子的也不敢再使喚丫頭了。妳們二少爺的性子妳們是清楚的，對身邊的人從不疾言厲色，都是以誠相待，溫和可親。遇到這樣的主子是妳們的幸運，可若是因此就自作多情起來，豈不是叫主子為難？又把我這個當主母的放在哪裡？」

錦繡不禁手心冒汗，她維護白蕙不過是因著多年在一起的情分，卻是沒有想過二少爺喜不喜歡，二少奶奶喜不喜歡，細想想，自打二少爺回來後，就不曾正眼瞧過誰。二少爺眼裡只有二少奶奶，夫妻恩愛，羨煞旁人，也斷容不下第三人介入。

「奴婢明白了，奴婢會勸勸白蕙姊的。」錦繡心思通透起來。

這個時候就怕有人在白蕙耳邊起鬨，如意是個明白人，不用多說，錦繡就有些感情用事，所以，必須點醒她，免得她在白蕙面前說些不該說的話。

「如此甚好，有道是寧為窮人妻，不作富家妾。做了妾室，一輩子都是低賤之流，何不堂堂正正為人妻？二少爺念著當年的情分，必定會請葉家多多照應提攜，何愁將來沒有好日子過？不止是白蕙，這個院子裡的每一個人，只要如妳說的盡心盡力，我必不會虧待了誰，都會替妳們謀一個好出路。」林蘭扶她起來。

錦繡汗顏，「是奴婢愚鈍了，二少爺和二少奶奶都是寬厚之人，白蕙姊她會想明白的。」

林蘭笑笑，白蕙能不能想明白她不敢確定，但如果白蕙因此心生怨懟，做了不該做的事，那麼，就算妳白蕙曾經有恩於李明允，她也一樣不會客氣。

而白蕙這一病就是好些天，好在徐家那邊挺有耐心，也沒來催，要不然林蘭還真有些為難，這頭是她起的，臨了又說不成了，那多尷尬。

劉姨娘那邊聽說也沒什麼起色，藥方改了又改，當然，這只是聽說，漸漸的，府裡就有人議論開來，說二少奶奶徒有虛名，醫術不過爾爾，虧得老爺還這麼相信她。這話傳到林蘭耳朵裡，林蘭只是淡然一笑，李渣爹很沉得住氣啊！

轉眼就到二月十九，是觀音菩薩誕生之日，因著李敬賢和李明允都要上朝，所以就由李明則陪同一干女眷去香山寺進香。林蘭想著反正一日就回，便只帶了銀柳和如意前去，誰知到了下午，韓秋月突然不適，說是頭暈得很。

林蘭替她診了脈，脈象確有些不妥，其實老巫婆這陣子日子不好過她都清楚，拿葉氏的東西出去賣，被人壓價，劉姨娘那邊滋補品就沒斷過，莊子裡因為放炮竹的緣故走了水，又損失不少……原本計畫只借五萬兩印子錢，不得不變成了七萬兩，利息一漲再漲，直把老巫婆折騰得焦頭爛額。

「母親只是太過勞累了，需要歇息。」林蘭向一旁神情焦慮的老太太回稟。

老太太憐惜地拉著韓秋月的手，「真是難為妳了。」

韓秋月掙扎著要起來，孱弱無力地說：「媳婦沒事，再不下山天就要黑了。」

姜嬤嬤忙道：「夫人，您這樣如何能下山，便是坐滑竿也是危險的。」

老太太沉吟道：「讓祝嬤嬤去問問寺中可有空餘的香房，若是有，便在這寺中歇一晚，待明日再回也不遲。」

祝嬤嬤應聲下去，不多時來回稟：「倒是還有幾間空的，奴婢已經跟主持說了，今晚就在寺中留宿一晚。」

老太太點點頭，對韓秋月說：「妳就安心歇著，讓趙管事回府報個信。」

大家不得不在寺中歇下，銀柳很是不安，「二少奶奶，咱們不在，二少爺……」

林蘭莞爾，「有什麼要緊的，不是還有玉容和周嬤嬤在嗎？」

如意欲言又止，林蘭笑道：「妳想說什麼。」

如意猶豫著道：「有件事，奴婢不知該不該說。」

銀柳是個急性子，忙道：「什麼該不該的，妳說就是了。」

「前日，二少奶奶命奴婢去給大少奶奶送花茶，奴婢瞧見白蕙姊跟春杏在巷子裡說話，還給了春杏姊一包東西。奴婢趕緊躲著，沒敢驚到她們，本想聽聽她們說些什麼，可是離得遠聽不清。奴婢一直在猶豫該不該把這件事告訴二少奶奶，又怕本沒什麼事，卻叫奴婢這樣一說，反倒生出事端來，讓二少奶奶心裡不安……」如意瞧著二少奶奶的臉色漸漸嚴肅起來，聲音也不由得低了下去，怯怯地看著二少奶奶。

林蘭默然片刻，問：「白蕙和春杏素日交情如何？」

「不太往來，見面只是虛禮罷了。」如意回道。

林蘭心情越發凝重，靜靜地看著如意，「那妳今日為何又覺得該把事情告訴我？」

如意忐忑不安，「奴婢也說不上來，只是覺得今日不能回府，心裡不安穩。」

銀柳急了，「會不會是白蕙想耍什麼花樣？夫人為何好端端的就病了？」

林蘭思忖著，這兩件事有沒有關係還未可知，但是白蕙無端去找春杏，絕對不正常。只是眼下被困在山上，文山和冬子都不在，她總不能叫銀柳和如意走夜路下山回去，況且，白蕙若是真想搞鬼，只怕現在也已經下手了。不，不能急，家中還有玉容和周嬤嬤，這兩人都是極細心的，而且出門前她還特意囑咐過玉容，再說李明允又不是三歲孩童，他自己不能應付嗎？

這樣想著，林蘭冷靜下來，微微一笑，「無妨，咱們不必杞人憂天，天塌不下來。」

◆◆◆

玉容在屋子裡等二少爺下值，錦繡突然來報，文麗和廚房的丫頭起衝突了。

玉容一驚，問：「文麗怎麼會跟她們有爭執？」

「我也不是很清楚，雲英已經趕過去了，只是她們倆都是新來的，廚房那些丫頭婆子兇悍得很，我怕她們要吃虧。」

玉容心急，「那周嬤嬤呢？」

「帳房那邊派人來把周嬤嬤叫過去了，現下周嬤嬤不在院子裡。」

玉容急得團團轉，「這可如何是好？說起來，府裡的人我也不是很熟。」

錦繡道：「那只好多叫幾個人把文麗和雲英帶回來再說。要不，妳去找文山，我想著二少爺也該回來了，我先去廚房頂著。」

玉容想想也只有如此了，兩人分頭行事。玉容埋頭疾走，冷不防有人叫住她，她正要回頭，只覺頭上一陣劇痛，眼前一黑，便什麼也不知道了。

錦繡到了廚房，就見廚房裡的幾個婆子正扯了文麗和雲英劈頭蓋臉地打，嘴裡還不乾不淨地罵：「打死妳這個小蹄子，小賤人……別以為妳們是二少爺身邊的，我們就不敢打妳……」

「住手，妳們這是做什麼？有事不會好好說嗎？」錦繡衝過去想要把文麗和雲英拉出來，不料那些婆子根本就不理會，將她也拖了進去打。一時間，廚房裡鍋碗瓢盆砸了一地，場面十分混亂。

李明允按時回府，問門房老太太她們進香回來沒，門房說還沒，李明允便先回落霞齋。

一進落霞齋，李明允就覺得不太對勁，院子裡怎麼安安靜靜的，一點聲響也沒。

李明允狐疑地進了房，屋子裡倒是熱呼呼的，燒著地龍，點了香片。

「玉容。」李明允解了斗篷喚玉容。

夾棉軟簾掀起，一人走了進來，柔聲道：「二少爺回來啦！」

李明允面色微沉，看著來人，「玉容呢？」

白蕙茫然道：「先前都還在的，要不要奴婢去找找？」

李明允沉吟道：「不必了，她既不在定是有事，妳也下去吧，這裡不用伺候了。」

白蕙神情黯然，「那……奴婢給二少爺沏杯茶吧！」

李明允遲疑了一下，「也好。」說罷便入淨房換衣去了。

等他出來，白蕙已經沏了熱騰騰的碧螺春。

看她還站著，李明允道：「妳身體不適就去歇息吧！」

白蕙低眉溫柔道：「奴婢的身子已經大好了。」

李明允端起茶來，因為太燙又放下，「我也知妳是心裡有疙瘩，想明白了也就好了。」

白蕙抿著嘴，低聲道：「奴婢知道，二少爺和二少奶奶是為奴婢好。」

李明允微微頷首。

「奴婢已經想通了，不能辜負了二少爺和二少奶奶的一片心意……」

李明允聞言只覺心頭一塊大石落了地，「這樣甚好，妳二少奶奶說了，等妳嫁過去，便問葉家把徐福安要過來，你們就幫著打理藥鋪或是別的，大家還是一家人。」

白蕙屈膝行禮，「二少奶奶為奴婢考慮得如此周全，奴婢感激不盡。」

李明允淡然一笑，「起來吧，無須多禮。」

白蕙起身，慚愧道：「二少奶奶為人和善，又如此寬厚，真是奴婢的福氣，也是二少爺的福氣。二少爺有二少奶奶這樣的賢內助，夫人在天之靈也會高興的，只是，二少爺也該勸勸二少奶奶，要愛惜著自己的身體才行。」

李明允怔愣了一下，不解地看著白蕙，林蘭如何不愛惜自己的身子了？

「二少奶奶怎麼了？」李明允有些緊張地問。

白蕙臉紅了起來，支吾著：「奴婢聽說……那避子的藥吃多了是會傷身的，看二少奶奶常吃那種藥，奴婢有些擔心。」

李明允只覺腦子裡嗡的一聲，不敢相信地問：「二少奶奶吃避子藥？」

白蕙故作茫然，「是啊，難道二少爺不知道？奴婢……奴婢以為二少爺是知道的……」

見二少爺面沉如水，白蕙心底冷笑，不是說二少爺和二少奶奶感情甚篤嗎？那二少奶奶為什麼不要懷二少爺的孩子？還瞞著二少爺偷偷吃避子丸？

白蕙忙跪地，惶恐道：「二少爺，是奴婢多嘴了，二少奶奶不想要孩子，一定是有理由的。」

李明允定定地望著白蕙，「二少奶奶吃藥，妳親眼看見了？」

白蕙遲疑著，起身到床邊的櫃子裡取了一個瓶子來，「就是這個。」

「這不是二少奶奶的養身丸嗎？」

「不是吧？奴婢親耳聽到二少奶奶說避子湯苦死了，還是做成藥丸子的好，就是這個。」

李明允拿著瓶子心情複雜，難怪他這麼努力蘭兒就是沒有身孕，原來蘭兒一直在吃這個。

蘭兒是說過現在還不是要孩子的時候，因為韓秋月未除，可他想要，尤其是見到那個華文柏後，他就特別想要個孩子。他李明允或許別的本事沒有，但保護自己的妻兒還是做得到的，說到底，蘭兒還是對他沒有信心，一時間心裡很不是滋味。

「二少爺，茶都快涼了，要不，奴婢給您重沏一杯？」

李明允嘆了一口氣，把瓶子遞給她，「放回原處吧！」

白蕙一怔，剛才二少爺似乎很生氣的樣子，怎麼轉眼間又偃旗息鼓了呢？白蕙疑惑地接過藥瓶放回了原處。回來時，見二少爺已經將茶一飲而盡，白蕙唇邊一絲幾不可察的笑意。

李明允放下茶盞，蹙眉道：「玉容去哪兒了？怎麼還不回來？白蕙，妳出去看看。」

「是。」白蕙應聲出去，放下簾子，望著空空的院子，無聲苦笑。時間不多了，錯過這次機會，就只能抱憾終身了。二少爺不喜歡她沒關係，她只求能留下來，哪怕是偶爾能見上二少爺一面也心甘情願。

計算著藥力發作的時間，白蕙回到屋內。

二少爺已經不在明堂，白蕙兩邊張望了一下，見內室拔步床的雲帳已經放下，床前還倒著二少爺的靴子……心跳驟然加速，如數百面小鼓亂捶，手腳發涼，手心裡卻密密地滲出汗來。她深深呼吸，拚命告訴自己，這次機會得之不易，只要她走過去，走過去就可以留下來……

白蕙將門關上，並沒有上閂，慢慢向床邊走去，站在床前，望著床上那道隆起的背影，低喃著：「二少爺，別恨奴婢，奴婢也是迫不得已。奴婢從未想過要離開少爺，要奴婢離開，還不如叫奴婢去死……二少爺，請您念在奴婢一片癡心，原諒奴婢吧……」

白蕙咬緊了下唇，雙手不住地顫抖，解了幾次都解不開盤扣。一咬牙，索性把扣子扯了下來，都到了這個時候，已是退無可退。

衣衫滑落，雲帳輕啟，白蕙頓時驚愣住，掀開隆起的被子一看，裡面哪裡有二少爺，而是兩個大引枕……二少爺到哪裡去了？沒等她反應過來，只聽得砰的一聲，門被踢開。

白蕙驚慌失措地拉過被子，計畫不是這樣的，二少爺為什麼不在？

簾帳刷的被人掀開，白蕙捂著被子不敢抬頭。她知道計畫已經失敗，等待她的是什麼，她不敢想，只一顆心不斷下墜，墜向無底的深淵。

桂嫂臉色鐵青地看著衣衫不整的白蕙，不禁咬牙切齒，痛心道：「白蕙，妳糊塗了呀！」

「趙嬸、孫嬤嬤，看著她穿好衣裳，把她帶到東廂去。」桂嫂冷聲吩咐，又給兩人使了眼色，兩人會意地點點頭。

白蕙顫抖地穿上衣裳，越想越是害怕，害怕看到少爺鄙夷的目光，害怕少爺會將她趕出去，或是賣了……她剛張嘴，就被趙嬸捏住了下巴，一塊手帕就塞了進來。

「現在想著沒臉了，遲了！」趙嬸不客氣道。

東廂房裡，李明允神情嚴肅，目光冷冽，看著跪在地上的白蕙，已是說不出的痛心與厭惡。

「我最擔心的就是這個，妳真沒叫我失望！」李明允幾乎是從齒縫間迸出這句話。

白蕙面色慘白，淚盈與睫，淒然道：「奴婢是一時糊塗……」

「妳是一時糊塗嗎？為什麼今日夫人突然會因病留在山上？為什麼今日院子裡一個人都不在？

為什麼妳要告訴我二少奶奶服藥的事？為什麼那盞茶裡會有不該有的東西？難道妳還要告訴我，這一切都是巧合？如此複雜的計畫，憑妳一人之力能成事？妳當少爺我是個白癡是個傻子？」李明允無比憤怒。

白蕙啞口無言，淚如雨下。

「二少奶奶不喜歡熏香，所以屋子裡從不點香片，可妳點了，這是為了掩蓋茶水裡的氣味吧？然而妳太小看少爺我，少爺我喝了十幾年的碧螺春，莫說裡面摻了東西，便是雨前茶還是雨後茶，或是隔了多久的舊茶，都能品得分毫不差。我一直在給妳機會，希望妳就此收手，不要走到不堪的那一步，可妳還是做了……很好，很好……妳為了一己之慾，竟要陷我於不仁不義，妳硬生生地把我對妳的那份顧念之情徹底抹殺了，白蕙，妳真叫我失望！」

白蕙委頓於地，二少爺什麼都知道，她還像個傻子一樣自作聰明。

「這個家不能再留妳了，我也不想害了徐家，周嬤嬤……」李明允給周嬤嬤遞了個眼色。

「不，二少爺，求求您，別趕奴婢走，奴婢在再也不敢了，奴婢一定聽二少爺的話，安分守己，再也不敢了……」白蕙跪爬到李明允面前，扯住李明允的衣襬哭求著。

周嬤嬤和桂嫂上前拖她，白蕙死死地抓著李明允的衣襬，「二少爺，饒了奴婢這一回吧！二少爺，奴婢就算有錯，也請二少爺看在奴婢多年伺候少爺的情分上，饒了奴婢這一回……」

「妳還有臉提情分？二少爺對妳已是仁至義盡，若是換了別的主子，早拖出去打死了！」周嬤嬤罵道：「妳不是不知道夫人是怎麼對少爺的，妳居然跟夫人合起夥來算計少爺，那妳跟那些要害少爺的人有什麼分別？」周嬤嬤是想想都害怕啊！她被帳房那邊牽制住不得脫身，若不是冬子跑來說玉容不見了，硬拖了她出來，她哪知道就這麼一會兒的功夫就出了這麼大的事。現在玉容還沒找到，文山去替錦繡她們幾個解圍還沒回來，都不知道那邊是什麼情況，越想就越痛恨白蕙。

「奴婢沒想害少爺，奴婢只是太喜歡少爺……」白蕙哭著辯解道。

「我呸！白蕙，做人不能這麼不要臉的，妳以為夫人是在幫妳？妳也不動動腦子，夫人憑什麼要幫妳？今天若是讓你們算計成功，那就不是二少爺抬一個姨娘的事！先不說二少奶奶會如何傷心，夫人肯定會拿這事去外頭敗壞二少爺的名聲！」桂嫂也聽不下去了，「被妳這樣不知廉恥的人喜歡上，那不是福氣，是晦氣！」

李明允面若寒冰，「妳我主僕情分已盡，以後各不相干，妳好自為之吧！」

白蕙心如刀絞，淒厲地喊道：「如果少爺一定要趕奴婢走，那奴婢就一頭碰死在這裡！」

李明允居高臨下，冷冷地睨著她，「妳若執意求死，我也攔不住。今天的事，大家都看到了，若是官府問起，大不了如實說明。我李明允行得正坐得端，不怕有人抹黑，更不會受人威脅。」

白蕙面如死灰，二少爺的性子她是清楚的，要麼不說，說了便是說一不二，說到做到。她徹底失敗了，連最後一點點幻想也破滅了。一時間，她茫然不知所措，心痛不知所以。完了，一切都完了……

周嬤嬤趁白蕙怔忡之際，扳開了她的手，李明允一脫身，便拂袖而去。

「二少爺……」白蕙哭喊著，聲嘶力竭。

「白蕙，天作孽猶可活，自作孽不可活，事到如今，妳後悔也是晚了。二少爺留下話，即刻送妳出府，妳若是要自謀生路，那麼二少爺送妳三百兩銀子，妳若是要尋死覓活，那麼也請妳走遠點。妳口口聲聲說喜歡二少爺，可天底下沒有這種喜歡法，妳已經害得二少爺差點名譽不保，就別再給二少爺添亂了！」周嬤嬤口氣冷漠道。

白蕙伏地痛哭，她後悔了，恨不得馬上死掉，然而，已經晚了，二少爺不會再原諒她了。

李明允出了東廂立即去了廚房。

廚房裡，因為文山的加入，幾個婆子哪是文山的對手，鄧嬤嬤又趕緊叫來幾個家丁幫襯，今日落霞齋的人是來一個留一個。

李明允到廚房時，看到的就是一群人圍著文山毆打，文山奮力還擊，可對方人多勢眾，不免落了下風，身上挨了好幾下，眼睛也腫了。錦繡幾個更慘，頭髮被扯得散亂，衣衫也破了，個個臉上都是抓痕。李明允怒火中燒，厲喝道：「都給我住手！」

下人們先前是奉了命來打人，氣焰囂張，可二少爺一聲厲喝，頓時嚇得他們魂飛魄散，立馬住了手，一個個惴惴不安起來。

鄧嬤嬤躲在房裡聽見二少爺的聲音，也是嚇了一跳，不是說二少爺今兒個是出不來了嗎？怎麼跑廚房來了？

錦繡等人見到二少爺，頓時委屈得哭了起來，「二少爺……」

李明允沉聲道：「不許哭！」

錦繡等人忙抹了眼淚，扁著嘴，極力忍著心中的委屈。

李明允威嚴的目光在一眾人面上一一掃過，心虛的馬上低下了頭，尤其是挑事的幾個婆子，更是害怕得往後退了兩步。李明允最後把目光落在了文麗身上．「聽說事情是因妳而起，妳把事情原委如實道來，若是錯在妳，本少爺定嚴懲不饒，若是有人狐假虎威，無事生非，想找落霞齋的麻煩，那……本少爺也絕不客氣！」

文麗受到鼓舞，指著一個婆子說：「就是她，戚嫂！奴婢本來好好在落霞齋待著，她來落霞齋說府裡新買了燕窩，讓奴婢跟她來取，奴婢就跟了來。戚嫂說她有事要忙，東西在櫥櫃的第三格，叫奴婢自己拿，奴婢不疑有詐，就去拿了，結果汪嫂進了來，就說奴婢偷東西，扯了奴婢就打。奴婢跟她解釋，她也不聽，還叫來一幫人打奴婢，後來雲英和錦繡姊姊趕來，她們也是二話不說，扯住就打。」

戚嫂虛張聲勢道：「我叫妳拿的是放在第二格的燕窩，妳倒好，看見汪嫂放在櫃子裡的銀子就想順手牽羊。」

文麗氣道：「妳明明說的就是第三格！」

戚嫂撇了撇嘴，嗤道：「人贓俱獲，由不得妳抵賴！」

文麗急道：「二少爺，奴婢沒有說謊……」

李明允抬手，制止她的話，蹙眉道：「那包銀子呢？」

一個婆子立即把銀子呈上來，「二少爺，這就是文麗想偷的銀子。」

李明允拿在手上掂了掂，漫不經心道：「汪嫂，妳說這銀子是妳的？」

汪嫂連忙出列，「是奴婢的，奴婢家裡有急用，跟廚房裡的姊妹們借的。」

李明允微微頷首，「哦？那這裡頭一共多少兩銀子？」

汪嫂胸有成竹道：「一共是十兩五錢。」

「都是廚房裡的姊妹借給妳的？」李明允又追問了一句。

「是啊，平日裡幾個親厚的姊妹們借給奴婢的。」汪嫂一臉感激狀。

「嗯，錦上添花易，雪中送炭難，妳們廚房裡的人倒是團結，很好很好。」

幾個婆子不知二少爺說這番話跟文麗偷銀子有什麼相干，只好陪著笑，「都是夫人教導有方，奴婢們互相幫助也是應該的。」

「這麼說來，誰借了妳多少銀子妳心裡都清楚？」李明允平靜地望著汪嫂。

汪嫂心頭一凜，笑容僵住，支吾著：「這個……奴婢自然都記得。」

李明允轉頭看錦繡，「錦繡，妳和文山帶汪嫂去隔壁，讓她把誰借給她銀子，借了幾錢幾兩都寫下來，別忘了讓她按上手印。」

汪嫂霎時變了臉色，李明允斜睨著她，嘴角一扯，「怎麼？妳不會這麼快就不記得了吧？」

汪嫂暗暗叫苦，鄧嬤嬤可沒吩咐這個，這叫她如何瞎編？

汪嫂不敢說不記得了，眼珠子一通亂轉，只得訕訕道：「奴婢……記得。」

錦繡上前一步，「汪嫂，請吧！」

汪嫂怏怏地跟了錦繡去隔壁，文山跟個門神似的盯著她。

李明允又掃了眼餘下眾人，「你們之中是誰借了汪嫂銀子？也出來正個名，報個數。」

大家面面相覷，你捅捅我，我拉拉你，都不敢站出來。

李明允找了張椅子，閒閒地坐下，翹起二郎腿，等著看好戲。

文麗這下有些明白二少爺的用意了，若是這銀子連汪嫂自己都說不清楚是哪來的，還怎麼誣陷她偷銀子？

雲英當即諷刺道：「剛剛妳們不是說互相幫助嗎？怎麼這會兒自己有沒有借過銀子都不記得了？好人做到妳們這分上，可真難得啊！」

大家面上的神情更是窘迫，當初怎麼沒想到這一環節，鄧嬤嬤失算了，眼下，誰敢站出來承認啊？萬一對不上，豈不是往自己身上潑髒水，自找麻煩？

李明允看了一陣子，笑得十分溫和，「這麼說來，妳們都不曾借銀子給汪嫂？」

還是沒人出來說話，有幾個人偷偷扭頭瞄了眼身後的那扇門。

李明允把她們的一舉一動盡收眼底，心中明瞭，又問：「妳們確定都沒有借銀子給汪嫂？」

眾人紛紛搖頭。

「戚嫂，去拿紙筆來。」李明允吩咐道。

戚嫂挪著步子推開了後面那扇門，須臾拿了紙筆出來。

李明允接過來在紙上邊寫邊道：「我等並未借銀子給汪嫂，並不知汪嫂的銀子從何而來。」然後抬頭問眾人：「本少爺這樣寫，沒錯吧？」

大家不敢搖頭，也不敢點頭。

李明允臉色一沉，深邃眼眸陡然犀利起來，露出懾人的寒芒，沉沉地「嗯」了一聲，大家這才忙不迭地點頭。要她們陪著倒楣，不如讓汪嫂一人倒楣。

李明允斂起眸中精光，不慌不忙地從荷包裡取了印泥出來，「還好本少爺隨身帶著這個，以備不時之需。雲英，妳拿去讓她們在這上頭按下手印。」

這邊剛忙完，那邊錦繡和文山押著汪嫂回來了，汪嫂一臉的菜色。

「二少爺，這是汪嫂交代的。」錦繡把紙條交給二少爺。

李明允展開來看，看著看著就忍不住笑了起來，「汪嫂，妳的記性不錯嘛，連吳嬤嬤借妳二錢銀子都記得。」

汪嫂訕笑著，身上一陣一陣地冒著寒意，她是死馬當成活馬醫，把廚房裡的人都寫了上去。

「吳嬤嬤，妳仔細想想，可曾借了汪嫂二錢銀子？」文麗揶揄道。

吳嬤嬤連忙搖頭，「奴婢不曾借過。」

汪嫂臉色一變：「吳嬤嬤，妳老糊塗了？」

李明允慢吞吞道：「汪嫂，妳是記得清楚，可妳的姊妹們不會都糊塗了吧？她們可都說了不曾借妳銀子。」

汪嫂慌張起來，想找個幫襯的，可是她的視線對上誰，那人不是別過眼就是低下頭，她已是孤立無援。李明允目光陡然一冷，拔高了聲音喝道：「妳這銀子到底從何而來，還不如實招來！」

汪嫂嚇得噗通跪地，「二少爺，這銀子真的是奴婢的……」

「汪嫂，沒說這銀子不是妳的，現在二少爺問的是妳的銀子是從哪裡來的。剛才妳說是向廚房的姊妹們借的，現在妳又想找什麼藉口？」錦繡冷笑道。

李明允冷眼掃在一眾丫鬟婆子面上，「妳們都不清楚？」

沒人敢接話。

「汪嫂，妳的銀子妳自己卻說不出來路，莫不是妳偷來的吧？」文麗鄙夷道。

雲英冷笑，「這可真是作賊喊捉賊了！」

汪嫂急了，脫口而出：「是鄧嬤嬤借給我的！」

「那妳剛才怎麼不說呢？現在這紙頭上可是有妳的手印，拿到官府去，就是有效的供詞了。」錦繡不疾不徐地說道。

汪嫂汗出如漿，「真的是鄧嬤嬤給我的。」

「她無緣無故給妳銀子做什麼？讓妳陷害文麗的報酬嗎？」李明允冷聲喝道。

汪嫂嚇得磕頭如搗蒜，「奴婢不敢！奴婢不敢！」

「妳們還有什麼不敢的？下了套子把文麗誆騙至此，然後誣陷她作賊，不由分說扯了就打。雲英、錦繡和文山來勸，也被你們發瘋似的打。就算文麗有什麼過錯，也該交給主子處置，妳當妳們自己是官家老爺，想來個私設公堂？妳們當我這個二少爺是泥做的，還是麵團捏的？」李明允拍案怒斥。

眾人嚇得忙不迭跪地。

「鄧嬤嬤呢？她是廚房的管事嬤嬤，今日廚房裡鬧的這般轟轟烈烈，她人哪去了？」李明允厲聲喝問。

戚嫂弱弱道：「鄧嬤嬤今日有事不在。」

李明允嘴角一扯，冷笑道：「不在？文山……」李明允給文山使了眼色。

文山大步衝進後面的屋子，只聽得一聲尖叫：「哎呀……你要做什麼？」

鄧嬤嬤被文山跟拎小雞似的拎了出來，拽在地上。

李明允冷嘲道：「鄧嬤嬤，在裡頭聽戲聽得可過癮？」

鄧嬤嬤面色尷尬，都被人揪出來了，她還有什麼好說的？

「鄧嬤嬤，妳的手下手腳不乾淨，且滿口謊話，還聚眾鬥毆，看來，妳這個管事做得很不稱職啊！」李明允閒閒說道。

鄧嬤嬤滿頭大汗，「老奴身體不適，適才睡著了，並不知情。」

李明允先不管她，問那些家丁：「是誰讓你們來的？府裡的規矩都忘了嗎？聚眾鬥毆可是大罪，輕則二十大板，重則打死勿論。」

這話已是明顯的暗示，你們要是不說個由頭出來，今日就別想善了。

家丁們忙道：「是戚嬸叫我們來的，說是鄧嬤嬤吩咐的，務必要把文山兄弟制伏了。」

戚嬸聽他們把自己給招了出來，急道：「二少爺明鑒，奴婢確實是奉了鄧嬤嬤之命！」

鄧嬤嬤驚惶道：「妳胡說，我什麼時候讓妳去叫人了？」

戚嬸為了自保，哪裡還管妳鄧嬤嬤的威嚴，況且看二少爺的手段，鄧嬤嬤今日是難過此關，且先把自己摘乾淨了再說，「二少爺，今天的事都是鄧嬤嬤吩咐奴婢們做的，把文麗誆騙到此也是鄧嬤嬤的意思，奴婢身分卑微，不敢不從啊，還請二少爺寬恕奴婢……」

汪嫂開了竅，也爬上前，「沒錯，那些銀子也是鄧嬤嬤給奴婢的，叫奴婢污衊文麗偷銀子！」

一時間，廚房裡的丫鬟婆子們都紛紛指證鄧嬤嬤。

鄧嬤嬤面如死灰，不可置信地看著自己的手下。平日裡表忠心時一個個爭先恐後，現在背叛起來一個比一個快，一個比一個狠。

文麗終於長舒了一口氣，好在有二少爺幫她洗刷冤屈，要不然她真的是要鬱悶而死了。

李明允一抬手，眾人噤聲，屋子裡頓時安靜得落針可聞。

李明允悠然道：「鄧嬤嬤，妳與文麗素無冤仇，沒有理由大費周章地去對付她。妳是招出幕後指使之人，以求自保呢？還是決定自己背了這口黑鍋？妳應該清楚，如今人證物證俱在，妳無從抵賴。按府裡的規矩，妳該受到什麼懲罰，這後果妳是不是擔得起。」李明允頓了頓又道：「本少爺一向信奉冤有頭債有主，但妳若一定要當這個冤大頭，本少爺也樂意成全妳。」

鄧嬤嬤心裡萬分糾結，夫人吩咐她辦這點小事，居然辦砸了，只怕夫人那裡是再不會重用她，她若是承認了，不被打個半死也要殘廢，上次那二十大板，她可是足足躺了兩個多月啊……鄧嬤嬤一陣害怕，罷了罷了，橫豎都落不到好，只能自保了。

「二少爺，老奴願意招……」

◆ ◆ ◆

香山寺的一間香房內，韓秋月一改之前病懨懨的樣子，問道：「老太太已經安歇了嗎？」

姜嬤嬤回道：「已經歇下了，剛剛老奴問過祝嬤嬤，說是老太太今兒個有些累了。」

韓氏嘆息道：「老太太的身子骨已大不如前了，不過……明日還是要早些下山，家裡的事，我還是放心不下。」

姜嬤嬤笑道：「夫人都已經安排妥當，只看白蕙她自己的本事了，這會兒……說不定已經……」姜嬤嬤眼中露出曖昧的笑意。

韓氏冷笑，「我正愁落霞齋水潑不進，沒想到白蕙會自動找上門來。有她在，落霞齋以後就熱鬧了。」

「二少奶奶若是知道了，還不知會作何反應？夫人，咱們就等著回去看好戲吧！」姜嬤嬤幸災樂禍地說。

「她知道了又如何？她還是先擔心自個兒吧。瞞著明允吃避子丸，就算明允不責怪她，讓老太太知道了，老太太頭一個不高興。」韓氏嘲諷道。

「可不是？都說二少爺和二少奶奶夫妻恩愛，誰知二少奶奶竟不願給二少爺生孩子。」

「有些事兒，並不是眼見為實，往日他們夫妻一個鼻孔出氣，倒是叫我吃了不少虧，希望白蕙別叫我失望才好。」

「夫人就安心吧，夫人的計畫萬無一失。」

而林蘭嘴上雖說不必擔心，可心裡總放不下，這一夜睡得極不安穩，一會兒夢見白蕙盛裝捧著茶款款向她走來，要給她敬茶；一會兒夢見李明允和一娉婷婀娜的女子在荷塘邊賞花。兩人眉目含情，輕喃細語，她氣得七竅生煙，想要過去看看那女子是誰，卻怎麼也邁不開腳步……

「二少奶奶，二少奶奶……」銀柳搖了搖林蘭的手臂，急聲喚道。

林蘭猛地睜開眼，大口大口喘息著，雙眼迷濛，似還陷在夢中難以自拔。

「二少奶奶，您夢魘了？」銀柳用帕子輕輕擦去林蘭額上的細汗，如意聽到動靜，披了衣裳過來，見此情形，忙去倒了杯溫水來。

林蘭喝了口水，神智才逐漸清明，「沒事兒，做了個不好的夢，好在醒過來了。」

如意擔心道：「二少奶奶要不要換身衣裳，汗都濕透了。」

林蘭這才發現身上濕濕的，大冬天的，竟出了這麼多汗。

換了身乾爽的衣裳，林蘭躺在床上卻是再也睡不著，滿腦子都是不好的念頭，恨不得馬上就回家去看看。不是她對李明允不放心，就怕防不勝防啊！於是，睜著雙眼，生生熬到了天明。

吃過早飯，老太太問韓秋月身體可好些，韓秋月笑道：「歇了一晚，心口沒那麼悶了。」

林蘭暗鬆了口氣，老巫婆要是再不舒服，還不知何時能下山。

丁若妍輕聲道：「弟妹昨晚沒睡好嗎？怎麼眼圈都黑了？」

林蘭微笑道：「我有些認生床。」

丁若妍莞爾，「好在只是一夜。」

老太太說：「我昨夜聽這裡的師父說，這香山腳下還有一座送子觀音廟很是靈驗，待會兒下山的時候，去參拜參拜，尤其是若妍和林蘭，好叫觀音菩薩保佑妳們早些給李家繁衍子孫，添繼香火。」

「老太太說的極是，媳婦來時便有這樣的打算。」韓氏附和道。

丁若妍深垂臻首，眼底卻是一片冷漠。旁人看不到她的神色，只道她羞澀了，可林蘭坐在旁邊卻是看得一清二楚，不覺有些奇怪，又說不上來為什麼。

一行人剛出了山寺，只見冬子候在外頭。林蘭心裡咯噔一下，冬子特意跑來，莫非真出事了？

韓秋月也看見了冬子，冬子那慌慌張張的神情落在她眼裡，她幾不可察地牽動了一下嘴角，看來，昨日落霞齋可不安寧。

冬子向老太太和韓秋月行禮問安，老太太問道：「你一大早的上山來，是不是家中有事？」

冬子忙道：「也沒什麼事，就是二少爺見老太太、夫人和二少奶奶昨日沒回家，心中甚是掛念，吩咐小的上山來瞧瞧。」

老太太笑道：「你二少爺怕是掛念著二少奶奶吧？」

冬子訕笑，「都掛念，都掛念！」

趙管事來稟：「滑竿已經準備好了，請老太太和夫人上轎。」

林蘭把冬子叫到一旁，小聲問道：「出什麼事了？」

冬子道：「二少爺讓小的跟二少奶奶說一聲，麻煩都已經解決了，請二少奶奶放心。」

銀柳問道：「當真出事了？」

冬子道：「是出了些狀況，但是已無大礙。二少爺今日不去翰林院了，休假一日，在家中等二少奶奶。」

麻煩解決了就好，林蘭低聲說：「這裡不是說話的地方，等回去再說吧！」

姜嬤嬤扶著韓秋月上了滑竿，邊笑邊說道：「夫人，您瞧見冬子那慌張的神情了吧？」

韓秋月嘴角輕抿，心裡已是篤定，如果計畫失敗，她的手下早就來報了，她的人沒來，冬子倒是來了，可見是白蕙得手了。

回到府裡，府裡異常安靜，韓秋月要送老太太回朝暉堂歇息，丁若妍溫聲道：「母親自己身體也是剛好些，又是一路顛簸，母親還是先回去歇著，讓媳婦送祖母回去。」

林蘭自己心裡有事，這會兒哪裡還想得這般周全，一心只想回落霞齋。

韓秋月欣慰道：「還是若妍孝順。」

老太太睨了心不在焉的林蘭一眼，有些不滿。

快到落霞齋，冬子突然說道：「二少奶奶，大麻煩雖然已經解決了，但是還是留下一些小麻煩，二少爺說，讓您先有個心理準備，莫要生氣。」

林蘭面色一沉，「什麼大麻煩小麻煩的，二少爺讓你來是安我的心，還是亂我的心？」

冬子悻悻低頭，「小的不敢，二少爺不讓小的多嘴，怕小的說不清楚，反叫二少奶奶擔心。」

銀柳瞪了冬子一眼，「你這樣吞吞吐吐的，才叫人心裡不安呢！」

看門的文麗見林蘭回來了，忙迎了上來，「二少奶奶，您可回來了。」

如意大驚道：「文麗，妳臉上這是怎麼了？」

林蘭也看見文麗臉上掛了彩，嘴角是腫的，鼻子是青的，臉上還有幾道血痕，模樣相當嚇人。

文麗捂著臉，歪著嘴笑道：「沒事沒事，已經沒事了！二少奶奶累了，快進去歇歇吧！」

林蘭沉著臉入內，見到在掃地的雲英也是鼻青臉腫，桂嫂、趙嬸和錦繡正從耳房裡搬東西出來，如意認得那是白蕙的東西，不禁詫異，「這些東西搬出來做什麼？」

三人見林蘭回來，忙行禮，桂嫂說：「這些東西用不上了，二少爺吩咐拿出去扔了或燒了。」

「錦繡，怎麼妳也……」銀柳驚訝低呼。

林蘭看到自己院子裡的人一個個鼻青臉腫，不由得怒火中燒，李明允到底是怎麼解決麻煩的？難道對付一個白蕙，還需要大動干戈，弄得大家傷痕累累？

「二少爺呢？」林蘭冷聲問道。

錦繡努努嘴，「二少爺在屋子裡。」

◆ ◆ ◆

韓秋月一回到寧和堂，就命人把鄧嬤嬤叫來問話，卻被告知鄧嬤嬤已經被逐出府去，韓秋月大驚，「這是為何？」

那丫鬟怯怯道：「奴婢也不清楚。」

韓秋月大為光火，罵道：「沒用的東西，去把姚嬤嬤叫來！」

姜嬤嬤上前給韓秋月捋背順氣，「夫人，您先別急，小心自個兒的身子。」

韓秋月悶聲道：「我能不急嗎？本以為好事成了，沒想到鄧嬤嬤叫人給趕了出去。」

須臾，姚嬤嬤急步而來。

「姚嬤嬤，到底出了什麼事？為何鄧嬤嬤會被逐出府去？是誰下的命令？」韓秋月急問。

姚嬤嬤行了一禮，回道：「夫人，大事不妙啊！您交給鄧嬤嬤的差事，鄧嬤嬤辦砸了，叫二少爺拿了錯處，而且鄧嬤嬤全招了，還簽了字畫了押，另有廚房裡一干丫鬟婆子證明，二少爺請示了老爺，老爺一怒之下，全權交由二少爺處理。二少爺把鄧嬤嬤責了二十大板，逐了出去，廚房的戚嫂和汪嫂被罰俸三月，其餘人等雖未受罰，所犯過錯卻皆被二少爺記錄在冊。老奴想幫襯鄧嬤嬤一把都無能為力，事後，二少爺封鎖全府上下，誰都不准出府，不准議論此事，否則打死勿論。」

韓秋月聞言，腦子裡轟的一聲炸響，差點從炕上跌下來，幸虧姜嬤嬤手快扶住，「夫人，您千萬保重，這個時候可不能慌了神……」

韓秋月半晌才緩過神來，怔怔道：「鄧嬤嬤全招了？說是我指使她的？」

姚嬤嬤點了點頭。

韓秋月面色慘白，幾乎噴血，咬牙切齒道：「這個不成事的蠢貨，真是害苦我了！」

姜嬤嬤急道：「那白蕙呢？」

「白蕙也被二少爺逐出府去了，二少爺不讓其他人出府半步，如今鄧嬤嬤和白蕙去了哪裡，老奴一無所知。」姚嬤嬤弱弱道。

韓秋月氣急，「爛泥扶不上牆，都是些沒用的東西……」

「夫人，您別生氣，現在生氣也不是辦法，還是想想怎麼跟老爺解釋才好。」姜嬤嬤提醒道。

韓秋月慘然一笑，解釋？她要怎麼解釋？鄧嬤嬤全都招了，她為了幫一個丫頭去爬少爺的床，如此興師動眾，機關算盡，本就失了禮數，老爺如今很不待見她，還會聽她解釋？

（未完待續）

漾小說 114

古代試婚②

國家圖書館出版品預行編目資料

古代試婚 / 紫伊著. -- 初版. -- 臺北市：
麥田, 城邦文化出版：家庭傳媒城邦分公司發行,
2014.03
冊； 公分. --（漾小說；114）
ISBN 978-986-344-057-4（第2冊：平裝）

857.7　　103002210

作者	紫伊
封面繪圖	若若秋
責任編輯	施雅棠
副總編輯	林秀梅
編輯總監	劉麗真
總經理	陳逸瑛
發行人	涂玉雲
出版	麥田出版 城邦文化事業股份有限公司 104台北市中山區民生東路二段141號5樓 電話：（886）2-25007696　傳真：（886）2-25001966
發行	英屬蓋曼群島商家庭傳媒股份有限公司城邦分公司 104台北市中山區民生東路二段141號2樓 客服服務專線：（886）2-25007718；25007719 24小時傳真專線：（886）2-25001990；25001991 服務時間：週一至週五上午09:00~12:00；下午13:00~17:00 劃撥帳號：19863813；戶名：書虫股份有限公司 讀者服務信箱：service@readingclub.com.tw
麥田部落格	http://blog.pixnet.net/ryefield
香港發行所	城邦（香港）出版集團有限公司 香港灣仔駱克道193號東超商業中心1樓 電話：852-25086231　傳真：852-25789337 E-mail：hkcite@biznetvigator.com
馬新發行所	城邦（馬新）出版集團【Cite (M) Sdn Bhd】 41, Jalan Radin Anum, Bandar Baru Sri Petaling, 57000 Kuala Lumpur, Malaysia. 電話：(603) 90578822　傳真：(603) 90576622 Email：cite@cite.com.my
美術設計	洸譜創意設計股份有限公司
印刷	鴻霖印刷傳媒股份有限公司
初版一刷	2014年03月06日
定價	250元
ISBN	978-986-344-057-4